KB057310

무진기행

대한민국 스토리DNA 015

무진기행

_문학상 제정 작가 10인 작품선

초판 1쇄 발행 | 2017년 8월 10일
초판 3쇄 발행 | 2017년 11월 10일

지은이 김동인 김승옥 김유정 백신애 이무영 이상 이효석 채만식 현진건 황순원
발행인 이대식

주간 이지형 **편집** 김화영 나은심 손성원
마케팅 배성진 박상준 **관리** 이영혜
디자인 모리스

주소 서울시 종로구 평창길 329(우편번호 03003)
문의전화 02-394-1037(편집) 02-394-1047(마케팅)
팩스 02-394-1029
홈페이지 www.saeumbook.co.kr
전자우편 saeum98@hanmail.net
블로그 blog.naver.com/saeumpub
페이스북 facebook.com/saeumbooks

발행처 (주)새움출판사
출판등록 1998년 8월 28일(제10-1633호)

ISBN 979-11-87192-54-3 04810
978-89-93964-94-3 (세트)

대한민국
스토리DNA
015

무진기행

문학상 제정 작가 10인 작품선

김승옥 외

새움

차례

시대를 타지 않는 별, 한국 문학상의 주인공들

한국 문학사가 백 년을 넘기는 동안 수많은 작가들이 명멸(明滅)했다. 예술 영역에서의 명멸은 어느 정도 운명이다. 백 년의 세월은 모든 영역에서 변화를 동반하고, 세대와 인심에 민감한 문학 역시 그 변화로부터 자유롭지 못하다. 어느 한 세대에 별처럼 밝게 빛나던 작품이, 그다음 세대엔 소리 소문 없이 잊힌다.

그러나 그 숱하고 불가피한 명멸을 오롯이 비껴나간 작가들이 있다. 시대를 타지 않고, 밤하늘의 북극성과 남십자성으로 영원한 빛을 내는 작가들이다. 그 빛은 변화와 유행을 초월해, 사람들의 마음속에 작은 불꽃 하나씩을 심어 준다. 기준에 따라 다르겠지만, 예컨대 이런 작가들의 조합도 생각해 볼 수 있다. 김동인, 김승옥, 김유정, 이무영, 백신애, 이상, 이효석, 채만식, 현진건, 황순원(가나다 순).

기준에 따라 한둘이 나고 들 수는 있지만, 명불허전을 떠올리는 데 인색할 필요가 없는 작가들이다. 한국 근현대 백 년의 세월을 함께 지나온 사람들이라면 누구든 그들의 문학적 공력에 동의할 만큼이다. 이 열 명의 리스트는 과연 어떤 기준에 따른 조합일까?

열 명의 빛나는 이름들은 하나의 공통점을 갖는다. 후학과 독자들이 그 이름을 기려 문학상을 만들고 가꾸어 왔다는 것이다. '대한민국 스토리DNA' 열다섯 번째 시리즈는 그 걸출한 작가 열 명의 대표작 열여덟 편을 싣는다. 「무진기행」에서 「별」에 이르는 작품들이 한국인이 사랑하는 대표 작가들의 대표 소설이라 말하는 데 부끄러움이 없는 이유다.

2017년 8월

대한민국 스토리DNA 연구소

일러두기

1. 표기는 작품의 원형을 해치지 않는 선에서 2017년 현재의 원칙에 따랐다. 다만 작가의 의도가 담긴 일부 표현, 방언이나 속어, 대화체의 옛 표기 등은 되도록 원본을 살렸다.
2. 한자는 대부분 한글로 바꾸었으며 작품 이해에 도움이 될 만한 한자는 ( ) 안에 넣어 나란히 두었다.
3. 현재의 어법에 비춰 부자연스러운 일부 표현은 현대의 독자들이 이해하기 쉽도록 수정했다.
4. 고어가 된 말이나 한자어, 생소한 외국어는 본문 하단에 간략한 설명을 붙였다.

광염 소나타

김동인

독자는 이제 내가 쓰려는 이야기를, 유럽의 어떤 곳에 생긴 일이라고 생각하여도 좋다. 혹은 사십 오십 년 뒤에 조선을 무대로 생겨날 이야기라고 생각하여도 좋다. 다만, 이 지구상의 어떠한 곳에 이러한 일이 있었는지도 모르겠다, 있는지도 모르겠다, 혹은 있을지도 모르겠다, 가능성뿐은 있다—이만치 알아두면 그만이다.

그런지라, 내가 여기 쓰려는 이야기의 주인공 되는 백성수(白性洙)를 혹은 알벨트라 생각하여도 좋을 것이요 짐이라 생각하여도 좋을 것이요 또는 호모(胡某)나 기무라모(木村某)로 생각하여도 괜찮다. 다만 사람이라 하는 동물을 주인공 삼아 가지고 사람의 세상에서 생겨난 일인 줄만 알면…….

이러한 전제로써, 자 그러면 내 이야기를 시작하자.

"기회(찬스)라 하는 것이 사람을 망하게도 하고 흥하게도 하는 것을 아시오?"

"네, 새삼스러이 연구할 문제도 아닐걸요."

"자, 여기 어떤 상점이 있다 합시다. 그런데 마침 주인도 없고 사환도 없고 온통 비었을 적에 우연히 그 앞을 지나가던 신사가—그 신사는 재산도 있고 명망도 있는 점잖은 사람인데— 그 신사가 빈 상점을 들여다보고 혹은 이렇게 생각할 수도 있지 않아요? 통 비었으니깐 도적놈이라도 넉넉히 들어갈 게다, 들어가서 훔치면 아무도 모를 테다, 집을 왜 이렇게 비워 둔담…… 이런 생각 끝에 혹은 그 그 뭐랄까 그 돌발적 변태 심리로써 조그만 물건 하나(변변치도 않고 욕심도 안 나는)를 집어서 주머니에 넣는 경우가 있을지도 모르지 않겠습니까?"

"글쎄요."

"있습니다, 있어요."

어떤 여름날 저녁이었다. 도회를 떠난 교외 어떤 강변에 두 노인이 앉아서 이런 이야기를 하고 있었다. 그 기회론을 주장하는 사람은 유명한 음악비평가 K씨였다. 듣는 사람은 사회 교화자의 모씨였다.

"글쎄 있을까요?"

"있어요. 좌우간 있다 가정하고 그러한 경우에는 그 책임은 어디 있습니까?"

"동양 속담말에 외밭서는 신끈도 다시 매지 말랬으니 그 신사가 책임을 질까요?"

"그래 버리면 그뿐이지만 그 신사는 점잖은 사람으로서 그런 절대적 기묘한 찬스만 아니더라면 그런 마음은커녕 염도 내지도 않을 사람이라 생각하면 어찌 됩니까?"

"……"

"말하자면 죄는 '기회'에 있는데 '기회'라는 무형물은 벌은 할 수가 없으니깐 그 신사를 가해자로 인정할 수밖에는 지금은 없지요."

"그렇습니다."

"또 한 가지—사람의 천재라 하는 것도 경우에 따라서는 어떤 '기회'가 없으면 영구히 안 나타나고 마는 일이 있는데, 그 '기회'란 것이 어떤 사람에게서 그 사람의 '천재'와 '범죄 본능'을 한꺼번에 끌어내었다면 우리는 그 '기회'를 저주하여야겠습니까 축복하여야겠습니까?"

"글쎄요."

"선생은 백성수라는 사람을 아시오?"

"백성수? 자, 기억이 없는데요."

"작곡가로서 그—"

"네, 생각납니다. 유명한 '광염(狂炎) 소나타'의 작가 말씀이지요?"

"네, 그 사람이 지금 어디 있는지 아십니까?"

"모릅니다. 뭐 발광했단 말이 있었는데—"

"네, 지금 ××정신병원에 감금돼 있는데 그 사람의 일대기를 이야기할게 들으시고 사회 교화자로서의 의견을 말씀해 주십쇼."

•

내가 이제 이야기하려는 백성수의 아버지도 또한 천분 많은 음악가였습니다. 나와는 동창생이었는데 학생 시대부터 벌써 그의 천분은 넉넉히 볼 수가 있었습니다. 그는 작곡과를 전공하였는데 때때로 스스로 작곡을 하여서는 밤중에 혼자서 피아노를 두드리고 하여서 우리들로 하여금 뜻하지 않고 일어나게 하고 하였습니다. 그리고 우리는 그 밤중에 울리어 오는 야성적 선율에 몸을 소스라치고 하였습니다.

그는 야인(野人)이었습니다. 광포스러운 야성은 때때로 비위에 틀리면 선생을 두들기기가 예사이며 우리 학교 근처의 술집이며 모든 상점 주인들은 그에게 매깨나 안 얻어맞은 사람이 없었습니다. 그러한 야성은 그의 음악 속에 풍부히 잠겨 있어서 오히려 그 야성적 힘이 그의 예술을 더 빛나게 하는 것이었습니다.

그러나 그가 학교를 졸업하고 난 뒤에는 그 야성은 다른 곳으로 발전되고 말았습니다. 술! 술! 무서운 술이었습니다. 아침부터 저녁까지, 저녁부터 아침까지, 술잔이 그의 입에서 떠나지를 않았습니다. 그리고 술을 먹고는 여편네들에게 행패를 하고, 경찰서에 구류를 당하고, 나와서는 또 같은 일을 하고…….

작품? 작품이 다 무엇이오리까. 술을 먹은 뒤에 취흥에 겨워 때때로 피아노에 앉아서 즉흥으로 탄주를 하고 하였는데 지금 생각하면 그 귀기(鬼氣)가 사람을 엄습하는 힘과 야성 (베토벤 이래로 근대 음악가에서 발견할 수 없던) 그런 보물이라 하여도 좋을 것이 많았지만 우리들은 각각 제 길 닦기에 바쁜 사람이라 주정꾼의 즉흥악을 일일이 베껴 둔다든가 그런 일은 꿈에도 생각하지 않았습니다.

우리들은 그의 장래를 생각하여 때때로 술을 삼가기를 권고하였지만 그런 야인에게 친구의 권고가 무슨 소용이 있겠습니까.

"술? 술은 음악이다!"

하고는 하하하하 웃어 버리고 다시 술집으로 달아나고 합니다.

그러한 지 칠팔 년이 지난 뒤에 그는 아주 폐인이 되고 말았습니다. 술이 안 들어가면 그의 손은 떨렸습니다. 눈에는 눈곱이 꼈습니다. 그리고 술이 들어가면, 술이 들어가면 그는 그 광포성을 발휘하였습니다. 누구를 물론하고 붙잡고는 입에 술을 부어 넣어 주었습니다. 그러다가는 장소를 불문하고 아무 데나 누워서 잡니다.

사실 아까운 천재였습니다. 우리들 새에는 때때로 그의 천분을 생각하고 아깝게 여기는 한숨이 있었지만 세상에서는 그 '장래가 무서운 한 천재'가 있었다는 것은 몰랐었습니다.

그러는 동안에는 그는 어떤 양가의 처녀를 어떻게 관계를 맺어서 애까지 뱄습니다. 그러나 그 애의 출생을 보지 못하고 아깝게도 심장마비로 죽어 버리고 말았습니다.

그 유복자로 세상에 나온 것이 백성수였습니다.

그러나 우리는 백성수가 세상에 출생되었다는 풍문만 들었지, 그 애 아버지가 죽은 뒤부터는 그 애의 소식이며 그 애 어머니의 소식은 일절 몰랐습니다. 아니, 몰랐다는 것보다, 그 집안의 일은 우리의 머리에서 온전히 잊어버리고 말았습니다.

•

삼십 년이라는 세월이 흘렀습니다.

십 년이면 산천도 변한다 하는데 삼십 년 새의 변천을 어찌 이루 다 말하겠습니까. 좌우간 그동안에 나는 내 이름을 닦아 놓았습니다. 아시다시피 지금 K라 하면 이 나라에서 첫 손가락을 꼽는 음악비평가가 아닙니까. 견실한 지도적 비평가 K라면 이 나라의 음악계의 권위이며, 이 나의 한마디는 음악가의 가치를 결정하는 판결문이라 하여도 옳을 만치 되었습니다. 많은 음악가가 내 손 아래서 자랐으며 많은 음악가가 내 지도로써 이름을 날렸습니다.

•

재작년 이른 봄 어떤 날이었습니다.

그때 나는 조용한 밤중의 몇 시간씩을 ○○예배당에 가서 명상으로 시간을 보내는 것이 습관이 되어 있었습니다. 언덕 위에 홀로 서 있는 집으로서 조용한 밤중에 혼자 앉아 있노라면 때때로 들보에서 놀라 깬 비둘기의 날개 소리와 간간이 기둥에서 뚝뚝 하는 소리밖에는 아무 소리도 들리지 않는, 말하자면 나 같은 괴상한 성미를 가진 사람이 아니면 돈을 주면서 들어가래도 들어가지 않을 음침한 집이었습니다. 그러나 나 같은 명상을 즐기는 사람에게는 다른 데서 구하기 힘들도록 온갖 것을 가진 집이었습니다. 외따로고 조용하고 음침하며 간간이 알지 못할 신비한 소리까지 들리며 멀리서는 때때로 놀란 듯한 기적(汽笛) 소리도 들리는…… 이것뿐으로도 상당한데, 게다가 이 예배당에는 피아노도 한 대 있었습니다. 예배당에는 오르간은 있을지나 피아노가 있는 곳은 쉽지 않은 것으로서 무슨 흥이나 날 때에는 피아노에 가서 한 곡조 두드리는 재미도 또한 괜찮았습니다.

그날 밤도 (아마 두 시는 지났을걸요) 그 예배당에서 혼자서 눈을 감고 조용한 맛을 즐기고 있노라는데, 갑자기 저편 아래에서 재재 하는 소리가 납디다. 그래서 눈을 번쩍 뜨니까 화광이 충천하였는데, 내다보니까 언덕 아래 어떤 집이 불이 붙으며 사람들이 왔다 갔다 야단이었습니다.

이렇게 말하면 어떨지 모르지만 그다지 멀지 않은 곳에서 불붙는 것을 바라보는 맛도 괜찮은 것이었습니다. 일어서는 불길이며 퍼져 나가는 연기, 불씨의 날아나는 양, 그 가운데 거뭇거뭇 보이는 기둥, 집의 송장, 재재거리는 사람의 무리, 이런 것은 어떻게 생각하면 과연 시도 될지며 음악도 될 것이었습니다. 옛날에 네로가 로마의 불붙는 것을 바라보면서, 자기는 비파를 들고 노래를 하였다는 것도 음악가의 견지로 보면 그다지 나무랄 것이 아니었습니다.

나도 그때에 그 불을 보고 차차 흥이 났습니다.

……네로를 본받아서 나도 즉흥으로 한 곡조 두드려 볼까. 어

렴풋이 이런 생각을 하며 나는 그 불을 정신없이 바라보고 있었습니다.

그때였습니다. 갑자기 덜컥덜컥 하는 소리가 들리더니 예배당 문이 열리며 웬 젊은 사람이 하나 낭패한 듯이 뛰어 들어왔습니다. 그리고 무엇에 놀란 사람같이 두리번두리번 사면을 살피더니 그래도 내가 있는 것은 못 보았는지 저편에 있는 창 안에 가서 숨어 서서 아래서 붙는 불을 내다봅니다.

나도 꼼짝을 못 하였습니다. 좌우간 심상스러운 사람은 아니요 방화범이나 도적으로밖에는 인정할 수 없지 않겠습니까? 그래서 꼼짝을 못 하고 서 있노라니까 그 사람은 한숨을 쉽니다. 그리고 맥없이 두 팔을 늘이고 도로 나가려고 발을 떼려다가 자기 곁에 피아노가 놓인 것을 보더니 교의를 끌어다 놓고 피아노 앞에 주저앉고 말겠지요. 나도 거기는 그만 직업적 흥미에 끌렸습니다. 그래서 무엇을 하나 보자 하고 있노라니까 뚜껑을 열더니 한 번 뚱 하고 시험을 해보아요. 그리고 조금 있더니 다시 뚱뚱 하고 시험을 해보겠지요.

이때부터 그의 숨소리가 차차 높아 가기 시작했습니다. 씩씩거리며 몹시 흥분된 사람같이 몸을 떨다가 벼락같이 양 손을 키 위에 갖다가 덮었습니다. 그다음 순간으로 C샤프 단음계의 알레그로가 시작되었습니다.

처음에는 다만 흥미로써 그의 모양을 엿보고 있던 나는 그 알레그로가 울리어 나오는 순간 마음은 끝까지 긴장되고 흥분되었습니다.

그것은 순전한 야성적 음향이었습니다. 음악이라 하기에는 너무 힘 있고 무기교(無技巧)였습니다. 그러나 음악이 아니라기에는 거기는 너무 괴롭고도 무겁고 힘 있는 '감정'이 들어 있었습니다. 그것은 마치 야반의 종소리와도 같이 사람의 마음을 무겁고 음침하게 하는 음향인 동시에 맹수의 부르짖음과 같이 사람으로 하여금 소름 돋치게 하는 무서운 감정의 발현이었습니다. 아아 그 야성적 힘과 남성적 부르짖음, 그 아래 감추어 있는 침통한 주림과 아픔, 순박하고도 아무 기교가 없는 그 표현!

나는 덜석 그 자리에 주저앉고 말았습니다. 그리고 음악가의 본능으로써 뜻하지 않고 주머니에서 오선지와 연필을 꺼내었습니다. 피아노의 울리어 나아가는 소리에 따라서 나의 연필은 오선지 위에서 뛰놀았습니다.

좀 급속도로 시작된 빈곤, 거기 연하여 주림, 꺼져 가는 불꽃과 같은 목숨, 그러한 것을 지나서 한참 연속되는 완서조(緩徐調)의 압축된 감정, 갑자기 튀어져 나오는 광포. 거기 연한 쾌미(快味) 홍소(哄笑)— 이리하여 주화조(主和調)로서 탄주는 끝이 났습니다. 더구나 그 속에 나타나 있는 압축된 감정이며 주림 또는 맹렬한 불길 등이 사람의 마음에 주는 그 처참함이며 광포성은 나로 하여금 아직 '문명'이라 하는 것의 은택에 목욕하여 보지 못한 야인을 연상케 하였습니다.

탄주가 다 끝이 난 뒤에도 나는 정신을 못 차리고 망연히 앉아 있었습니다. 물론 조금이라도 음악의 소양이 있는 사람일 것 같으면 이제 그 소나타를 음악에 대하여 정통으로 아무러한 수

양도 받지 못한 사람이 다만 자기의 천재적 즉흥뿐으로 탄주한 것임을 알 것입니다. 해결이 없이 감칠도화현(減七度和絃)이며 증육도화현(增六度和絃)을 범벅으로 섞어 놓았으며 금칙(禁則)인 병행오팔도(竝行五八度)까지 집어넣은 것으로서, 더구나 스케르초는 온전히 뽑아 먹은, 대담하다면 대담하고 무식하다면 무식하달 수도 있는 방분 자유한 소나타였습니다.

이때에 문득 내 머리에 떠오른 것은 삼십 년 전에 심장마비로 죽은 백○○였습니다. 그의 음악으로서 만약 정통적 훈련만 뽑고 거기다가 야성을 더 집어넣으면 지금 내 눈앞에 있는 그 음악가의 것과 같은 것이 될 것이었습니다. 귀기가 사람을 엄습하는 듯한 그 힘과 방분스러운 표현과 야성—이것은 근대 음악가에게 구하기 힘든 보물이었습니다.

그 소나타에 취하여 한참 정신이 어리둥절히 앉았던 나는 고즈넉이 일어서서, 그 피아노 앞에 가서 그의 어깨에 가만히 손을 얹었었습니다. 한 곡조를 타고 나서 아주 곤한 듯이 정신이 없이 앉아 있던 그는 펄떡 놀라며 일어서서 내 얼굴을 보았습니다.

"자네 몇 살 났나?"

나는 그에게 이렇게 첫말을 물었습니다. 가슴이 답답한 나로서는 이런 말밖에는 갑자기 다른 말이 생각 안 났습니다. 그는 높은 창에서 들어오는 달빛을 받고 있는 내 얼굴을 한순간 쳐다보고 머리를 돌이키고 말았습니다.

"배고프나?"

나는 두 번째 그에게 물었습니다.

그는 시끄러운 듯이 벌떡 일어섰습니다. 그리고 달빛이 비친 내 얼굴을 정면으로 바라보다가,

"아, K선생님 아니세요?"

하면서 나를 붙들었습니다. 그래서 그렇노라고 하니깐,

"사진으로는 늘 봤습니다마는……."

하면서 다시 맥없이 나를 놓으며 머리를 돌렸습니다.

그 순간, 그가 머리를 돌이키는 순간 달빛에 얼핏, 나는 그의 얼굴을 처음으로 보았습니다. 그리고 나는 거기서 뜻밖에 삼십 년 전에 죽은 벗 백○○의 모습을 발견하였습니다.

"자, 자네 이름이 뭐인가?"

"백성수……."

"백성수? 그 백○○의 아들이 아닌가. 삼십 년 전에, 자네가 나오기 전에 세상 떠난……."

그는 머리를 번쩍 들었습니다.

"네? 선생님 어떻게 아세요?"

"백○○의 아들인가? 같이두 생겼다. 내가 자네의 아버지와 동창이네. 아아, 역시 그 애비의 아들이다."

그는 한숨을 길게 쉬며 머리를 수그려 버렸습니다.

•

나는 그날 밤 그 백성수를 데리고 집으로 돌아왔습니다. 그리고 비록 작곡상 온갖 법칙에는 어그러진다 하나 그만치 힘과 정

열과 야성으로 찬 소나타를 거저 버리기가 아까워서 다시 한번 피아노에 올라앉기를 명하였습니다. 아까 예배당에서 내가 베낀 것은 알레그로가 거의 끝난 곳부터였으므로 그 전 것을 베끼기 위해서였습니다.

그는 피아노를 향하여 앉아서 머리를 기울였습니다. 몇 번 손으로 키를 두드려 보다가는 다시 머리를 기울이고 생각하고 하였습니다. 그러나 다섯 번 여섯 번을 다시 하여 보았으나 아무 효과도 없었습니다. 피아노에서 울려 나오는 음향은 규칙 없고 되지 않은 한낱 소음(騷音)에 지나지 못하였습니다. 야성? 힘? 귀기? 그런 것은 없었습니다. 감정의 재뿐이 있었습니다.

"선생님 잘 안 됩니다."

그는 부끄러운 듯이 연하여 고개를 기울이며 이렇게 말하였습니다.

"두 시간도 못 되어서 벌써 잊어버린담?"

나는 그를 밀어 놓고 내가 대신하여 피아노 앞에 앉아서 아까 베낀 그 음보를 펴놓았습니다. 그리고 내가 베낀 곳부터 다시 시작하였습니다.

화염! 화염! 빈곤, 주림, 야성적 힘, 기괴한 감금당한 감정! 음보를 보면서 타던 나는 스스로 흥분이 되었습니다. 미상불 그때는 내 눈은 미친 사람같이 번득였으며 얼굴은 흥분으로 새빨갛게 되었을 것이었습니다.

즉 그때에 그가 갑자기 달려들더니 나를 떠밀쳐 버렸습니다. 그리고 자기가 대신하여 앉았습니다.

의자에서 떨어진 나는 너무 흥분되어 다시 일어날 힘도 없이 그 자리에 앉은 대로 그의 양을 쳐다보았습니다. 그는 나를 밀쳐 버린 다음에 그 음보를 들고서 읽기 시작하였습니다. 아아 그의 얼굴! 그의 숨소리가 차차 높아지면서 눈은 미친 사람과 같이 빛을 내기 시작하였습니다. 그러더니 그 음보를 홱 내어던지며 문득 벼락같이 그의 두 손은 피아노 위에 덧엎혔습니다.

'C샤프 단음계'의 광포스러운 '소나타'는 다시 시작되었습니다. 폭풍우같이 또는 무서운 물결같이 사람으로 하여금 숨 막히게 하는 그 힘, 그것은 베토벤 이래로 근대 음악가에서 보지 못하던 광포스러운 야성이었습니다. 무섭고도 참담스러운 주림, 빈곤, 압축된 감정, 거기서 튀어져 나온 맹염(猛炎), 공포, 홍소— 아아 나는 너무 숨이 답답하여 뜻하지 않고 두 손을 홰홰 내저었습니다.

•

그날 밤이 새도록, 그는 흥분이 되어서 자기의 과거를 일일이 다 이야기하였습니다. 그 이야기에 의지하면 대략 그의 경력이 이러하였습니다.

그의 어머니는 그를 밴 뒤에 곧 자기의 친정에서 쫓겨 나왔습니다.

그때부터 그의 가난함은 시작되었습니다.

그러나 교양이 있고 어진 그의 어머니는 품팔이를 할지언정

성수는 곱게 길렀습니다. 변변치는 않으나마 오르간 하나를 준비하여 두고, 그가 잠자렬 때에는 슈베르트의 〈자장가〉로써 그의 잠을 도왔으며 아침에 깰 때는 하루 종일 유쾌히 지내게 하기 위하여 도 랜드의 〈세컨드 왈츠〉로써 그의 원기를 돋우었습니다.

그는 세 살 났을 적에 어머니의 품에 안겨서 오르간을 장난하여 보았습니다. 이 오르간을 장난하는 것을 본 어머니는 근근이 돈을 모아서 그가 여섯 살 나는 해에 피아노를 하나 샀습니다.

아침에는 새소리, 바람에 버석거리는 포플러잎, 어머니의 사랑, 부엌에서 국 끓는 소리, 이러한 모든 것이 이 소년에게는 신비스럽고도 다정스러워 그는 피아노에 향하여 앉아서 생각나는 대로 키를 두드리고 하였습니다.

이러한 가운데 고이 소학과 중학도 마치었습니다. 그러는 동안에 음악에 대한 동경은 그의 가슴에 터질 듯이 쌓였습니다.

중학을 졸업한 뒤에는 인젠 어머니를 위하여 그는 학업을 중지하지 않을 수가 없었습니다. 그는 어떤 공장의 직공이 되었습니다. 그러나 어진 어머니의 교육 아래서 길러난 그는 비록 직공은 되었다 하나 아주 온량한 사람이었습니다.

그리고 음악에 대한 집착은 조금도 줄지 않았습니다. 비록 돈이 없어서 정식으로 음악 교육은 못 받을망정 거리에서 손님을 끄느라고 틀어 놓은 유성기 앞이며 또는 일요일날 예배당에서 찬양대의 노래에 젊은 가슴을 뛰놀리던 그였습니다. 집에서는 피아노 앞을 떠나 본 일이 없었습니다.

때때로 비상한 감흥으로 오선지를 내어놓고 음보를 그려 본 적도 한두 번이 아니었습니다. 그러나 이상한 것은 그만치 뛰놀던 열정과 터질 듯한 감격도 음보로 그려 놓으면 아무 긴장도 없는 싱거운 음계가 되어 버리고 하였습니다. 왜? 그만치 천분이 있고 그만치 열정이 있던 그에게서 왜 그런 재와 같은 음악만 나왔느냐고 물으실 테지요. 거기 대하여서는 이따가 설명하리다.

감격과 불만, 열정과 재, 비상한 흥분과 그 흥분에 대한 반비례되는 시원치 않은 결과 이러한 불만의 십 년이 지났습니다.

•

그의 어머니는 문득 몹쓸 병에 걸렸습니다.

자양과 약값, 그의 몇 해를 근근이 모았던 돈은 차차 줄기 시작하였습니다. 조금이라도 안락한 생활이 되기만 하면 정식으로 음악에 대한 교육을 받으려고 모아 두었던 저금은 그의 어머니의 병에 다 들어갔습니다. 그러나 그의 어머니의 병은 차도가 보이지 않았습니다.

그리하여, 그와 내가 그 예배당에서 만나기 선 해 여름 어떤 날, 그의 어머니는 도저히 회복할 가망이 없는 중태에까지 빠지게 되었습니다. 그러나 그때는 벌써 그에게는 돈이라고는 다 떨어진 때였습니다.

그날 아침, 그는 위독한 어머니를 버려두고 역시 공장에를 갔습니다. 그러나 아무리 하여도 마음이 놓이지 않아서 일을 중도에 그만두고 집으로 돌아왔습니다. 그때는 어머니는 벌써 혼수 상태에 빠져 있었습니다. 가슴이 덜컥 내려앉은 그는 황급히 다시 뛰어나갔습니다. 그러나 어디로? 무얼 하러? 뜻없이 뛰어나와서 한참 달음박질하다가, 그는 문득 정신을 차리고 의사라도 청할 양으로 히끈* 돌아섰습니다.

그때였습니다. 아까 내가 말한 바 '기회'라는 것이 그때에 그의 앞에 나타났습니다. 그것은 조그만 담뱃가게 앞이었는데 가게와 안방과의 새의 문은 닫혀 있고 안에는 미상불 사람이 있을지나 가게를 보는 사람은 눈에 안 띄었습니다. 그리고 그 담배 상자 위에는 오십 전짜리 은전 한 닢과 동전 몇 닢이 놓여 있었습니다.

그는 자기로도 무엇을 하는지 몰랐습니다. 의사를 청하여 오려면, 다만 몇십 전이라도 돈이 있어야겠단 어렴풋한 생각만 가지고 있던 그는, 한번 사면을 살핀 뒤에 벼락같이 그 돈을 쥐고 달아났습니다.

그러나 그는 이십 간도 뛰지 못하여 따라오는 그 집 사람에게 붙들렸습니다.

그는 몇 번을 사정하였습니다. 마지막에는 자기의 어머니가 명재경각이니, 한 시간만 놓아 주면 의사를 어머니에게 보내고 다시 오마고까지 하여 보았습니다. 그러나, 그런 말은 모두 헛소리로 돌아가고, 그는 마침내 경찰서로 가게 되었습니다.

* 얼른. 시간을 끌지 아니하고 바로.

경찰서에서 재판소로 재판소에서 감옥으로—이러한 여섯 달 동안에 그는 이를 갈면서 분해하였습니다. 자기 어머니의 운명이 어찌 되었나. 그는 손과 발을 동동 구르면서 안타까워했습니다. 만약 세상을 떠났다 하면 떠나는 순간에 얼마나 자기를 찾았겠습니까. 임종에도 물 한 잔 떠넣어 줄 사람이 없는 어머니였습니다. 애타하는 그 모양, 목말라하는 그 모양을 생각하고는 그 어머니에게 지지 않게 자기도 애타하고 목말라했습니다.

반년 뒤에 겨우 광명한 세상에 나와서 자기의 오막살이를 찾아가매 거기는 벌써 다른 사람이 들어 있었으며 그의 어머니는 반년 전에 아들을 찾으며 길에까지 기어나와서 죽었다 합니다.

공동묘지를 가보았으나 분묘조차 발견할 수가 없었습니다.

이리하여 갈 곳이 없이 헤매던 그는 그날도 역시 잘 곳을 찾으러 헤매다가 그 예배당(나하고 만난)까지 뛰어 들어온 것이었습니다.

•

여기까지 이야기해 오던 K씨는 문득 말을 끊었다. 그리고 마도로스 파이프를 꺼내어 담배를 피워 가지고 빨면서 모씨에게 향하였다.

"선생은 이제 내가 이야기한 가운데 모순된 점을 발견 못 하셨습니까?"

"글쎄요."

"그럼 내가 대신 물으리다. 백성수는 그만치 천분이 많은 음악가였었는데 왜 그 광염 소나타(그날 밤의 소나타를 '광염 소나타'라고 그랬습니다)를 짓기 전에는 그만치 흥분되고 긴장되었다가도 일단 음보로 만들어 놓으면 아주 힘없는 것이 되어 버리고 했겠습니까?"

"그게야 미상불 그때의 흥분이 '광염 소나타'를 지을 때의 흥분만 못한 연고겠지요."

"그렇게 해석하세요? 듣고 보니 그것은 한 해석이 되기는 합니다. 그러나 나는 그렇게 해석 안 하는데요."

"그럼 K씨는 어떻게 해석하십니까?"

"나는, 아니, 내 해석을 말하는 것보다 그 백성수한테서 내게로 온 편지가 한 장 있는데, 그것을 보여 드리리다. 선생은 오늘 바쁘시지 않으세요?"

"일은 없습니다."

"그러면 우리 집까지 잠깐 같이 가보실까요?"

"가지요."

두 노인은 일어섰다.

도회와 교외의 경계에 달린 K씨의 집에까지 두 노인이 이른 때는 오후 너덧 시가 된 때였다.

두 노인은 K씨의 서재에 마주 앉았다.

"이것이 이삼 일 전에 백성수한테서 내게로 온 편지인데 읽어 보세요."

K씨는 서랍에서 기다란 편지 뭉치를 꺼내어 모씨에게 주었다.

모씨는 받아서 폈다.

"가만, 여기서부터 보세요. 그전에는 쓸데없는 인사이니까."

•

……(중략) 그리하여 그날도 또한 이제 밤을 지낼 집을 구하느라고 돌아다니던 저는 우연히 그 집, 제가 전에 돈 오십여 전을 훔친 집 앞에까지 이르렀습니다. 깊은 밤 사면은 고요한데 그 집 앞에서 잘 곳을 구하느라고 헤매던 저는 문득 마음속에 무서운 복수의 생각이 일어났습니다. 이 집만 아니었더면, 이 집 주인이 조금만 인정이라는 것을 알았더면, 저는 그 불쌍한 제 어머니로서 길에까지 기어나와서 세상을 떠나게 하지는 않았겠습니다. 분묘가 어디인지조차 알지 못하여 꽃 한번 갖다가 꽂아 보지 못한 이러한 불효도 이 집 때문이외다. 이러한 생각에 참지를 못하여, 그 집 앞에 가려 있는 볏짚에다가 불을 놓았습니다. 그리고 거기 서서 불이 집으로 옮아가는 것을 다 본 뒤에 갑자기 무서운 생각이 나서 달아났습니다.

좀 달아나다 보매 아래서는 벌써 사람이 꾀어들기 시작한 모양인데 이때에 저의 머리에 타오르는 생각은 통쾌하다는 생각과 달아나려는 생각뿐이었습니다. 그리하여 저는 몸을 숨기기 위하여 앞에 보이는 예배당 안으로 뛰어들어갔습니다.

거기서 불이 다 꺼지도록 구경을 한 뒤에 나오려다가 피아노를 보고…….

•

"이 보세요."

K씨는 편지를 보는 모씨를 찾았다.

"비상한 열정과 감격은 있어두 그것이 그대로 표현 안 된 것이 그것 때문이었습니다. 즉 성수의 어머니는 몹시 어진 사람으로서 어렸을 때부터 성수의 교육을 몹시 힘을 들여서 착한 사람이 되도록, 이렇게 길렀습니다그려. 그 어진 교육 때문에 그가 하늘에서 타고난 광포성과 야성이 표면상에 나타나지를 못하였습니다. 그 타오르는 야성적 열정과 힘이 음보(音譜)로 그려 놓으면 아주 힘없는, 말하자면 김빠진 술과 같이 되고 하는 것이 모두 그 때문이었습니다그려. 점잖고 어진 교훈이, 그의 천분을 못 발휘하게 한 셈이지요."

"흠."

"그것이, 그 사람 성수가, 감옥 생활을 할 동안에 한번 씻기기는 하였으나, 그러나 사람의 교양이라 하는 것은 온전히 씻지는 못하는 것이외다.

그러다가, 그 '원수'의 집 앞에서 갑자기, 말하자면 돌발적으로 야성과 광포성이 나타나서 불을 놓고 예배당 안에 숨어 서서 그 야성적 광포적 쾌미를 한껏 즐긴 다음에, 그에게서 폭발하여 나온 것이 그 '광염 소나타'였구려.

일어서는 불길, 사람의 비명, 온갖 것을 무시하고 퍼져 나가는 불의 세력—이런 것은 사실 야성적 쾌미 가운데 으뜸이 되는 것이니깐요."

"……."

"아셨습니까. 그러면 그다음에 그 편지의 여기부터 또 보세요."

•

……(중략) 저는 그날의 일이 아직 눈앞에 어리는 듯하외다. 선생님이 저를 세상에 소개하시기 위하여 늙으신 몸이 몸소 피아노에 앉으셔서 초대한 여러 음악가들 앞에서 제 '광염 소나타'를 탄주하시던 그 광경은 지금 생각하여도 제 눈에서 눈물이 나오려 합니다. 그때에 그 손님 가운데 부인 손님 두 분이 기절을 한 것은 결코 '광염 소나타'의 힘뿐이 아니고 선생의 그 탄주의 힘이 많이 섞인 것을 뉘라서 부인하겠습니까. 그 뒤에 여러 사람 앞에 저를 내어세우고,

"이 사람이 '광염 소나타'의 작자이며 삼십 년 전에 우리를 버려두고 혼자 간 일대의 귀재 백○○의 아들이외다."

고 소개를 하여 주신 그때의 그 감격은 제 일생에 어찌 잊사오리까.

그 뒤에 선생님께서 저를 위하여 꾸며 주신 방도 또한 제 마음에 가장 맞는 방이었습니다. 널따란 북향 방에 동남쪽 귀에 든든한 참나무 침대가 하나, 서북쪽 귀에 아무 장식 없는 참나

무 책상과 의자, 피아노가 하나씩, 그 밖에는 방 안에 장식이라고는 서남쪽 벽에 커다란 거울이 하나 있을 뿐, 덩더렇게 넓은 방은 사실 밤에 전등 아래 앉아 있노라면 저절로 소름이 끼치도록 무시무시한 방이었습니다. 게다가 방 안은 모두 꺼먼 칠을 하고, 창 밖에는 늙은 홰나무의 고목이 한 그루 서 있는 것도 과연 귀기가 돌았습니다. 이러한 가운데서 선생님은 저로 하여금 방분스러운 음악을 낳도록 애써 주셨습니다.

저도 그런 환경 아래서 좋은 음악을 낳아 보려고 얼마나 애를 썼겠습니까. 어떤 날 선생님께 작곡에 대한 계통적 훈련을 원할 때에 선생님은 이렇게 대답하셨습니다.

"자네에게는 그러한 교육이 필요가 없어. 마음대로 나오는 대로 하게. 자네 같은 사람에게 계통적 훈련이 들어가면 자네의 음악은 기계화해 버리고 말아. 마음대로 온갖 규칙과 규범을 무시하고 가슴에서 터져 나오는 대로……."

저는 이 말씀의 뜻을 똑똑히는 몰랐습니다. 그러나 대략한 의미뿐은 통하였습니다. 그리하여 저는 마음대로 한껏 자유스러운 음악의 경지를 개척하려 하였습니다.

그러나 그동안에 제가 산출한 음악은 모두 이상히도 저의 이전(제 어머니가 아직 살아 계실 때)의 것과 마찬가지로 아무러한 힘도 없는 음향의 유희에 지나지 못하였습니다.

저는 얼마나 초조하였겠습니까. 때때로 선생님께서 채근 비슷이 하시는 말씀은 저로 하여금 더욱 초조하게 하였습니다. 그리고 마음이 초조하면 초조할수록 제게서 생겨나는 음악은 더욱

나약한 것이 되었습니다.

저는 때때로 그 불붙던 광경을 생각하여 보았습니다. 그리고 그때에 통쾌하던 감정을 되풀이하여 보려 하였습니다. 그러나 그것 역시 실패에 돌아갔습니다.

때때로 비상한 열정으로 음보를 그려 놓은 뒤에 몇 시간을 지나서 다시 한번 읽어 보면 거기는 아무 힘이 없는 개념만 있고 하였습니다.

저의 마음은 차차 무거워지기 시작하였습니다. 그리고 큰 기대를 가지고 계신 선생님께도 미안하기가 짝이 없었습니다.

"음악은 공예품과 달라서 마음대로 만들고 싶은 때에 되는 것이 아니니 마음 놓고 천천히 감흥이 생긴 때에……."

이러한 선생님의 위로의 말씀이 듣기가 제 살을 깎아 먹는 듯하였습니다. 그러나 제 마음상은 인제는 제게서 다시 힘 있는 음악이 나올 기회가 없는 것같이만 생각되었습니다.

이러는 동안에 무위의 몇 달이 지났습니다.

어떤 날 밤중, 가슴이 너무 무겁고 가슴속에 무엇이 가득 찬 것같이 거북하여서, 저는 산보를 나섰습니다. 무거운 머리와 무거운 가슴과 무거운 다리를 지향 없이 옮기면서 돌아다니다가 저는 어떤 곳에서 커다란 볏짚 낟가리를 발견하였습니다.

이때의 저의 심리를 어떻게 형용하였으면 좋을지 저는 모르겠습니다. 저는 무슨 무서운 적(敵)을 만난 것같이 긴장되고 흥분되었습니다. 저는 사면을 한번 살펴보고, 그 낟가리에 달려가서 불을 그어서 놓았습니다. 그리고 갑자기 무서움증이 생겨서 돌아서서 달아나다가, 멀찌가니까지 달아나서 돌아보니까, 불길은 벌써 하늘을 찌를 듯이 일어났습니다. 왁, 왁, 꺄, 꺄, 사람들이 부르짖는 소리도 들렸습니다. 저는 다시 그곳까지 가서, 그 무서운 불길에 날아 올라가는 볏짚이며, 그 난가리에 연달아 있는 집을 헐어 내는 광경을 구경하다가 문득 흥분되어서 집으로 돌아왔습니다.

그날 밤에 된 것이 〈성난 파도〉였습니다.

그 뒤에 이 도회에서 일어난, 알지 못할 몇 가지의 불은, 모두 제가 질러 놓은 것이었습니다. 그리고, 불이 있던 날 밤마다 저는 한 가지의 음악을 얻었습니다. 며칠을 연하여 가슴이 몹시 무겁다가 그것이 마침내 식체와 같이 거북하고 답답하게 되는 때는 저는 뜻 없이 거리를 나갑니다. 그리고 그러한 날은 한 가지의 방화 사건이 생겨나며 그날 밤에는 한 곡의 음악이 생겨났습니다.

•

그러나 그것도 번수가 차차 많아 갈 동안, 저의, 그 불에 대한 흥분은 반비례로 줄어졌습니다. 온갖 것을 용서하지 않는 불꽃의 잔혹함도, 그다지 제 마음을 긴장시키지 못하였습니다.

"차차, 힘이 적어져 가네."

선생님께서 제 음악을 보시고 이렇게 말씀하신 것이 그러한 때였습니다.

그러나, 저는 게서 더할 도리가 없었습니다. 하는 수 없이 저는 한동안 음악을 온전히 잊어버린 듯이 내버려두었습니다.

•

모씨가 성수의 마지막 편지를 여기까지 읽었을 때에, K씨가 찾았다.

"재작년 봄에서 가을에 걸쳐서, 원인 모를 불이 많지 않았습니까. 그것이 죄 성수의 장난이었습니다그려."

"K씨는 그것을 온전히 모르셨습니까?"

"나요? 몰랐지요. 그런데, 그 어떤 날 밤이구려. 성수는 기대에 반해서, 우리 집으로 온 지 여러 달이 됐지만, 한 번도 힘 있는 것을 지어 본 일이 없겠지요. 그래서, 저 사람에게 무슨 흥분될 재료를 줄 수가 없나 하고 혼자 생각하며 있더랬는데, 그때에 저—편—"

K씨는 손을 들어 남편 쪽 창을 가리켰다.

"저—편 꽤 멀리서 불붙는 것이 눈에 뜨입디다그려. 그래서 저것을 성수에게 보이면, 혹 그때의 감정(그때는, 나는 그 담배 장수네 집에 불이 일어난 것도 성수의 장난인 줄은 꿈에도 생각 안 했구료)을 부활시킬지도 모르겠다, 이렇게 생각하구 성수의 방으로 올라가려는데, 문득 성수의 방에서 피아노 소리가 울려 나옵니다그려. 나는 올라가려던 발을 부지중 멈추고 말았지요. 역시 C샤프 단음계로서, 제일곡은 뽑아 먹고, 아다지오에서 시작되는데,

고요하고 잔잔한 바다, 수평선 위로 넘어가려는 저녁 해, 이러한 온화한 것이 차차 스케르초로 들어가서는 소낙비, 풍랑, 번개질, 무서운 바람 소리, 우레질, 전복되는 배, 곤해서 물에 떨어지는 갈매기, 한번 뒤집어지면서 해일에 쓸려 나가는 동네 사람의 부르짖음—흥분에서 흥분, 광포에서 광포, 야성에서 야성, 온갖 공포와 포학한 광경이 눈앞에 어릿거리는데, 이 늙은 내가 그만 흥분에 못 견디어, 뜻하지 않고 '그만두어 달라'고 고함친 것만으로도 짐작하시겠지요. 그리고 올라가서 보니깐, 그는 탄주를 끝내고 피곤한 듯이 피아노에 기대고 앉아 있고, 이제 탄주한 것은 벌써 '성난 파도'라는 제목 아래 음보로 되어 있습디다."

"그러면 성수는 불을 두 번 놓고, 두 음악을 얻었다는 말씀이지요?"

"그렇지요. 그러고, 그 뒤부터는 한 십여 일 건너서는 하나씩 지었는데, 그것이 지금 보면, 한 가지의 방화 사건이 생길 때마다 생겨난 것이었습니다. 그러나, 그의 편지마따나, 얼마 지나서부터는 차차 그 힘과 야성이 적어지기 시작했지요. 그래서—"

"가만계십쇼. 그 사람이 그다음에도 〈피의 선율〉이나 그 밖에 유명한 곡조를 여러 개 만들지 않았습니까?"

"글쎄 말이외다. 거기 대한 설명은 그 편지를 또 보십쇼. 여기서부터 또 보시면 알리다."

•

……(중략) ××다리 아래로서 나오려는데, 무엇이 발길에 채는 것이 있었습니다. 성냥을 그어 가지고 보니깐, 그것은 웬 늙은이의 송장이었습니다. 저는 그것이 무서워서 달아나려다가, 돌아서려던 발을 다시 돌이켰습니다. 그리고,

선생님은 이제 제가 쓰는 일을 이해하여 주실는지요. 그것은 너무도 기괴한 일이라 저로서도 믿어지지 않는 일이었습니다. 그 송장을 타고 앉았습니다. 그리고 그 송장의 옷을 모두 찢어서 사면으로 내어던진 뒤에, 그 벌거벗은 송장을, (제 힘이라 생각되지 않는) 무서운 힘으로써 높이 쳐들어서, 저편으로 내어던졌습니다. 그런 뒤에는, 마치 고양이가 알을 가지고 놀듯, 다시 뛰어가서 그 송장을 들어서, 도로 이편으로 던졌습니다. 이렇게 몇 번을 하여 머리가 깨지고, 배가 터지고—그 송장은 보기에도 참혹스러이 되었습니다. 그리하여 그 송장을 다시 만질 곳이 없이 된 뒤에, 저는 그만 곤하여 그 자리에 앉아서 쉬려다가 갑자기 마음이 긴장되고 흥분되어서, 집으로 달려왔습니다.

그날 밤에 된 것이 〈피의 선율〉이었습니다.

•

"선생은 이러한 심리를 아시겠습니까?"

"글쎄요."

"아마, 모르실걸요. 그러나 예술가로서는 능히 머리를 끄덕일 수 있는 심리외다. 그리고 또 여기를 읽어 보십시오."

•

……(중략) 그 여자가 죽었다는 것은 제게는 사실 뜻밖이었습니다.

저는, 그날 밤 혼자 몰래 그 여자의 무덤을 찾아갔습니다. 그리고 칠팔 시간 전에 묻어 놓은 그의 무덤의 흙을 다시 파서 그의 시체를 꺼내어 놓았습니다.

푸르른 달빛 아래 누워 있는 아름다운 그의 모양은 과연 선녀와 같았습니다. 가볍게 눈을 닫고 있는 창백한 얼굴, 곧은 콧날, 풀어 헤친 검은 머리—아무 표정도 없는 고요한 얼굴은 더욱 처염함을 도왔습니다. 이것을 정신이 없이 들여다보고 있던 저는 갑자기 흥분이 되어, 아아, 선생님 저는 이 아래를 쓸 용기가 없습니다. 재판소의 조서를 보시면 저절로 아실 것이올시다.

그날 밤에 된 것이 〈사령(死靈)〉이었습니다.

•

"어떻습니까?"

"……."

"네?"

"……."

"언어도단이에요? 선생의 눈으로는 그렇게 뵈시리다. 또 여기를 읽어 보십쇼."

•

……(중략) 이리하여 저는 마침내 사람을 죽인다 하는 경우에까지 이르렀습니다. 그리고 한 사람이 죽을 때마다 한 개의 음악이 생겨났습니다. 그 뒤부터 제가 지은 그 모든 것은 모두 다 한 사람씩의 생명을 대표하는 것이었습니다.

•

"인전 더 보실 것이 없습니다. 그런데 그만큼 보셨으면 성수에 대한 대략한 일은 아셨을 터인데, 거기 대한 의견이 어떻습니까?"

"……."

"네?"

"어떤 의견 말씀이오니까?"

"어떤 '기회'라는 것이 어떤 사람에게서, 그 사람의 가지고 있는 천재와 함께, '범죄 본능'까지 끌어내었다 하면, 우리는 그 '기회'를 저주하여야겠습니까 혹은 축복하여야겠습니까? 이 성수의 일로 말하자면 방화, 사체 모욕, 시간, 살인, 온갖 죄를 다 범했어요. 우리 예술가협회에서 별로 수단을 다 써서 정부에 탄원하고 재판소에 탄원하고 해서 겨우 성수를 정신병자라 하는 명목 아래 정신병원에 감금했지, 그렇지 않으면 당장에 사형이 아닙니까. 그런데 이제 그 편지를 보셔도 짐작하시겠지만 통상시에는 그 사람은 아주 명민하고 점잖고 온화한 청년입니다. 그러나, 때때로 그, 뭐랄까, 그 흥분 때문에 눈이 아득하여져서 무서운 죄를 범하고 그 죄를 범한 다음에는 훌륭한 예술을 하나씩 산출합니다. 이런 경우에 우리는 그 죄를 밉게 보아야 합니까, 혹은 그 범죄 때문에 생겨난 예술을 보아서 죄를 용서하여야 합니까?"

"그게야 죄를 범치 않고 예술을 만들어 냈으면 더 좋지 않습니까?"

"물론이지요. 그러나 이 성수 같은 사람도 있는 것이니깐 이런 경우엔 어떻게 해결하렵니까?"

"죄를 벌해야지요. 죄악이 성하는 것을 그냥 볼 수는 없습니다."

K씨는 머리를 끄덕였다.

"그렇겠습니다. 그러나 우리 예술가의 견지로는 또 이렇게 볼 수도 있습니다. 베토벤 이후로는 음악이라 하는 것이 차차 힘이 빠져 가서 꽃이나 계집이나 찬미할 줄 알고 연애나 칭송할 줄 알아서 선이 굵은 것은 볼 수가 없이 되었습니다. 게다가 엄정한 작곡법이 있어서 그것은 마치 수학의 방정식과 같이 작곡에 대한 온갖 자유스러운 경지를 제한해 놓았으니깐 이후에 생겨나는 음악은 새로운 길을 개척하기 전에는 한 기술이 될 것이지 예술이 될 수는 없습니다. 예술가에게는 이것이 쓸쓸해요. 힘 있는 예술, 선이 굵은 예술, 야성으로 충일된 예술—은 이것을 기다린 지 오랬습니다. 그럴 때에, 백성수가 나타났습니다. 사실 말이지 백성수의 그새의 예술은 그 하나하나가 모두 우리의 문화를 영구히 빛낼 보물입니다. 우리의 문화의 기념탑입니다. 방화? 살인? 변변치 않은 집개, 변변치 않은 사람개는 그의 예술의 하나가 산출되는 데 희생하라면 결코 아깝지 않습니다. 천 년에 한 번, 만 년에 한 번 날지 못 날지 모르는 큰 천재를, 몇 개의 변변치 않은 범죄를 구실로 이 세상에서 없이하여 버린다 하는 것은 더 큰 죄악이 아닐까요. 적어도 우리 예술가에게는 그렇게 생각됩니다."

K씨는 마주 앉은 노인에게서 편지를 받아서 서랍에 집어넣었다. 새빨간 저녁 해에 비치어서 그의 늙은 눈에는 눈물이 반득였다.

•끝•

감자

김동인

싸움, 간통, 살인, 도적, 구걸, 징역 이 세상의 모든 비극과 활극의 근원지인, 칠성문 밖 빈민굴로 오기 전까지는, 복녀의 부처(夫妻)는 (사농공상의 제2위에 드는) 농민이었었다.

복녀는, 원래 가난은 하나마 정직한 농가에서 규칙 있게 자라난 처녀였었다. 이전 선비의 엄한 규율은 농민으로 떨어지자부터 없어졌다 하나, 그러나 어딘지는 모르지만 딴 농민보다는 좀 똑똑하고 엄한 가율이 그의 집에 그냥 남아 있었다. 그 가운데서 자라난 복녀는 물론 다른 집 처녀들과 같이 여름에는 벌거벗고 개울에서 멱 감고, 바지 바람으로 동리를 돌아다니는 것을 예사로 알기는 알았지만, 그러나 그의 마음속에는 막연하나마 도덕이라는 것에 대한 저품*을 가지고 있었다.

그는 열다섯 살 나는 해에 동리 홀아비에게 팔십 원에 팔려서 시집이라는 것을 갔다. 그의 새서방(영감이라는 편이 적당할까)이라는 사람은 그보다 이십 년이나 위로서, 원래 아버지의 시대에는 상당한 농군으로서 밭도 몇 마지기가 있었으나, 그의 대로 내려오면서는 하나 둘 줄기 시작하여서 마지막에 복녀를 산 팔

* '두려움'의 옛말.

십 원이 그의 마지막 재산이었었다. 그는 극도로 게으른 사람이었었다. 동리 노인들의 주선으로 소작 밭깨나 얻어 주면, 종자만 뿌려 둔 뒤에는 후치*질도 안 하고 김도 안 매고 그냥 내버려 두었다가는, 가을에 가서는 되는대로 거두어서 '금년은 흉년이네' 하고 전주집에는 가져도 안 가고 자기 혼자 먹어 버리고 하였다. 그러니까 그는 한 밭을 이태를 연하여 부쳐 본 일이 없었다. 이리하여 몇 해를 지내는 동안 그는 그 동리에서는 밭을 못 얻으리만큼 인심을 잃고 말았다.

복녀가 시집을 간 뒤 한 삼사 년은 장인의 덕택으로 이렁저렁 지나갔으나, 이전 선비의 꼬리인 장인은 차차 사위를 밉게 보기 시작하였다. 그들은 처가에까지 신용을 잃게 되었다.

그들 부처는 여러 가지로 의논하다가 하릴없이 평양성 안으로 막벌이로 들어왔다. 그러나 게으른 그에게는 막벌이나마 역시 되지 않았다. 하루 종일 지게를 지고 연광정에 가서 대동강만 내려다보고 있으니, 어찌 막벌이인들 될까. 한 서너 달 막벌이를 하다가, 그들은 요행 어떤 집 막간살이로 들어가게 되었다.

그러나 그 집에서도 얼마 안 하여 쫓겨나왔다. 복녀는 부지런히 주인집 일을 보았지만 남편의 게으름은 어찌할 수가 없었다. 매일 복녀는 눈에 칼을 세워 가지고 남편을 채근하였지만, 그의 게으른 버릇은 개를 줄 수는 없었다.

"벳섬 좀 치워 달라우요."

* '극젱이'의 방언. 땅을 가는 데 쓰는 농기구.

"남 졸음 오는데. 님자 치우시관."

"내가 치우나요?"

"이십 년이나 밥 먹구 그걸 못 치워!"

"에이구, 칵 죽구나 말디."

"이년, 뭘."

이러한 싸움이 그치지 않다가, 마침내 그 집에서도 쫓겨나왔다.

이젠 어디로 가나? 그들은 하릴없이 칠성문 밖 빈민굴로 밀리어 나오게 되었다.

칠성문 밖을 한 부락으로 삼고 그곳에 모여 있는 모든 사람들의 정업은 거러지요, 부업으로는 도적질과 (자기네끼리의) 매음, 그 밖에 이 세상의 모든 무섭고 더러운 죄악이었었다. 복녀도 그 정업으로 나섰다.

•

그러나 열아홉 살의 한창 좋은 나이의 여편네에게 누가 밥인들 잘 줄까.

"젊은 거이 거랑질*은 왜."

그런 소리를 들을 때마다 그는 여러 가지 말로, 남편이 병으로 죽어 가거니 어쩌거니 핑계는 대었지만, 그런 핑계에는 단련

* 동냥질. 돈이나 물건 따위를 거저 달라고 비는 일.

된 평양 시민의 동정은 역시 살 수가 없었다. 그들은 이 칠성문 밖에서도 가장 가난한 사람 가운데 드는 편이었다. 그 가운데서 잘 수입되는 사람은 하루에 오 리짜리 돈뿐으로 일 원 칠팔십 전의 현금을 쥐고 돌아오는 사람까지 있었다. 극단으로 나가서는 밤에 돈벌이 나갔던 사람은 그날 밤 사백여 원을 벌어 가지고 와서 그 근처에서 담배 장사를 시작한 사람까지 있었다.

복녀는 열아홉 살이었다. 얼굴도 그만하면 빤빤하였다. 그 동리 여인들의 보통 하는 일을 본받아서 그도 돈벌이 좀 잘하는 사람의 집에라도 간간 찾아가면 매일 오륙십 전은 벌 수가 있었지만, 선비의 집안에서 자라난 그는 그런 일은 할 수가 없었다.

그들 부처는 역시 가난하게 지냈다. 굶는 일도 흔히 있었다.

•

기자묘 솔밭에 송충이가 끓었다. 그때, 평양'부(府)'에서는 그 송충이를 잡는 데 (은혜를 베푸는 뜻으로) 칠성문 밖 빈민굴의 여인들을 인부로 쓰게 되었다.

빈민굴 여인들은 모두 다 지원을 하였다. 그러나 뽑힌 것은 겨우 오십 명쯤이었다. 복녀도 그 뽑힌 사람 가운데 한 사람이었다.

복녀는 열심으로 송충이를 잡았다. 소나무에 사다리를 놓고 올라가서는, 송충이를 집게로 집어서 약물에 잡아 넣고 잡아 넣고, 그의 통은 잠깐 새에 차고 하였다. 하루에 삼십이 전씩의 공전이 그의 손에 들어왔다.

그러나 대엿새 하는 동안에 그는 이상한 현상을 하나 발견하였다. 그것은 다른 것이 아니라, 젊은 여인부 한 여남은 사람은 언제나 송충이는 안 잡고 아래서 지절거리며 웃고 날뛰기만 하고 있는 것이었다. 뿐만 아니라, 그 놀고 있는 인부의 공전은 일하는 사람의 공전보다 팔 전이나 더 많이 내어주는 것이다.

감독은 한 사람뿐이지만 감독도 그들의 놀고 있는 것을 묵인할 뿐 아니라, 때때로는 자기까지 섞여서 놀고 있었다.

어떤 날 송충이를 잡다가 점심때가 되어서, 나무에서 내려와서 점심을 먹고 다시 올라가려 할 때에 감독이 그를 찾았다.

"복네, 얘 복네."

"왜 그룹네까?"

그는 약통과 집게를 놓은 뒤에 돌아섰다.

"좀 오나라."

그는 말없이 감독 앞에 갔다.

"얘, 너, 음…… 데 뒤 좀 가보디 않갔니?"

"뭘 하레요?"

"글쎄, 가야……."

"가디요, 형님."

그는 돌아서면서 인부들 모여 있는 데로 고함쳤다.

"형님두 갑세다가레."

"싫다 얘. 둘이서 재미나게 가는데, 내가 무슨 맛에 가갔니?"

복녀는 얼굴이 새빨갛게 되면서 감독에게로 돌아섰다.

"가보자."

감독은 저편으로 갔다. 복녀는 머리를 수그리고 따라갔다.

"복네 좋갔구나."

뒤에서 이러한 고함 소리가 들렸다. 복녀의 숙인 얼굴은 더욱 발갛게 되었다.

그날부터 복녀도 '일 안 하고 공전 많이 받는 인부'의 한 사람으로 되었다.

•

복녀의 도덕관 내지 인생관은 그때부터 변하였다.

그는 아직껏 딴 사내와 관계를 한다는 것을 생각하여 본 일도 없었다. 그것은 사람의 일이 아니요 짐승의 하는 짓으로만 알고 있었다. 혹은 그런 일을 하면 탁 죽어지는지도 모를 일로 알았다.

그러나 이런 이상한 일이 어디 다시 있을까. 사람인 자기도 그런 일을 한 것을 보면, 그것은 결코 사람으로 못 할 일이 아니었다. 게다가 일 안 하고도 돈 더 받고, 긴장된 유쾌가 있고, 빌어먹는 것보다 점잖고…….

일본말로 하자면 '삼박자(三拍子)' 같은 좋은 일은 이것뿐이었다. 이것이야말로 삶의 비결이 아닐까. 뿐만 아니라, 이 일이 있은 뒤부터, 그는 처음으로 한 개 사람이 된 것 같은 자신까지 얻었다.

그 뒤부터는, 그의 얼굴에는 조금씩 분도 바르게 되었다.

•

일 년이 지났다.

그의 처세의 비결은 더욱더 순탄히 진척되었다. 그의 부처는 이제는 그리 궁하게 지내지는 않게 되었다.

그의 남편은 이것이 결국 좋은 일이라는 듯이 아랫목에 누워서 벌신벌신 웃고 있었다.

복녀의 얼굴은 더욱 이뻐졌다.

"여보, 아즈바니, 오늘은 얼마나 벌었소?"

복녀는 돈 좀 많이 번 듯한 거러지를 보면 이렇게 찾는다.

"오늘은 많이 못 벌었쉐다."

"얼마?"

"도무지 열서너 냥."

"많이 벌었쉐다가레, 한 댓 냥 꿰주소고래."

"오늘은 내가……."

어쩌고어쩌고 하면, 복녀는 곧 뛰어가서 그의 팔에 늘어진다.

"나한테 들킨 댐에는 꿔구야 말아요."

"난 원 이 아즈마니 만나문 야단이더라. 자, 꿰주디. 그 대신 응? 알아 있디?"

"난 몰라요, 해해해해."

"모르문, 안 줄 테야."

"글쎄, 알았대두 그른다."

그의 성격은 이만큼까지 진보되었다.

•

가을이 되었다.

칠성문 밖 빈민굴의 여인들은 가을이 되면 칠성문 밖에 있는 중국인의 채마밭에 감자(고구마)며 배추를 도적질하러 밤에 바구니를 가지고 간다. 복녀도 감자깨나 잘 도적질하여 왔다.

어떤 날 밤, 그는 감자를 한 바구니 잘 도적질하여 가지고, 이젠 돌아오려고 일어설 때에, 그의 뒤에 시꺼먼 그림자가 서서 그를 꽉 붙들었다. 보니, 그것은 그 밭의 소작인인 중국인 왕서방이었다. 복녀는 말도 못 하고 멀진멀진 발아래만 내려다보고 있었다.

"우리집에 가."

왕서방은 이렇게 말하였다.

"가재문 가디. 훤, 것두 못 갈까."

복녀는 엉덩이를 한번 홱 두른 뒤에 머리를 젓히고 바구니를 저으면서 왕서방을 따라갔다.

한 시간쯤 뒤에 그는 왕서방의 집에서 나왔다. 그가 밭고랑에서 길로 들어서려 할 때에, 문득 뒤에서 누가 그를 찾았다.

"복네 아니야?"

복녀는 홱 돌아서 보았다. 거기는 자기 곁집 여편네가 바구니를 끼고 어두운 밭고랑을 더듬더듬 나오고 있었다.

"형님이댔쉐까? 형님두 들어갔댔쉐까?"

"님자두 들어갔댔나?"

"형님은 뉘 집에?"

"나? 눅서방네 집에. 님자는?"

"난 왕서방네…… 형님 얼마 받았소?"

"눅서방네 그 깍쟁이놈, 배추 세 페기……."

"난 삼 원 받았디."

복녀는 자랑스러운 듯이 대답하였다.

십 분쯤 뒤에 그는 자기 남편과, 그 앞에 돈 삼 원을 내어놓은 뒤에, 아까 그 왕서방의 이야기를 하면서 웃고 있었다.

•

그 뒤부터 왕서방은 무시로 복녀를 찾아왔다.

한참 왕서방이 눈만 멀진멀진 앉아 있으면, 복녀의 남편은 눈치를 채고 밖으로 나간다. 왕서방이 돌아간 뒤에는 그들 부처는, 일 원 혹은 이 원을 가운데 놓고 기뻐하고 하였다.

복녀는 차차 동리 거지들한테 애교를 파는 것을 중지하였다. 왕서방이 분주하여 못 올 때가 있으면 복녀는 스스로 왕서방의 집까지 찾아갈 때도 있었다.

복녀의 부처는 이제 이 빈민굴의 한 부자였다.

•

그 겨울도 가고 봄이 이르렀다.

그때 왕서방은 돈 백 원으로 어떤 처녀를 하나 마누라로 사오게 되었다.

"흥."

복녀는 다만 코웃음만 쳤다.

"복녀, 강짜*하갔구만."

동리 여편네들이 이런 말을 하면, 복녀는 흥 하고 코웃음을 웃고 하였다.

내가 강짜를 해? 그는 늘 힘 있게 부인하고 하였다. 그러나 그의 마음에 생기는 검은 그림자는 어찌할 수가 없었다.

"이놈 왕서방, 네 두고 보자."

왕서방의 색시를 데려오는 날이 가까웠다. 왕서방은 아직껏 자랑하던 기다란 머리를 깎았다. 동시에 그것은 새색시의 의견이라는 소문이 쫙 퍼졌다.

"흥."

복녀는 역시 코웃음만 쳤다.

마침내 색시가 오는 날이 이르렀다. 칠보단장에 사인교를 탄 색시가, 칠성문 밖 채마밭 가운데 있는 왕서방의 집에 이르렀다.

밤이 깊도록, 왕서방의 집에는 중국인들이 모여서 별한 악기를 뜯으며 별한 곡조로 노래하며 야단하였다.

복녀는 집 모퉁이에 숨어 서서 눈에 살기를 띠고 방 안의 동

* '강샘'을 속되게 이르는 말. 질투.

정을 듣고 있었다.

다른 중국인들은 새벽 두 시쯤 하여 돌아갔다. 그 돌아가는 것을 보면서 복녀는 왕서방의 집 안에 들어갔다. 복녀의 얼굴에는 분이 하얗게 발리어 있었다.

신랑신부는 놀라서 그를 쳐다보았다. 그것을 무서운 눈으로 흘겨보면서, 그는 왕서방에게 가서 팔을 잡고 늘어졌다. 그의 입에서는 이상한 웃음이 흘렀다.

"자, 우리집으로 가요."

왕서방은 아무 말도 못 하였다. 눈만 정처 없이 두룩두룩하였다. 복녀는 다시 한번 왕서방을 흔들었다.

"자, 어서."

"우리, 오늘 밤 일이 있어 못 가."

"일은 밤중에 무슨 일."

"그래두, 우리 일이……."

복녀의 입에 아직껏 떠돌던 이상한 웃음은 문득 없어졌다.

"이까짓 것."

그는 발을 들어서 치장한 신부의 머리를 찼다.

"자, 가자우 가자우."

왕서방은 와들와들 떨었다. 왕서방은 복녀의 손을 뿌리쳤다.

복녀는 쓰러졌다. 그러나 곧 다시 일어섰다. 그가 다시 일어설 때는, 그의 손에는 얼른얼른하는 낫이 한 자루 들리어 있었다.

"이 되놈, 죽어라, 죽어라, 이놈, 나 때렸디! 이놈아, 아이구, 사람 죽이누나."

그는 목을 놓고 처울면서 낫을 휘둘렀다. 칠성문 밖 외딴 밭 가운데 홀로 서 있는 왕서방의 집에서는 일장의 활극이 일어났다. 그러나 그 활극도 곧 잠잠하게 되었다. 복녀의 손에 들리어 있던 낫은 어느덧 왕서방의 손으로 넘어가고, 복녀는 목으로 피를 쏟으면서 그 자리에 고꾸라져 있었다.

•

복녀의 송장은 사흘이 지나도록 무덤으로 못 갔다. 왕서방은 몇 번을 복녀의 남편을 찾아갔다. 복녀의 남편도 때때로 왕서방을 찾아갔다. 둘의 새에는 무슨 교섭하는 일이 있었다. 사흘이 지났다.

밤중에 복녀의 시체는 왕서방의 집에서 남편의 집으로 옮겼다.

그리고 그 시체에는 세 사람이 둘러앉았다. 한 사람은 복녀의 남편, 한 사람은 왕서방, 또 한 사람은 어떤 한방 의사. 왕서방은 말없이 돈주머니를 꺼내어, 십 원짜리 지폐 석 장을 복녀의 남편에게 주었다. 한방의의 손에도 십 원짜리 두 장이 갔다.

이튿날 복녀는 뇌일혈로 죽었다는 한방의의 진단으로 공동묘지로 가져갔다.

•끝•

동인문학상

1955년《사상계》가 제정한 동인문학상은 1987년 이후 조선일보가 주관하고 있다. 1회 수상작인 김성한 단편소설 「바비도」는 타락한 교회의 횡포에 대항해 자신의 신념을 지키기 위해 싸우는 가난한 봉제 직공 바비도의 이야기를 그렸다.

김동인

1900. 10. 2. 평안남도 평양에서 출생.
1907. 기독교학교인 평양숭덕소학교에 입학.
1912. 숭덕소학교 졸업 후 숭실고등보통학교에 입학.
1914. 숭실학교 중퇴 후 일본에 유학하여 도쿄학원 중학부 입학.
1917. 도쿄의 미술학교인 가와바타화숙(川端畵塾)에 입학. 유학 중 이광수(李光洙), 안재홍(安在鴻) 등과 교제.
1919. 《창조》를 창간한 후 단편 「약한 자의 슬픔」을 발표하며 등단.
1921. 첫 창작집 『목숨』을 출판하고 《창조》에 「배따라기」 발표.
1924. 폐간된 《창조》의 후신격인 동인지 《영대》 창간.
1925. 《조선문단》에 「감자」 발표.
1930. 《삼천리》에 「광염(狂炎) 소나타」 발표.
1933. 조선일보사 학예부에 근무. 〈조선일보〉에 『운현궁의 봄』 연재.
1938. 〈매일신보〉에 산문 「국기」를 쓰며 내선일체와 황민화 주장.
1943. 조선문인보국회 간사 역임.
1946. 〈태양신문〉에 장편 『을지문덕』을 연재 중 중단.
1951. 1. 5. 한국전쟁 중 서울 자택에서 숙환으로 타계.

김동인(金東仁)은 1919년 우리나라 최초의 문학 동인지 《창조》를 창간하고 「약한 자의 슬픔」을 발표하며 등단했다. 이후 「배따라기」(1921)로 작가로서의 명성을 확고히 하는 한편, 이광수(李光洙)의 계몽주의적 경향에 맞서 사실주의적 수법을 사용하고 1920년대 중반 유행하던 신경향파 문학에 맞서 예술지상주의를 표방하며 순수문학 운동을 벌였다. 김동인은 이광수 비판에의 집착, 여성 문인에 대한 혐오, 극단적인 미의식, 작가 우위적 창작 태도, 친일 행적 등으로 많은 비판을 받았다. 그러나 작중 인물의 호칭에 있어 이전까지 사용되지 않았던 '그'를 도입하고, 용언에서 과거시제인 '였다'를 써 문장에서 시간관념을 명백히 하고, 짧고 명쾌한 간결체를 구사해 우리나라 단편소설의 전형을 확립한 것으로 평가받고 있다.

실화

이상

1

사람이

비밀이 없다는 것은 재산 없는 것처럼 가난하고 허전한 일이다.

2

꿈— 꿈이면 좋겠다. 그러나 나는 자는 것이 아니다. 누운 것도 아니다.

앉아서 나는 듣는다. (12월 23일)

"언더 더 워치— 시계 아래서 말이에요, 파이브 타운스— 다섯 개의 동리란 말이지요. 이 청년은 요 세상에서 담배를 제일 좋아합니다— 기다랗게 꾸부러진 파이프에다가 향기가 아주 높은 담배를 피워 빽— 빽— 연기를 풍기고 앉았는 것이 무엇보다도 낙이었답니다."

(내야말로 동경 와서 쓸데없이 담배만 늘었지. 울화가 푹— 치밀 때저— 폐까지 쭉— 연기나 들이켜지 않고 이 발광할 것 같은 심정을 억제하는 도리가 없다.)

"연애를 했어요! 고상한 취미— 우아한 성격— 이런 것이 좋았다는 여자의 유서예요— 죽기는 왜 죽어— 선생님— 저 같으면 죽지 않겠습니다. 죽도록 사랑할 수 있나요— 있다지요. 그렇지만 저는 모르겠어요."

(나는 일찍이 어리석었더니라. 모르고 연이와 죽기를 약속했더니라. 죽도록 사랑했건만 면회가 끝난 뒤 대략 이십 분이나 삼십 분만 지나면 연이는 내가 '설마' 하고만 여기던 S의 품 안에 있었다.)

"그렇지만 선생님— 그 남자의 성격이 참 좋아요. 담배도 좋고 목소리도 좋고— 이 소설을 읽으면 그 남자의 음성이 꼭— 웅얼웅얼 들려오는 것 같아요. 이 남자가 같이 죽자면 그때 당해서는 또 모르겠지만 지금 생각 같아서는 저도 죽을 수 있을 것 같아요. 선생님 사람이 정말 죽을 수 있도록 사랑할 수 있나요? 있다면 저도 그런 연애 한번 해보고 싶어요."

(그러나 철부지 C양이여. 연이는 약속한 지 두 주일 되는 날 죽지 말고 우리 살자고 그럽디다. 속았다. 속기 시작한 것은 그때부터다. 나는 어리석게도 살 수 있을 것을 믿었지. 그뿐인가. 연이는 나를 사랑하노라고까지.)

"공과(功課)는 여기까지밖에 안 했어요— 청년이 마지막에는— 멀리 여행을 간다나 봐요. 모든 것을 잊어버리려고."

(여기는 동경이다. 나는 어쩔 작정으로 여기 왔나? 적빈이 여세* 콕토** 가 그랬느니라— 재주 없는 예술가야 부질없이 네 빈곤을 내세우지 말라고. 아— 내게 빈곤을 팔아먹는 재주 외에 무슨 기능이 남아 있누. 여기

* 적빈여세 : 赤貧如洗. 마치 물로 씻은 듯이 아무것도 가진 것이 없을 정도로 가난함.

** 장 콕토(Jean Cocteau, 1889-1963). 프랑스의 시인·소설가·연출가·화가.

는 간다쿠(神田區) 진보초(神保町). 내가 어려서 제전* 이과(二科)에 하가키** 주문하던 바로 게가 예다. 나는 여기서 지금 앓는다.)

"선생님! 이 여자를 좋아하십니까— 좋아하시지요— 좋아요— 아름다운 죽음이라고 생각해요— 그렇게까지 사랑을 받는— 남자는 행복되지요— 네— 선생님— 선생님 선생님."

(선생님 이상(李箱) 턱에 입 언저리에 아— 수염이 숱하게도 났다. 좋게도 자랐다.)

"선생님— 뭘— 그렇게 생각하십니까— 네— 담배가 다 탔는데— 아이— 파이프에 불이 붙으면 어떻게 합니까— 눈을 좀— 뜨세요. 이야기는 끝났습니다. 네— 무슨 생각 그렇게 하셨나요."

(아— 참 고운 목소리도 다 있지. 십 리나 먼— 밖에서 들려오는— 값비싼 시계 소리처럼 부드럽고 정확하게 윤택이 있고— 피아니시모— 꿈인가. 한 시간 동안이나 나는 스토리보다는 목소리를 들었다. 한 시간— 한 시간같이 길었지만 십 분— 나는 졸았나? 아니 나는 스토리를 다 외운다. 나는 자지 않았다. 그 흐르는 듯한 연연한 목소리가 내 감관(感官)을 얼싸안고 목소리가 잤다.)

꿈— 꿈이면 좋겠다. 그러나 나는 잔 것도 아니요 또 누웠던 것도 아니다.

* 일본의 제국미술전람회(帝國美術展覽會)의 약자.

** '엽서'를 뜻하는 일본어 'はがき'를 말한다.

3

파이프에 불이 붙으면?

끄면 그만이지. 그러나 S는 껄껄— 아니 빙그레 웃으면서 나를 타이른다.

"상(箱)! 연이와 헤어지게. 헤어지는 게 좋을 것 같으니. 상이 연이와 부부? 라는 것이 내 눈에는 똑 부러 그러는 것 같아서 못 보겠네."

"거 어째서 그렇다는 건가."

이 S는, 아니 연이는 일찍이 S의 것이었다. 오늘 나는 S와 더불어 담배를 피우면서 마주 앉아 담소할 수 있었다. 그러면 S와 나 두 사람은 친우였던가.

"상! 자네 'EPIGRAM(경구)'이라는 글 내 읽었지. 한 번— 허허— 한 번. 상! 상의 서푼짜리 우월감이 내게는 우숴 죽겠다는 걸세. 한 번? 한 번— 허허— 한 번."

"그러면(나는 실신할 만치 놀란다) 한 번 이상— 몇 번. S! 몇 번인가."

"그저 한 번 이상이라고만 알아 두게나그려."

꿈— 꿈이면 좋겠다. 그러나 10월 23일부터 10월 24일까지 나는 자지 않았다. 꿈은 없다.

(천사는— 어디를 가도 천사는 없다. 천사들은 다 결혼해 버렸기 때문이다.)

23일 밤 10시부터 나는 가지가지 재주를 다 피워 가면서 연이를 고문했다.

24일 동이 훤하게 터올 때쯤에야 연이는 겨우 입을 열었다. 아! 장구한 시간!

"첫 번— 말해라."

"인천 어느 여관."

"그건 안다. 둘째 번— 말해라."

"……."

"말해라."

"N빌딩 S의 사무실."

"셋째 번— 말해라."

"……."

"말해라."

"동소문 밖 음벽정."

"넷째 번— 말해라."

"……."

"말해라."

"……."

"말해라."

머리맡 책상 서랍 속에는 서슬이 퍼런 내 면도칼이 있다. 경동맥을 따면— 요물은 선혈이 댓줄기 뻗치듯 하면서 급사하리라. 그러나—

나는 일찌감치 면도를 하고 손톱을 깎고 옷을 갈아입고 그리고 예년 10월 24일경에는 사체가 며칠 만이면 썩기 시작하는지 곰곰 생각하면서 모자를 쓰고 인사하듯 다시 벗어 들고 그리고 방— 연이와 반년 침식을 같이 하던 냄새나는 방을 휘— 둘러 살피자니까 하나 사다 놓네 놓네 하고 기어이 뜻을 이루지 못한 금붕어도— 이 방에는 가을이 이렇게 짙었건만 국화 한 송이 장식이 없다.

4

그러나 C양의 방에는 지금— 고향에서는 스케이트를 지친다는데— 국화 두 송이가 참 싱싱하다.

이 방에는 C군과 C양이 산다. 나는 C양더러 '부인'이라고 그랬더니 C양은 성을 냈다. 그러나 C군에게 물어보면 C양은 '아내'란다. 나는 이 두 사람 중의 누구라고 정하지 않고 내 동경 생활이 하도 적막해서 지금 이 방에 놀러 왔다.

언더 더 워치— 시계 아래서의 렉처(강의)는 끝났는데 C군은 조선 곰방대를 피우고 나는 눈을 뜨지 않는다. C양의 목소리는 꿈같다. 인토네이션(억양)이 없다. 흐르는 것같이 끊임없으면서 아주 조용하다.

나는 그만 가야겠다.

"선생님(이것은 실로 이상 옹을 지적하는 참담한 인칭대명사다) 왜 그러세요— 이 방이 기분이 나쁘세요?(기분? 기분이란 말은 필시 조선말은 아니리라) 더 놀다 가세요— 아직 주무실 시간도 멀었는데 가서 뭐 하세요? 네? 얘기나 하세요."

나는 잠시 그 계간유수(溪間流水) 같은 목소리의 주인 C양의 얼굴을 들여다본다. C군이 범과 같이 건강하니까 C양은 혈색이 없이 입술조차 파르스레하다. 이 오사게*라는 머리를 한 소녀는 내일 학교에 간다. 가서 언더 더 워치의 계속을 배운다.

사람이— 비밀이 없다는 것은 재산 없는 것처럼 가난하고 허전한 일이다.

강사는 C양의 입술이 C양이 좀 횟배를 앓는다는 이유 외에 또 무슨 이유로 조렇게 파르스레한가를 아마 모르리라.

강사는 맹랑한 질문 때문에 잠깐 얼굴을 붉혔다가 다시 제 지위의 현격히 높은 것을 느끼고 그리고 외쳤다.

"쪼꾸만 것들이 무얼 안다고—"

그러나 연이는 히힝 하고 코웃음을 쳤다. 모르기는 왜 몰라— 연이는 지금 방년이 이십, 열여섯 살 때 즉 연이가 여고 때 수신과 체조를 배우는 여가에 간단한 속옷을 찢었다. 그러고 나서 수신과 체조는 여가에 가끔 하였다.

여섯— 일곱— 여덟— 아홉— 열

다섯 해— 개꼬리도 삼 년만 묻어 두면 황모(黃毛)가 된다든가 안 된다든가 원—

수신 시간에는 학감 선생님, 할팽** 시간에는 올드미스 선생님, 국문 시간에는 곰보딱지 선생님.

"선생님 선생님— 이 귀염성스럽게 생긴 연이가 엊저녁에 무엇

* '(소녀의) 땋아 늘어뜨린 머리'를 뜻하는 일본어 'おさげ'.

** 割烹. 베고 삶는다는 뜻으로, 음식을 조리함을 이르는 말.

을 했는지 알아내면 용하지."

흑판 위에는 '요조숙녀'라는 액(額)의 흑색이 임리(淋漓)하다.

"선생님 선생님— 제 입술이 왜 요렇게 파르스레한지 알아맞히신다면 참 용하지."

연이는 음벽정(飮碧亭)에 가던 날도 R영문과에 재학중이다. 전날 밤에는 나와 만나서 사랑과 장래를 맹세하고 그 이튿날 낮에는 기싱*과 호손**을 배우고 밤에는 S와 같이 음벽정에 가서 옷을 벗었고 그 이튿날은 월요일이기 때문에 나와 같이 같은 동소문 밖으로 놀러 가서 베제***했다. S도 K교수도 나도 연이가 엊저녁에 무엇을 했는지 모른다. S도 K교수도 나도 바보요, 연이만이 홀로 눈 가리고 아웅 하는 데 희대의 천재다.

연이는 N빌딩에서 나오기 전에 WC라는 데를 잠깐 들르지 않으면 안 되었다. 나오면 남대문통 십오 간 대로 GO STOP의 인파.

"여보시오 여보시오, 이 연이가 저 2층 바른편에서부터 둘째 S씨의 사무실 안에서 지금 무엇을 하고 나왔는지 알아맞히면 용하지."

그때에도 연이의 살결에서는 능금과 같은 신선한 생광(生光)이 나는 법이다. 그러나 불쌍한 이상 선생님에게는 이 복잡한 교통을 향하여 빈정거릴 아무런 비밀의 재료도 없으니 내가 재산

* 영국 소설가 조지 기싱(George Robert Gissing, 1857-1903).

** 미국 소설가 너대니얼 호손(Nathaniel Hawthorne, 1804-1864).

*** '입맞춤하다'는 뜻의 프랑스어 'baiser'를 말한다.

없는 것보다도 더 가난하고 싱겁다.

"C양! 내일도 학교에 가셔야 할 테니까 일찍 주무셔야지요."

나는 부득부득 가야겠다고 우긴다. C양은 그럼 이 꽃 한 송이 가져다가 방에다 꽂아 놓으란다.

"선생님 방은 아주 살풍경이라지요?"

내 방에는 화병도 없다. 그러나 나는 두 송이 가운데 흰 것을 달래서 왼편 깃에다가 꽂았다. 꽂고 나는 밖으로 나왔다.

5

국화 한 송이도 없는 방 안을 휘— 한번 둘러보았다. 잘하면 나는 이 추악한 방을 다시 보지 않아도 좋을 수도 있을까 싶었기 때문에 내 눈에는 눈물도 괼밖에.

나는 썼다 벗은 모자를 다시 쓰고 나니까 그만하면 내 연이에게 대한 인사도 별로 유루(遺漏) 없이 다 된 것 같았다.

연이는 내 뒤를 서너 발자국 따라왔던가 싶다. 그러나, 나는 예년 10월 24일경에는 사체가 며칠 만이면 상하기 시작하는지 그것이 더 급했다.

"상! 어디 가세요?"

나는 얼떨결에 되는 대로,

"동경."

물론 이것은 허담이다. 그러나 연이는 나를 만류하지 않는다. 나는 밖으로 나갔다.

나왔으니, 자— 어디로 어떻게 가서 무엇을 해야 되누.

해가 서산에 지기 전에 나는 이삼 일 내로는 반드시 썩기 시작해야 할 한 개 '사체'가 되어야만 하겠는데, 도리는?

도리는 막연하다. 나는 십 년 긴 세월을 두고 세수할 때마다 자살을 생각하여 왔다. 그러나 나는 결심하는 방법도 결행하는 방법도 아무것도 모르는 채다.

나는 온갖 유행약을 암송하여 보았다.

그러고 나서는 인도교, 변전소, 화신상회 옥상, 경원선 이런 것들도 생각해 보았다.

나는 그렇다고—정말 이 온갖 명사의 나열은 가소롭다— 아직 웃을 수는 없다.

웃을 수는 없다. 해가 저물었다. 급하다. 나는 어딘지도 모를 교외에 있다. 나는 어쨌든 시내로 들어가야만 할 것 같았다. 시내—사람들은 여전히 그 알아볼 수 없는 낯짝들을 쳐들고 와글와글 야단이다. 가등이 안개 속에서 축축해한다. 영경(英京) 윤돈(倫敦)*이 이렇다지—

6

NAUKA**가 있는 진보초 스즈란도(鈴蘭洞)에는 고본(古本) 야시가 선다. 섣달 대목—이 스즈란도도 곱게 장식되었다. 이슬비

* 영경 윤돈. '영국 수도 런던(London)'을 한자로 표기한 것이다.
** 러시아 관련 책을 팔던 일본의 서점. 나우카는 러시아어로 '과학'이라는 뜻이다.

에 젖은 아스팔트를 이리 디디고 저리 디디고 저녁 안 먹은 내 발길은 자못 창량(蹌踉)하였다. 그러나 나는 최후의 이십 전을 던져 타임스판 상용영어 사천 자라는 서적을 샀다. 사천 자—

사천 자면 많은 수효다. 이 해양만 한 외국어를 겨드랑에 낀 나는 섣불리 배고파할 수도 없다. 아— 나는 배부르다.

진따*—(옛날 활동사진 상설관에서 사용하던 취주악대) 진동야**의 진따가 슬프다.

진따는 전원 네 사람으로 조직되었다. 대목의 한몫을 보려는 소백화점의 번영을 위하여 이 네 사람은 클라리넷과 코넷과 북과 소고를 가지고 선조 유신 당초에 부르던 유행가를 연주한다. 그것은 슬프다 못해 기가 막히는 가각(街角) 풍경이다. 왜? 이 네 사람은 네 사람이 다 묘령의 여성들이더니라. 그들은 똑같이 진홍색 군복과 군모와 '꼭구마'***를 장식하였더니라.

아스팔트는 젖었다. 스즈란도 좌우에 매달린 그 은방울꽃 모양 가등(街燈)도 젖었다. 클라리넷 소리도— 눈물에— 젖었다.

그리고 내 머리에는 안개가 자욱이 끼었다.

영국 윤돈이 이렇다지?

"이상!은 무슨 생각을 그렇게 하십니까?"

남자의 목소리가 내 어깨를 쳤다. 법정대학 Y군, 인생보다는 연극이 더 재미있다는 이다. 왜? 인생은 귀찮고 연극은 실없으니

* '서커스·영화관·선전 따위에 쓰는 소수인의 악대'를 뜻하는 일본어 'ジンタ'.
** 특이한 복장으로 악기 연주를 하면서 거리를 돌아다니며 선전·광고하는 사람을 일컫는 일본어 'ちんどんや'.
*** 꼬꼬마. 말총으로 만들어 군졸의 벙거지 뒤에 길게 늘여 꽂던 붉은 털.

까.

"집에 갔더니 안 계시길래!"

"죄송합니다."

"엠프레스*에 가십시다."

"좋—지요."

ADVENTURE IN MANHATTAN**에서 진 아서가 커피 한 잔 맛있게 먹더라. 크림을 타 먹으면 소설가 구보(仇甫) 씨***가 그랬다— 쥐 오줌내가 난다고. 그러나 나는 조엘 마크리만큼은 맛있게 먹을 수 있었으니—

MOZART의 41번은 〈목성〉이다. 나는 몰래 모차르트의 환술(幻術)을 투시하려고 애를 쓰지만 공복으로 하여 적이 어지럽다.

"신주쿠(新宿) 가십시다."

"신주쿠라?"

"NOVA****에 가십시다."

"가십시다 가십시다."

마담은 루바시카. 노바는 에스페란토. 헌팅을 얹은 놈의 심장을 아까부터 벌레가 연해 파먹어 들어간다. 그러면 시인 지용(芝鎔)이여! 이상은 물론 자작의 아들도 아무것도 아니겠습니다그

* '여자 황제'란 뜻의 영어 'empress'는 당시 동경에 있었던 카페 이름이다.

** 1936년 제작된 미국 코미디 스릴러 영화 제목. 진 아서와 조엘 마크리는 모두 이 영화에 출연한 배우 이름이다.

*** 「소설가 구보 씨의 일일」을 쓴 박태원(朴泰遠, 1900-1986). 구보는 박태원의 호이다.

**** 동경 신주쿠에 있었던 맥주홀의 이름.

려!*

12월의 맥주는 선뜩선뜩하다. 밤이나 낮이나 감방은 어둡다는 이것은 고리키의 「나그네」 구슬픈 노래, 이 노래를 나는 모른다.

7

밤이나 낮이나 그의 마음은 한없이 어두우리라. 그러나 유정(兪政)**아! 너무 슬퍼 마라. 너에게는 따로 할 일이 있느니라.

이런 지비(紙碑)가 붙어 있는 책상 앞이 유정에게 있어서는 생사의 기로다. 이 칼날같이 선 한 지점에 그는 앉지도 서지도 못하면서 오직 내가 오기를 기다렸다고 울고 있다.

"각혈이 여전하십니까?"

"네— 그저 그날이 그날 같습니다."

"치질이 여전하십니까?"

"네— 그저 그날이 그날 같습니다."

안개 속을 헤매던 내가 불현듯이 나를 위하여는 마코*** 두 갑, 그를 위하여는 배 십 전어치를, 사 가지고 여기 유정을 찾은 것이다. 그러나 그의 유령 같은 풍모를 도회(韜晦)하기 위하여 장식

* 이 부분은 정지용의 시 「카페 프란스」에 빗대어 쓰였다.

** 소설가 김유정(金裕貞). 동음의 다른 한자를 쓰고 있다. 이상과 김유정은 둘 다 폐결핵을 앓았다.

*** 1930년대 인기 있었던 담배 이름.

된 무성한 화병에서까지 석탄산* 내음새가 나는 것을 지각하였을 때는 나는 내가 무엇 하러 여기 왔나를 추억해 볼 기력조차도 없어진 뒤였다.

"신념을 빼앗긴 것은 건강이 없어진 것처럼 죽음의 꼬임을 받기 마치 쉬운 경우더군요."

"이상 형! 형은 오늘이야 그것을 빼앗기셨습니까! 인제— 겨우— 오늘이야— 겨우— 인제."

유정! 유정만 싫다지 않으면 나는 오늘 밤으로 치러 버리고 말 작정이었다. 한 개 요물에게 부상해서 죽는 것이 아니라 27세를 일기로 하는 불우의 천재가 되기 위하여 죽는 것이다.

유정과 이상—이 신성불가침의 찬란한 정사(情死)—이 너무나 엄청난 거짓을 어떻게 다 주체를 할 작정인지.

"그렇지만 나는 임종할 때 유언까지도 거짓말을 해줄 결심입니다."

"이것 좀 보십시오."

하고 풀어 헤치는 유정의 젖가슴은 초롱(草籠)보다도 앙상하다. 그 앙상한 가슴이 부풀었다 구겼다 하면서 단말마의 호흡이 서글프다.

"명일의 희망이 이글이글 끓습니다."

유정은 운다. 울 수 있는 외의 그는 온갖 표정을 다 망각하여 버렸기 때문이다.

* 페놀. 방부제, 소독 살균제 따위를 만드는 데 쓴다.

"유형! 저는 내일 아침차로 동경 가겠습니다."

"……."

"또 뵈옵기 어려울걸요."

"……."

그를 찾은 것을 몇 번이고 후회하면서 나는 유정을 하직하였다. 거리는 늦었다. 방에서는 연이가 나 대신 내 밥상을 지키고 앉아서 아직도 수없이 지니고 있는 비밀을 만지작만지작하고 있었다. 내 손은 연이 뺨을 때리지는 않고 내일 아침을 위하여 짐을 꾸렸다.

"연이! 연이는 야웅*의 천재요. 나는 오늘 불우의 천재라는 것이 되려다가 그나마도 못 되고 도로 돌아왔소. 이렇게 이렇게! 응?"

8

나는 버티다 못해 조그만 종잇조각에다 이렇게 적어 그놈에게 주었다.

"자네도 야웅의 천재인가? 암만해도 천재인가 싶으이. 나는 졌네. 이렇게 내가 먼저 지껄였다는 것부터가 패배를 의미하지."

일고(一高) 휘장(徽章)이다. HANDSOME BOY— 해협 오전 2시의 망토를 두르고** 내 곁에 가 버티고 앉아서 동(動)치 않기

* '눈 가리고 아웅'에서 나온 말로 여기서는 속임수 등의 의미로 쓰였다.

** 이 부분은 정지용의 시 「해협」에 빗대어 쓰였다.

를 한 시간 (이상?)

나는 그동안 풍선처럼 잠자코 있었다. 온갖 재주를 다 피워서 이 미목수려(眉目秀麗)한 천재로 하여금 먼저 입을 열도록 갈팡질팡했건만 급기야 나는 졌다. 지고 말았다.

"당신의 텁석부리는 말을 연상시키는구려. 그러면 말아! 다락 같은 말아!* 귀하는 점잖기도 하다마는 또 귀하는 왜 그리 슬퍼 보이오? 네?" (이놈은 무례한 놈이다.)

"슬퍼? 응— 슬플밖에— 20세기를 생활하는데 19세기의 도덕성밖에는 없으니 나는 영원한 절름발이로다. 슬퍼야지— 만일 슬프지 않다면— 나는 억지로라도 슬퍼해야지— 슬픈 포즈라도 해보여야지— 왜 안 죽느냐고? 헤헹! 내게는 남에게 자살을 권유하는 버릇밖에 없다. 나는 안 죽지. 이따가 죽을 것만같이 그렇게 중속(衆俗)을 속여 주기만 하는 거야. 아— 그러나 인제는 다 틀렸다. 봐라. 내 팔. 피골이 상접. 아야아야. 웃어야 할 터인데 근육이 없다. 울려야 근육이 없다. 나는 형해(形骸)다. 나—라는 정체는 누가 잉크 짓는 약으로 지워 버렸다. 나는 오직 내— 흔적일 따름이다."

NOVA의 웨이트리스 나미코는 아부라에**라는 재주를 가진 노라***의 따님 코론타이****의 누이동생이시다. 미술가 나미코 씨와

* 정지용의 동시 「말」의 첫 행을 그대로 썼다. 뒷부분 역시 이 동시에 빗대어 쓰였다.
** '유화(油畫)'의 일본어.
*** 헨릭 입센의 소설 『인형의 집』의 여주인공 이름.
**** 러시아 혁명가이자 여성 최초의 외교관이었던 작가 알렌산드라 콜론타이(1872-1952).

극작가 Y군은 4차원 세계의 테마를 불란서 말로 회화한다.

불란서 말의 리듬은 C양의 언더 더 워치 강의처럼 애매하다. 나는 하도 답답해서 그만 울어 버리기로 했다. 눈물이 좔좔 쏟아진다. 나미코가 나를 달랜다.

"너는 뭐냐? 나미코? 너는 엊저녁에 어떤 마치아이*에서 방석을 베고 십구 분 동안— 아니 아니 어떤 빌딩에서 아까 너는 걸상에 포개 앉았었느냐. 말해라— 헤헤— 음벽정? N빌딩 바른편에서부터 둘째 S의 사무실? (아— 이 주책없는 이상아 동경에는 그런 것은 없습네.) 계집의 얼굴이란 다마네기**다. 암만 벗기어 보려무나. 마지막에 아주 없어질지언정 정체는 안 내놓느니."

신주쿠의 오전 1시— 나는 연애보다도 우선 담배를 피우고 싶었다.

9

12월 23일 아침 나는 진보초 누옥(陋屋) 속에서 공복으로 하여 발열하였다. 발열로 하여 기침하면서 두 벌 편지는 받았다.

저를 진정으로 사랑하시거든 오늘로라도 돌아와 주십시오. 밤에도 자지 않고 저는 형을 기다리고 있습니다. 유정.

* 요릿집, 요정, 기생 또는 여자를 불러들여 유흥하는 곳을 일컫는 일본어 'まちあい'.
** 양파의 일본어 'たまねぎ'.

이 편지 받는 대로 곧 돌아오세요. 서울에서는 따뜻한 방과 당신의 사랑하는 연이가 기다리고 있습니다. 연 서(書).

이날 저녁에 부질없는 향수를 꾸짖는 것처럼 C양은 나에게 백국(白菊) 한 송이를 주었느니라. 그러나, 오전 1시 신주쿠역 폼에서 비칠거리는 이상의 옷깃에 백국은 간데없다. 어느 장화가 짓밟았을까. 그러나— 검정 외투에 조화를 단, 댄서— 한 사람. 나는 이국종 강아지*올시다. 그러면 당신께서는 또 무슨 방석과 걸상의 비밀을 그 농화장(濃化粧) 그늘에 지니고 계시나이까?

사람이— 비밀 하나도 없다는 것이 참 재산 없는 것보다도 더 가난하외다그려! 나를 좀 보시지요?

•끝•

* 정지용의 시 「카페 프란스」에 '오오, 이국종(異國種) 강아지야'라는 구절이 있다.

종생기

이상

극유산호(郤遺珊瑚)*……요 다섯 자 동안에 나는 두 자 이상의 오자를 범했는가 싶다. 이것은 나 스스로 하늘을 우러러 부끄러워할 일이겠으나 인지(人智)가 발달해 가는 면목이 실로 약여(躍如)하다.

죽는 한이 있더라도 이 산호 채찍일랑 꽉 쥐고 죽으리라. 내 폐포파립(廢袍破笠) 위에 퇴색한 망해(亡骸) 위에 봉황이 와 앉으리라.

나는 내 「종생기(終生記)」가 천하 눈 있는 선비들의 간담을 서늘하게 해놓기를 애틋이 바라는 일념 아래 이만큼 인색한 내 맵시의 절약법을 피력하여 보인다.

일발 포성에 부득이 영웅이 되고 만 희대의 군인 모(某)는 아흔에 귀를 단 황송한 일생을 끝막던 날 이렇다는 유언 한마디를 지껄이지 않고 그 임종의 장면을 곧잘 (무사히 후— 한숨이 나올 만큼) 넘겼다.

그런데 우리들의 레우오치카—애칭 톨스토이—은 괴나리봇짐을 짊어지고 나선 데까지는 기껏 그럴 성싶게 꾸며 가지고 마

* 당나라 시인 최국보의 〈소년행〉이란 시에서 따온 것으로 '산호를 버린다'는 뜻이다.

지막 오 분에 가서 그만 잡쳤다. 자지레한 유언 나부랭이로 말미암아 칠십 년 공든 탑을 무너뜨렸고 허울 좋은 일생에 가실 수 없는 흠집을 하나 내어놓고 말았다.

나는 일개 교활한 옵서버의 자격으로 그런 우매한 성인들의 생애를 방청하여 왔으니 내가 그런 따위의 실수를 알고도 재범할 리가 없는 것이다.

거울을 향하여 면도질을 한다. 잘못해서 나는 생채기를 내인다. 나는 골을 벌컥 내인다.

그러나 와글와글 들끓는 여러 '나'와 나는 정면으로 충돌하기 때문에 그들은 제각기 베스트를 다하여 제 자신만을 변호하는 때문에 나는 좀처럼 범인을 찾아내기는 어렵다는 것이다.

그러기에 대저 어리석은 민중들은 '원숭이가 사람 흉내를 내네' 하고 마음을 놓고 지내는 모양이지만 사실 사람이 원숭이 흉내를 내고 지내는 바 지당한 전고(典故)를 이해하지 못하는 탓이리라.

오호라 일거수일투족이 이미 아담 이브의 그런 충동적 습관에서는 탈각한 지 오래다. 반사운동과 반사운동 틈바구니에 끼어서 잠시 실로 전광석화만큼 손가락이 자의식의 포로가 되었을 때 나는 모처럼 내 허무한 세월 가운데 한각(閑却)되어 있는 기암(奇岩) 내 콧잔등이를 좀 만지작만지작했다거나, 고귀한 대화와 대화 늘어선 쇠사슬 사이에도 정히 간발을 허용하는 들창이 있나니 그 서슬 퍼런 날(刃)이 자의식을 건잡을 사이도 없이 양단하는 순간 나는 내 명경같이 맑아야 할 지보(至寶) 두 눈에 혹시 눈곱이 끼지나 않았나 하는 듯이 적절하게 주름살 잡힌 손수건을 꺼내어서는 그 두 눈을 만지작만지작했다거나—

내 혼백과 사대(四大)의 점잖은 태만성이 그런 사소한 연화(煙火)들을 일일이 따라다니면서(보고 와서) 내 통괄되는 처소에다 일러바쳐야만 하는 그런 압도적 망쇄(忙殺)를 나는 이루 감당해 내는 수가 없다.

그러나 나는 내 지중(至重)한 산호편(珊瑚鞭)을 자랑하고 싶다.

'쓰레기' '우거지'

이 구지레한 단자(單字)의 분위기를 족하(足下)는 족히 이해하십니까.

족하는 족하가 기독교식으로 결혼하던 날 네이브 앤드 아일(교회 본당과 복도)에서 이 '쓰레기' '우거지'에 근이(近邇)한 감흥을 맛보았으리라고 생각이 되는데 과연 그렇지는 않으십니까.

나는 그런 '쓰레기'나 '우거지' 같은 테이프를— 내 종생기 처처에다 가련히 심어 놓은 자자레한 치레를 위하여— 뿌려 보려는 것인데—

다행히 박수(拍手)하다. 이상(以上).

'치사(侈奢)*한 소녀는', '해동기의 시냇가에 서서', '입술이 낙화(落花)지듯 좀 파래지면서', '박빙(薄氷) 밑으로는 무엇이 저리도 움직이는가고', '고개를 갸웃거리는 듯이 숙이고 있는데', '봄

* 필요 이상의 돈이나 물건을 쓰거나 분수에 지나친 생활을 하는 것을 의미하는 '사치(奢侈)'를 거꾸로 쓴 것.

운기를 품은 훈풍이 불어와서', '스커트', 아니 아니, '너무나' 아니 아니, '좀', '슬퍼 보이는 홍발(紅髮)을 건드리면' 그만. 더 아니다. 나는 한마디 가련한 어휘를 첨가할 성의를 보이자.

'나붓 나붓.'

이만하면 완비된 장치에 틀림없으리라. 나는 내 종생기의 서장을 꾸밀 그 소문 높은 산호편을 더 여실히 하기 위하여 위와 같은 실로 나로서는 너무나 과람(過濫)이 치사스럽고 어마어마한 세간살이를 장만한 것이다.

그런데—

혹 지나치지나 않았나. 천하에 형안이 없지 않으니까 너무 금칠을 아니 했다가는 서툴리 들킬 염려가 있다. 하나—

그냥 어디 이대로 써(用) 보기로 하자.

나는 지금 가을바람이 자못 소슬한 내 구중중한 방에 홀로 누워 종생하고 있다.

어머니 아버지의 충고에 의하면 나는 추호의 틀림도 없는 만 이십오 세와 십일 개월의 '홍안 미소년'이라는 것이다. 그렇건만 나는 확실히 노옹이다. 그날 하루하루가 '인생은 짧고 예술은 기다랗다' 하는 엄청난 평생이다.

나는 날마다 운명하였다. 나는 자던 잠—이 잠이야말로 언제 시작한 잠이더냐—을 깨이면 내 통절한 생애가 개시되는데 청춘이 여지없이 탕진되는 것은 이불을 푹 뒤집어쓰고 누웠지만 역력히 목도한다.

나는 노래(老來)에 빈한한 식사를 한다. 열두 시간 이내에 종생을 맞이하고 그리고 할 수 없이 이리 궁리 저리 궁리 유언다운 유언이 어디 유실되어 있지 않나 하고 찾고, 찾아서는 그중 의젓스러운 놈으로 몇 추린다.

그러나 고독한 만년(晩年) 가운데 한 구(句)의 에피그램을 얻지 못하고 그대로 처참히 나는 물고(物故)하고 만다.

일생의 하루—

하루의 일생은 대체(위선) 이렇게 해서 끝나고 끝나고 하는 것이었다.

자— 보아라.

이런 내 분장은 좀 과하게 치사스럽다는 느낌은 없을까, 없지 않다.

그러나 위풍당당 일세를 풍미할 만한 참신무비(斬新無比)한 햄릿(망언다사)을 하나 출세시키기 위하여는 이만한 출자는 아끼지 말아야 하지 않을까 하는 느낌도 없지 않다.

나는 가을. 소녀는 해동기.

어느 제나 이 두 사람이 만나서 즐기운 소꿉장난을 한번 해보리까.

나는 그해 봄에도—

부질없는 세상이 스스러워서 상설(霜雪) 같은 위엄을 갖춘 몸으로 한심한 불우의 일월을 맞고 보내지 않으면 안 되었다.

미문(美文), 미문, 애하(曖呀)!* 미문.

미문이라는 것은 적이 조처하기 위험한 수작이니라.

나는 내 감상의 꿀방구리 속에 청산 가던 나비처럼 마취혼사(痲醉昏死)하기 자칫 쉬운 것이다. 조심조심 나는 내 맵시를 고쳐야 할 것을 안다.

나는 그날 아침에 무슨 생각에서 그랬던지 이를 닦으면서 내 작성 중에 있는 유서 때문에 끙끙 앓았다.

열세 벌의 유서가 거의 완성해 가는 것이었다. 그러나 그 어느 것을 집어내 보아도 다 같이 서른여섯 살에 자살한 어느 '천재'** 가 머리말에 놓고 간 개세(蓋世)의 일품의 아류에서 일보를 나서지 못했다. 내게 요만 재주밖에는 없느냐는 것이 다시없이 분하고 억울한 사정이었고 또 초조의 근원이었다. 미간을 찌푸리되 가장 고매한 얼굴은 지속해야 할 것을 잊어버리지 않고 그리고 계속하여 끙끙 앓고 있노라니까 (나는 일시일각을 허송하지는 않는다. 나는 없는 지혜를 끊이지 않고 쥐어짠다) 속달 편지가 왔다. 소녀에게서다.

선생님! 어젯저녁 꿈에도 저는 선생님을 만나 뵈었습니다. 꿈 가운데 선생님은 참 다정하십니다. 저를 어린애처럼 귀여워해 주십니다.

그러나 백일(白日) 아래 표표하신 선생님은 저를 부르시지 않

* 백화(현재 중국에서 쓰는 구어체 언어)로 쓴 글에서 사용하는 감탄사. '오오'의 의미.

** 일본 작가 아쿠타가와 류노스케(芥川龍之介, 1892-1927)를 말한다. 그의 유서에는 '미래에 대한 막연한 불안'이라는 내용이 담겼으나 정확한 자살 동기는 알려지지 않았다. 그를 기려 1935년 제정된 아쿠타가와상은 현재 일본 최고의 신인문학상으로 자리매김하고 있다.

습니다.

비굴이라는 것이 무슨 빛으로 되어 있나 보시려거든 선생님은 거울을 한번 보아 보십시오. 거기 비치는 선생님의 얼굴빛이 바로 비굴이라는 것의 빛입니다.

헤어진 부인과 삼 년을 동거하시는 동안에 너 가거라 소리를 한마디도 하신 일이 없다는 것이 선생님 유일의 자만이십니다 그려! 그렇게까지 선생님은 인정에 구구(苟苟)하신가요.

R과도 깨끗이 헤어졌습니다. S와도 절연한 지 벌써 다섯 달이나 된다는 것은 선생님께서도 믿어 주시는 바지요? 다섯 달 동안 저에게는 아무것도 없습니다. 저의 청절(淸節)을 인정해 주시기 바랍니다. 저의 최후까지 더럽히지 않은 것을 선생님께 드리겠습니다. 저의 희멀건 살의 매력이 이렇게 다섯 달 동안이나 놀고 없는 것은 참 무엇이라고 말할 수 없이 아깝습니다. 저의 잔털 나스르르한 목 영(靈)한 온도가 선생님을 기다리고 있습니다. 선생님이여! 저를 부르십시오. 저더러 영영 오라는 말을 안 하시는 것은 그것 역시 가신 적 경우와 똑같은 이론에서 나온 구구한 인생 변호의 치사스러운 수법이신가요?

영원히 선생님 '한 분'만을 사랑하지요. 어서어서 저를 전적으로 선생님만의 것을 만들어 주십시오. 선생님의 '전용'이 되게 하십시오.

제가 아주 어수룩한 줄 오산하고 계신 모양인데 오산치고는 좀 어림없는 큰 오산이리다.

네 딴은 제법 든든한 줄만 믿고 있는 네 그 안전지대라는 것을 너는 아마 하나 가진 모양인데 그까짓 것쯤 내 말 한마디에 사태가 나고 말리라, 이렇게 일러 드리고 싶습니다. 또—

예끼! 구역질나는 인생 같으니 이러고도 싶습니다.

3월 3일 날 오후 2시에 동소문 버스 정류장 앞으로 꼭 와야 되지 그렇지 않으면 큰일 나요. 내 징벌을 안 받지 못하리다.

만 19세 2개월을 맞이하는

정희(貞姬) 올림

이상 선생님께

물론 이것은 죄다 거짓부렁이다. 그러나 그 일촉즉발의 아슬아슬한 용심법(用心法)이, 특히 그중에도 결미(結尾)의 비견할 데 없는 청초함이 장히 질풍신뢰(疾風迅雷)를 품은 듯한 명문이다.

나는 까무러칠 뻔하면서 혀를 내어둘렀다. 나는 깜빡 속기로 한다. 속고 만다.

여기 이 이상 선생님이라는 허수아비 같은 나는 지난밤 사이에 내 평생을 경력(經歷)했다. 나는 드디어 쭈글쭈글하게 노쇠해 버렸던 차에 아침(이 온 것)을 보고 이키! 남들이 보는 데서는 나는 가급적 어쭙잖게 (잠을) 자야 되는 것이거늘, 하고 늘 이를 닦고 그러고는 도로 얼른 자 버릇하는 것이었다. 오늘도 또 그럴 셈이었다.

사람들은 나를 보고 짐짓 기이하기도 해서 그러는지 경천동지의 육중한 경륜을 품은 사람인가 보다고들 속는다. 그러니까 그렇게 하는 것이 내 시시한 자세나마 유지시킬 수 있는 유일무이의 비결이었다. 즉 나는 남들 좀 보라고 낮에 잔다.

그러나 그 편지를 받고 흔희작약(欣喜雀躍), 나는 개세의 경륜과 유서의 고민을 깨끗이 씻어 버리기 위하여 바로 이발소로 갔다. 나는 여간 아니 호걸답게 입술에다 치분(齒粉)을 허옇게 묻혀 가지고는 그 현란한 거울 앞에 가 앉아 이제 호화장려(豪華壯麗)하게 개막하려 드는 내 종생을 유유히 즐기기로 거기 해당하게 내 맵시를 수습하는 것이었다.

우선 그 작소(鵲巢)라는 뇌명(雷名)까지 있는 봉발(蓬髮)을 썰어서 상고머리라는 것을 만들었다. 오각수(五角鬚)는 깨끗이 도태(淘汰)해 버렸다. 귀를 우비고 코털을 다듬었다. 안마도 했다. 그리고 비누 세수를 한 다음 문득 거울을 들여다보니 품(品) 있는 데라고는 한 귀퉁이도 없어 보이는 듯하면서 또한 태생을 어찌 어기리요, 좋도록 말해서 라파엘 전파(前派)* 일원같이 그렇게 청초한 백면서생이라고도 보아 줄 수 있지 하고 실없이 제 얼굴을 미남자거니 고집하고 싶어 하는 구지레한 욕심을 내심 탄식하였다.

아차! 나에게도 모자가 있다. 겨우내 꾸겨 박질러 두었던 것을 부득부득 끄집어내어다 십오 분간 세탁소로 가지고 가서 멀쩡하게 만들었다. 그리고 흰 바지저고리에 고동색 대님을 다 치고 차림차림이 제법 이색(異色)이었다. 공단은 못 되나마 능직(綾

* 라파엘 전파 : 1848년 영국 왕립 미술 아카데미에 다니던 세 학생이 결성한 단체이자 이들의 예술 운동을 일컫는 말. 이들은 아카데미의 기계적이고 인위적인 예술을 거부하고 개혁하려 했다. 라파엘로 시대 이전 솔직하고 단순한 자연 묘사를 찬양하며 구성원 스스로 이름 붙였다.

織) 두루마기에 이만하면 고왕금래(古往今來) 모모한 천재의 풍모에 비겨도 조금도 손색이 없으리라. 나는 내 그런 여간 이만저만하지 않은 풍모를 더욱더욱 이만저만하지 않게 모디파이어(수식)하기 위하여 가늘지도 굵지도 않은 그다지 알맞은 단장(短杖)을 하나 내 손에 쥐어 주어야 할 것도 때마침 잊어버리지는 않았다.

별수 없이—

오늘이 즉 3월 3일인 것이다.

나는 점잖게 한 삼십 분쯤 지각해서 동소문 지정받은 자리에 도착하였다. 정희는 또 정희대로 아주 정희답게 한 삼십 분쯤 일찍 와서 있다.

정희의 입상(立像)은 제정 러시아적 우표딱지처럼 적잖이 슬프다. 이것은 아직도 얼음을 품은 바람이 해토머리답게 싸늘해서 말하자면 정희의 모양을 얼마간 침통하게 해 보인 탓이렷다.

나는 이런 경우에 천만뜻밖에도 눈물이 핑 눈에 그뜩 돌아야 하는 것이 꼭 맞는 원칙으로서의 의표가 아닐까 그렇게 생각하면서 저벅저벅 정희 앞으로 다가갔다.

우리 둘은 이 땅을 처음 찾아온 제비 한 쌍처럼 잘 앙증스럽게 만보(漫步)하기 시작했다. 걸어가면서도 나는 내 두루마기에 잡히는 주름살 하나에도, 단장을 한번 휘젓는 곡절에도 세세히 조심한다. 나는 말하자면 내 우연한 종생을 감쪽스럽도록 찬란하게 허식(虛飾)하기 위하여 내 박빙(薄氷)을 밟는 듯한 포즈를 아차 실수로 무너뜨리거나 해서는 절대로 안 된다는 것을 굳게 굳게 명(銘)하고 있는 까닭이다.

그러면 맨 처음 발언으로는 나는 어떤 기절참절(奇絶慘絶)한 경구를 내어놓아야 할 것인가, 이것 때문에 또 잠깐 머뭇머뭇하지 않을 수도 없었지만 그렇다고 바로 대고 거 어쩌면 그렇게 똑 제정 러시아적 우표딱지같이 초초(楚楚)하니 어쩌니 하는 수는 차마 없다.

나는 선뜻,

"설마가 사람을 죽이느니."

하는 소리를 저 뱃속에서부터 우러나오는 듯한 그런 가라앉은 목소리에 꽤 명료한 발음을 얹어서 정희 귀 가까이다 대고 지껄여 버렸다. 이만하면 아마 그 경우의 최초의 발성으로는 무던히 성공한 편이리라. 뜻인즉, 네가 오라고 그랬다고 그렇게 내가 불쑥 올 줄은 너 꿈에도 생각하지 못했으리라는 꼼꼼한 의도다.

나는 아침 반찬으로 콩나물을 삼 전어치는 안 팔겠다는 것을 교묘히 무사히 삼 전어치만 살 수 있는 것과 같은 미끈한 쾌감을 맛본다. 내 딴은 다행히 노랑돈 한 푼도 참 용하게 낭비하지는 않은 듯싶었다.

그러나 그런 내 청천에 벽력이 떨어진 것 같은 인사에 대하여 정희는 실로 대답이 없다. 이것은 참 큰일이다.

아이들이 고추 먹고 맴맴 담배 먹고 맴맴 하고 노는 그런 암팡진 수단으로 그냥 단번에 나를 어지러뜨려서는 넘어뜨려 버릴 작정인 모양이다.

정말 그렇다면!

이 상쾌한 정희의 확호(確乎) 부동자세야말로 엔간치 않은 출품(出品)이 아닐 수 없다. 내가 내어놓은 바 살인촌철(殺人寸鐵)은 그만 즉석에서 분쇄되어 가엾은 부작(不作)으로 내려 떨어지고 마는 것이다, 하고 나는 느꼈다.

나는 나로서 할 수 있는 가장 큰 규모의 손짓 발짓을 한번 해 보이고 이윽고 낙담하였다는 것을 표시하였다. 일이 여기 이른 바에는 내 포즈 여부가 문제 아니다. 표정도 인제 더 써먹을 것이 남아 있을 성싶지도 않고 해서 나는 겸연쩍게 안색을 좀 고쳐 가지고 그리고 정희! 그럼 나는 가겠소, 하고 깍듯이 인사하고 그리고?

나는 발길을 돌려서 집을 향해 걷기 시작했다. 내 파란만장의 생애가 자지레한 말 한마디로 하여 그만 회신(灰燼)으로 돌아가고 만 것이다. 나는 세상에도 참혹한 풍채 아래서 내 종생을 치른 것이다고 생각하면서 그렇다면 그럼 그럴 성싶기도 하게 단장도 한두 번 휘두르고 입도 좀 일기죽일기죽 해보기도 하고 하면서 행차하는 체해 보인다.

오 초—십 초—이십 초—삼십 초—일 분—

결코 뒤를 돌아다보거나 해서는 못쓴다. 어디까지든지 사심 없이 패배한 체하고 걷는 체한다. 실심(失心)한 체한다.

나는 사실은 좀 어지럽다. 내 쇠약한 심장으로는 이런 자약(自若)한 체조를 그렇게 장시간 계속하기가 썩 어려운 것이다.

묘지명이라. 일세의 귀재 이상은 그 통생(通生)의 대작 「종생기」 한 편을 남기고 서력 기원후 1937년 정축 3월 3일 미시 여기

백일 아래서 그 파란만장(?)의 생애를 끝막고 문득 졸(卒)하다.*
향년 만 25세와 11개월. 오호라! 상심 크다. 허탈이야 잔존하는 또 하나의 이상 구천을 우러러 호곡하고 이 한산(寒山) 일편석(一片石)을 세우노라. 애인 정희는 그대의 몰후(歿後) 수삼 인의 비첩(秘妾) 된 바 있고 오히려 장수하니 지하의 이상아! 바라건대 명목(瞑目)**하라.

그리 칠칠치는 못하나마 이만큼 해 가지고 이 꼴 저 꼴 구지레한 흠집을 살짝 도회(韜晦)하기로 하자. 고만 실수는 여상(如上)의 묘기로 겸사겸사 메우고 다시 나는 내 반생의 진용 후일에 관해 차근차근 고려하기로 한다. 이상(以上).

역대의 에피그램과 경국(傾國)의 철칙(鐵則)이 다 내게 있어서는 내 위선을 암장하는 한 스무드***한 구실에 지나지 않는다. 실로 나는 내 낙명(落命)의 자리에서도 임종의 합리화를 위하여 코로****처럼 도색(挑色)의 팔레트를 볼 수도 없거니와 톨스토이처럼 탄식해 주고 싶은 쥐꼬리만 한 금언의 추억도 가지지 않고 그냥 난데없이 다리를 삐어 넘어지듯이 스르르 죽어 가리라.

거룩하다는 칭호를 휴대하고 나를 찾아오는 '연애'라는 것을 응수하는 데 있어서도 어디서 어떤 노소간의 의뭉스러운 선인

* 실제 이상은 1937년 4월 17일 사망했다. 자신의 죽음을 예견한 듯한 이 소설은 1937년 《조광》 5월호에 유고작으로 발표되었다.

** 눈을 감음. 편안한 죽음을 비유적으로 이르는 말.

*** '순조로운, 부드러운' 등을 뜻하는 영어 'smooth'.

**** 프랑스의 화가 코로(J. B. C. Corot, 1796-1875). 그는 야외에서 그림을 그리는 작업 방식으로 인상파에 영향을 미쳤다.

들이 발라먹고 내어버린 그런 유훈(遺訓)을 나는 헐값에 거둬들여다가는 제련(製鍊) 재탕 다시 써먹는다.

는 줄로만 알았다가도 또 내게 혼나는 경우가 있으리라.

나는 찬밥 한 술 냉수 한 모금을 먹고도 넉넉히 일세를 위압할 만한 '고언(苦言)'을 적적(摘摘)할 수 있는 그런 지혜의 실력을 가졌다.

그러나 자의식의 절정 위에 발돋움을 하고 올라선 단말마의 비결을 보통 야시(夜市) 국수 버섯을 팔러 오신 시골 아주머니에게 서너 푼에 그냥 넘겨주고 그만두는 그렇게까지 자신의 에티켓을 미화시키는 겸허(謙虛)*의 방식도 또한 나는 무루(無漏)히 터득하고 있는 것이다. 당목(瞠目)할지어다. 이상(以上).

난마(亂麻)와 같이 갈피를 잡을 수 없는 얼마간 비극적인 자기 탐구(自己探求).

이런 흙발 같은 남루한 주제는 문벌이 버젓한 나로서 채택할 신세가 아니거니와 나는 태서(泰西)의 에티켓으로 차 한 잔을 마실 적의 포즈에 대하여도 세심하고 세심한 용의가 필요하다.

휘파람 한 번을 분다 치더라도 내 극비리에 정선(精選) 은닉된 절차를 온고(溫古)하여야만 한다. 그런 다음이 아니고는 나는 희망 잃은 황혼에서도 휘파람 한마디를 마음대로 불 수는 없는 것이다.

* 이상의 각별한 친구였던 김유정을 말하는 것으로 보인다. 죽음을 앞둔 김유정의 책상 위에는 '謙虛'라는 두 글자가 커다랗게 써 붙여져 있었다고 한다. 1937년 3월 29일, 김유정은 이상보다 조금 앞서 세상을 떠났다.

동물에 대한 고결한 지식?

사슴, 물오리, 이 밖의 어떤 종류의 동물도 내 애니멀 킹덤(동물 왕국)에서는 낙탈(落脫)되어 있어야 한다. 나는 이 수렵용으로 귀여히 가여히 되어 먹어 있는 동물 외의 동물에 언제든지 무가내하(無可奈何)로 무지하다.

또—

그럼 풍경에 대한 방만한 처신법?

어떤 풍경을 묻지 않고 풍경의 근원, 중심, 초점이 말하자면 나 하나 '도련님'다운 소행에 있어야 할 것을 방약무인으로 강조한다. 나는 이 맹목적 신조를 두 눈을 그대로 딱 부르감고 믿어야 된다.

자진한 '우매', '몰각(歿覺)'이 참 어렵다.

보아라. 이 자득(自得)하는 우매의 절기(絶技)를! 몰각의 절기를.

백구(白鷗)는 의백사(宜白沙)하니 막부춘초벽(莫赴春草碧)하라.*

이태백(李太白). 이 전후만고의 으리으리한 '화족(華族).' 나는 이태백을 닮기도 해야 한다. 그러기 위하여 오언절구 한 줄에서도 한 자가량의 태연자약한 실수를 범해야만 한다. 현란한 문벌이 풍기는 가히 범할 수 없는 기품과 세도가 넉넉히 고시(古詩) 한 절쯤 서슴지 않고 생채기를 내어놓아도 다들 어수룩한 체들

* 이 문장은 '흰 갈매기는 흰 모래와 어울리니 봄 풀의 푸르름에 가지 말라'는 의미이다.

하고 속느니 하는 교만한 미신이다.

곱게 빨아서 곱게 다리미질을 해놓은 한 벌 슈미즈에 꼬박 속는 청절(淸節)처럼 그렇게 아담하게 나는 어떠한 질차(跌蹉)에서도 거뜬하게 얄미운 미소와 함께 일어나야만 하는 것이니까.

오늘날 내 한 씨족이 분명치 못한 소녀에게 선불리 딴죽을 걸려 넘어진다기로서니 이대로 내 숙망의 호화유려한 종생을 한 방울 하잘것없는 오점을 내는 채 투시(投匙)*해서야 어찌 초지(初志)의 만일(萬一)에 응답할 수 있는 면목이 족히 서겠는가, 하는 허울 좋은 구실이 영일(永日) 밤보다도 오히려 한 뼘 짧은 내 전정(前程)에 대두하기 시작하는 것이었다.

완만, 착실한 서술!

나는 과히 눈에 띌 성싶지 않은 한 지점을 재재바르게 붙들어서 거기서 공중 담배를 한 갑 사 (주머니에 넣고) 피워 물고 정희의 뻔한 걸음을 다시 뒤따랐다.

나는 그저 일상의 다반사를 간과하듯이 범연하게 휘파람을 불고, 내 구두 뒤축이 아스팔트를 디디는 템포 음향, 이런 것들의 귀찮은 조절에도 깔끔히 정신 차리면서 넉넉잡고 삼 분, 다시 돌친 걸음은 정희와 어깨를 나란히 걸을 수 있었다. 부질없는 세상에 제 심각하면, 침통하면 또 어쩌겠느냐는 듯싶은 서운한 눈의 위치를 동소문 밖 신개지 풍경 어디라고 정(定)치 않은 한 점에 두어 두었으니 보라는 듯한 부득부득 지근거리는 자세면서

* 숟가락을 던지다. 곧 죽는다는 뜻이다.

도 또 그렇지도 않을 성싶은 내 묘기 중에도 묘기를 더한층 허겁지겁 연마하기에 골똘하는 것이었다.

일모(日暮) 청산—

날은 저물었다. 아차! 저물지 않은 것으로 하는 것이 좋을까 보다.

날은 아직 저물지 않았다.

그러면 아까 장만해 둔 세간 기구를 내세워 어디 차근차근 살림살이를 한번 치러 볼 천우의 호기가 내 앞으로 다다랐나 보다. 자—

태생은 어길 수 없어 비천한 '티'를 감추지 못하는 딸—

(전기 치사한 소녀 운운은 어디까지든지 이 바보 이상의 호의에서 나온 곡해다. 모파상의 「지방 덩어리」를 생각하자. 가족은 미만 14세의 딸에게 매음시켰다. 두 번째는 미만 19세의 딸이 자진했다. 아— 세 번째는 그 나이 스물두 살이 되던 해 봄에 얹은 낭자를 내리우고 게다 다홍 댕기를 들여 늘어뜨려 편발* 처자를 위조하여서는 대거하여 강행으로 매끽하여 버렸다.)

비천한 뉘 집 딸이 해빙기의 시냇가에 서서 입술이 낙화 지듯 좀 파래지면서 박빙 밑으로는 무엇이 저리도 움직이는가고 고개를 갸웃거리는 듯이 숙이고 있는데 봄 방향(芳香)을 품은 훈풍이 불어와서 스커트, 아니 너무나, 슬퍼 보이는, 아니, 좀 슬퍼 보이는 홍발(紅髮)을 건드리면—

* 예전에, 관례를 하기 전에 머리를 길게 땋아 늘이던 일. 또는 그 머리.

좀 슬퍼 보이는 홍발을 나붓나붓 건드리면—

여상(如上)이다. 이 개기름 도는 가소로운 무대를 앞에 두고 나는 나대로 나다웁게 가문이라는 자지레한 '투(套)'는 어떤 일이 있더라도 잊어버리지 않고 채석장 희멀건 단층을 건너다보면서 탄식 비슷이,

"지구를 저며 내는 사람들은 역시 자연 파괴자리라."

는 둥,

"개미집이야말로 과연 정연하구나."

라는 둥,

"비가 오면, 아— 천하에 비가 오면."

"작년에 났던 초목이 올해에도 또 돋으려누, 귀불귀(歸不歸)란 무엇인가."

라는 둥—

치레 잘 하면 제법 의젓스러워도 보일 만한 가장 한산한 과제로만 골라서 점잖게 방심해 보여 놓는다.

정말일까? 거짓말일까. 정희가 불쑥 말을 한다. 한 소리가 "봄이 이렇게 왔군요" 하고 윗니는 좀 사이가 벌어져서 보기 흉한 듯하니까 살짝 가리고 곱다고 자처하는 아랫니를 보이지 않으려고 했지만 부지불식간에 그렇게 내어다 보인 것을 또 어쩝니까 하는 듯싶이 가증하게 내어 보이면서 또 여간해서 어림이 서지 않는 어중간한 얼굴을 그 위에 얹어 내세우는 것이었다.

좋아, 좋아, 좋아. 그만하면 잘되었어.

나는 고개 대신에 단장을 끄덕끄덕해 보이면서 창졸간에 그

만 정희 어깨 위에다 손을 얹고 말았다.

그랬더니 정희는 적이 해괴해하노라는 듯이 잠시는 묵묵하더니—

정희도 문벌이라든가 혹은 간단히 말해 에티켓이라든가 제법 배워서 짐작하노라고 속삭이는 것이 아닌가.

꿀꺽!

넘어가는 내 지지한 종생, 이렇게도 실수가 허(許)해서야 물질적 전생애를 탕진해 가면서 사수하여 온 산호편(珊瑚篇)의 본의가 대체 어디 있느냐? 내내 울화가 북받쳐 혼도(昏倒)할 것 같다.

흥천사(興天寺) 으슥한 구석방에 내 종생의 갈력(竭力)이 정희를 이끌어들이기도 전에 나는 밤 쓸쓸히 거짓말깨나 해놓았나 보다.

나는 내가 그윽이 음모한 바 천고불역(千古不易)의 탕아, 이상의 자지레한 문학의 빈민굴을 교란시키고자 하던 가지가지 진기한 연장이 어느 겨를에 빼물르기 시작한 것을 여기서 깨달아야 되나 보다. 사회는 어떠쿵, 도덕이 어떠쿵, 내면적 성찰 추구 적발 징벌은 어떠쿵, 자의식 과잉이 어떠쿵, 제 깜냥에 번지레한 칠을 해내어 건 치사스러운 간판들이 미상불 우스꽝스럽기가 그지없다.

'독화(毒花)'

족하는 이 꼭두각시 같은 어휘 한마디를 잠시 맡아 가지고 계셔 보구려?

예술이라는 허망한 아궁지 근처에서 송장 근처에서보다도 한결 더 썰썰 기고 있는 그들 해반주룩한* 사도(死都)의 혈족들 땟국내 나는 틈에 가 낑기워서, 나는—

내 계집의 치마 단속곳을 갈가리 찢어 놓았고, 버선 켤레를 걸레를 만들어 놓았고, 검던 머리에 곱던 양자(樣姿), 영악한 곰의 발자국이 질컥 디디고 지나간 것처럼 얼굴을 망가뜨려 놓았고, 지기(知己) 친척의 돈을 뭉청 떼어먹었고, 좌수터 유래 깊은 상호(商號)를 쑥밭을 만들어 놓았고, 겁쟁이 취리자(取利者)는 고랑때**를 먹여 놓았고, 대금업자의 수금인을 졸도시켰고, 사장과 취체역(取締役)과 사돈과 아범과 아비와 처남과 처제와 또 아비와 아비의 딸과 딸이 허다(許多) 중생으로 하여금 서로서로 이간을 붙이고 붙이게 하고 얼버무려서 싸움질을 하게 해놓았고, 사글셋방 새 다다미에 잉크와 요강과 팥죽을 엎질렀고, 누구누구를 임포텐스***를 만들어 놓았고—

'독화'라는 말의 콕 찌르는 맛을 그만하면 어렴풋이나마 어떻게 짐작이 서는가 싶소이까.

잘못 빚은 증편 같은 시 몇 줄 소설 서너 편을 꿰어차고 조촐하게 등장하는 것을 아 무엇인 줄 알고 깜빡 속고 섣불리 손뼉을 한두 번 쳤다는 죄로 제 계집 간음당한 것보다도 더 큰 망신을 일신에 짊어지고 그러고는 앙탈 비슷이 시치미를 떼지 않으면 안 되는 어디까지든지 치사스러운 예의절차—마귀(터주가)의

* 해반주룩하다 : '해반주그레하다'의 의미. 겉모양이 해말쑥하고 반듯하다.
** 고랑때. 골탕. 한꺼번에 되게 당하는 손해나 곤란.
*** '발기 부전'을 의미하는 영어 'impotence'.

소행(덧났다)이라고 돌려 버리자?

'독화.'

물론 나는 내일 새벽에 내 길든 노상에서 무려 내게 필적하는 한 숨은 탕아를 해후할는지도 마치 모르나, 나는 신바람이 난 무당처럼 어깨를 치켰다 젖혔다 하면서라도 풍마우세(風磨雨洗)의 고행을 얼른 그렇게 쉽사리 그만두지는 않는다.

아— 어쩐지 전신이 몹시 가렵다. 나는 무연(無緣)한 중생의 뭇 원한 탓으로 악역(惡疫)의 범함을 입나 보다. 나는 은근히 속으로 앓으면서 토일렛 정한 대야에다 양손을 정하게 씻은 다음 내 자리로 돌아와 앉아 차근차근 나 자신을 반성 회오—쉬운 말로 자지레한 세음을 좀 놓아 보아야겠다.

에티켓? 문벌? 양식? 번신술(翻身術)?

그렇다고 내가 찔끔 정희 어깨 위에 얹었던 손을 뚝 떼인다든지 했다가는 큰 망발이다. 일을 잡치리라. 어디까지든지 내 뺨의 홍조만을 조심하면서 좋아, 좋아, 좋아, 그래만 주면 된다. 그러고 나서 피차 다 알아들었다는 듯이 어깨에 손을 얹은 채 어깨를 나란히 흥천사 경내로 들어갔다. 가서 길을 별안간 잃어버린 것처럼 자분참 산 위로 올라가 버린다. 산 위에서 이번에는 정말 포즈를 하릴없이 무너뜨렸다는 것처럼 정교하게 머뭇머뭇해 준다. 그러나 기실 말짱하다.

풍경 소리가 똑 알맞다. 이런 경우에는 제법 번듯한 식자(識字)가 있는 사람이면—

아— 나는 왜 늘 항례(恒例)에서 비켜서려 드는 것일까? 잊었느냐? 비싼 월사(月謝)를 바치고 얻은 고매한 학문과 예절을.

현역 육군 중좌에게서 받은 추상열일(秋霜烈日)의 훈육을 왜 나는 이 경우에 버젓하게 내세우지를 못하느냐?

창연한 고찰 유루 없는 장치에서 나는 정신 차려야 한다. 나는 내 쟁쟁한 이력을 솔직하게 써먹어야 한다. 나는 고개를 숙이고 담배를 한 대 피워 물고 도장(屠場)에 들어가는 소, 죽기보다 싫은 서투르고 근질근질한 포즈 체모독주(體貌獨奏)에 어지간히 성공해야만 한다.

그랬더니 그만두잔다. 당신의 그 어림없는 몸치렐랑 그만두세요. 저는 어지간히 식상이 되었습니다 한다.

그렇다면?

내 꾸준한 노력도 일조일석에 수포로 돌아가는 것이 아닌가.

대체 정희라는 가련한 '석녀(石女)'가 제 어떤 재간으로 그런 음흉한 내 간계를 요만큼까지 간파했다는 것이다.

일시에 기진한다. 맥은 탁 풀리고 앞이 팽 돌다 아찔하는 것이 이러다가 까무러치려나 보다고 극력 단장을 의지하여 버텨 보노라니까 희(噫)라! 내 기사회생의 종생도 이번만은 회춘하기 장히 어려울 듯싶다.

이상! 당신은 세상을 경영할 줄 모르는 말하자면 병신이오. 그다지도 '미혹(迷惑)'하단 말씀이오? 건너다 보니 절터지요? 그렇다 하더라도 『카라마조프의 형제』나 『사십 년』*을 좀 구경 삼

* 『카라마조프의 형제』는 도스토옙스키의 소설이고, 『사십 년』은 '사십 년'이라는 부제를 달고 출간된, 막심 고리키의 소설 『클림 삼긴의 생애』를 말한다.

아 들러 보시지요.

아니지! 정희! 그게 뭐냐 하면 나도 살고 있어야 하겠으니 너도 살자는 사기, 속임수, 일부러 만들어 내어놓은 미신 중에도 가장 우수한 무서운 주문이오.

이상! 그러지 말고 시험 삼아 한 발만 한 발자국만 저 개흙밭에다 들여놓아 보시지요.

이 악보같이 스무드한 담소 속에서 비칠비칠하노라면 나는 내게 필적하는 천의무봉(天衣無縫)의 탕아가 이 목첩(目睫)간에 있는 것을 느낀다. 누구나 제 내어놓았던 협수룩한 포즈를 걷어치우느라고 허겁지겁들 할 것이다. 나도 그때 내 슬하에 이렇게 유산되는 자손을 느끼면서 만재에 드리우는 이 극흉극비(極凶極秘) 종가의 부(符)작*을 앞에 놓고서 적이 불안하게 또 한편으로는 적이 안일하게 운명하는 마지막 낙백(落魄)의 이 내 종생을 애오라지 방불(髣髴)히 하는 것이었다.

나는 내 분묘 될 만한 조촐한 터전을 찾는 듯한 그런 서글픈 마음으로 정희를 재촉하여 그 언덕을 내려왔다. 등 뒤에 들리는 풍경 소리는 진실로 내 심통(心痛)을 돕는 듯하다고 사자(寫字)하면 정경을 한층더 반듯하게 매만져 놓는 한 도움이 되리라. 그럼 진실로 풍경 소리는 내 등 뒤에서 내 마지막 심통함을 한층 더 들볶아 놓는 듯하더라.

미문에 견줄 만큼 위태위태한 것이 절승(絶勝)에 혹사(酷似)한

* '부적(符籍)'을 뜻한다.

풍경이다. 절승에 혹사한 풍경을 미문으로 번안 모사해 놓았다면 자칫 실족 익사하기 쉬운 웅덩이나 다름없는 것이니 첨위(僉位)는 아예 가까이 다가서서는 안 된다. 도스토옙스키나 고리키는 미문을 쓰는 버릇이 없는 체했고 또 황량 아담한 경치를 '취급'하지 않았으되 이 의뭉스러운 어른들은 오직 미문은 쓸 듯 쓸 듯, 절승경개(絶勝景槪)는 나올 듯 나올 듯해만 보이고 끝끝내 아주 활짝 꼬랑지를 내보이지는 않고 그만둔 구렁이 같은 분들이기 때문에 그 기만술은 한층더 진보된 것이며, 그런 만큼 효과가 또 절대하여 천년을 두고 만년을 두고 내리내리 부질없는 위무(慰撫)를 바라는 중속(衆俗)들을 잘 속일 수 있는 것이다. 그러나— 왜 나는 미끈하게 솟아 있는 근대 건축의 위용을 보면서 먼저 철근 철골, 시멘트와 세사(細沙), 이것부터 선뜩하니 감응하느냐는 말이다. 씻어 버릴 수 없는 숙명의 호곡(號哭), 몽고리안푸렉게(蒙古痣 : 몽고반점) 오뚝이처럼 쓰러져도 일어나고 쓰러져도 일어나고 하니 쓰러지나 섰으나 마찬가지 의지할 얄팍한 벽 한 조각 없는 고독, 고고(枯槁), 독개(獨介), 초초(楚楚).

나는 오늘 대오한 바 있어 미문을 피하고 절승의 풍광을 격하여 소조(蕭條)하게 왕생하는 것이며 숙명의 슬픈 투시벽은 깨끗이 벗어 놓고 온아종용(溫雅慫慂), 외로우나마 따뜻한 그늘 아래서 실명(失命)하는 것이다.

의료(意料)하지 못한 이 훌훌한 '종생.' 나는 요절인가 보다. 아니 중세최절(中世 折)인가 보다. 이길 수 없는 육박, 눈먼 떼까마귀의 매리(罵詈) 속에서 탕아 중에도 탕아, 술객(術客) 중에도 술객, 이 난공불락의 관문의 괴멸, 구세주의 최후연(最後然)히 방방곡곡이 여독(餘毒)은 삼투하는 장식 중에도 허식의 표백이다. 출색(出色)의 표백이다.

내부(乃夫)가 있는 불의(不義). 내부가 없는 불의. 불의는 즐겁다. 불의의 주가낙락(酒價落落)한 풍미를 족하는 아시나이까. 윗니는 좀 잇새가 벌고 아랫니만이 고운 이 한경(漢鏡)같이 결함의 미를 갖춘 깜찍스럽게 시치미를 뗄 줄 아는 얼굴을 보라. 7세까지 옥잠화 속에 감춰 두었던 장분만을 바르고 그 후 분을 바른 일도 세수를 한 일도 없는 것이 유일의 자랑거리. 정희는 사팔뜨기다. 이것은 무엇으로도 대항하기 어렵다. 정희는 근시(近視) 육도다. 이것은 무엇으로도 대항할 수 없는 선천적 훈장이다. 좌난시(左亂視) 우색맹(右色盲) 아— 이는 실로 완벽이 아니면 무엇이랴.

속은 후에 또 속았다. 또 속은 후에 또 속았다. 미만 14세에 정희를 그 가족이 강행으로 매춘시켰다. 나는 그런 줄만 알았다. 한 방울 눈물—

그러나 가족이 강행하였을 때쯤은 정희는 이미 자진하여 매춘한 후 오래오래 후다. 다홍 댕기가 늘 정희 등에서 나부꼈다. 가족들은 불의에 올 재앙을 막아 줄 단 하나 값나가는 다홍 댕기를 기탄없이 믿었건만—

그러나—

불의는 귀인답고 참 즐겁다. 간음한 처녀— 이는 불의 중에도 가장 즐겁지 않을 수 없는 영원의 밀림이다.

그럼 정희는 게서 멈추나?

나는 자기소개를 한다. 나는 정희에게 분모(分毛)를 지기 싫기 때문에 잔인한 자기소개를 하는 것이다.

나는 벼를 본 일이 없다. 자전거를 탈 줄 모른다. 생년월일을 가끔 잊어버린다. 구십 노조모가 이팔소부(二八少婦)로 어느 하늘에서 시집온 십대조의 고성(古城)을 내 손으로 헐었고 녹엽(綠葉) 천년의 호두나무 아름드리 근간을 내 손으로 베었다. 은행나무는 원통한 가문을 골수에 지니고 찍혀 넘어간 뒤 장장 사 년 해마다 봄만 되면 독시(毒矢) 같은 싹이 엄돋는 것이었다.

나는 그러나 이 모든 것에 견뎠다. 한번 석류나무를 휘어잡고 나는 폐허를 나섰다.

조숙 난숙(爛熟) 감 썩는 골머리 때리는 내. 생사의 기로에서 완이이소(莞爾而笑),* 표한무쌍(剽悍無雙)**의 척구(瘠軀) 음지에 창백한 꽃이 피었다.

나는 미만 14세 적에 수채화를 그렸다. 수채화의 파과(破瓜).*** 보아라 목저(木箸)같이 야윈 팔목에서는 삼동에도 김이 무럭무럭 난다. 김 나는 팔목과 잔털 나 스르르한 매춘하면서 자라나는 회충같이 매혹적인 살결. 사팔뜨기와 내 흰자위 없는 짝짝이 눈. 옥잠화 속에서 나오는 기술(奇術) 같은 석일(昔日)의 화장

* 빙그레 미소 짓다.

** 사납고 억세서 견줄 수 없다.

*** 파과지년. 여자의 나이 16세를 이르는 말로, '瓜' 자를 파자(破字)하면 '八'이 두 개로 '二八'은 16이 되기 때문이다. 남자의 나이 64세를 이르는 말로, '瓜' 자를 파자하면 '八'이 두 개로 두 개의 '八'을 곱하면 64가 되기 때문이다.

과 화장 전폐, 이에 대항하는 내 자전거 탈 줄 모르는 아슬아슬한 천품. 다홍 댕기에 불의와 불의를 방임하는 속수무책의 내 나태.

심판이여! 정희에 비교하여 내게 부족함이 너무나 많지 않소이까?

비등(比等) 비등? 나는 최후까지 싸워 보리라.

홍천사 으슥한 구석방 한 간 방석 두 개 화로 한 개. 밥상 술상—

접전 수십 합. 좌충우돌. 정희의 허전한 관문을 나는 노사(老死)의 힘으로 들이친다. 그러나 돌아오는 반발의 흉기는 갈 때보다도 몇 배나 더 큰 힘으로 나 자신의 손을 시켜 나 자신을 살상한다.

지느냐. 나는 그럼 지고 그만두느냐.

나는 내 마지막 무장을 이 전장에 내어 세우기로 하였다. 그것은 즉 주란(酒亂)이다.

한 몸을 건사하기조차 어려웠다. 나는 게울 것만 같았다. 나는 게웠다. 정희 스커트에다. 정희 스타킹에다.

그러고도 오히려 나는 부족했다. 나는 일어나 춤추었다. 그리고 그 방 뒤 쌍창 미닫이를 열어젖히고 나는 예서 떨어져 죽는다고 마지막 한 벌 힘만을 아껴 남기고는 나머지 있는 힘을 다하여 난간을 잡아 흔들었다. 정희는 나를 붙들고 말린다. 말리는데 안 말리는 것도 같았다. 나는 정희 스커트를 잡아 젖혔다. 무엇인가 철썩 떨어졌다. 편지다. 내가 집었다. 정희는 모른 체한다.

속달(S와도 절연한 지 벌써 다섯 달이나 된다는 것은 선생님께서도 믿어 주시는 바지요? 하던 S에게서다).

정희! 노하였소. 어젯밤 태서관(泰西舘) 별장의 일! 그것은 결코 내 본의는 아니었소. 나는 그 요구를 하러 정희를 그곳까지 데리고 갔던 것은 아니오. 내 불민을 용서하여 주기 바라오. 그러나 정희가 뜻밖에도 그렇게까지 다소곳한 태도를 보여 주었다는 것으로 적이 자위를 삼겠소.

정희를 하루라도 바삐 나 혼자만의 것을 만들어 달라는 정희의 열렬한 말을 물론 나는 잊어버리지는 않겠소. 그러나 지금 형편으로는 '아내'라는 저 추물을 처치하기가 정희가 생각하는 바와 같이 그렇게 쉬운 일은 아니오.

오늘(3월 3일) 오후 8시 정각에 금화장(金華莊) 주택지 그때 그 자리에서 기다리고 있겠소. 어제 일을 사과도 하고 싶고 달이 밝을 듯하니 송림 거닙시다. 거닐면서 우리 두 사람만의 생활에 대한 설계도 의논하여 봅시다.

3월 3일 아침 S

내게 속달을 띄우고 나서 곧 뒤이어 받은 속달이다.

모든 것은 끝났다. 어젯밤의 정희는—

그 낮으로 오늘 정희는 내게 이상 선생님께 드리는 속달을 띄우고 그 낮으로 또 나를 만났다. 공포에 가까운 번신술이다. 이 황홀한 전율을 즐기기 위하여 정희는 무고의 이상을 징발했다.

나는 속고 또 속고 또 또 속고 또 또 또 속았다.

나는 물론 그 자리에 혼도하여 버렸다. 나는 죽었다. 나는 황천을 헤매었다. 명부에는 달이 밝다. 나는 또다시 눈을 감았다. 태허(太虛)에 소리 있어 가로되 너는 몇 살이뇨? 만 25세와 11개월이올시다. 요사(夭死)로구나. 아니올시다. 노사(老死)올시다.

눈을 다시 떴을 때에 거기 정희는 없다. 물론 8시가 지난 뒤였다. 정희는 그리 갔다. 이리하여 나의 종생은 끝났으되 나의 종생기는 끝나지 않는다. 왜?

정희는 지금도 어느 빌딩 걸상 위에서 드로즈*의 끈을 푸는 중이요, 지금도 어느 태서관 별장 방석을 베고 드로즈의 끈을 푸는 중이요, 지금도 어느 송림 속 잔디 벗어 놓은 외투 위에서 드로즈의 끈을 성(盛)히 푸는 중이니까다.

이것은 물론 내가 가만히 있을 수 없는 재앙이다.

나는 이를 간다.

나는 걸핏하면 까무러친다.

나는 부글부글 끓는다.

그러나 지금 나는 이 철천의 원한에서 슬그머니 좀 비켜서고 싶다. 내 마음의 따뜻한 평화 따위가 다 그리워졌다.

즉 나는 시체다. 시체는 생존하여 계신 만물의 영장을 향하여 질투할 자격도 능력도 없는 것이리라는 것을 나는 깨닫는다.

정희, 간혹 정희의 후틋한** 호흡이 내 묘비에 와 슬쩍 부딪는

* 드로어즈. '무릎 길이의 여자용 속바지'를 뜻하는 영어 'drawers'.

** 후틋하다 : 훗훗하다. 약간 훈훈한 기운이 있다.

수가 있다. 그런 때 내 시체는 홍당무처럼 화끈 달으면서 구천을 꿰뚫어 슬피 호곡한다.

그동안에 정희는 여러 번 제(내 때꼽재기도 묻은) 이부자리를 찬란한 일광 아래 널어 말렸을 것이다. 누루한 이 내 혼수(昏睡) 덕으로 부디 이 내 시체에서도 생전의 슬픈 기억이 창궁(蒼穹) 높이 훨훨 날아가나 버렸으면—

나는 지금 이런 불쌍한 생각도 한다. 그럼—

—만 26세와 3개월을 맞이하는 이상 선생님이여! 허수아비여!

자네는 노옹(老翁)일세. 무릎이 귀를 넘는 해골일세. 아니, 아니.

자네는 자네의 먼 조상일세. 이상(以上).

11월 20일 동경서

• 끝 •

이상문학상

1977년부터 문학사상사에서 제정하여 시행하고 있다. 대상은 문단 경력이나 업적, 소설 길이에 구애받지 않고 작품 위주로 선정하며, 심사위원은 문학평론가와 각 신문사 문화부 기자, 문학잡지의 독자, 문학을 전공한 교수로 구성되어 있다. 매년 1월부터 12월까지 발표한 작품 중 작품성이 뛰어난 중단편 후보작을 골라 그중에서 대상 1편을 뽑아 시상한다. 대상 수상 작품은 추천 우수작들과 함께 단행본으로 발간한다. 1회 수상작은 김승옥의 「서울의 달빛 0장」이다.

이상

1910. 9. 23. 서울 사직동에서 출생.
1912. 백부에게 입양되어 장손으로 성장.
1926. 보성고등보통학교 졸업.
1929. 경성고등공업학교 건축과 수석졸업 후 총독부 건축과 기수로 근무.
1930. 《조선》에 첫 소설 「12월 12일」을 연재.
1931. 《조선과 건축》에 일문시(日文詩) 「이상한 가역반응」 발표.
1932. 《조선과 건축》에 「건축무한육면각체」, 《조선》에 「지도의 암실」 발표.
1933. 금홍을 만나 다방 '제비' 개업.
1934. 구인회에 가입하여 본격적인 문학 활동 시작. 〈조선중앙일보〉에 연작시 「오감도」를 연재하였으나 중단.
1936. 《조광》에 단편 「날개」, 《여성》에 「봉별기(逢別記)」 발표. 이후 도쿄로 가 「실화(失花)」, 「종생기(終生記)」, 「권태」 집필.
1937. 4. 17. 사상불온 혐의로 일본 경찰에 체포, 수감된 뒤 병보석으로 출감해 도쿄대학교 부속병원에서 객사.

이상(李箱)의 본명은 김해경(金海卿)으로 '이상'이라는 필명은 1932년 「건축무한육면각체」를 발표하며 처음으로 사용했다. 1934년 구인회의 김기림, 박태원 등과 교우하며 문단과 교우를 맺었으며 이태준의 주선으로 〈조선중앙일보〉에 연작시 「오감도」를 연재하였으나 난해함에 항의하는 독자들의 반발로 중단되었다. 이상의 문학에는 억압되고 좌절된 욕구를 가진 무력한 자아의 불안과 공포 및 탈출 시도, 그리고 무의식의 개념을 도입한 자기 분열과 비합리적인 내면세계가 그려져 있어 흔히 난해한 초현실주의적인 작가로 일컬어진다. 그러나 기존 문학의 형태를 해체하여 이전까지는 없었던 전혀 새로운 의식과 언어로 구축한 작품 세계는 시대를 초월하여 문학의 새로운 가능성을 보여준 것으로 평가받는다.

무진기행

김승옥

무진으로 가는 버스

버스가 산모퉁이를 돌아갈 때 나는 '무진 Mujin 10Km'라는 이정비(里程碑)를 보았다. 그것은 옛날과 똑같은 모습으로 길가의 잡초 속에서 튀어나와 있었다. 내 뒷좌석에 앉아 있는 사람들 사이에서 다시 시작된 대화를 나는 들었다. "앞으로 십 킬로 남았군요." "예, 한 삼십 분 후엔 도착할 겁니다." 그들은 농사 관계의 시찰원들인 듯했다. 아니 그렇지 않은지도 모른다. 그러나 하여튼 그들은 색무늬 있는 반소매 셔츠를 입고 있었고 테토론 직(織)의 바지를 입었고 지나쳐 오는 마을과 들과 산에서 아마 농사 관계의 전문가들이 아니면 할 수 없는 관찰을 했고 그것을 전문적인 용어로 얘기하고 있었다. 광주(光州)에서 기차를 내려서 버스를 갈아탄 이래, 나는 그들이 시골 사람들답지 않게 낮은 목소리로 점잔을 빼면서 얘기하는 것을 반수면(半睡眠) 상태 속에서 듣고 있었다. 버스 안의 좌석들은 많이 비어 있었다. 그 시찰원들의 말에 의하면 농번기이기 때문에 사람들이 여행을 할 틈이 없어서라는 것이었다. "무진(霧津)엔 명산물이…… 뭐 별로 없지요?" 그들은 대화를 계속하고 있었다. "별게 없지요. 그러면서도 그렇게 많은 사람들이 살고 있다는 건 좀 이상스럽거든요." "바다가 가까이 있으니 항구로 발전할 수도 있었을 텐데요?" "가보시면 아시겠지만 그럴 조건이 되어 있는 것도 아닙니다. 수심이 얕은 데다가 그런 얕은 바다를 몇백 리나 밖으로 나가야만 비로소 수평선이 보이는 진짜 바다다운 바다가 나오는 곳이니까요." "그럼 역시 농촌이군요?" "그렇지만 이렇다 할 평야가 있는 것도 아닙니다." "그럼 그 오륙만이 되는 인구가 어떻게들 살아가나요?" "그러니까 그럭저럭이란 말이 있는 게 아닙니까!" 그들은 점잖게 소리 내어 웃었다. "원, 아무리 그렇지만 한 고장에 명산물 하나쯤은 있어야지." 웃음 끝에 한 사람이 말하고 있었다.

무진에 명산물이 없는 게 아니다. 나는 그것이 무엇인지 알고 있다. 그것은 안개다. 아침에 잠자리에서 일어나서 밖으로 나오면, 밤사이에 진주해 온 적군들처럼 안개가 무진을 빙 둘러싸고 있는 것이었다. 무진을 둘러싸고 있는 산들도 안개에 의하여 보이지 않는 먼 곳으로 유배당해 버리고 없었다. 안개는 마치 이승에 한(恨)이 있어서 매일 밤 찾아오는 여귀(女鬼)가 뿜어 내놓은 입김과 같았다. 해가 떠오르고, 바람이 바다 쪽에서 방향을 바꾸어 불어오기 전에는 사람들의 힘으로써는 그것을 헤쳐 버릴 수가 없었다. 손으로 잡을 수 없으면서도 그것은 뚜렷이 존재했고 사람들을 둘러쌌고 먼 곳에 있는 것으로부터 사람들을 떼어놓았다. 안개, 무진의 안개, 무진의 아침에 사람들이 만나는 안개, 사람들로 하여금 해를, 바람을 간절히 부르게 하는 무진의 안개, 그것이 무진의 명산물이 아닐 수 있을까!

버스의 덜커덩거림이 좀 덜해졌다. 버스의 덜커덩거림이 더하고 덜하는 것을 나는 턱으로 느끼고 있었다. 나는 몸에서 힘을 빼고 있었으므로 버스가 자갈이 깔린 시골길을 달려오고 있는 동안 내 턱은 버스가 껑충거리는 데 따라서 함께 덜그럭거리고 있었다. 턱이 덜그럭거릴 정도로 몸에서 힘을 빼고 버스를 타고 있으면, 긴장해서 버스를 타고 있을 때보다 피로가 더욱 심해진다는 것을 알고 있었지만 그러나 열린 차창으로 들어와서 나의 밖으로 드러난 살갗을 사정없이 간지럽히고 불어가는 유월의 바람이 나를 반수면 상태로 끌어넣었기 때문에 나는 힘을 주고 있을 수가 없었다. 바람은 무수히 작은 입자(粒子)로 되어 있고 그 입자들은 할 수 있는 한 욕심껏 수면제를 품고 있는 것처럼 내게는 생각되었다. 그 바람 속에는 신선한 햇살과 아직 사람들의 땀에 밴 살갗을 스쳐 보지 않았다는 천진스러운 저온(低溫), 그리고 지금 버스가 달리고 있는 길을 에워싸며 버스를 향하여 달려오고 있는 산줄기의 저편에 바다가 있다는 것을 알리는 소금기, 그런 것들이 이상스레 한데 어울리면서 녹아 있었다. 햇빛의 신선한 밝음과 살갗에 탄력을 주는 정도의 공기의 저온, 그리고 해풍(海風)에 섞여 있는 정도의 소금기, 이 세 가지만 합성해서 수면제를 만들어 낼 수 있다면 그것은 이 지상(地上)에 있는 모든 약방의 진열장 안에 있는 어떠한 약보다도 가장 상쾌한 약이 될 것이고 그리고 나는 이 세계에서 가장 돈 잘 버는 제약회사의 전무님이 될 것이다. 왜냐하면 사람들은 누구나 조용히 잠들고 싶어 하고 조용히 잠든다는 것은 상쾌한 일이기 때문이다.

그런 생각을 하자 나는 쓴웃음이 나왔다. 동시에 무진이 가까웠다는 것이 더욱 실감되었다. 무진에 오기만 하면 내가 하는 생각이란 항상 그렇게 엉뚱한 공상들이었고 뒤죽박죽이었던 것이다. 다른 어느 곳에서도 하지 않았던 엉뚱한 생각을 나는 무진에서는 아무런 부끄럼 없이, 거침없이 해내곤 했었던 것이다. 아니 무진에서는 내가 무엇을 생각하고 어쩌고 하는 게 아니라 어떤 생각들이 나의 밖에서 제멋대로 이루어진 뒤 나의 머릿속으로 밀고 들어오는 듯했었다.

“당신 안색이 아주 나빠져서 큰일 났어요. 어머님의 산소에 다녀온다는 핑계를 대고 무진에 며칠 동안 계시다가 오세요. 주주총회에서의 일은 아버지하고 저하고 다 꾸며 놓을게요. 당신은 오랜만에 신선한 공기를 쐬고 그리고 돌아와 보면 대회생제약회사의 전무님이 되어 있을 게 아니에요?”라고, 며칠 전날 밤, 아내가 나의 파자마 깃을 손가락으로 만지작거리며 나에게 진심에서 나온 권유를 했을 때 가기 싫은 심부름을 억지로 갈 때 아이들이 불평을 하듯이 내가 몇 마디 입안엣소리로 투덜댄 것도 무진에서는 항상 자신을 상실하지 않을 수 없었던 과거의 경험에 의한 조건반사였었다.

내가 나이가 좀 든 뒤로 무진에 간 것은 몇 차례 되지 않았지만 그 몇 차례 되지 않은 무진행이 그러나 그때마다 내게는 서울에서의 실패로부터 도망해야 할 때거나 하여튼 무언가 새출발이 필요할 때였었다. 새출발이 필요할 때 무진으로 간다는 그것은 우연이 결코 아니었고 그렇다고 무진에 가면 내게 새로운 용기라든가 새로운 계획이 술술 나오기 때문도 아니었었다. 오히려 무진에서의 나는 항상 처박혀 있는 상태였었다. 더러운 옷차림과 누우런 얼굴로 나는 항상 골방 안에서 뒹굴었다. 내가 깨어 있을 때는 수없이 많은 시간의 대열이 멍하니 서 있는 나를 비웃으며 흘러가고 있었고, 내가 잠들어 있을 때는, 긴긴 악몽들이 거꾸러져 있는 나에게 혹독한 채찍질을 하였었다. 나의 무진에 대한 연상의 대부분은 나를 돌봐 주고 있는 노인들에 대하여 신경질을 부리던 것과 골방 안에서의 공상과 불면을 쫓아 보려고 행하던 수음(手淫)과 곧잘 편도선을 붓게 하던 독한 담배꽁초와 우편배달부를 기다리던 초조함 따위거나 그것들에 관련된 어떤 행위들이었었다. 물론 그것들만 연상되었던 것은 아니다. 서울의 어느 거리에서고 나의 청각이 문득 외부로 향하면 무자비하게 쏟아져 들어오는 소음에 비틀거릴 때거나, 밤늦게 신당동(新堂洞) 집 앞의 포장된 골목을 자동차로 올라갈 때, 나는 물이 가득한 강물이 흐르고 잔디로 덮인 방죽이 시오리 밖의 바닷가까지 뻗어 나가 있고 작은 숲이 있고 다리가 많고 골목이 많고 흙담이 많고 높은 포플러가 에워싼 운동장을 가진 학교들이 있고 바닷가에서 주워 온 까만 자갈이 깔린 뜰을 가진 사무소들이 있고 대로 만든 와상(臥床)이 밤거리에 나앉아 있는 시골을 생각했고 그것은 무진이었다. 문득 한적이 그리울 때도 나는 무진을 생각했었다. 그러나 그럴 때의 무진은 내가 관념 속에서 그리고 있는 어느 아늑한 장소일 뿐이지 거기엔 사람들이 살고 있지 않았다. 무진이라고 하면 그것에의 연상은 아무래도 어둡던 나의 청년(青年)이었다.

그렇다고 무진에의 연상이 꼬리처럼 항상 나를 따라다녔다는 것은 아니다. 차라리, 나의 어둡던 세월이 일단 지나가 버린 지금은 나는 거의 항상 무진을 잊고 있었던 편이다. 어제 저녁 서울역에서 기차를 탈 때에도, 물론 전송 나온 아내와 회사 직원 몇 사람에게 일러둘 말이 너무 많아서 거기에 정신이 쏠려 있던 탓도 있었겠지만, 하여튼 나는 무진에 대한 그 어두운 기억들이 그다지 실감나게 되살아오지는 않았다. 그런데 오늘 이른 아침, 광주에서 기차를 내려서 역구내(驛構內)를 빠져나올 때 내가 본 한 미친 여자가 그 어두운 기억들을 홱 잡아끌어 당겨서 내 앞에 던져 주었다. 그 미친 여자는 나일론의 치마저고리를 맵시 있게 입고 있었고 팔에는 시절에 맞추어 고른 듯한 핸드백도 걸치고 있었다. 얼굴도 예쁜 편이고 화장이 화려했다. 그 여자가 미친 사람이라는 것을 알 수 있는 것은 쉬임 없이 굴리고 있는 눈동자와 그 여자를 에워싸고 서서 선하품을 하며 그 여자를 놀려 대고 있는 구두닦이 아이들 때문이었다. "공부를 많이 해서 돌아 버렸대." "아냐, 남자한테 차여서야." "저 여자 미국말도 참 잘한다. 물어볼까?" 아이들은 그런 얘기를 높은 목소리로 하고 있었다. 좀 나이가 든 여드름쟁이 구두닦이 하나는 그 여자의 젖가슴을 손가락으로 집적거렸고 그럴 때마다 그 여자는 여전히 무표정한 얼굴로 비명만 지르고 있었다. 그 여자의 비명이 옛날 내가 무진의 골방 속에서 쓴 일기의 한 구절을 문득 생각나게 한 것이었다.

그때는 어머니가 살아 계실 때였다. 6·25사변으로 대학의 강의가 중단되었기 때문에 서울을 떠나는 마지막 기차를 놓친 나는 서울에서 무진까지의 천여 리 길을 발가락이 몇 번이고 불어터지도록 걸어서 내려왔고 어머니에 의해서 골방에 처박혔고 의용군의 징발도 그 후의 국군의 징병도 모두 기피해 버리고 있었다. 내가 졸업한 무진중학교의 상급반 학생들이 무명지(無名指)에 붕대를 감고 '이 몸이 죽어서 나라가 산다면……'을 부르며 읍 광장에 서 있는 트럭들로 행진해 가서 그 트럭들에 올라타고 일선으로 떠날 때도 나는 골방 속에 쭈그리고 앉아서 그들의 행진이 집 앞을 지나가는 소리를 듣고만 있었다. 전선이 북쪽으로 올라가고 대학이 강의를 시작했다는 소식이 들려왔을 때도 나는 무진의 골방 속에 숨어 있었다. 모두가 나의 홀어머님 때문이었다. 모두가 전쟁터로 몰려갈 때 나는 내 어머니에게 몰려서 골방 속에 숨어서 수음을 하고 있었다. 이웃집 젊은이의 전사 통지가 오면 어머니는 내가 무사한 것을 기뻐했고, 이따금 일선의 친구에게서 군사우편이 오기라도 하면 나 몰래 그것을 찢어 버리곤 하였었다. 내가 골방보다는 전선을 택하고 싶어 해 가는 것을 알고 있었기 때문이다. 그 무렵에 쓴 나의 일기장들은, 그 후에 태워 버려서 지금은 없지만, 모두가 스스로를 모멸하고 오욕(汚辱)을 웃으며 견디는 내용들이었다. '어머니, 혹시 제가 지금 미친다면 대강 다음과 같은 원인들 때문일 테니 그 점에 유의하셔서 저를 치료해 보십시오……' 이러한 일기를 쓰던 때를, 이른 아침 역구내에서 본 미친 여자가 내 앞으로 끌어당겨 주었던 것이다. 무진이 가까웠다는 것을 나는 그 미친 여자를 통하여 느꼈고 그리고 방금 지나친, 먼지를 둘러쓰고 잡초 속에서 튀어나와 있는 이정비를 통하여 실감했다.

"이번에 자네가 전무가 되는 건 틀림없는 거구, 그러니 자네 한 일주일 동안 시골에 내려가서 긴장을 풀고 푹 쉬었다가 오게. 전무님이 되면 책임이 더 무거워질 테니 말야." 아내와 장인영감은 자신들은 알지 못하는 사이에 퍽 영리한 권유를 내게 한 셈이었다. 내가 긴장을 풀어 버릴 수 있는, 아니 풀어 버릴 수밖에 없는 곳을 무진으로 정해 준 것은 대단히 영리한 것이었다.

버스는 무진 읍내로 들어서고 있었다. 기와지붕들도 양철지붕들도 초가지붕들도 유월 하순의 강렬한 햇볕을 받고 모두 은빛으로 번쩍이고 있었다. 철공소에서 들리는 쇠망치 두드리는 소리가 잠깐 버스로 달려들었다가 물러났다. 어디선지 분뇨(糞尿) 냄새가 새어 들어왔고 병원 앞을 지날 때는 크레졸 냄새가 났고, 어느 상점의 스피커에서는 느려 빠진 유행가가 흘러나왔다. 거리는 텅 비어 있었고 사람들은 처마 밑의 그늘에 쭈그리고 앉아 있었다. 어린아이들은 빨가벗고 기우뚱거리며 그늘 속을 걸어 다니고 있었다. 읍의 포장된 광장도 거의 텅 비어 있었다. 햇볕만이 눈부시게 그 광장 위에서 끓고 있었고 그 눈부신 햇살 속에서, 정적 속에서 개 두 마리가 혀를 빼물고 교미를 하고 있었다.

밤에 만난 사람들

저녁 식사를 하기 조금 전에 나는 낮잠에서 깨어나서 신문지국(新聞支局)들이 몰려 있는 거리로 갔다. 이모님 댁에서는 신문을 구독하고 있지 않았다. 그렇지만 신문은 도회인이 누구나 그렇듯이 이제 내 생활의 일부로서 내 하루의 시작과 끝을 맡아 보고 있었던 것이다. 내가 찾아간 신문지국에 나는 이모님 댁의 주소와 약도를 그려 주고 나왔다. 밖으로 나올 때 나는 내 등 뒤에서 지국 안에 있던 사람들이 그들끼리 무어라고 수군거리는 소리를 들었다. 아마 나를 알고 있는 사람들이었던 모양이다. "……그래애? 거만하게 생겼는데……." "……출세했다지……?" "……옛날…… 폐병……." 그런 속삭임 속에서, 나는 밖으로 나오면서 은근히 한마디를 기다리고 있었다. 그러나 결국 '안녕히 가십시오'는 나오지 않고 말았다. 그것이 서울과의 차이점이었다. 그들은 이제 점점 수군거림의 소용돌이 속으로 끌려 들어가고 있으리라, 자기 자신조차 잊어버리면서. 나중에 그 소용돌이 밖으로 내던져졌을 때 자기들이 느낄 공허감도 모른다는 듯이 그들은 수군거리고 수군거리고 또 수군거리고 있으리라. 바다가 있는 쪽에서 바람이 불어오고 있었다. 몇 시간 전에 버스에서 내릴 때보다 거리는 많이 번잡해졌다. 학생들이 학교에서 돌아오고 있었다. 그들은 책가방이 주체스러운 모양인지 그것을 뱅뱅 돌리기도 하며 어깨 너머로 넘겨 들기도 하며 두 손으로 껴안기도 하며 혀끝에 침으로써 방울을 만들어서 그것을 입바람으로 훅 불어 날리곤 했다. 학교 선생들과 사무소의 직원들도 달그락거리는 빈 도시락을 들고 축 늘어져서 지나가고 있었다. 그러자 나는 이 모든 것이 장난처럼 생각되었다. 학교에 다닌다는 것, 학생들을 가르친다는 것, 사무소에 출근했다가 퇴근한다는 이 모든 것이 실없는 장난이라는 생각이 든 것이다. 사람들이 거기에 매달려서 낑낑댄다는 것이 우습게 생각되었다.

이모 댁으로 돌아와서 저녁을 먹고 있을 때, 나는 방문을 받았다. 박(朴)이라고 하는 무진중학교의 내 몇 해 후배였다. 한때 독서광이었던 나를 그 후배는 무척 존경하는 눈치였다. 그는 학생 시대에 이른바 문학 소년이었던 것이다. 미국의 작가인 피츠제럴드를 좋아한다고 하는 그 후배는 그러나 피츠제럴드의 팬답지 않게 아주 얌전하고 매사에 엄숙했고 그리고 가난하였다. "신문지국에 있는 제 친구에게서 내려오셨다는 얘길 들었습니다. 웬일이십니까?" 그는 정말 반가워해 주었다. "무진엔 왜 내가 못 올 덴가?" 그렇게 대답하며 나는 내 말투가 마음에 거슬렸다. "너무 오랫동안 오시지 않았으니까 그러는 거죠. 제가 군대에서 막 제대했을 때 오시고 이번이 처음이시니까 벌써……." "벌써 한 사 년 되는군." 4년 전 나는, 내가 경리(經理)의 일을 보고 있던 제약회사가 좀더 큰 다른 회사와 합병되는 바람에 일자리를 잃고 무진으로 내려왔던 것이다. 아니 단지 일자리를 잃었다는 이유만으로 서울을 떠났던 것은 아니다. 동거하고 있던 희(姬)만 그대로 내 곁에 있어 주었던들 실의(失意)의 무진행은 없었으리라. "결혼하셨다더군요?" 박이 물었다. "흐응, 자넨?" "전 아직, 참 좋은 데로 장가드셨다고들 하더군요." "그래? 자넨 왜 여태 결혼하지 않고 있나? 자네 금년에 어떻게 되지?" "스물아홉입니다." "스물아홉이라. 아홉수가 원래 사납다고 하데만. 금년엔 어떻게 해보지 그래?" "글쎄요." 박은 소년처럼 머리를 긁었다. 4년 전이니까 그해의 내 나이가 스물아홉이었고 희가 내 곁에서 달아나 버릴 무렵에 지금 아내의 전남편이 죽었던 것이다. "무슨 나쁜 일이 있었던 건 아니겠죠?" 옛날의 내 무진행의 내용을 다소 알고 있는 박은 그렇게 물었다. "응, 아마 승진이 될 모양인데 며칠 휴가를 얻었지." "잘되셨군요. 해방 후의 무진중학 출신 중에서 형님이 제일 출세하셨다고들 하고 있어요." "내가?" 나는 웃었다. "예, 형님하고 형님 동기(同期) 중에서 조형(趙兄)하고요." "조라니, 나하고 친하게 지내던 애 말인가?" "예, 그 형이 재작년엔가 고등고시에 패스해서 지금 여기 세무서장으로 있거든요." "아, 그래?" "모르셨어요?" "서로 소식이 별로 없었지. 그 애가 옛날엔 여기 세무서에서 직원으로 있었지, 아마?" "예." "그거 잘됐군. 오늘 저녁엔 그 친구에게나 가볼까?" 친구 조는 키가 작았고 살결이 검은 편이었다. 그래서 키가 크고 살결이 창백한 나에게 열등감을 느낀다는 얘기를 내게 곧잘 했었다. '옛날에 손금이 나쁘다고 판단받은 소년이 있었다. 그 소년은 자기의 손톱으로 손바닥에 좋은 손금을 파가며 열심히 일했다. 드디어 그 소년은 성공해서 잘 살았다.' 조는 이런 얘기에 가장 감격하는 친구였다. "참 자넨 요즘 뭘 하고 있나?" 내가 박에게 물었다. 박은 얼굴을 붉히고 잠시 동안 머뭇거리다가 모교에서 교편을 잡고 있다고, 그것이 무슨 잘못이라도 되는 것처럼 우물거리며 대답했다. “좋지 않아? 책 읽을 여유가 있으니까 얼마나 좋은가? 난 잡지 한 권 읽을 여유가 없네. 무얼 가르치고 있나?” 후배는 내 말에 용기를 얻었는지 아까보다는 조금 밝은 목소리로 대답했다. “국어를 가르치고 있습니다.” “잘했어. 학교 측에서 보면 자네 같은 선생을 구하기도 힘들 거야.” “그렇지도 않아요. 사범대학 출신들 때문에 교원자격고시 합격증 가지고 견디기가 힘들어요.” “그게 또 그런가?” 박은 아무 말 없이 씁쓸한 미소만 지어 보였다.

저녁 식사 후, 우리는 술 한잔씩을 마시고 나서 세무서장이 된 조의 집을 향하여 갔다. 거리는 어두컴컴했다. 다리를 건널 때 나는 냇가의 나무들이 어슴푸레하게 물속에 비쳐 있는 것을 보았다. 옛날 언젠가 역시 이 다리를 밤중에 건너면서 나는 저 시커멓게 웅크리고 있는 나무들을 저주했었다. 금방 소리를 지르며 달려들 듯한 모습으로 나무들은 서 있었던 것이다. 세상에 나무가 없다면 얼마나 좋을까 하고 생각하기도 했었다. “보는 게 여전하군.” 내가 말했다. “그럴까요?” 후배가 웅얼거리듯이 말했다.

조의 응접실에는 손님들이 네 사람 있었다. 나의 손을 아프도록 쥐고 흔들고 있는 조의 얼굴이 옛날보다 윤택해지고 살결도 많이 하얘진 것을 나는 보고 있었다. “어서 자리로 앉아라. 이거 원 누추해서…… 빨리 마누랄 얻어야겠는데…….” 그러나 방은 결코 누추하지 않았다. “아니 아직 결혼 안 했나?” 내가 물었다. "법률책 좀 붙들고 앉아 있었더니 그렇게 돼버렸어. 어서 앉아." 나는 먼저 온 손님들에게 소개되었다. 세 사람은 남자로서 세무서 직원들이었고 한 사람은 여자로서 나와 함께 온 박과 무언가 얘기를 주고받고 있었다. "어어, 밀담들은 그만 하시고, 하(河)선생, 인사해요. 내 중학 동창인 윤희중이라는 친굽니다. 서울에 있는 큰 제약회사의 간사님이시고 이쪽은 우리 모교에 와 계시는 음악 선생님이시고. 하인숙 씨라고, 작년에 서울에서 음악대학을 나오신 분이지." "아, 그러세요. 같은 학교에 계시는군요?" 나는 박과 그 여선생을 번갈아 가리키며 여선생에게 말했다. "네." 여선생은 방긋 웃으며 대답했고 내 후배는 고개를 숙여 버렸다. "고향이 무진이신가요?" "아녜요, 발령이 이곳으로 났기 땜에 저 혼자 와 있는 거예요." 그 여자는 개성 있는 얼굴을 가지고 있었다. 윤곽은 갸름했고 눈이 컸고 얼굴색은 노리끼했다. 전체로 보아서 병약한 느낌을 주고 있었지만 그러나 좀 높은 콧날과 두터운 입술이 병약하다는 인상을 버리도록 요구하고 있었다. 그리고 카랑카랑한 목소리가 코와 입이 주는 인상을 더욱 강하게 하고 있었다. "전공이 무엇이었던가요?" "성악 공부 좀 했어요." "그렇지만 하선생님은 피아노도 아주 잘 치십니다." 박이 곁에서 조심스러운 목소리로 끼어들었다. 조도 거들었다. "노래를 아주 잘하시지. 소프라노가 굉장하시거든." "아, 소프라노를 맡으시는가요?" 내가 물었다. "네, 졸업연주회 땐 〈나비부인〉 중에서 〈어떤 갠 날〉을 불렀어요." 그 여자는 졸업연주회를 그리워하고 있는 듯한 음성으로 말했다.

방바닥에는 비단의 방석이 놓여 있고 그 위에는 화투짝이 흩어져 있었다. 무진(霧津)이다. 곧 입술을 태울 듯이 타들어가는 담배꽁초를 입에 물고 눈으로 들어오는 그 담배 연기 때문에 눈물을 찔끔거리며 눈을 가늘게 뜨고, 이미 정오가 가까운 시각에야 잠자리에서 일어나서 그날의 허황한 운수를 점쳐 보던 그 화투짝이었다. 또는, 자신을 팽개치듯이 끼어들던 언젠가의 노름판, 그 노름판에서 나의 뜨거워져 가는 머리와 떨리는 손가락만을 제외하곤 내 몸을 전연 느끼지 못하게 만들던 그 화투짝이었다. "화투가 있군, 화투가." 나는 한 장을 집어서 딱 소리가 나게 내려치고 다시 그것을 집어서 내려치고 또 집어서 내려치고 하며 중얼거렸다. "우리 돈내기 한판 하실까요?" 세무서 직원 중의 하나가 내게 말했다. 나는 싫었다. "다음 기회에 하지요." 세무서 직원들은 싱글싱글 웃었다. 조가 안으로 들어갔다가 나왔다. 잠시 후에 술상이 나왔다.

"여기엔 얼마쯤 있게 되나?" "일주일가량." "청첩장 한 장 없이 결혼해 버리는 법이 어디 있어? 하기야 청첩장을 보냈더라도 그땐 내가 세무서에서 주판알 튕기고 있을 때니까 별수도 없었겠지만 말이다." "난 그랬지만 넌 청첩장 보내야 한다." "염려 말아. 금년 안으로는 받아 볼 수 있게 될 거다." 우리는 별로 거품이 일지 않는 맥주를 마셨다. "제약회사라면 그게 약 만드는 데 아닙니까?" "그렇죠." "평생 병 걸릴 염려는 없겠습니다그려." 굉장히 우스운 익살을 부렸다는 듯이 직원들이 방바닥을 치며 오랫동안 웃었다. "참 박군, 학생들한테서 인기가 대단하더구먼. 기껏

오 분쯤 걸어오면 될 거리에 살면서 나한테 왜 통 놀러오지 않나?" "늘 생각은 하고 있었습니다만……." "저기 앉아 계시는 하선생님한테서 자네 얘긴 늘 듣고 있었지. 자, 하선생, 맥주는 술도 아니니까 한잔 들어 봐요. 평소엔 그렇지도 않던데 오늘 저녁엔 왜 이렇게 얌전을 피우실까?" "네 네, 거기 놓으세요. 제가 마시겠어요." "맥주는 좀 마셔 봤지요?" "대학 다닐 때 친구들과 어울려서 방문을 안으로 잠가 놓고 소주도 마셔 본걸요." "이거 술꾼인 줄은 몰랐는데." "마시고 싶어서 마신 게 아니라 시험 삼아서 맛 좀 본 거예요." "그래서 맛이 어떻습디까?" "모르겠어요. 술잔을 입에서 떼자마자 쿨쿨 자버렸으니까요." 사람들이 웃었다. 박만이 억지로 웃는 듯한 웃음이었다. "내가 항상 생각하는 바지만, 하선생님의 좋은 점은 바로 저기에 있거든. 될 수 있으면 얘기를 재미있게 하려고 한다는 점, 바로 그거야." "일부러 재미있게 하려고 하는 게 아녜요. 대학 다닐 때의 말버릇이에요." "아하, 그러고 보면 하선생의 나쁜 점은 바로 저기 있어. '내가 대학 다닐 때'라는 말을 빼놓곤 얘기가 안 됩니까? 나처럼 대학엔 문전에도 가보지 못한 사람은 서러워서 살겠어요?" "죄송합니다아." "그럼 내게 사과하는 뜻에서 노래 한 곡 들려주시겠어요?" "그거 좋습니다." "좋지요." "한번 들어 봅시다." 사람들이 박수를 쳤다. 여선생은 머뭇거렸다. "서울 손님도 오고 했으니까…… 그 지난번에 부르던 거 참 좋습디다." 조는 재촉했다. "그럼 부릅니다." 여선생은 거의 무표정한 얼굴로 입을 조금만 달싹거리며 노래를 부르기 시작했다. 세무서 직원들이 손가락으로 술상을 두

드리기 시작했다. 여선생은 〈목포의 눈물〉을 부르고 있었다. 〈어떤 갠 날〉과 〈목포의 눈물〉 사이에는 얼마큼의 유사성이 있을까? 무엇이 저 아리아들로써 길들어진 성대에서 유행가를 나오게 하고 있을까? 그 여자가 부르는 〈목포의 눈물〉에는 작부(酌婦)들이 부르는 그것에서 들을 수 있는 것과 같은 꺾임이 없었고, 대체로 유행가를 살려 주는 목소리의 갈라짐이 없었고 흔히 유행가가 내용으로 하는 청승맞음이 없었다. 그 여자의 〈목포의 눈물〉은 이미 유행가가 아니었다. 그렇다고 〈나비부인〉 중의 아리아는 더욱 아니었다. 그것은 이전에는 없었던 어떤 새로운 양식의 노래였다. 그 양식은 유행가가 내용으로 하는 청승맞음과는 다른, 좀더 무자비한 청승맞음을 포함하고 있었고 〈어떤 갠 날〉의 그 절규보다도 훨씬 높은 옥타브의 절규를 포함하고 있었고, 그 양식에는 머리를 풀어 헤친 광녀(狂女)의 냉소가 스며 있었고 무엇보다도 시체가 썩어 가는 듯한 무진의 그 냄새가 스며 있었다.

그 여자의 노래가 끝나자 나는 의식적으로 바보 같은 웃음을 띠고 박수를 쳤고 그리고 육감(六感)으로써랄까, 나는 후배인 박이 이 자리에서 떠나고 싶어 하는 것을 알았다. 나의 시선이 박에게로 갔을 때, 나의 시선을 받은 박은 기다렸다는 듯이 자리에서 일어났다. 누군지가 그에게 앉아 있기를 권했으나 박은 해사한 웃음을 띠며 거절했다. "먼저 실례합니다. 형님은 내일 또 뵙지요." 조는 대문까지 따라 나왔고 나는 한길까지 박을 바래다주러 나갔다. 밤이 깊지 않았는데도 거리는 적막했다. 어디선지 개 짖는 소리가 들려왔고 쥐 몇 마리가 한길 위에서 무엇을 먹고 있다가 우리의 그림자에 놀라 흩어져 버렸다. "형님, 보세요. 안개가 내리는군요." 과연 한길의 저 끝이, 불빛이 드문드문 박혀 있는 먼 주택지의 검은 풍경들이 점점 풀어져 가고 있었다. "자네, 하선생을 좋아하고 있는 모양이군?" 내가 물었다. 박은 다시 그 해사한 웃음을 띠었다. "그 여선생과 조군과 무슨 관계가 있는 모양이지?" "모르겠습니다. 아마 조형이 결혼 상대자 중의 하나로 생각하는 거 같아요." "자네가 그 여선생을 좋아한다면 좀더 적극적으로 나가야 해. 잘해 봐." "뭐 별로……." 박은 소년처럼 말을 더듬거렸다. "그 속물들 틈에 앉아서 유행가를 부르고 있는 게 좀 딱해 보였을 뿐이지요. 그래서 나와 버린 거죠." 박은 분노를 누르고 있는 듯이 나직나직 말했다. "클래식을 부를 장소가 있고 유행가를 부를 장소가 따로 있다는 것뿐이겠지. 뭐 딱할 거까지야 있나?" 나는 거짓말로써 그를 위로했다. 박은 가고 나는 다시 '속물'들 틈에 끼였다. 무진에서는 누구나 그렇게 생각하는 것이다. 타인은 모두 속물들이라고. 나 역시 그렇게 생각하는 것이다. 타인이 하는 모든 행위는 무위(無爲)와 똑같은 무게밖에 가지고 있지 않은 장난이라고.

밤이 퍽 깊어서 우리는 자리에서 일어났다. 조는 내가 자기 집에서 자고 가기를 권했다. 그러나 다음 날 아침에 잠자리에서 일어나서 그 집을 나올 때까지의 부자유스러움을 생각하고 나는 기어코 밖으로 나섰다. 직원들도 도중에서 흩어져 가고 결국엔 나와 여자만이 남았다. 우리는 다리를 건너고 있었다. 검은 풍경

속에서 냇물은 하얀 모습으로 뻗어 있었고 그 하얀 모습의 끝은 안개 속으로 사라지고 있었다. "밤엔 정말 멋있는 고장이에요." 여자가 말했다. "그래요? 다행입니다." 내가 말했다. "왜 다행이라고 말씀하시는 줄 짐작하겠어요." 여자가 말했다. "어느 정도까지 짐작하셨어요?" 내가 물었다. "사실은 멋이 없는 고장이니까요. 제 대답이 맞았어요?" "거의." 우리는 다리를 다 건넜다. 거기서 우리는 헤어져야 했다. 그 여자는 냇물을 따라서 뻗어 나간 길로 가야 했고 나는 곧장 난 길로 가야 했다. "아, 글루 가세요? 그럼……." 내가 말했다. "조금만 바래다주세요. 이 길은 너무 조용해서 무서워요." 여자가 조금 떨리는 목소리로 말했다. 나는 다시 여자와 나란히 서서 걸었다. 나는 갑자기 이 여자와 친해진 것 같았다. 다리가 끝나는 바로 거기에서부터, 그 여자가 정말 무서워서 떠는 듯한 목소리로 내게 바래다주기를 청했던 바로 그때부터 나는 그 여자가 내 생애 속에 끼어든 것을 느꼈다. 내 모든 친구들처럼, 이제는 모른다고 할 수 없는, 때로는 내가 그들을 훼손하기도 했지만 그러나 더욱 많이 그들이 나를 훼손시켰던 내 모든 친구들처럼. "처음에 뵈었을 때, 뭐랄까요, 서울 냄새가 난다고 할까요, 퍽 오래전부터 알던 사람처럼 느껴졌어요. 참 이상하죠?" 갑자기 여자가 말했다. "유행가." 내가 말했다. "네?" "아니 유행가는 왜 부르십니까? 성악 공부한 사람들은 될 수 있는 대로 유행가를 멀리하지 않았던가요?" "그 사람들은 항상 유행가만 부르라고 하거든요." 대답하고 나서 여자는 부끄러운 듯이 나지막하게 소리 내어 웃었다. "유행가를 부르지 않으려면 거기에 가지 않는 게 좋다고 얘기하면 내정간섭이 될까요?" "정말 앞으론 가지 않을 작정이에요. 정말 보잘것없는 사람들이에요." "그럼 왜 여태까진 거기에 놀러 다녔습니까?" "심심해서요." 여자는 힘없이 말했다. 심심하다, 그래 그게 가장 정확한 표현이다. "아까 박군은 하선생님께서 유행가를 부르고 계시는 게 보기에 딱하다고 하면서 나가 버렸지요." 나는 어둠 속에서 여자의 얼굴을 살폈다. "박선생님은 정말 꽁생원이에요." 여자는 유쾌한 듯이 높은 소리로 웃었다. "선량한 사람이죠." 내가 말했다. "네, 너무 선량해요." "박군이 하선생님을 사랑하고 있다는 생각을 해본 적은 없었던가요?" "아이, '하선생님 하선생님' 하지 마세요. 오빠라고 해도 제 큰오빠뻘이나 되실 텐데요." "그럼 무어라고 부릅니까?" "그냥 제 이름을 불러 주세요. 인숙이라고요." "인숙이 인숙이." 나는 낮은 목소리로 중얼거려 보았다. "그게 좋군요." 나는 말했다. "인숙인 왜 내 질문을 피하지요?" "무슨 질문을 하셨던가요?" 여자는 웃으면서 말했다. 우리는 논 곁을 지나가고 있었다. 언젠가 여름 밤, 멀고 가까운 논에서 들려오는 개구리들의 울음소리를, 마치 수많은 비단조개 껍질을 한꺼번에 맞부빌 때 나는 듯한 소리를 듣고 있을 때 나는 그 개구리 울음소리들이 나의 감각 속에서 반짝이고 있는 수없이 많은 별들로 바뀌어 있는 것을 느끼곤 했었다. 청각의 이미지가 시각의 이미지로 바뀌는 이상한 현상이 나의 감각 속에서 일어나곤 했었던 것이다. 개구리 울음소리가 반짝이는 별들이라고 느낀 나의 감각은 왜 그렇게 뒤죽박죽이었을까. 그렇지만 밤하늘에서 쏟아질 듯이 반짝이고 있는 별들을 보고 개구리의 울음소리가 귀에 들려오는 듯했었던 것은 아니다. 별들을 보고 있으면 나는 나와 어느 별과 그리고 그 별과 또 다른 별들 사이의 안타까운 거리가, 과학책에서 배운 바로써가 아니라, 마치 나의 눈이 점점 정확해져 가고 있는 듯이 나의 시력에 뚜렷이 보여 오는 것이었다. 나는 그 도달할 길 없는 거리를 보는 데 홀려서 멍하니 서 있다가 그 순간 속에서 그대로 가슴이 터져 버리는 것 같았었다. 왜 그렇게 못 견디어했을까. 별이 무수히 반짝이는 밤하늘을 보고 있던 옛날 나는 왜 그렇게 분해서 못 견디어했을까. "무얼 생각하고 계세요?" 여자가 물어 왔다. "개구리 울음소리." 대답하며 나는 밤하늘을 올려봤다. 내리고 있는 안개에 가려서 별들이 흐릿하게 떠 보였다. "어머, 개구리 울음소리. 정말예요. 제겐 여태까지 개구리 울음소리가 들리지 않았어요. 무진의 개구리는 밤 열두 시 이후에만 우는 줄로 알고 있었는데요." "열두 시 이후에요?" "네, 밤 열두 시가 넘으면, 제가 방을 얻어 있는 주인댁의 라디오 소리도 꺼지고 들리는 거라곤 개구리 울음소리뿐이거든요." "밤 열두 시가 넘도록 잠을 자지 않고 무얼 하시죠?" "그냥 가끔 그렇게 잠이 오지 않아요." 그냥 그렇게 잠이 오지 않는다. 아마 그건 사실이리라. "사모님 예쁘게 생기셨어요?" 여자가 갑자기 물었다. "제 아내 말씀인가요?" "네." "예쁘죠." 나는 웃으면서 대답했다. "행복하시죠? 돈이 많고 예쁜 부인이 있고 귀여운 아이들이 있고 그러면……." "아이들은 아직 없으니까 쬐끔 덜 행복하겠군요." "어머, 결혼을 언제 하셨는데 아직 아이들이 없어요?" "이제 삼 년 좀 넘었습니다." "특별한 용무도 없이 여행하시면서 왜 혼자 다니세요?" 이 여자는 왜 이런 질문을 할까? 나는 조용히 웃어 버렸다. 여자는 아까보다 좀더 명랑한 목소리로 말했다. "앞으로 오빠라고 부를 테니까 절 서울로 데려가 주시겠어요?" "서울에 가고 싶으신가요?" "네." "무진이 싫은가요?" "미칠 것 같아요. 금방 미칠 것 같아요. 서울엔 제 대학 동창들도 많고…… 아이, 서울로 가고 싶어 죽겠어요." 여자는 잠깐 내 팔을 잡았다가 얼른 놓았다. 나는 갑자기 흥분되었다. 나는 이마를 찡그렸다. 찡그리고 찡그리고 또 찡그렸다. 그러자 흥분이 가셨다. "그렇지만 이젠 어딜 가도 대학 시절과는 다를걸요. 인숙은 여자니까 아마 가정으로나 숨어 버리기 전에는 어느 곳에 가든지 미칠 것 같을걸요." "그런 생각도 해봤어요. 그렇지만 지금 같아선 가정을 갖는다고 해도 미칠 것 같은 생각이 들어요. 정말 맘에 드는 남자가 있다고 해도 여기서는 살기가 싫어요. 전 그 남자에게 여기서 도망하자고 조를 거예요." "그렇지만 내 경험으로는 서울에서의 생활이 반드시 좋지도 않더군요. 책임, 책임뿐입니다." "그렇지만 여긴 책임도 무책임도 없는 곳인걸요. 하여튼 서울에 가고 싶어요. 절 데려가 주시겠어요?" "생각해 봅시다." "꼭이에요, 네?" 나는 그저 웃기만 했다. 우리는 그 여자의 집 앞에까지 왔다. "선생님, 내일은 무얼 하실 계획이세요?" 여자가 물었다. "글쎄요, 아침엔 어머님 산소를 다녀와야 하겠고, 그러고 나면 할 일이 없군요. 바닷가에나 가볼까 하는데요. 거긴 한때 내가 방을 얻어 있던 집이 있으니까 인사도 할 겸." "선생님, 내일 거긴 오후에 가세요." "왜

요?" "저도 같이 가고 싶어요. 내일은 토요일이니까 오전 수업뿐이에요." "그럽시다." 우리는 내일 만날 시간과 장소를 약속하고 헤어졌다. 나는 이상한 우울에 빠져서 터벅터벅 밤길을 걸어 이모 댁으로 돌아왔다.

내가 이불 속으로 들어갔을 때 통금 사이렌이 불었다. 그것은 갑작스럽고 요란한 소리였다. 그 소리는 길었다. 모든 사물이 모든 사고(思考)가 그 사이렌에 흡수되어 갔다. 마침내 이 세상에선 아무것도 없어져 버렸다. 사이렌만이 세상에 남아 있었다. 그 소리도 마침내 느껴지지 않을 만큼 오랫동안 계속할 것 같았다. 그때 소리가 갑자기 힘을 잃으면서 꺾였고 길게 신음하며 사라져 갔다. 내 사고만이 다시 살아났다. 나는 얼마 전까지 그 여자와 주고받던 얘기들을 다시 생각해 보려 했다. 많은 것을 얘기한 것 같은데 그러나 귓속에는 우리의 대화가 몇 개 남아 있지 않았다. 좀더 시간이 지난 후, 그 대화들이 내 귓속에서 내 머릿속으로 자리를 옮길 때는 그리고 머릿속에서 심장 속으로 옮겨 갈 때는 또 몇 개가 더 없어져 버릴 것인가. 아니 결국엔 모두 없어져 버릴지도 모른다. 천천히 생각해 보자. 그 여자는 서울에 가고 싶다고 했다. 그 말을 그 여자는 안타까운 음성으로 얘기했다. 나는 문득 그 여자를 껴안고 싶은 충동에 사로잡혔다. 그리고…… 아니, 내 심장에 남을 수 있는 것은 그것뿐이었다. 그러나 그것도 일단 무진을 떠나기만 하면 내 심장 위에서 지워져 버리리라. 나는 잠이 오지 않았다. 낮잠 때문이기도 하였다. 나는 어둠 속에서 담배를 피웠다. 나는 우울한 유령들처럼 나를 내려다보고 있는 벽에 걸린 하얀 옷들을 흘겨보고 있었다. 나는 담뱃재를 머리맡의 적당한 곳에 털었다. 내일 아침 걸레로 닦아 내면 될 어느 곳에. '열두 시 이후에 우는' 개구리 울음소리가 희미하게 들려오고 있었다. 어디선가 한 시를 알리는 시계 소리가 나직이 들려왔다. 어디선가 두 시를 알리는 시계 소리가 들려왔다. 어디선가 세 시를 알리는 시계 소리가 들려왔다. 어디선가 네 시를 알리는 시계 소리가 들려왔다. 잠시 후에 통금 해제의 사이렌이 불었다. 시계와 사이렌 중 어느 것 하나가 정확하지 못했다. 사이렌은 갑작스럽고 요란한 소리였다. 그 소리는 길었다. 모든 사물이 모든 사고가 그 사이렌에 흡수되어 갔다. 마침내 이 세상에선 아무것도 없어져 버렸다. 사이렌만이 세상에 남아 있었다. 그 소리도 마침내 느껴지지 않을 만큼 오랫동안 계속할 것 같았다. 그때 소리가 갑자기 힘을 잃으면서 꺾였고 길게 신음하며 사라져 갔다. 어디선가 부부들은 교합(交合)하리라. 아니다. 부부가 아니라 창부와 그 여자의 손님이리라. 나는 왜 그런 엉뚱한 생각을 하고 있는지 알 수 없었다. 잠시 후에 나는 슬며시 잠이 들었다.

바다로 뻗은 긴 방죽

그날 아침엔 이슬비가 내리고 있었다. 식전에 나는 우산을 받쳐 들고 읍 근처의 산에 있는 어머니의 산소로 갔다. 나는 바지를 무릎 위까지 걷어 올리고 비를 맞으며 묘를 향하여 엎드려 절했다. 비가 나를 굉장한 효자로 만들어 주었다. 나는 한 손으로 묘 위의 긴 풀을 뜯었다. 풀을 뜯으면서 나는 나를 전무님으로 만들기 위하여 전무 선출에 관계된 사람들을 찾아다니며 그 호걸웃음을 웃고 있을 장인영감을 상상했다. 그러자 나는 묘 속으로 들어가고 싶었다.

돌아가는 길은 좀 멀긴 하지만 잔디가 곱게 깔린 방죽길을 걷기로 했다. 이슬비가 바람에 뿌옇게 날리고 있었다. 비를 따라서 풍경이 흔들렸다. 나는 우산을 접어 버렸다. 방죽 위를 걸어가다가 나는 방죽의 경사 밑, 물가의 풀밭에 읍에서 먼 촌으로부터 등교하기 위하여 오던 학생들이 모여서 웅성거리고 있는 것을 보았다. 나이 많은 사람들이 몇 사람 끼여 있었고 비옷을 입은 순경 한 사람이 방죽의 비탈 위에 쭈그리고 앉아서 담배를 피우며 먼 곳을 바라보고 있었고, 노파 한 사람이 혀를 차며 웅성거리고 있는 학생들의 틈을 빠져나와서 갔다. 나는 방죽의 비탈을 내려갔다. 순경 곁을 지나면서 나는 물었다. “무슨 일입니까?” “자살 시첸니다.” 순경은 흥미 없는 말투로 말했다. “누군데요?” “읍내에 있는 술집 여잡니다. 초여름이 되면 반드시 몇 명씩 죽지요.” “네에.” “저 계집애는 아주 독살스러운 년이어서 안 죽을 줄 알았더니, 저것도 별수 없는 사람이었던 모양입니다.” “네에.” 나는 물가로 내려가서 학생들 틈에 끼였다. 시체의 얼굴은 냇물을 향하고 있었으므로 내게는 보이지 않았다. 머리는 파마였고 팔과 다리가 하얗고 굵었다. 붉은색의 얇은 스웨터를 입고 있었고 하얀 스커트를 입고 있었다. 지난밤의 새벽은 추웠던 모양이다. 아니면 그 옷이 그 여자의 맘에 든 옷이었던가 보다. 푸른 꽃무늬 있는 하얀 고무신을 머리에 베고 있었다. 무엇인가를 싼 하얀 손수건이 그 여자의 축 늘어진 손에서 좀 떨어진 곳에 굴러 있었다. 하얀 손수건은 비를 맞고 있었고 바람이 불어도 조금도 나부끼지 않았다. 시체의 얼굴을 보기 위해서 많은 학생들이 냇물 속에 발을 담그고 이쪽을 향하고 서 있었다. 그들의 푸른색 유니폼이 물에 거꾸로 비쳐 있었다. 푸른색의 깃발들이 시체를 옹위하고 있었다. 나는 그 여자를 향하여 이상스레 정욕이 끓어오름을 느꼈다. 나는 급히 그 자리를 떠났다. "무슨 약을 먹었는지 모르지만 지금이라도 어쩌면……." 순경에게 내가 말했다. "저런 여자들이 먹는 건 청산가립니다. 수면제 몇 알 먹고 떠들썩한 연극 같은 건 안 하지요. 그것만은 고마운 일이지만." 나는 무진으로 오는 버스칸에서 수면제를 만들어 팔겠다는 공상을 한 것이 생각났다. 햇빛의 신선한 밝음과 살갗에 탄력을 주는 정도의 공기의 저온, 그리고 해풍에 섞여 있는 정도의 소금기, 이 세 가지를 합성하여 수면제를 만들 수 있다면…… 그러나 사실 그 수면제는 이미 만들어져 있었던 게 아닐까. 나는 문득, 내가 간밤에 잠을 이루지 못하고 뒤척거리고 있었던 게 이 여자의 임종을 지켜 주기 위해서가 아니었을까 하는 생각이 들었다. 통금 해제의 사이렌이 불고 이 여자는 약을 먹고 그제야 나는 슬며시 잠이 들었던 것만 같다. 갑자기 나는 이 여자가 나의 일부처럼 느껴졌다. 아프긴 하지만 아끼지 않으면 안 될 내 몸의 일부처럼 느껴졌다. 나는 접어 든 우산에 묻은 물을 휙휙 뿌리면서 집으로 돌아왔다. 집에는 세무서장인 조가 보낸 쪽지가 기다리고 있었다. '할 일 없으면 세무서로 좀 들러 주게.' 아침밥을 먹고 나는 세무서로 갔다. 이슬비는 그쳤으나 하늘은 흐렸다. 나는 조의 의도를 알 것 같았다. 서장실에 앉아 있는 자기의 모습을 보여 주고 싶은 거다. 아니 내가 비꼬아서 생각하고 있는지 모른다. 나는 고쳐 생각하기로 했다. 그는 세무서장으로 만족하고 있을까? 아마 만족하고 있을 게다. 그는 무진에 어울리는 사람이다. 아니, 나는 다시 고쳐 생각하기로 했다. 어떤 사람을 잘 안다는 것—잘 아는 체한다는 것이 그 어떤 사람의 입장에서 보면 무척 불행한 일이다. 우리가 비난할 수 있고 적어도 평가하려고 드는 것은 우리가 알고 있는 사람에 한하는 것이기 때문이다.

조는 러닝셔츠 바람으로, 바지는 무릎 위까지 걷어붙이고 부채를 부치고 있었다. 나는 그가 초라해 보였고 그러나 그가 흰 커버를 씌운 회전의자 위에 앉아 있는 것을 자랑스러워하는 듯한 몸짓을 해 보일 때는 그가 가엾게 생각되었다. "바쁘지 않나?" 내가 물었다. "나야 뭐 하는 일이 있어야지. 높은 자리라는 건 책임진다는 말만 중얼거리고 있으면 되는 모양이지." 그러나 그는 결코 한가하지 않았다. 여러 사람들이 드나들면서 서류에 조의 도장을 받아 갔고 더 많은 서류들이 그의 미결함(未決函)에 쌓였다. "월말에다가 토요일이 되어서 좀 바쁘다." 그는 말했다. 그러나 그의 얼굴은 그 바쁜 것을 자랑스럽게 여기고 있었다. 바쁘다. 자랑스러워할 틈도 없이 바쁘다. 그것은 서울에서의 나였다. 그만큼 여기는 생활한다는 것에 서투를 수 있다고나 할까? 바쁘다는 것도 서투르게 바빴다. 그리고 그때 나는, 사람이 자기가 하는 일에 서투르다는 것은, 그것이 무슨 일이든지 설령 도둑질이라고 할지라도 서투르다는 것은 보기에 딱하고 보는 사람을 신경질 나게 한다고 생각하였다. 미끈하게 일을 처리해 버린다는 건 우선 우리를 안심시켜 준다. "참, 엊저녁, 하선생이란 여자는 네 색싯감이냐?" 내가 물었다. "색싯감?" 그는 높은 소리로 웃었다. "내 색싯감이 그 정도로밖에 안 보이냐?" 그가 말했다. "그 정도가 뭐 어때서?" "야, 이 약아빠진 놈아, 넌 빽 좋고 돈 많은 과부를 물어 놓고 기껏 내가 어디서 굴러온 줄도 모르는 말라빠진 음악 선생이나 차지하고 있으면 맘이 시원하겠다는 거냐?" 말하고 나서 그는 유쾌해 죽겠다는 듯이 웃어 대었다. "너만큼만 사는 정도라면 여자가 거지라도 괜찮지 않아?" 내가 말했다. "그래도 그게 아닙니다. 내 편에 나를 끌어 줄 사람이 없으면 처가 편에서라도 누가 있어야 하는 거야." 그가 대답했다. 그의 말투로는 우리는 공모자였다. "야, 세상 우습더라. 내가 고시에 패스하자마자 중매쟁이가 막 들어오는데…… 그런데 그게 모두 형편없는 것들이거든. 도대체 여자들이 성기(性器) 하나를 밑천으로 해서 시집가 보겠다는 고 배짱들이 괘씸하단 말야." "그럼 그 여선생도 그런 여자 중의 하나인가?" "아주 대표적인 여자지. 어떻게나 쫓아다니는지 귀찮아 죽겠다." "퍽 똑똑한 여자일 것 같던데." "똑똑하기야 하지, 그렇지만 뒷조사를 해보았더니 집안이 너무 허술해. 그 여자가 여기서 죽는다고 해도 고향에서 그 여자를 데리러 올 사람 하나 변변한 게 없거든." 나는 그 여자를 어서 만나 보고 싶었다. 나는 그 여자가 지금 어디서 죽어가고 있는 것처럼 생각되었다. 어서 가서 만나 보고 싶었다. "속도 모르는 박군은 그 여자를 좋아한대." 그가 말하면서 빙긋 웃었다. "박군이?" 나는 놀란 체했다. "그 여자에게 편지를 보내어 호소를 하는데 그 여자가 모두 내게 보여 주거든. 박군은 내게 연애편지를 쓰는 셈이지." 나는 그 여자를 만나 보고 싶은 생각이 싹 가셨다. 그러나 잠시 후엔 그 여자를 어서 만나 보고 싶다는 생각이 되살아났다. "지난봄엔 그 여잘 데리고 절엘 한번 갔었지. 어떻게 해보려고 했는데 요 영리한 게 결혼하기 전까지는 절대로 안 된다는 거야." "그래서?" "무안만 당하고 말았지." 나는 그 여자에게 감사했다.

시간이 됐을 때 나는 그 여자와 만나기로 한, 읍내에서 좀 떨어진, 바다로 뻗어 나가고 있는 방죽으로 갔다. 노란 파라솔 하나가 멀리 보였다. 그것이 그 여자였다. 우리는 구름이 낀 하늘 밑을 나란히 걸어갔다. "저 오늘 박선생님께 선생님에 관해서 여러 가지 물어봤어요." "그래요?" "무얼 제일 중요하게 물어보았을 거 같아요?" 나는 전연 짐작할 수가 없었다. 그 여자는 잠시 동안 키득키득 웃었다. 그리고 말했다. "선생님의 혈액형을 물어봤어요." "내 혈액형을요?" "전 혈액형에 대해서 이상한 믿음을 가지고 있어요. 사람들이 꼭 자기의 혈액형이 나타내 주는—그, 생물책에 쓰여 있지 않아요?— 꼭 그 성격대로이기만 했으면 좋겠어요. 그럼 세상엔 손가락으로 꼽을 정도의 성격밖에 없을 게 아니에요?" "그게 어디 믿음입니까? 희망이지." "전 제가 바라는 것은 그대로 믿어 버리는 성격이에요." "그건 무슨 혈액형입니까?" "바보라는 이름의 혈액형이에요." 우리는 후텁지근한 공기 속에서 괴롭게 웃었다. 나는 그 여자의 프로필을 훔쳐보았다. 그 여자는 이제 웃음을 그치고 입을 꾹 다물고 그 커다란 눈으로 앞을 똑바로 응시하고 있었고 코끝에 땀이 맺혀 있었다. 그 여자는 어린아이처럼 나를 따라오고 있었다. 나는 나의 한 손으로 그 여자의 한 손을 잡았다. 그 여자는 놀란 듯했다. 나는 얼른 손을 놓았다. 잠시 후에 나는 다시 손을 잡았다. 그 여자는 이번엔 놀라지 않았다. 우리가 잡고 있는 손바닥과 손바닥의 틈으로 희미한 바람이 새어 나가고 있었다. "무작정 서울에만 가면 어떻게 할 작정이오?" 내가 물었다. "이렇게 좋은 오빠가 있는데 어떻게 해주겠지요." 여자는 나를 쳐다보며 방긋 웃었다. "신랑감이야 수두룩하긴 하지만…… 서울보다는 고향에 가 있는 게 낫지 않을까요?" "고향보다는 여기가 나아요." "그럼 여기에 그대로 있는 게……." "아이, 선생님, 절 데리고 가시잖을 작정이시군요." 여자는 울상을 지으며 내 손을 뿌리쳤다. 사실 나는 나 자신을 알 수 없었다. 사실 나는 감상(感傷)이나 연민으로써 세상을 향하고 서는 나이도 지난 것이다. 사실 나는, 몇 시간 전에 조가 얘기했듯이 '빽이 좋고 돈 많은 과부'를 만난 것을 반드시 바랐던 것은 아니지만 결과적으로는 잘되었다고 생각하고 있는 사람인 것이다. 나는 내게서 달아나 버렸던 여자에 대한 것과는 다른 사랑을 지금의 내 아내에 대하여 갖고 있었다. 그러면서도 나는 구름이 끼어 있는 하늘 밑의 바다로 뻗은 방죽 위를 걸어가면서 다시 내 곁에 선 여자의 손을 잡았다. 나는 지금 우리가 찾아가고 있는 집에 대하여 여자에게 설명해 주었다. 어느 해, 나는 그 집에서 방 한 칸을 얻어 들고 더러워진 나의 폐(肺)를 씻어 내고 있었다. 어머니도 세상을 떠나간 뒤였다. 이 바닷가에서 보낸 일 년. 그때 내가 쓴 모든 편지들 속에서 사람들은 '쓸쓸하다'라는 단어를 쉽게 발견할 수 있었다. 그 단어는 다소 천박하고 이제는 사람의 가슴에 호소해 오는 능력도 거의 상실해 버린 사어(死語) 같은 것이지만 그러나 그 무렵의 내게는 그 말밖에 써야 할 말이 없는 것처럼 생각돼 있었다. 아침의 백사장을 거니는 산보에서 느끼는 시간의 지루함과 낮잠에서 깨어나서 식은땀이 줄줄 흐르는 이마를 손바닥으로 닦으며 느끼는 허전함과 깊은 밤에 악몽으로부터 깨어나서 쿵쿵 소리를 내며 급하게 뛰고 있는 심장을 한 손으로 누르며 밤바다의 그 애처로운 울음소리에 귀를 기울이고 있을 때의 안타까움, 그런 것들이 굴껍데기처럼 다닥다닥 붙어서 떨어질 줄 모르는 나의 생활을 나는 '쓸쓸하다'라는, 지금 생각하면 허깨비 같은 단어 하나로 대신시켰던 것이다. 바다는 상상도 되지 않는 먼지 낀 도시에서, 바쁜 일과 중에, 무표정한 우편배달부가 던져 주고 간 나의 편지 속에서 '쓸쓸하다'라는 말을 보았을 때 그 편지를 받은 사람이 과연 무엇을 느끼거나 상상할 수 있었을까? 그 바닷가에서 그 편지를 내가 띄우고 도시에서 내가 그 편지를 받았다고 가정할 경우에도 내가 그 바닷가에서 그 단어와 걸어 보던 모든 것에 만족할 만큼 도시의 내가 바닷가의 나의 심경에 공명할 수 있었을 것인가? 아니 그것이 필요하기나 했었을까? 그러나 정확하게 말하자면, 그 무렵 편지를 쓰기 위해서 책상 앞으로 다가가고 있던 나도, 지금에 와서 내가 하고 있는 바와 같은 가정과 질문을 어렴풋이나마 하고 있었고 그 대답을 '아니다'로 생각하고 있었던 듯하다. 그러면서도 그는 그 속에 '쓸쓸하다'라는 단어가 쓰여진 편지를 썼고 때로는 바다가 암청색(暗靑色)으로 서투르게 그려진 엽서를 사방으로 띄웠다. "세상에서 제일 먼저 편지를 쓴 사람은 어떤 사람이었을까요?" 내가 말했다. "아이, 편지. 정말 편지를 받는 것처럼 기쁜 일은 없어요. 정말 누구였을까요? 아마 선생님처럼 외로운 사람이었겠죠?" 여자의 손이 내 손 안에서 꼼지락거렸다. 나는 그 손이 그렇게 말하고 있는 듯한 느낌이 들었다. "그리고 인숙이처럼." 내가 말했다. "네." 우리는 서로 고개를 마주 보며 웃음 지었다.

우리는 우리가 찾아가는 집에 도착했다. 세월이 그 집과 그 집 사람들만은 피해서 지나갔던 모양이다. 주인들은 나를 옛날의 나로 대해 주었고 그러자 나는 옛날의 내가 되었다. 나는 가지고 온 선물을 내놓았고 그 집 부부는 내가 들어 있던 방을 우리에게 제공해 주었다. 나는 그 방에서 여자의 조바심을, 마치 칼을 들고 달려드는 사람으로부터, 누군지가 자기의 손에서 칼을 빼앗아 주지 않으면 상대편을 찌르고 말 듯한 절망을 느끼는 사람으로부터 칼을 빼앗듯이 그 여자의 조바심을 빼앗아 주었다. 그 여자는 처녀는 아니었다. 우리는 다시 방문을 열고 물결이 다소 거센 바다를 내려다보며 오랫동안 말없이 누워 있었다. "서울에 가고 싶어요. 단지 그거뿐예요." 한참 후에 여자가 말했다. 나는 손가락으로 여자의 볼 위에 의미 없는 도화를 그리고 있었다. "세상에 착한 사람이 있을까?" 나는 방으로 불어오는 해풍 때문에 불이 꺼져 버린 담배에 다시 불을 붙이며 말했다. "절 나무라시는 거죠? 착하게 보아 주려는 마음이 없으면 아무도 착하지 않을 거예요?" 나는 우리가 불교도(佛教徒)라고 생각했다. "선생님은 착한 분이세요?" "인숙이가 믿어 주는 한." 나는 다시 한번 우리가 불교도라고 생각했다. 여자는 누운 채 내게 조금 더 다가왔다. "바닷가로 나가요, 네? 노래 불러 드릴게요." 여자가 말했다. 그러나 우리는 일어나지 않았다. "바닷가로 나가요, 네? 방은 너무 더워요." 우리는 일어나서 밖으로 나왔다. 우리는 백사장을 걸어서 인가가 보이지 않는 바닷가의 바위 위에 앉았다. 파도가 거품을 숨겨 가지고 와서 우리가 앉아 있는 바위 밑에 그것을 뱀어 놓았다. "선생님." 여자가 나를 불렀다. 나는 여자 쪽으로 고개를 돌렸다. "자기 자신이 싫어지는 것을 경험하신 적이 있으세요?" 여자가 꾸민 명랑한 목소리로 물었다. 나는 기억을 헤쳐 보았다. 나는 고개를 끄덕이며 말했다. "언젠가 나와 함께 자던 친구가 다음 날 아침에 내가 코를 골면서 자더라는 것을 알려 주었을 때였지. 그땐 정말이지 살맛이 나지 않았어." 나는 여자를 웃기기 위해서 그렇게 말했다. 그러나 여자는 웃지 않고 조용히 고개만 끄덕거렸다. 한참 후에 여자가 말했다. "선생님, 저 서울에 가고 싶지 않아요." 나는 여자의 손을 달라고 하여

잡았다. 나는 그 손을 힘을 주어 쥐면서 말했다. "우리 서로 거짓말은 하지 말기로 해." "거짓말이 아니에요." 여자는 빙긋 웃으면서 말했다. "〈어떤 갠 날〉을 불러 드릴게요." "그렇지만 오늘은 흐린걸." 나는 〈어떤 갠 날〉의 그 이별을 생각하며 말했다. 흐린 날엔 사람들은 헤어지지 말기로 하자. 손을 내밀고 그 손을 잡는 사람이 있으면 그 사람을 가까이 가까이 좀더 가까이 끌어당겨 주기로 하자. 나는 그 여자에게 '사랑한다'고 말하고 싶었다. 그러나 '사랑한다'라는 그 국어의 어색함이 그렇게 말하고 싶은 나의 충동을 쫓아 버렸다.

우리가 바닷가에서 읍내로 돌아온 것은 저녁의 어둠이 밀려든 뒤였다. 읍내에 들어오기 조금 전에 우리는 방죽 위에서 키스했다. "전 선생님께서 여기 계시는 일주일 동안만 멋있는 연애를 할 계획이니까 그렇게 알고 계세요." 헤어지면서 여자가 말했다. "그렇지만 내 힘이 더 세니까 별수 없이 내게 끌려서 서울까지 가게 될걸." 내가 말했다.

집으로 돌아와서 나는 후배인 박이 낮에 다녀간 것을 알았다. 그는 내가 '무진에 계시는 동안 심심하시지 않을까 하여 읽으시라'고 책 세 권을 두고 갔다. 그가 저녁에 다시 오겠다고 하더라는 얘기를 이모가 내게 했다. 나는 피로를 핑계로 아무도 만나기 싫다는 뜻을 이모에게 알려 두었다. 이모는 내가 바닷가에서 아직 돌아오지 않았다고 대답하겠다고 말했다. 나는 아무것도 생각하고 싶지 않았다. 아무것도. 나는 이모에게 소주를 사오게 하여 취해서 잠이 들 때까지 마셨다. 새벽녘에 잠깐 잠이 깨었다. 나는 이유를 집어 낼 수 없이 가슴이 두근거렸는데 그것은 불안이었다. '인숙이' 하고 나는 중얼거려 보았다. 그리고 곧 다시 잠이 들어 버렸다.

당신은 무진을 떠나고 있습니다

나는 이모가 나를 흔들어 깨워서 눈을 떴다. 늦은 아침이었다. 이모는 전보 한 통을 내게 건네주었다. 엎드려 누운 채 나는 전보를 펴보았다. '27일회의참석필요, 급상경바람 영.' '27일'은 모레였고 '영'은 아내였다. 나는 아프도록 쑤시는 이마를 베개에 대었다. 나는 숨을 거칠게 쉬고 있었다. 나는 내 호흡을 진정시키려고 했다. 아내의 전보가 무진에 와서 내가 한 모든 행동과 사고를 내게 점점 명료하게 드러내 보여 주었다. 모든 것이 선입관 때문이었다. 결국 아내의 전보는 그렇게 얘기하고 있었다. 나는 아니라고 고개를 저었다. 모든 것이, 흔히 여행자에게 주어지는 그 자유 때문이라고 아내의 전보는 말하고 있었다. 나는 아니라고 고개를 저었다. 모든 것이 세월에 의하여 내 마음속에서 잊혀질 수 있다고 전보는 말하고 있었다. 그러나 상처가 남는다고, 나는 고개를 저었다. 오랫동안 우리는 다투었다. 그래서 전보와 나는 타협안을 만들었다. 한 번만, 마지막으로 한 번만 이 무진을, 안개를, 외롭게 미쳐 가는 것을, 유행가를, 술집 여자의 자살을, 배반을, 무책임을 긍정하기로 하자. 마지막으로 한 번만이다.

꼭 한 번만. 그리고 나는 내게 주어진 한정된 책임 속에서만 살기로 약속한다. 전보여, 새끼손가락을 내밀어라. 나는 거기에 내 새끼손가락을 걸어서 약속한다. 우리는 약속했다.

그러나 나는 돌아서서 전보의 눈을 피하여 편지를 썼다. '갑자기 떠나게 되었습니다. 찾아가서 말로써 오늘 제가 먼저 가는 것을 알리고 싶었습니다만 대화란 항상 의외의 방향으로 나가 버리기를 좋아하기 때문에 이렇게 글로써 알리는 바입니다. 간단히 쓰겠습니다. 사랑하고 있습니다. 왜냐하면 당신은 제 자신이기 때문에 적어도 제가 어렴풋이나마 사랑하고 있는 옛날의 저의 모습이기 때문입니다. 저는 옛날의 저를 오늘의 저로 끌어다 놓기 위하여 갖은 노력을 다하였듯이 당신을 햇볕 속으로 끌어 놓기 위하여 있는 힘을 다할 작정입니다. 저를 믿어 주십시오. 그리고 서울에서 준비가 되는 대로 소식 드리면 당신은 무진을 떠나서 제게 와주십시오. 우리는 아마 행복할 수 있을 것입니다.' 쓰고 나서 다시 나는 그 편지를 읽어 봤다. 또 한번 읽어 봤다. 그리고 찢어 버렸다.

덜컹거리며 달리는 버스 속에 앉아서 나는 어디쯤에선가 길가에 세워진 하얀 팻말을 보았다. 거기에는 선명한 검은 글씨로 '당신은 무진읍을 떠나고 있습니다. 안녕히 가십시오'라고 쓰여 있었다. 나는 심한 부끄러움을 느꼈다.

• 끝 •

김승옥문학상

2013년 김승옥 등단 50주년을 기념해 그의 문학적 업적을 계승하기 위해 KBS 순천방송국에서 제정했다. 김승옥문학상운영위원회가 주관하며 본상과 청소년 문학상으로 나누어 시상한다. 1회에서는 소설집 『김 박사는 누구인가?』를 펴낸 소설가 이기호가 본상을, 이희영이 「사람이 살고 있습니다」로 신인상을, 김수연이 「화장」으로 미래작가상을 수상했다. 타 문학상과의 차별을 위해 2015년부터 신인상을 폐지하였고, 기존의 미래작가상 명칭을 청소년 문학상으로 바꾸었다.

김승옥

1941. 12. 23. 일본 오사카 출생.
1945. 귀국 후 전남 진도에서 지내다 이듬해 순천으로 이사, 정착함.
1954. 순천중학교 입학. 교지에 콩트, 수필 등 발표.
1960. 서울대학교 문리대 불문과 입학.
1962. 〈한국일보〉 신춘문예에 단편소설「생명 연습」당선. 김치수 김현 최하림 등과 함께 동인지《산문시대》발간. 단편「건」,「환상수첩」등을《산문시대》에 발표.
1963.《산문시대》에「누이를 이해하기 위하여」,「확인해 본 열다섯 개의 고정관념」발표.
1964.《사상계》에「무진기행」발표.
1965.「서울 1964년 겨울」로 제10회 동인문학상 수상.
1966.《자유공론》에「염소는 힘이 세다」발표.「무진기행」이 김수용 감독에 의해 영화 〈안개〉로 만들어짐. 시나리오 집필을 계기로 영화계와 관계를 맺음.
1967. 김동인의「감자」를 영화화하며 감독으로 데뷔.
1968. 시나리오 각색에 주력함.
1977.「서울의 달빛 0장」으로 제1회 이상문학상 수상.
1980. 〈동아일보〉에 장편『먼지의 방』을 연재하던 중 검열에 항의하며 절필 선언, 이후 성경과 신학에 빠짐.
1999. 세종대학교 국어국문학과 교수로 수년간 역임.
2003. 뇌졸중으로 쓰러진 후 재활 치료를 받음.
2016. 잃어버린 말과 글 대신 그림으로 삶을 표현해 '김승옥 무진기행 그림전' 개최함.
2017. 현재 서울 자택 거주.

김승옥(金承鈺)은 1962년 〈한국일보〉 신춘문예에 단편소설 「생명 연습」이 당선되면서 문학계에 등장했다. 김치수 김현 최하림 등과 함께 동인지 《산문시대》를 창간하고 이곳에 여러 단편을 발표하였다. 그의 소설은 전쟁 이후 음울한 분위기가 팽배했던 한국 문학에 새로운 바람이 되었다. 지적 체험을 세련된 언어로 직접적이고 구체적으로 표현해 냄으로써 한국 현대 문학을 한 차원 끌어올렸다는 평을 받았다. 문학평론가 유종호는 「무진기행」을 중심으로 한 김승옥 작품에 대해 "감수성의 혁명이다. 그는 우리의 모국어에 새로운 활기와 가능성에의 신뢰를 불어넣었다"고 한 바 있다. 김승옥은 등단 이후 1980년 절필하기까지 이십여 편의 소설만을 남겼을 뿐이지만, 많은 후배 작가들에게 영향을 미친 60년대 대표 작가로 일컬어진다. 「서울 1964년 겨울」로 제10회 동인문학상을, 「서울의 달빛 0장」으로 제1회 이상문학상을 수상했다.

노다지

김유정

그믐칠야 캄캄한 밤이었다. 하늘에 별은 깨알같이 총총 박혔다. 그 덕으로 솔숲 속은 간신히 희미하였다. 험한 산중에도 우중충하고 구석배기 외딴 곳이다. 버석만 하여도 가슴이 덜렁한다. 호랑이, 산골 호생원!

만귀는 잠잠하다.* 가을은 이미 늦었다고 냉기는 모질다. 이슬을 품은 가랑잎은 바시락바시락 날아들며 얼굴을 축인다.

꽁보는 바랑을 모로 베고 풀 위에 꼬부리고 누웠다가 잠깐 깜박하였다. 다시 눈이 띄었을 적에는 몸서리가 몹시 나온다. 형은 맞은편에 그저 웅크리고 앉았는 모양이다.

"성님, 인저 시작해 볼라우!"

"아직 멀었네, 좀 춥더라도 참참이 해야지……."

어둠 속에서 그 음성만 우렁차게, 그러나 가만히 들릴 뿐이다. 연모를 고치는지 마치 쇠 부딪는 소리와 아울러 부스럭거린다. 꽁보는 다시 옹송그리고 새우잠으로 눈을 감았다. 야기에 옷은 젖어 후줄근하다. 아랫도리가 척 나간 듯이 감촉을 잃고 대고 쑤실 따름이다. 그대로 버뜩** 일어나 하품을 하고는 으드들 떨

* 만귀는 잠잠하다 : 만귀잠잠(萬鬼潛潛). 깊은 밤에 모든 것이 다 잠든 듯이 고요하다.

** '얼른'의 방언.

었다.

어디서인지 자박자박 사라지는 발자국 소리가 들린다. 꽁보는 정신이 번쩍 나서 눈을 둥굴린다.

"누가 오는 게 아뉴?"

"바람이겠지, 즈들이 설마 알라구!"

신청부같은 그 대답에 적이 맘이 놓인다. 곁에 형만 있으면야 몇 놈쯤 오기로서니 그리 쪼일 게 없다. 적삼의 깃을 여미며 휘돌아보았다.

감때사나운 큰 바위가 반득이는 하늘을 찌를 듯이, 삐쭉 솟았다. 그 양어깨로 자지레한 바위는 뭉글뭉글한 놈이 검은 구름 같다. 그러면 이번에는 꿈인지 호랑인지 영문 모를 그런 험상궂은 대가리가 공중에 불끈 나타나 두리번거린다. 사방은 모두 이따위 산에 둘렸다. 바람은 뺀질나게 구르며 습기와 함께 낙엽을 풍긴다. 을씨년스레 샘물은 노냥 쫄랑쫄랑 금시라도 시커먼 산중턱에서 호랑이 불이 보일 듯싶다. 꼼짝 못 할 함정에 든 듯이 소름이 쭉 돋는다.

꽁보는 너무 서먹서먹하고 허전하여 어깨를 으쓱 올린다. 몹쓸 놈의 산골도 다 많어이. 산골마다 모조리 요지경이람. 이러고 보니 몹시 무서운 기억이 눈앞으로 번쩍 지난다.

바로 작년 이맘때이다. 그날도 오늘과 같이 밤을 도와 잠채를 하러 갔던 것이다. 회양 근방에도 가장 험하다는 마치 이렇게 휘하고 낯선 산골을 기어올랐다. 꽁보에 더펄이, 그리고 또 다른 동무 셋과. 초저녁부터 내리는 보슬비가 웬일인지 그칠 줄을 모른다. 붕, 하고 난데없이 이는 바람에 안기어 비는 낙엽과 함께 몸에 부딪고 또 부딪고 하였다. 모두들 입 벌릴 기력조차 잃고 대고 부들부들 떨었다. 방금 넘어올 듯이 덩치 커다란 바위는 머리를 불쑥 내 대고 길을 막고 막고 한다. 그놈을 끼고 캄캄한 절벽을 돌고 나니 땀이 등줄기로 쭉 내려 흘렀다. 게다가 언제 호랑이가 내닫는지 알 수 없으매 가슴은 펄쩍 두근거린다.

그러나 하기는, 이제 말이지 용케도 해먹긴 하였다. 아무렇든지 다섯 놈이 서른 길이나 넘는 암굴에 들어가서 한 시간도 채 못 되자 감*을 두 포대나 실히 따올렸다마는, 문제는 노느매기에 있었다. 어떻게 이놈을 나누면 서로 억울치 않을까. 꽁보는 금점**에 남다른 이력이 있느니만치 제가 선뜻 맡았다. 부피를 대중하여 다섯 목에다 차례대로 메지메지 골고루 노났던 것이다. 한데 이런 우스꽝스러운 놈이 또 있을까.

"이게 일터면 노눈 건가!"

어두운 구석에서 어떤 놈이 이렇게 쥐어박는 소리를 하는 것이다. 제 딴은 욱기를 보이느라고 가래침을 배앝는다.

"그럼."

꽁보는 하 어이없어서 그쪽을 뻔히 바라보았다. 이건 우리가 늘 하는 격식인데 이제 와서 새삼스럽게 게정을 부릴 것이 아니다.

"아니, 요게 내 거야?"

* 감돌. 유용한 광물이 어느 정도 이상으로 들어 있는 광석.
** 금광.

"그럼 누군 감벼락을 맞았단 말인가?"

"아니, 이 구덩이를 먼저 낸 것이 누군데 그래?"

"누구고 새고 알 게 뭐 있나, 금 있으니 땄고, 땄으니 노났지!"

"알 게 없다? 내가 없어도 느가 왔니? 이 새끼야?"

"이런 숭맥* 보래, 꿀돼지 제 욕심 채기로 너만 먹자는 거야?"

바로 이 말에 자식이 욱하고 들이덤볐다. 무지한 두 손으로 꽁보의 멱살을 잔뜩 움켜쥐고 흔들고 지랄을 한다. 꽁보가 체수가 작고 좀팽이라 쳐들고 한창 얕본 모양이다.

비를 맞아 가며 숨이 콕 막히도록 시달리니 꽁보도 화가 안 날 수 없다. 저도 모르게 어느덧 감석을 손에 잡자 놈의 골통을 패뜨렸다. 하니까, 이놈이 꼭 황소같이 식, 하더니 꽁보를 편한 돌 위에다 집어 때렸다. 그리고 깔고 앉더니 대뜸 벽채를 들어 겯갈빗대를 힉, 하도록 아주 몹시 조겼다. 죽질 않기만 다행이지만 지금도 이게 가끔 도지어 몸을 못 쓰는 것이다. 담에는 왼편 어깨를 된통 맞았다. 정신이 다 아찔하였다. 험하고 깊은 산속이라 그대로 죽여 버릴 작정이 분명하다. 세 번째에는 또다시 가슴을 겨누고 내려올 제, 인제는 꼬박 죽었구나 하였다. 참으로 지긋지긋하고 아슬아슬한 순간이었다. 그때 천행이랄까 대문짝처럼 크고 억센 더펄이가 비호같이 날아들었다. 자분참 그놈의 허리를 뒤로 두 손에 쥐어 들더니 산비탈로 내던져 버렸다. 그놈은 그때 살았는지 죽었는지 이내 모른다. 꽁보는 곧바로 감석과 한

* 사리 분별을 못 하고 세상 물정을 잘 모르는 사람을 뜻하는 '숙맥'의 방언.

꺼번에 더펄이 등에 업히어 마을로 내려왔던 것이다.

현재 꽁보가 갖고 다니는 그 목숨은 더펄이 손에서 명줄을 받은 그때의 끄트머리다. 더펄이를 형이라 불렀고 형우제공을 깍듯이 하는 것도 까닭 없는 일은 아니었다.

이 산골도 그 녀석의 산골과 똑 헐없는* 흉측스러운 낯짝을 가졌다. 한번 휘돌아 보니 몸서리치던 그 경상**이 다시 생각나지 않을 수 없다. 꽁보는 담배를 빡빡 피우며 시름없이 앉았다.

"몸 좀 녹여서 인저 시적시적 해볼까?"

더펄이도 추운지 떨리는 몸을 툭툭 털며 일어선다. 시작하도록 연모는 차비가 다 된 모양. 저편으로 가서 훔척훔척하더니 바랑에서 막걸리 병과 돼지 다리를 꺼내 들고 이리로 온다.

"그래도 좀 거냉은 해야 할걸!"

하고 그는 병마개를 이로 뽑더니,

"에이, 그냥 먹세, 언제 데워 먹겠나?"

"데웁시다."

"글쎄, 그것두 좋구, 근데 불을 놨다가 들키면 어쩌나?"

"저 바위틈에다 가리고 핍시다."

아우는 일어서서 가랑잎을 긁어모았다.

형은 더듬어 가며 소나무 삭정이를 뚝뚝 꺾어서 한 아름 안았다. 병풍과 같이 바위와 바위 사이에 틈이 벌었다. 그 속으로 들어가 그들은 불을 놓았다.

* 헐없다 : 하릴없다. 영락없다.

** 景狀. 좋지 못한 몰골.

"커— 그어 맛 좋다이."

형은 한잔을 쭉 켜고 거나하였다. 칼로 돼지고기를 저며 들고 쩍쩍 씹는다.

"아까 술집 계집 봤나?"

"왜 그류?"

"어떻든가?"

"……."

"아주 똑 땄데 고거 참!"

하고 그는 눈을 불빛에 꿈벅거리며 싱글싱글 웃는다. 일 년이면 열두 달 줄창 돌아만 다닌다는 신세였다. 오늘은 서로, 내일은 동으로, 조선 천지의 금점판치고 아니 집적거린 데가 없었다. 언제나 나도 그런 계집 하나 만나 살림을 좀 해보누 하면 무거운 한숨이 절로 안 날 수 없다.

"거, 계집 있는 게 한결 낫겠더군!"

하고 저도 열적을 만큼 시풍*스러운 소리를 하니까,

"글쎄요……."

하고 꽁보는 그 얼굴을 빤히 쳐다보았다. 이날까지 같이 다녀야 그런 법 없더니만 왜 별안간 계집 생각이 날까, 별일이로군! 하긴, 저도 요즘으로 부쩍 그런 생각이 무륵무륵 안 나는 것도 아니지만, 가을이 늦어서 그런지 홀아비 마주 앉기만 하면 나는 건 그 생각뿐.

* 그 시대의 풍속. 그 당시의 속된 것.

"성님 장가들라우?"

"어디 웬 계집이 있나?"

"글쎄?"

하고 꽁보는 그 말을 재치다가 얼뜻 이런 생각을 하였다. 제 누이를 주면 어떨까. 지금 그 누이가 충주 근방 어느 농군에게 출가하여 자식을 둘씩이나 낳았다마는 매우 반반한 얼굴을 가졌다. 이걸 준다면 형은 무척 반기겠고, 또한 목숨을 구해 준 그 은혜에 대하여 손씻이도 되리라.

"성님, 내 누이를 주라우?"

"누이?"

"썩 이뿌우, 성님이 보면 아마 담박 반하리다."

더펄이는 다음 말을 기다리며 다만 벙벙하였다. 불빛에 이글이글하고 검붉은 그 얼굴에는 만족한 미소가 떠올랐다. 그 누이에 대하여 칭찬은 전일부터 많이 들었다. 그럴 적마다 속중으로는 슬며시 생각이 달랐으나 차마 이렇다 토설치는 못했던 터이었다.

"어떻수?"

"글쎄, 그런데 살림하는 사람을 그리 되겠나?"

하며, 뒷심은 두면서도 어정쩡하게 물어보았다. 그러고 들껍쩍하고* 술을 따라서 아우에게 권하다가 반이나 엎질렀다.

"그야, 돌려 빼면 그만이지 누가 뭐랠 터유."

* 들껍쩍하다 : 몹시 방정맞게 함부로 자꾸 까불거나 잘난 체하다.

꽁보는 자신이 있는 듯이 이렇게 선언하였다.

더펄이는 아주 좋았다. 팔짱을 딱 지르고 눈을 감았다. 나도 인젠 계집 하나 안아 보는구나! 아마 그 누이란 썩 이쁠 것이다. 오동통하고, 아양스럽고, 이런 계집에 틀림없으리라. 그럴 필요도 없건마는 그는 벌떡 일어서서 주춤주춤하다가 다시 펄썩 앉는다.

"은제 갈려나?"

"가만있수, 이거 해가지구 낼 갑시다."

오늘 일만 잘 되면 낼로 곧 떠나도 좋다. 충청도라야 강원도 역경을 지나 칠팔십 리 걸으면 그만이다. 낼 해껏 걸으면 모레 아침에는 누이 집을 들러서 다른 금점으로 가리라 예정하였다. 그런데 이놈의 금을 언제나 좀 잡아 볼는지 아득한 일이었다.

"빌어먹을 거, 은제쯤 재수가 좀 터보나!"

꽁보는 뜯고 있던 돼지 뼉다귀를 내던지며 이렇게 한탄하였다.

"염려 말게, 어떻게 되겠지! 오늘은 꼭 노다지가 터질 테니 두고 보려나?"

"작히 좋겠수, 그렇거든 고만 들어앉읍시다."

"이를 말인가, 이게 참 할 노릇을 하나, 이제 말이지."

그들은 몇 번이나 이렇게 자위했는지 그 수를 모른다. 네가 노다지를 만나든, 내가 만나든 둘이 똑같이 나눠 가지고 집을 사고 계집을 얻고, 술도 먹고, 편히 살자고. 그러나 여태껏 한 번이라도 그렇게 해본 적이 없으니 매양 헛소리가 되고 말았다.

"닭 울 때도 되었네, 인제 슬슬 가보려나?"

더펄이는 선뜻 일어서서 바랑을 짊어 메다가 꽁보를 바라보았다. 몸이 또 도지는지 불 앞에서 오르르 떨고 있는 것이 퍽이나 측은하였다.

"여보게 내 혼자 해가주 올게 불이나 쬐고 거기 있을려나?"

"뭘, 갑시다."

꽁보는 꼬물꼬물 일어서며 바랑을 메었다. 그들은 발로다 불을 비벼 끄고는 거기를 떠났다. 산에, 골을 엇비슷이 돌아 오르는 샛길이 놓였다. 좌우로는 솔, 잣, 밤, 단풍, 이런 나무들이 울창하게 꽉 들어박혔다. 그 밑으로는 자갈, 아니면 불퉁바위는 예제없이 마냥 뒹굴었다. 한갓 시커먼 그 암흑 속을 그들은 더듬고 기어오른다. 풀숲의 이슬로 말미암아 고의는 축축이 젖었다. 다리를 옮겨 놓을 적마다 철썩철썩 살에 붙으며 찬 기운이 쭉 끼친다. 그리고 모진 바람은 뺀질 불어 내린다. 붕 하고 능글차게 낙엽이 불어 내리다가는 뺑 하고 되알지게 기를 복쓴다.

꽁보는 더펄이 뒤를 따라 오르며 달달 떨었다. 이게 지랄인지 난장인지. 세상에 짜장 못 해먹을 건 금점 빼고 다시없으리라. 금이 다 무엇인지, 요 짓을 꼭 해야 한담. 게다 걸핏하면 서로 두들겨 죽이는 것이 일. 참말이지 금쟁이치고 하나 순한 놈 못 봤다. 몸이 결릴 적마다 지겹던 과거를 또 연상하며 그는 다시금 몸에 소름이 돋았다. 그러자 맞은편 산 수풀에서 큰 불이 얼른하였다. '호랑이!' 이렇게 놀라고 더펄이 허리에 가 덥석 달리며,

"저게 뭐유?"

하고 다르르 떨었다.

"뭐?"

"저거, 아니 지금은 없어졌네."

"그게 눈이 어려서 헛거지 뭐야."

더펄이는 씸씸이 대답하고 천연스레 올라간다. 다구진 그 태도에 좀 안심이 되는 듯싶으나 그래도 썩 편치는 못하였다. 왜 이리 오늘은 대고 겁만 드는지 까닭을 모르겠다. 몸은 매시근하고 열로 인하여 입이 바짝바짝 탄다. 이것이 웬만하면 그럴 리 없으련마는,

"자네 안 되겠네, 내 등에 업히게!"

하고 더펄이가 등을 내댈 제, 그는 잠자코 바랑 위로 넙죽 업혔다. 그래도 끽소리 없이 덜렁덜렁 올라가는 더펄이를 굽어보며 실팍한 그 몸이 여간 부러운 것이 아니었다.

불볕 내리는 복중처럼 씨근거리며 이마에 땀이 쪽 흘렀을 그때에야 비로소 더펄이는 산마루턱까지 이르렀다. 꽁보를 내려놓고 땀을 씻으며 후, 하고 숨을 돌린다. 인제 얼마 안 남았겠지. 조금 내려가면 요 아래 있을 것이다.

그들이 이 마을에 들른 것은 바로 오늘 점심때이다. 지나서 그냥 가려 하다가 뜻하지 않은 주막 주인 말에 귀가 번쩍 띄었던 것이다. 저 산 너머 금점이 있는데 금이 푹푹 쏟아지는 화수분이라고. 요즘에는 화약 허가를 내 가지고 완전히 일을 하고자 하여 부득이 잠시 휴광 중이고, 머지않아 다시 시작할 게다. 그리고 금 도둑을 맞을까 하여 밤낮 구별 없이 감시하는 중이라 하

는 것이다.

그러나 이 밤중에 누가 자지 않고 설마, 하고 더펄이는 덜렁덜렁 내려간다. 꽁보는 그 꽁무니를 쿡쿡 찔렀다. 그래도 사람의 일이니 물은 모른다. 좌우 곁으로 살펴보며 살금살금 사리어 내려온다.

그들은 오 분쯤 내리었다. 딴은 커다란 구덩이 하나가 딱 내달았다. 산중턱에 짚더미 같은 바위가 놓였고 그 옆으로 또 하나가 놓여 가달이 졌다. 그 가운데다 삐듬한 돌장벽을 끼고 구멍을 뚫은 것이다. 가로는 한 발 좀 못 되고 길이는 약 서 발가량. 성냥을 그어 대보니 깊이는 네 길이 넘겠다. 함부로 쪼아 먹은 구뎅이라 꺼칠한 놈이 군버력도 똑똑히 못 치웠다. 잠채를 염려하여 그랬으리라. 사다리는 모조리 떼 가고 밍숭밍숭한 돌벽이 있을 뿐이다.

그들은 다시 한번 사방을 둘레둘레 돌아보았다. 지척을 분간키 어려우나 필경 사람은 없을 것이다. 마음을 놓고 바랑에서 관솔을 꺼내어 불을 당겼다. 더펄이가 먼저 장벽에 엎디어 뒤로 기어 내린다. 꽁보는 불을 들고 조심성 있게 참참이 내려온다. 한 길쯤 남았을 때 그만 발이 찍 하고 더펄이는 떨어졌다. 꿍 하고 무던히 골탕은 먹었으나 그대로 쓱싹 일어섰다. 동이 트기 전에 얼른 금을 따야 될 것이다.

"여보게 아우, 나는 어딜 따랴나?"

"글쎄유…… 가만히 기슈."

아우는 불을 들이대고 줄맥을 한번 쭉 훑었다.

금점 일에는 난다 긴다 하는 아달맹이* 금쟁이였다. 썩 보더니 복판에는 동이 먹어 들어가고 양편 가생이로 차차 줄이 생하는 것을 알았다.

"성님은 저편 구석을 따우."

아우는 이렇게 지시하고 저는 이쪽 구석으로 왔다. 그러나 차마 그 틈바귀로 들어갈 생각이 안 난다. 한 길이나 실히 되도록 쌓아 올린 동발**이 금방 넘어올 듯이 위험했다. 밑에는 좀 잔 돌로 쌓으나 그 위에는 제법 굵직굵직한 놈들이 얹혔다. 이것이 무너지면 깩 소리도 못 하고 치여 죽는다.

꽁보는 한참 생각했으되 별수 없다. 낯을 찌푸려 가며 바랑에서 망치와 타래징을 꺼내 들었다. 그런데 어떻게 파먹은 놈이게 옴폭이 들어간 것이 일커녕 몸 하나 놓을 데가 없다. 마지못해 두 다리를 동발께로 쭉 뻗고 몸을 그 홈패기에 착 엎디어 망치질을 하기 시작하였다.

돌에 뚫린 석혈 구뎅이라 공기는 더욱 퀭하였다. 징 때리는 소리만 양쪽 벽에 무거웁게 부딪친다.

'팡! 팡!'

이렇게 몹시 귀를 울린다.

거반 한 시간이 넘었다. 그들은 버력 같은 만감 이외에 아무것도 얻지 못했다. 다시 오 분이 지난다. 십 분이 지난다. 딱 그때다.

* '안성맞춤'의 방언.

** '동바리'의 준말. 갱도 따위가 무너지지 않게 받치는 나무 기둥.

꽁보는 땀을 철철 흘리며 좁다란 그 틈에서 감 하나를 손에 따 들었다. 헐없이 작은 목침 같은 그런 돌팍을. 엎드린 그째 불빛에 비치어 가만히 뒤져 보았다. 번들번들한 놈이 그 광채가 되우 혼란스럽다. 혹시 연철이나 아닐까. 그는 돌 위에 눕혀 놓고 망치로 두드리며 깨보았다. 좀체 하여서는 쪽이 잘 안 나갈 만치 쭌둑쭌둑한* 금돌! 그는 다시 집어 들고 눈앞으로 바싹 가져오며 실눈을 떴다. 얼마를 뚫어지게 노려보았다. 무작정으로 가슴은 뚝딱거리고 마냥 설렌다. 이 돌에 박힌 금만으로도, 모름 몰라도 하치 열 낭쭝은 넘겠지.

천 원! 천 원!

"그 뭔가, 뭐야?"

더펄이는 이렇게 허둥지둥 달려들었다.

"노다지!"

하고 풀 죽은 대답.

"으으응, 노다지?"

하기 무섭게 더펄이는 우뻑지뻑 그 돌을 받아 들고 눈에 들이댄다. 척척 휠 만치 들어박힌 금, 우리도 이젠 팔자를 고치누나! 그는 껍쩍껍쩍 엉덩춤이 절로 난다.

"이리 나오게, 내 땀세."

그는 아우의 몸을 번쩍 들어 내놓고 제가 대신 들어간다. 역시 동발께로 다리를 쭉 뻗고는 그 틈바귀에 덥석 엎디었다. 몸이

* 쭌둑쭌둑하다 : 준득준득하다. 찐득찐득하다. 잘 끊어지지 않을 정도로 매우 눅진하고 차지다.

워낙 커서 좀 둥개이나* 아무렇게도 아우보다 힘이 낫겠지. 그 좁은 틈에 타래징을 꽂아 박고, 식식 하고 망치로 때린다.

꽁보는 그 앞에 서서 시무룩허니 홍이 지었다. 금점 일로 할지면 제가 선생님이요, 형은 제 지휘를 받아 왔던 것이다. 뭘 안다고 풋둥이가 어줍대는가, 돌쪽 하나 변변히 못 떼낼 것이…… 그는 형의 태도가 심상치 않음을 얼핏 알았다. 금을 보더니 완연히 변한다.

"저 곡괭이 좀 집어 주게."

형은 고개도 아니 들고 소리를 빽 지른다.

아우는 잠자코 대꾸도 아니 한다. 사람을 너무 얕보는 그 꼴이 썩 아니꼬웠다.

"아 이 사람아, 곡괭이 좀 얼른 집어 줘, 왜 저리 정신없이 섰나."

그리고 눈을 딱 부릅뜨고 쳐다본다. 아우는 암말 않고 저편 구석에 놓인 곡괭이를 집어다 주었다. 그리고 우두커니 다시 섰다. 형이 무람없이 굴면 굴수록 그것은 반드시 시위에 가까웠다. 힘이 좀 있다고 주제넘게 꺼떡이는 그 화상이야 눈허리가 시면 시었지 그냥은 못 볼 것이다.

"또 땄네, 내 기운이 어떤가?"

형은 이렇게 주적거리며 곡괭이를 연상 내려찍는다. 마치 죽통에 덤벼드는 돼지 모양이다. 억척스럽게도 손뼘만 한 감을 두

* 둥개다 : 일을 감당하지 못하고 쩔쩔매면서 뭉개다.

쪽이나 따냈다. 인제는 악이 아니면 세상없어도 더는 못 딸 것이다.

엑! 엑! 엑!

그래도 억센 주먹에 굳은동이 다 벌컥벌컥 나간다.

제 힘을 되우 자랑하는 형을 이윽히 바라보니 또한 그 속이 보인다. 필연코 이 노다지를 혼자 먹으려고 하는 것이다. 하면 내가 있는 것을 몹시 꺼리겠지 하고 속을 태운다.

"이것 봐, 자네 같은 건 골백 와야 소용없네."

하고 또 뽐낼 제 가슴이 선뜩하였다. 앞서는 형의 손에 목숨을 구해 받았으나 이번에는 같은 산골에서 그 주먹에 명을 도로 끊을지도 모른다. 그는 형의 주먹을 가만히 내려 보다가 가엾이도 앙상한 제 주먹에 대조하여 보지 않을 수 없다. 그러나 다만 속이 바르르 떨릴 뿐이다.

그러나 꽁보는 기겁을 하여 놀라며 뒤로 물러섰다. 어이쿠 하고 불시의 비명과 아울러 와르르 하였다. 쌓아 올린 동발이 어찌하다 중턱이 헐리었다. 모진 돌들은 더펄이의 장딴지며, 넓적다리, 엉덩이까지 그대로 엎눌렀다. 살은 물론 으스러졌으리라. 그는 엎으러진 채 꼼짝 못 하고 아픔에 못 이기어 끙끙거린다. 하나 죽질 않기만 요행이다. 바로 그 위의 공중에는 징그럽게 커다란 돌들이 내려 구르자 그 밑을 받친 불과 조그만 조각돌에 걸리어 미처 못 굴러 내리고 간댕거리는 것이었다. 이 돌만 내려치면 그 밑의 그는 목숨은 고사하고 윽살이 될 것이다.

"여보게, 내 몸 좀 빼주게."

형은 몸은 못 쓰고 죽어 가는 목소리로 애원한다. 그리고 또,

"아우, 나 죽네, 응?"

하고 더욱 애를 끊으며 빌붙는다. 고개만 겨우 들었을 따름 그 외에는 손조차 자유를 잃은 모양 같다.

아우는 무너지려는 동발을 쳐다보며 얼른 그 머리맡으로 다가선다. 발 앞에 놓인 노다지 세 쪽을 날쌔게 손에 잡자 도로 얼른 물러섰다. 그리고 눈물이 흐른 형의 얼굴은 돌아도 안 보고 그 발로 허둥지둥 장벽을 기어오른다.

"이놈아!"

너머 기어올라 벼락같이 악을 쓰는 호통이 들리었다. 또 연하여 우지끈 뚝딱, 하는 무서운 폭성이 들리었다. 그것은 거의 거의 동시의 일이었다. 그러고는 좀 와스스 하다가 잠잠하였다.

그때는 벌써 두 길이나 너머 아우는 기어올랐다. 굿문까지 다 나왔을 제 그는 머리만 내밀어 사방을 두릿거리다 그림자까지 사라진다.

더펄이의 형체는 보이지 않는다. 침침한 어둠 속에 단지 굵은 돌멩이만이 짝 흩어졌다. 이쪽 마구리의 타다 남은 화롯불은 바야흐로 질듯질듯 껌벅거린다. 그리고 된바람이 애, 하고는 굿문께서 모래를 좌륵좌륵 들이뿜는다.

•끝•

산골 나그네

김유정

밤이 깊어도 술꾼은 역시 들지 않는다. 메주 뜨는 냄새와 같이 퀴퀴한 냄새로 방 안은 괴괴하다.* 윗간에서는 쥐들이 찍찍거린다. 홀어미는 쪽 떨어진 화로를 끼고 앉아서 쓸쓸한 대로 곰곰 생각에 잦는다. 가뜩이나 침침한 반짝 등불이 북쪽 지게문에 뚫린 구멍으로 새 드는 바람에 번득이며 빛을 잃는다. 헌 버선짝으로 구멍을 틀어막는다. 그러고 등잔 밑으로 반짇그릇을 끌어당기며 시름없이 바늘을 집어 든다.

산골의 가을은 왜 이리 고적할까! 앞뒤 울타리에서 부수수 하고 떨잎은 진다. 바로 그것이 귀밑에서 들리는 듯 나직나직 속삭인다. 더욱 몹쓸 건 물소리, 골을 휘돌아 맑은 샘은 흘러내리고 야릇하게도 음률을 읊는다.

퐁! 퐁! 퐁! 쪼록 퐁!

바깥에서 신발 소리가 자작자작 들린다. 귀가 번쩍 띄어 그는 방문을 가볍게 열어젖힌다. 머리를 내밀며,

"덕돌이냐?"

하고 반겼으나 잠잠하다. 앞뜰 건너편 수퐁** 위를 감돌아 싸

* 쓸쓸한 느낌이 들 정도로 아주 고요하다.

** '수풀'의 방언.

늘한 바람이 낙엽을 훌뿌리며 얼굴에 부딪힌다.

용마루가 쌩쌩 운다. 모진 바람 소리에 놀라 멀리서 밤 개가 요란히 짖는다.

"쥔어른 계서유?"

몸을 돌리어 바느질거리를 다시 들려 할 제 이번에는 짜장 인기가 난다. 황급하게,

"누구유?"

하고 일어서며 문을 열어 보았다.

"왜 그리유?"

처음 보는 아낙네가 마루 끝에 와 섰다. 달빛에 비끼어 검붉은 얼굴이 해쓱하다. 추운 모양이다. 그는 한 손으로 머리에 둘렀던 왜수건을 벗어 들고는 다른 손으로 흩어진 머리칼을 쓰담아 올리며 수줍은 듯이 쭈뼛쭈뼛한다.

"저…… 하룻밤만 드새고 가게 해주세유—."

남정네도 아닌데 이 밤중에 웬일인가, 맨발에 짚신짝으로. 그야 아무렇든—

"어서 들어와 불 쬐게유."

나그네는 주춤주춤 방 안으로 들어와서 화로 곁에 도사려 앉는다. 낡은 치맛자락 위로 삐어지려는 속살을 아무리자 허리를 지그시 튼다. 그러고는 묵묵하다. 주인은 물끄러미 보고 있다가 밥을 좀 주려느냐고 물어보아도 잠자코 있다. 그러나 먹던 대궁*

* 먹다가 그릇에 남긴 밥.

을 주워 모아 짠지 쪽하고 갖다 주니 감지덕지 받는다. 그리고 물 한 모금 마심 없이 잠깐 동안에 밥그릇의 밑바닥을 긁는다.

밥순갈을 놓기가 무섭게 주인은 이야기를 붙이기 시작하였다. 미주알고주알 물어보니 이야기는 지수가 없다. 자기로도 너무 지쳐 물은 듯싶은 만치 대고 추근거렸다. 나그네는 싫단 기색도 좋단 기색도 별로 없이 시나브로 대꾸하였다. 남편 없고 몸 붙일 곳 없다는 것을 간단히 말하고 난 뒤,

"이리저리 얻어먹고 단게유."

하고 턱을 가슴에 묻는다.

첫닭이 홰를 칠 때 그제야 마을 갔던 덕돌이가 돌아온다. 문을 열고 감사나운 머리를 디밀려다 낯선 아낙네를 보고 눈이 휘둥그렇게 주춤한다. 열린 문으로 억센 바람이 몰아들며 방 안이 캄캄하다. 주인은 문 앞으로 걸어와 서며 덕돌이의 등을 뚜덕거린다.

젊은 여자 자는 방에서 떠꺼머리총각을 재우는 건 상서롭지 못한 일이었다.

"얘, 덕돌아, 오늘은 마을 가 자고 아침에 온."

가을할 때가 지났으니 돈냥이나 좋이 퍼질 때도 되었다. 그 돈들이 어디로 몰키는지 이 술집에서는 좀체 돈맛을 못 본다. 술을 판대야 한 초롱에 오륙십 전 떨어진다. 그 한 초롱을 잘 판대도 사날씩이나 걸리는 걸 요새 같아선 그 알량한 술꾼까지 씨가 말랐다. 어쩌다 전일에 펴 놓았던 외상값도 갖다 줄 줄을 모른

다. 홀어미는 열병거지가 나서 이른 아침부터 돈을 받으러 돌아다녔다. 그러나 다리품을 들인 보람도 없었다. 낼 사람이 즐겨야 할 텐데 우물쭈물하며 한단 소리가 좀 두고 보자는 것이 고작이었다. 그렇다고 안 갈 수도 없는 노릇이다. 나날이 양식은 딸리고 지점집에서 집행을 하느니 뭘 하느니 독촉이 어지간치 않음에랴…….

"저도 이젠 떠나가겠에유."

그가 조반 후 나들이옷을 바꾸어 입고 나서니 나그네도 따라 일어서다 그의 손을 자상히 붙잡으며 주인은,

"고달플 테니 며칠 더 쉬어 가게유."

하였으나,

"가야지유, 너무 오래 신세를……."

"그런 염려는 말구."

라고 누르며 집 지켜 주는 셈치고 방에 누웠으라 하고는 집을 나섰다. 백두고개를 넘어서 안말*로 들어가 해동갑으로 헤매었다. 헤실수로 간 곳도 있기야 하지만 맑았다.** 해가 지고 어두울 녘에야 그는 흘부들해서*** 돌아왔다. 좁쌀 닷 되밖에는 못 받았다. 다른 사람들은 돈 낼 생각커녕 이러면 다시 술 안 먹겠다고 도리어 을러 보냈던 것이다. 그러나 이만도 다행이다. 아주 못 받느니보다는. 끼니때가 지났다. 그는 좁쌀을 씻고 나그네는 솥에

* 강원도 춘천에 있는 마을 이름.

** 여기서 '맑다'는 '넉넉하지 못하고 이익이나 소득이 보잘것없이 적다'는 뜻으로 쓰였다.

*** 흘부들하다 : 몸이나 마음이 지치고 고달파서 축 처지다.

불을 지피어 부랴사랴 밥을 짓고 일변 상을 보았다.

밥들을 먹고 나서 앉았으려니깐 갑자기 술꾼이 몰려든다. 이거 웬일인가. 처음에는 하나가 오더니 다음에는 세 사람 또 두 사람. 모두 젊은 축들이다. 그러나 각각들 먹일 방이 없으므로 주인은 좀 망설이다가 그 연유를 말하였으나 뭐 한동리 사람인데 어떠냐 한데서 먹게 해달라는 바람에 얼씨구나 하였다. 이제야 운이 트나 보다. 양푼에 막걸리를 딸쿠어 나그네에게 주어 솥에 넣고 좀 속히 데워 달라 하였다. 자기는 치마꼬리를 휘둘러 가며 잽싸게 안주를 장만한다. 짠지, 동치미, 고추장, 특별 안주로 삶은 밤도 놓았다. 사촌 동생이 맛보라고 며칠 전에 갖다 준 것을 아껴 둔 것이었다.

방 안은 떠들썩하다. 벽을 두드리며 아리랑 찾는 놈에, 건으로 너털웃음 치는 놈, 혹은 수군숙덕하는 놈…… 가지각색이다. 주인이 술상을 받쳐 들고 들어가니 짜위*나 한 듯이 일제히 자리를 바로잡는다. 그중에 얼굴 넓적한 하이칼라 머리가 야리**가 나서 상을 받으며 주인 귀에다 입을 비켜 댄다.

"아주머니, 젊은 갈보 사왔다지유? 좀 보여 주게유."

영문 모를 소문도 다 듣는다.

"갈보라니 웬 갈보?"

하고 어리뻥뻥하다 생각을 하니, 텁없는 소리는 아니다. 눈치

* 남에게 드러내지 않고 자기들끼리 짜고 하는 약속.

** 야로. 남에게 드러내지 아니하고 우물쭈물하는 속셈이나 수작을 속되게 이르는 말.

있게 부엌으로 내려가서 보강지* 앞에 웅크리고 앉았는 나그네의 머리를 은근히 끌어안았다. 자, 저 패들이 새댁을 갈보로 횡 보고 찾아온 맥이다. 물론 새댁 편으론 망측스러운 일이겠지만 달포나 손님의 그림자가 드물던 우리 집으로 보면 재수의 빗발이다. 술국을 잡는다고 어디가 떨어지는 게 아니요, 욕이 아니니 나를 보아 오늘만 좀 팔아 주기 바란다—이런 의미를 곰살궂게 간곡히 말하였다. 나그네의 낯은 별반 변함이 없다. 늘 한 양으로 예사로이 승낙하였다.

술이 온몸에 돌고 나서야 뒷술이 잔풀이가 난다. 한 잔에 오 전, 그저 마시긴 아깝다. 얼간한 상투백이가 계집의 손목을 탁 잡아 앞으로 끌어댕기며,

"권주가 좀 해, 이건 꾸어 온 보릿자룬가."

"권주가? 뭐야유?"

"권주가? 아 갈보가 권주가도 모르나, 으하하하."

하고는 무안에 취하여 푹 숙인 계집 빰에다 꺼칠꺼칠한 턱을 문질러 본다. 소리를 아무리 시켜도 아랫입술을 깨물고는 고개만 기울일 뿐, 소리는 못하나 보다. 그러나 노래 못 하는 꽃도 좋다. 계집은 영 내리는 대로 이 무릎 저 무릎으로 옮아앉으며 턱 밑에다 술잔을 받쳐 올린다.

술들이 담뿍 취하였다. 두 사람은 곯아져서 코를 곤다. 계집이 칼라 머리 무릎 위에 앉아 담배를 피워 올릴 때 코웃음을 홍

* '아궁이'의 방언.

치더니 그 무지스러운 손이 계집의 아래 뱃가죽을 사양 없이 움켜잡았다. 별안간 '아야' 하고 퍼들껑하더니* 계집의 몸뚱어리가 공중으로 도로 뛰어오르다 떨어진다.

"이 자식아, 너만 돈 내고 먹었니?"

한 사람 새 두고 앉았던 상투가 콧살을 찌푸린다. 그리고 맨발 벗은 계집의 두 발을 양손에 붙잡고 가랑이를 쩍 벌려 무릎 위로 지르르 끌어올린다. 계집은 앙탈을 한다. 눈시울에 눈물이 엉기더니 불현듯이 쪼록 쏟아진다.

방 안에서 악머구리 소리가 끓어오른다.

"저 잡놈 보게, 으하하하하."

술은 연실 데워서 들여가면서도 주인은 불안하여 마음을 졸였다. 겨우 마음을 놓은 것은 훨씬 밝아서이다.

참새들은 소란히 지저귄다. 기직** 바닥이 부스럼 자국보다 질배 없다. 술, 짠지쪽, 가래침, 담뱃재—뭣 해 너저분하다. 우선 한 길치에 자리를 잡고 계배***를 대보았다. 마수걸이가 팔십오 전, 외상이 이 원 각수****다. 현금 팔십오 전, 두 손에 들고 앉아 세고 또 세어 보고…….

뜰에서는 나그네의 혀로 끌어올리는 인사.

"안녕히 가십시게유."

* 퍼들껑하다 : 갑자기 몸을 움츠렸다가 펴다. 새나 물고기가 날개나 꼬리를 치는 소리를 한 번 내다.

** 왕골껍질이나 부들 잎으로 짚을 싸서 엮은 돗자리.

*** 술값을 치를 때에 먹은 술의 순배나 잔의 수효를 세어서 계산함.

**** 돈을 '원'이나 '환' 단위로 셀 때, 그 단위 아래에 남는 몇 전이나 몇십 전을 이르는 말.

"입이나 좀 맞치고 뽀! 뽀! 뽀!"

"나두."

찌르쿵! 찌르쿵! 찔거러쿵!

"방아머리가 무겁지유? ……고만 까부를까."

"들 익었에유. 더 찧어야지유."

"그런데 얘는 어쩐 일이야……."

덕돌이를 읍엘 보냈는데 날이 저물어도 여태 오지 않는다. 흩어진 좁쌀을 확에 쓸어 넣으며 홀어미는 퍽이나 애를 태운다. 요새 날씨가 차지니까 늑대, 호랑이가 차차 마을로 찾아 내린다. 밤길에 고개 같은 데서 만나면 끽소리도 못 하고 욕을 당한다.

나그네가 방아를 괴놓고 내려와서 키로 확의 좁쌀을 담아 올린다. 주인은 그 머리를 쓰담고 자기의 행주치마를 벗어서 그 위에 씌워 준다. 계집의 나이 열아홉이면 활짝 필 때이건만 버캐된 머리칼이며 야윈 얼굴이며 벌써부터 외양이 시들어 간다. 아마 고생을 짓한* 탓이리라.

날씬한 허리를 재빨리 놀려 가며 일이 끊일 새 없이 다구지게 덤벼드는 그를 볼 때 주인은 지극히 사랑스러웠다. 그리고 일변 측은도 하였다. 뭣하면 딸과 같이 자기 곁에서 길게 살아 주었으면 상팔자일 듯싶었다. 그럴 수 있다면 그 소 한 마리와 바꾼대도 이것만은 안 내놓으리라고 생각도 하였다.

* 짓하다 : 몹시 심하게 겪거나 당하다.

아들만 데리고 홀어미의 생활은 무던히 호젓하였다. 그런데다 동리에서는 속 모르는 소리까지 한다. 떠꺼머리총각을 그냥 늙힐 테냐고. 그러나 형세가 부치므로 감히 엄두도 못 내다가 겨우 올봄에서야 다붙어 서둘게 되었다. 의외로 일은 손쉽게 되었다. 이리저리 언론이 돌더니 남촌산에 사는 어느 집 둘째딸과 혼약하였다. 일부러 홀어미는 사십 리 길이나 걸어서 색시의 손등을 문질러 보고는,

"참 애기 잘도 생겼세!"

좋아서 사돈에게 칭찬을 뇌고 뇌곤 하였다.

그런데 없는 살림에 빚을 내어 가며 혼수를 다 꼬여 매 놓은 뒤였다. 혼인날을 불과 이틀 격해 놓고 일이 그만 빗났다. 처음에야 그런 말이 없더니 난데없는 선채금 삼십 원을 가져오란다. 남의 돈 삼 원과 집의 돈 오 원으로 거추꾼에게 품삯 노비 주고 혼수하고 단지 이 원—잔치에 쓸 것밖에 안 남고 보니 삼십 원이란 입내도 못 낼 소리다. 그 밤 그는 이리 뒤척 저리 뒤척 넋 잃은 팔을 던져 가며 통밤을 새웠던 것이다.

"어머님! 진지 잡수세유."

새댁에게 이런 소리를 듣는다면 끔찍이 귀여우리라. 이것이 단 하나의 그의 소원이었다.

"다리 아프지유? 너무 일만 시켜서……."

주인은 저녁 좁쌀을 쓸어 넣다가 방아다리에 깝신대는 나그네를 걸삼스럽게* 처다본다. 방아가 무거워서 껍적이며 잘 으르지 않는다. 가냘픈 몸이라 상혈이 되어 두 볼이 새빨갛게 색색거

린다. 치마도 치마려니와 명주 저고리는 어찌 삭았는지 어깨께가 손바닥만 하게 척 나갔다. 그러나 덕돌이가 왜포 다섯 자를 바꿔 오거든 첫대 사발화통**된 속곳부터 해 입히고 차차 할 수밖엔 없다.

"같이 찝시다유."

주인도 나머지 방아다리에 올라섰다. 그리고 찌껑 위에 놓인 나그네의 손을 눈치 안 채게 슬며시 쥐어 보았다. 더도 덜도 말고 그저 요만한 며느리만 얻어도 좋으련만! 나그네와 눈이 고만 마주치자 그는 열적어서*** 시선을 돌렸다.

"퍽도 쓸쓸하지유?"

하며 손으로 울 밖을 가리킨다. 첫밤 같은 석양판이다. 색동저고리를 떨쳐입고 산들은 거방진 방아 소리를 은은히 전한다. 찔그러쿵! 찌러쿵!

그는 나그네를 금덩이같이 위하였다. 없는 대로 자기의 옷가지도 서로서로 별러**** 입었다. 그리고 잘 때에는 딸과 진배없이 이불 속에서 품에 꼭 품고 재우곤 하였다. 하지만 자기의 은근한 속심은 차마 입에 드러내어 말을 못 건넸다. 잘 들어 주면이거니와 뭣하게 안다면 피차의 낯이 뜨뜻할 일이었다.

그러자 맘먹지 않았던 우연한 일로 인하여 마침내 기회를 얻

* 걸삼스럽다 : 걸쌈스럽다. 보기에 남에게 지려고 하지 않고 억척스러운 데가 있다.

** 사발화통 : 사발허통. 주위가 막힌 곳이 없이 터져 있어 허전함.

*** 열적다 : 열없다. 좀 겸연쩍고 부끄럽다.

**** 벼르다 : 일정한 비례에 맞추어서 여러 몫으로 나누다.

게 되었다. 나그네가 온 지 나흘 되던 날이었다. 거문관이 산기슭에 있는 영길네 벼방아를 좀 와서 찧어 달라고 한다. 나그네는 줄밤을 새우므로 낮에나 푸근히 자라고 두고 그는 홀로 집을 나섰다.

머리에 겨를 보얗게 쓰고 맥이 풀려서 집에 돌아온 것은 이럭저럭 으스레하였다. 늙은 한 다리를 끌고 뜰 앞으로 향하다가 그는 주춤하였다. 나그네 홀로 자는 방에 덕돌이가 들어갈 리 만무한데 정녕코 그놈일 게다. 마루 끝에 자그마한 나그네의 짚신이 놓인 그 옆으로 질목*째 벗은 왕달 짚신이 왁살스럽게 놓였다. 그리고 방에서는 수군수군 낮은 말소리가 흘러나온다. 그는 무심코 닫은 방문께로 귀를 기울였다.

"그럼 와 그러는 게유? 우리 집이 굶을까 봐 그리시유?"

"……."

"어머이도 사람은 좋아유…… 올해 잘만 하면 내년에는 소 한 바리 사놀 게구 농사만 해두 한 해에 쌀 넉 섬, 조 엿 섬, 그만하면 고만이지유…… 내가 싫은 게유?"

"……."

"사내가 죽었으니 아무튼 얻을 게지유?"

옷 터지는 소리, 부시럭거린다.

"아이! 아이! 아이! 참! 이거 노세유."

쥐 죽은 듯이 감감하다. 허공에 아롱거리는 낙엽을 이윽히 바

* '길목버선'의 방언. 먼 길을 갈 때 신는 허름한 버선.

라보며 그는 빙그레한다. 신발 소리를 죽이고 뜰 밖으로 다시 돌아섰다.

저녁상을 물린 후 그는 시치미를 딱 떼고 나그네의 기색을 살펴보다가 입을 열었다.

"젊은 아낙네가 홀몸으로 돌아다닌대두 고생일 게유. 또 어차피 사내는……."

여기서부터 사리에 맞도록 이 말 저 말을 주섬주섬 꺼내 오다가 나의 며느리가 되어 줌이 어떻겠느냐고 꽉 토파*를 지었다. 치마를 흡싸고 앉아 갸웃이 듣고 있던 나그네는 치마끈을 깨물며 이마를 떨어뜨린다. 그러고는 두 볼이 빨개진다. 젊은 계집이나 시집가겠소 하고 누가 나서랴. 이만하면 합의한 거나 틀림없을 것이다.

혼수는 전에 해둔 것이 있으니 한시름 잊었다. 그대로 이앙**이나 고쳐서 입히면 고만이다. 돈 이 원은 은비녀, 은가락지 사다가 각별히 색시에게 선물 내리고…….

일은 미룰수록 낭패가 많다. 금시로 날을 받아서 대례를 치렀다. 한편에서는 국수를 누른다. 잔치 보러 온 아낙네들은 국수 그릇을 얼른 받아서 후룩후룩 들이마시며 시악시 잘났다고 추었다.

주인은 흥겨움에 너무 겨워서 축배를 흔근히*** 들었다. 여간 경

* 마음에 품고 있던 사실을 다 털어 내어 말함.

** '이음새'를 뜻하는 순우리말.

*** 흥건히. 물 따위가 푹 잠기거나 고일 정도로 많게.

사가 아니다. 뭇사람을 비집고 안팎으로 드나들며 분부하기에 손이 돌지 않는다.

"얘 메누라! 국수 한 그릇 더 가져온—."

어째 말이 좀 어색하구먼— 다시 한번,

"메누라 얘야! 얼른 가져와—."

삼십을 바라보자 동곳*을 찔러 보니 제물에 멋이 질려 비드름하다. 덕돌이는 첫날을 치르고 부썩부썩 기운이 난다. 남이 두 단을 털 제면 그의 볏단은 석 단째 풀려 나간다. 연방 손바닥에 침을 뱉어 붙이며 어깨를 으쓱거린다.

"끅! 끅! 끅! 찍어라, 굴려라, 끅! 끅!"

동무의 품앗이 일이다. 거무투룩한 젊은 농군 댓이 볏단을 번차례로 집어 든다. 열에 뜬 사람같이 식식거리며 세차게 벼알을 절구통 배에서 주룩주룩 흘려 내린다.

"얘! 장가들고 한턱 안 내니?"

"일색이더라. 딴딴히 먹자. 닭이냐? 술이냐? 국수냐?"

"웬 국수는? 너는 국수만 아느냐?"

저희끼리 찧고 까분다. 그들은 일을 놓으며 옷깃으로 땀을 씻는다. 골바람이 벼깔치를 부옇게 풍긴다. 옆산에서 푸드득 하고 꿩이 날며 머리 위를 지나간다. 갈퀴질을 하던 얼굴 넓적이가 갈퀴를 놓고 씽긋하더니 달려든다. 장난꾼이다. 여러 사람의 힘을 빌리어 덕돌이 입에다 헌 짚신짝을 물린다. 버들껑거린다. 다시

* 상투를 튼 뒤에 그것이 다시 풀어지지 않도록 꽂는 물건.

양귀를 두 손에 잔뜩 훔켜잡고 끌고 와서는 털어 놓은 벼무더기 위에 머리를 틀어박으며 동서남북으로 큰절을 시킨다.

"야아! 야아! 아!"

"아니다, 아니야. 장갈 갔으면 산신령에게 이러하다 말이 있어야지. 괜스레 산신령이 노하면 눈깔망나니* 내려보낸다."

뭇 웃음이 터져 오른다. 새신랑의 옷이 이게 뭐냐. 볼기짝에 구멍이 다 뚫리고…… 빈정대는 사람도 있다. 그러나 덕돌이는 상투의 먼지를 털고 나서 곰방대를 피워 물고는 싱그레 웃어 치운다. 좋은 옷은 집에 두었다. 인조견 조끼, 저고리, 새하얀 옥당목 겹바지, 그러나 아끼는 것이다. 일할 때엔 헌옷을 입고 집에 돌아와 쉴 참에나 입는다. 잘 때에도 모조리 벗어서 더럽지 않게 착착 개어 머리맡에 위에 놓고 자곤 한다. 의복이 남루하면 인상이 추하다. 모처럼 얻은 귀여운 아내니 행여나 마음이 돌아앉을까 미리미리 사려 두지 않을 수도 없는 노릇이다. 그야말로 이십구 년 만에 누런 이 조각에다 어제야 소금을 발라 본 것도 이 까닭이었다.

덕돌이가 볏단을 다시 집어 올릴 제 그 이웃에 사는 돌쇠가 옆으로 와서 품을 안는다.

"애 덕돌아! 너 내일 우리 조마댕이** 좀 해줄래?"

"뭐 어째?"

하고 소리를 빽 지르고는 그는 눈귀가 실룩하였다.

* 눈이 부리부리하고 사나운 짐승이란 뜻으로, '호랑이'를 비유적으로 이르는 말.

** 조마당질. 조를 떨어 알곡을 거두는 일.

"누구보고 해라야? 응? 이 자식 까놀라!"

어제까진 턱없이 지냈단대도 오늘의 상투를 못 보는가!

바로 그날이었다. 윗간에서 혼자 새우잠을 자고 있던 홀어미는 놀라 눈이 번쩍 띄었다. 만뢰* 잠잠한 밤중이다.

"어머니! 그거 달아났에유. 내 옷도 없구……."

"응?"

하고 반마디 소리를 치며 얼떨김에 그는 캄캄한 방 안을 더듬어 아랫간으로 넘어섰다. 황망히 등잔에 불을 댕기며,

"그래 어디로 갔단 말이냐?"

영산이 나서** 묻는다. 아들은 벌거벗은 채 이불로 앞을 가리고 앉아서 징징거린다. 옆자리에는 빈 베개뿐 사람은 간 곳이 없다. 들어 본즉 온종일 일하기에 피곤하여 아들은 자리에 들자 고만 세상을 잊었다. 하기야 그때 아내도 옷을 벗고 한자리에 누워서 맞붙어 잤던 것이다. 그는 보통때와 조금도 다름없이 새침하니 드러누워서 천장만 쳐다보았다. 그런데 자다가 별안간 오줌이 마렵기에 요강을 좀 집어 달래려고 보니 뜻밖에 품 안이 허룩하다. 불러 보아도 대답이 없다. 그제는 어림짐작으로 우선 머리맡 위에 놓았던 옷을 더듬어 보았다. 딴은 없다.

필연 잠든 틈을 타서 살며시 옷을 입고 자기의 옷이며 버선까지 들고 내뺐음이 분명하리라.

* 자연계에서 나는 온갖 소리.

** 영산이 나다 : 뜻밖의 일로 넋이 나갈 만큼 흥분하다. '영산'은 참혹하고 억울하게 죽은 사람의 넋을 뜻한다.

"도적년!"

모자는 관솔불을 켜들고 나섰다. 부엌 잿간을 뒤졌다. 그리고 뜰 앞 수풀 속도 낱낱이 찾아봤으나 흔적도 없다.

"그래도 방 안을 다시 한번 찾아보자."

홀어미는 구태여 며느리를 도적년으로까지는 생각하고 싶지 않았다. 거반 울상이 되어 허벙저벙* 방 안으로 들어왔다. 마음을 가라앉혀 들춰 보니 아니나 다르랴 며느리 베개 밑에서 은비녀가 나온다. 달아날 계집 같으면 이 비싼 은비녀를 그냥 두고 갈 리 없다. 두말없이 무슨 병패가 생겼다. 홀어미는 아들을 데리고 덜미를 잡히는 듯 문 밖으로 찾아 나섰다.

마을에서 산길로 빠져나가는 어귀에 우거진 숲 사이로 비스듬히 언덕길이 놓였다. 바로 그 밑에 석벽을 끼고 깊고 푸른 웅덩이가 묻히고 넓은 그물이 겹겹산을 에돌아 약 십 리를 흘러내리면 신연강 중턱을 뚫는다. 시내에 반쯤 파묻히어 번들대는 큰 바위는 내를 씨고 양쪽으로 질펀하다. 꼬부랑길은 그 틈바귀로 뻗었다. 좀체 걷지 못할 자갈길이다. 내를 몇 번 건너고 험상궂은 산들을 비켜서 한 오 마장 넘어야 겨우 길다운 길을 만난다. 그리고 거기서 좀더 간 곳에 냇가에 외지게 잃어진 오막살이 한 간을 볼 수 있다. 물방앗간이다. 그러나 이제는 밥을 찾아 흘러가는 뜬 몸들의 하룻밤 숙소로 변하였다.

* 허방지방, 허둥지둥. 정신을 차릴 수 없을 만큼 갈팡질팡하며 다급하게 서두르는 모양.

벽이 확 나가고 네 기둥뿐인 그 속에 힘을 잃은 물방아는 을씨년스럽게 모로 누웠다. 거지도 고 옆에 홑이불 위에 거적을 덧쓰고 누웠다.

거푸진 신음이다. 으! 으! 으흥!

서까래 사이로 달빛은 쌀쌀히 흘러든다. 가끔 마른 잎을 뿌리며…….

"여보 자우? 일어나게유 얼른."

계집의 음성이 나자 그는 꾸물거리며 일어앉는다. 그리고 너털대는 홑적삼을 깃을 여며 잡고는 덜덜 떤다.

"인제 고만 떠날 테이야? 쿨룩……."

말라빠진 얼굴로 계집을 바라보며 그는 이렇게 물었다.

십 분가량 지났다. 거지는 호사하였다. 달빛에 번쩍거리는 겹옷을 입고서 지팡이를 끌며 물방앗간을 등졌다. 골골하는 그를 부축하여 계집은 뒤에 따른다. 술집 며느리다.

"옷이 너무 커…… 좀 적었으면……."

"잔말 말고 어여 갑시다, 펄쩍……."

계집은 부리나케 그를 재촉한다. 그리고 연해 돌아다보길 잊지 않았다. 그들은 강길로 향한다. 개울을 건너 불거져 내린 산모퉁이를 막 꼽뜨리려* 할 제다. 멀리 뒤에서 사람 욱이는 소리가 끊일 듯 날 듯 간신히 들려온다.

바람에 먹히어 말소리는 모르겠으나 재없이** 덕돌이의 목성

* 꼽뜨리다 : '굽어들다'의 방언.

** '근거는 없지만 틀림없이'를 뜻하는 순우리말.

임은 넉히 짐작할 수 있다.

"아 얼른 좀 오게유."

똥끝이 마르는 듯이 계집은 사내의 손목을 겁겁히 잡아끈다. 병든 몸이라 끌리는 대로 뒤툭거리며 거지도 으슥한 산 저편으로 같이 사라진다. 수은빛 같은 물방울을 뿜으며 물결은 산벽에 부닥뜨린다. 어디선지 지정치 못할 늑대 소리는 이 산 저 산서 와글와글 굴러 내린다.

• 끝 •

김유정문학상

2007년 김유정기념사업회의 주최로 제정되었다. 단편소설을 대상으로 한 이 문학상의 첫 수상작은 윤대녕의 「제비를 기르다」였다. 떠남과 돌아옴을 반복하는 제비의 생태를 모티프로 한 이 작품은 "운명애와 남녀 간의 아슬아슬하게 엇비끼는 마음, 그 틈새에서 아득하게 피어오르는 사랑의 근원적 우수를 드러내는 솜씨가 탁월하다"는 평을 받았다.

김유정

1908. 2. 12. 강원도 춘천에서 출생.
1920. 재동공립보통학교 입학.
1929. 휘문고등보통학교 졸업.
1930. 연희전문학교 문과에 진학.
1931. 연희전문학교 중퇴. 보성전문학교에 입학했으나 자퇴.
1932. 브나로드 운동에 참여. 고향 실레마을에 금병의숙(錦屛義塾)을 세워 문맹퇴치운동 실시.
첫 단편 「심청」 탈고.
1933. 병원에서 폐결핵 진단을 받음.
「산골 나그네」 「총각과 맹꽁이」 탈고.
1934. 「만무방」 「노다지」 탈고.
1935. 〈조선일보〉 신춘문예에 「소낙비」, 〈조선중앙일보〉에 「노다지」가 각각 당선되며 등단.
《조광》에 「봄 · 봄」, 《개벽》에 「금 따는 콩밭」 발표. 〈조선일보〉에 「만무방」 연재.
1936. 《조광》에 「동백꽃」 발표.
1937. 3. 29. 폐결핵으로 경기도 광주에서 요양 치료 중 타계.

김유정(金裕貞)은 1935년 단편소설 「소낙비」가 〈조선일보〉에, 「노다지」가 〈조선중앙일보〉의 신춘문예에 각각 당선되어 문단에 올랐다. 등단하던 해에 「금 따는 콩밭」, 「떡」, 「산골」, 「만무방」, 「봄 · 봄」 등을 발표했다. 1936년 폐결핵과 치질이 악화되는 최악의 환경 속에서도 그의 왕성한 작품 활동은 이어져 그해에 「봄과 따라지」, 「동백꽃」 등을, 다음 해에 「땡볕」, 「따라지」 등을 발표했다. 1937년 지병의 악화로 세상을 떠날 때까지 불과 2년 남짓한 짧은 작가 생활 동안 30편 내외의 단편과 1편의 미완성 장편, 그리고 1편의 번역 소설을 남겼다. 실감나는 농촌소설의 면모를 보여주는 그의 소설에서는 우직하고 순박한 주인공, 사건의 의외적인 전개와 엉뚱한 반전, 매우 육담적(肉談的)인 속어의 구사 등 탁월한 언어감각을 엿볼 수 있다.

나의 어머니

백신애

1

××청년회 회관을 건축하기 위하여 회원끼리 소인극(素人劇)을 하게 되었다. 문예부(文藝部)에 책임을 지고 있는 나는 이번 연극에도 물론 책임을 지지 않을 수가 없게 되었다.

시골인 만큼 여배우가 끼면 인기를 많이 끌 수가 있다고들 생각한 청년회 간부들은 여자인 내가 연극에 대한 책임을 질 것 같으면 다른 여자들 끌어내기가 편리하다고 기어이 나에게 전 책임을 맡기고야 만다. 그러니 나의 소임은 출연할 여배우를 꾀어 들이는 것이 가장 중한 것이었다.

그러나 아직 '트레머리'*가 사오 인에 불과한 이 시골이라 아무리 끌어내어도 남자들과 같이 연극을 하기는 죽기보담 더 부끄러워서 못하겠다는 둥, 또는 해도 관계없지만 부모가 야단을 하는 까닭에 못하겠다는 둥 온갖 이유가 다 많아서 결국은 여자라고는 아무도 출연할 사람이 없이 되고 부득이 남자들끼리 하는 수밖에 없었다. 그래서 우리들은 밤마다 밤마다 ××학교 빈 교실을 빌려서 연극 연습을 시작하게 되었다. 연습을 시키고 있는 나는 아직 예전 그대로의 완고한 시골인 만큼 '일반에게 비

* 가르마를 타지 아니하고 뒤통수의 한복판에다 틀어 붙인 머리 모양으로, 1920년대 신여성 사이에 유행했다.

난을 받지나 않을까……?' 하는 여러 가지로 완고한 시골에서 신여성들의 취하기 어려운 행동에 대한 고려를 하지 않을 수 없어서 다른 위원들과 같이 여러 번 토론도 하여 보았으나 내가 없으면 연극을 하지 못하게 되는 수밖에 없다는 다른 위원들의 간청도 있어서 나는 끝까지 주저하면서도 끝까지 일을 보는 수밖에 없었다.

오늘은 그 공연을 이틀 앞둔 날이다. 학교 사무실 시계가 열한 시를 치는 소리를 듣고야 우리는 연습을 그쳤다.

딸자식은 의례히 시집갈 때까지 친정에서 먹여 주는 것이 예부터 해오던 습관이라면 나도 아직 시집가지 않은 어머니의 한낱 딸이니 놀고먹어도 아무렇지도 않을 것이언마는 오빠가 ×× 사건으로 감옥에 들어가고 보통학교 교원으로 있던 내가 여자청년회를 조직하였다는 이유로 학교 당국으로부터 일조에 권고사직을 당하고 나서는 그대로 할 일이 없으니 부득이 놀 수밖에 없이 되었다. 그래서 날마다 먹고는 식구가 단출한 얼마 안 되는 집안일이 끝나면 우리 어머니의 말씀마따나 빈둥빈둥 놀아댄다. 어떤 때는 회관에도 나가고 또 어떤 때는 가까운 곳으로 다니며 여성단체를 조직하기에 애를 쓰기도 하고 그렇지 않으면 하루 종일 또는 밤이 새도록 책상 앞에서 책과 씨름을 하는 것뿐이다. 한 푼도 벌어들이지는 못하지마는 어쩐지 나는 나대로 조금도 놀지 않는 것 같기도 하였다. 그러나 우리 어머니는 종종

"아까운 재주를 놀리기만 하면 어쩌느냐!"

고 벌이 없는 것을 한탄하시기도 한다. 벌이를 하지 않으면 아까운 재주가 쓸데없는 것이라는 것이 우리 어머니의 생각이다. 그러면 나는

"아이구 바빠 죽겠는데……."

하고 딴청을 들이댄다.

"쓸데없이 남의 일만 하고 다니면서 바쁘기는 무엇이 바빠!"

하며 나를 빈정대신다.

내가 밤낮 남의 일만 하고 다니는지 또는 내 할 일을 내가 하고 다니는지 그것은 둘째로 하고라도 나의 거동은 언제든지 놀고 있는 것 같아 보이는 것도 무리가 아니라고 생각되었다.

'오늘은 ××에서 '여자××회를 발기(發起)하니 와서 도와다오……'

하니 거절할 수 없고, 또 오늘은 또 ××가 저의 집이 조용하다니 그곳에도 가서 하려던 얘기를 해주어야겠고, 오늘은 또 ××회로 모이는 날이니, 내가 빠지면 아니 될 것, 동무가 보내 준 책이 몇 권이나 있는데 그것도 읽어야겠고, 여러 곳에서 편지가 왔으니 꼭 답을 해주어야겠고, 이것이 모두 나에게는 못 견딜 만치 바쁘고 모두가 해야만 할 일같이 생각된다. 그러나 남의 눈에는 한 푼도 수입이 없으니 나는 날마다 놀기만 하는 것같이 보이는 것이 무리가 아니다. 더욱이 우리 어머니, 어머니에게는…….

2

하루나 이틀이 아니고 몇 해든지 자꾸 나 혼자만 바쁘고 남의 눈에는 아까운 재주를 놀리기만 하면서 먹기가 좀 어색하게 생각되지 않을 수가 없었다.

열일곱 살 때부터 교원으로서 얼마 안 되는 월급이나마 받아서 꼭꼭 어머니 살림에 보태어 드릴 때는 내 마음대로 무슨 일이든지 하고 싶은 대로 했었고 또 마음으로는 하고 싶어도 그만 참고 있으면 어머니가 척척 다 해주시기도 했었다. 말하자면 어머니는 어떻게든지 내 마음에 맞도록 해주시려고 애를 쓰시던 것이었다.

그러나 이제는 으레 해야 할 말도 하기가 미안하고 아무리 마음에 맞지 않는 것이라도 불평을 말할 수가 없어졌다. 심지어 몸이 아플 때도 어디가 아프다는 말조차 하기가 미안하여진다.

병원! 약값! 이것이 연상되는 까닭이다. 그리고 때때로

"사람이 오륙 인씩이나 모두 장정의 밥을 먹으면서 일 년 내내 한 푼도 벌이라고는 하는 인간이 없구나!"

하며 어머니의 얼굴이 좋지 않아지면 나는 말할 수 없는 미안스러움과 죄송스러운 감정에 북받치고 만다. 그러면서도 어머니가 너무 심하게 구시면 어떤 때는

"아이구 어머니도 내가 벌지 않으면 굶어 죽는가베. 아직은 그래도 먹을 것이 있는데!"

하는 야속스러운 생각도 난다. 그러나 이 생각도 감옥에 들어

계시는 오빠를 위하여 차입을 한다, 사식을 댄다, 바득바득 애를 쓰는 어머니 모양을 생각하면 그만 가슴이 어두워지고 만다.

오늘도 집으로 돌아오는 길에서

"대문이 닫혔으면 어떻게 하나. 어머니가 아직 주무시지 않으시어질까!"

하는 걱정과 함께

"지금 나에게도 무슨 돈이 월급처럼 꼭꼭 나오는 데가 있었으면……."

하는 엉터리없는 공상을 하기도 하였다. 가라앉지 않는 뒤숭숭한 가슴으로 조심히 대문을 밀었다. 의외로 대문은 소리 없이 열리었다.

"옳다, 되었다."

나는 소리 없이 살며시 대문 안에 들어서서 도적놈처럼 안방 동정을 살피었다. 안방에는 등잔불이 감스릿하게 낮추어 있었다.

'어머니가 벌써 주무시는구나…….' 하는 반갑고 안심되는 생각에 갑자기 가벼워진 몸으로 가만히 대문을 잠그고 들어서려니까 안방 창문에 거무스름한 어머니 그림자가 마치 지나가는 구름처럼 어른하더니 재떨이에 담뱃대를 함부로 탁탁 쎄리는 소리와 함께 길게 한숨을 하더니

"아이구 애야, 글쎄 지금이 어느 때냐."

하는 어머니의 꾸지람이라기보다는 앓는 소리가 흘러나왔다.

'아이구 어머니 아직 안 주무셨구나'는 생각이 번뜩하자 나도 떨리는 한숨이 길게 나왔다. 방문 열고 들어서는 한숨이 아직 이불도 펴지 않고 어머니는 밀창 앞에 쪼그리고 앉아서 지금까지 애꿎은 담배만 피우며 나를 기다리신 모양이다.

무겁던 가슴이 뜨끔하여졌다! 이러한 경우는 교원을 그만두게 된 후로는 수없이 당하는 것이지만 그래도 그대로 들어가 모르는 척하고 누워 잘 수는 없었다.

그렇다고 내 가슴에 받치어 그대로 엉엉 마음 풀릴 때까지 울지도 못할 것이다.

나는 문턱에 걸치고 들여다보던 반신(半身)을 막 방 안에 들여놓으며 어머니 앞에 털컥 주저앉아서 하하 웃었다. 그러나 그 순간 뒤에 나는 울고 싶으리만치 괴로웠다. 내가 바라보는 어머니의 표정은 너무도 침울하였던 까닭이다.

"이런…… 어머니 어디 갔다 오셨어요? 벌써 열 시가 되어 오는데……."

나는 열두 시가 가까워 오는 것을, 다행히 조금이라도 어머니의 노기를 덜고자 일부러 열 시라고 했다.

물끄러미 등잔만 쳐다보던 거칠어진 어머니의 얼굴에 두 눈이 휘둥그레지며

"열 시?"

하며 나에게 반문하였다. 나는 또 가슴이 뜨끔하여졌다.

"열 시? 열 시가 무엇이냐? 열 시? 열 시라니! 열한 시 친 지가 언제라고……. 벌써 닭 울 때가 되었단다."

나직하게 목을 빼어 어안이 막힌다는 듯이 나를 바라보며 핀잔을 주기 시작하였다.

나는 그만 온몸의 피가 뜨거워지는 것 같더니 그 피가 일제히 머리를 향하여 달음질쳐서 올라오는 것 같아서 진작 입이 떨어지지를 않았다.

"글쎄 지금이 어느 때라고! 네가 미쳤니? 지금까지 어디를 갔다 오노 말이다."

그 말소리는 어머니다운 애정과 애달픔과 노여움이 한데 엉킨 일종 처참한 음조에 떨리는 그것이었다.

3

어리광으로 어머니의 노기를 풀려고 하하 웃고 시작한 나는 어머니의 이 말소리에 몸을 어떻게 지탱할 수가 없어서 벌떡 일어나 책상에다 머리를 내어 던지며 주저앉았다.

"남부끄러운 줄도 어쩌면 그렇게도 모르니? 이 밤중에 어디를 갔다 오느냐 말이다. 네가 지금 몇 살이니? 응 차라리 나를 이 자리에서 당장 죽여나 주든지!"

"가기는 어디를 가요? 연극 연습 한다고 그러지 않았어요? 거기 갔었어요!"

나의 이 대답에 어머니는 기가 막힌다는 듯이 입을 벌린 그대로 얼굴이 틀어졌다.

"연극하는 데라니? 아이그 이 애 좀 보게. 그곳이 글쎄 네가 갈 데냐! 아무리 상것의 소생이라도 계집애가 그런 데 가는 것을 본 적이 있니? 모이는 자식들이란 모두 제 아비 제 어미는 모른다 하고 사회니 지랄이니 하고 쫓아다니는 천하 상놈들만 벅적이는데……."

"어머니 잘못했어요. 남의 말은 하면 무엇해요. 저도 잘 알고 있지 않습니까! 그만 주무세요."

나는 덮어놓고 어머니를 재우려 했다. 나는 어찌하든지 어머니와는 도무지 말다툼을 하지 않으려 했다. 아무리 설명을 하고 이해를 시켜도 점점 어머니의 노기만 더할 뿐인 것을 나는 잘 안다. 이따금 어머니가 심심하실 때에 이야기를 하라고 하시면 옛이야기 끝에

"성인(聖人)도 시속(時俗)을 따르란 말이 있지요."

하며 이야기 꼬리를 멀리 돌려서 나의 입장과 행동을 변명도 하고 될 수 있는 정도까지 어머니를 깨우려고 애를 쓴다. 그러면 그때는 나에게 감복이나 한 듯이

"너는 어떻게 그런 유식한 것을 다 아느냐."

하고 엄청나게 감복하시며 기특하고도 귀엽다는 듯이 바라보신다. 그때만은 나도 어머니의 따뜻한 사랑 속에서 숨을 쉬는 듯한 행복을 느낀다.

그러나 그것도 잠깐이다. 나면서부터 완고한 옛 도덕과 인습에 폭 싸인 어머니이라 그만 씻어 버린 듯이 잊어버리고 다시 자기의 주관으로 들어간다.

그런 까닭에 나는 어머니와는 입다툼은 하지 않는다. 억지로

라도 어머니를 누워 재우려고 겨우 책상에서 머리를 들었다.

"아이그 어머니! 글쎄 그만 주무세요. 정 그렇게 제가 잘못했거든 내일 아침이 또 있지 않아요? 그만 주무세요, 네?"

어머니는 홱 돌아 앉아 담배만 자꾸 피우신다. 그 입술은 여전히 노여움에 떨리고 있었다.

"어머니 잘못했어요. 참 잘못했습니다. 잘못한 것만 야단을 하시면 어떻게 해요. 이제부터 그리지 말라고 하셨으면 그만이지! 에로나! 주무세요. 왜 저를 사내자식으로 낳으시지 않으셨어요. 이렇게 잠도 못 주무시고 하실 것이 있습니까?"

억지로 어리광을 피우는 내 눈에는 눈물이 핑— 돌았다. 나는 얼른 닦아 감추려 하였으나 차디찬 널빤지 위에서 끝없이 떨고 있을 오빠의 쓰린 생각이 문득 나며 덩달아 솟아오르는 눈물을 걷잡을 수가 없었다.

"어머니! 참 우스워 죽을 뻔했어요. 이 주사 아들이 여자가 되어서 꼭 여자처럼 어떻게 잘하는지 우스워서 뱃살이 곧을 뻔했어요. 모레부터는 돈 받고 연극을 합니다. 그때는 저녁마다 어머니는 공구경을 시켜 드리겠습니다. 참 잘해요."

아무리 나는 애를 써도 어머니의 노기는 풀리지도 않았다. 오히려 점점 노기가 높아가는 것 같았다.

4

어머니 무릎에 손을 걸었다.

"글쎄 왜 이러느냐 내야 잘 때 되면 어련히 잘라구……. 보기 싫다. 내 눈 앞에서 없어져라. 계집아이가 무슨 이유로 남자들과 같이 야단이냐. 이런 기막힐 창피한 꼴이 또 어디 있어."

어머니가 어디까지든지 늦게 온 나를 이상하게 의심하여 자기 마음대로 기막힌 상상을 하여 가며 나를 더럽게 말하는 것이 말할 수 없이 가슴이 터져 오르나 그래도 이를 바둑바둑 갈면서

"어머니 잡시다!"

하고 떨치는 손을 다시 어머니의 무릎에 걸었다.

"내 팔자가 사나우려니까 천하제일이라고 칭찬이 비 오듯 하던 자식들이……. 아이구 내 팔자도…… 너 보는데 좋다 좋다 하니 내내 그러는 줄 아니? 그래도 제 집에 돌아가면 다 욕한단다. 네 오라비도 그렇게 열이 나게들 쫓아다니고 어쩌고 하더니 한번 잡혀간 뒤로는 그만이더구나. 너도 또 추켜내다가 네 오라비처럼 감옥 속에나 보내지 별수 있을 줄 아니?"

나는 그만 도로 책상에 엎드렸다. 자신의 편함과 혈육을 사랑하는 것밖에 아무것도 모르고 도덕과 인습에 사무친 저 어머니의 자기의 생명같이 키워 놓은 단 두 오누이로 말미암아 오늘에 받는 그 고통을 생각할 때 나는 가슴이 다시금 찌들하고 쓰려졌다.

'저 어머니가 무엇을 알리? 차라리 꾸지람이라도 실컷 들어두자.' 하는 가엾은 생각에 죽은 듯이 엎드려 있었다.

방 안에 공기가 쌀쌀하게도 움직이더니 납을 녹여 붓듯이 무

겁게 가라앉는다.

"이애 밥 안 먹겠니?"

어머니의 노기는 한없이 올라가다가도 풀리기도 잘한다. 그것은 마음이 약하신 어머니는 모든 짜증과 괴롬에 문득 속이 상하시다가도 그 속풀이를 하는 곳이 언제든지 얼토당토않은 데 마주치고 만 것을 스스로 깨달으면 곧 눈물로 변해서 사라지고 만다.

언제든지 밤참을 꼭꼭 잡수시는 어머니다. 내가 돌아오기를 기다려 지금까지 잡숫지 않은 모양이다. 나는 새삼스럽게 가슴이 차게 놀랐다. 갑자기 어떻게 대답을 해야 좋을지를 몰랐다.

"안 먹겠어요."

연극 연습을 하던 때는 어느 정도까지 시장함을 느꼈었으나 지금은 모가지까지 무엇이 꼭 찬 것 같았다. 뒤미처

"먹지 않어? 왜 안 먹어!"

어머니는 조금 불쾌한 어조로 다시 권하셨다. 잇따라 숟가락이 놋쇠 그릇에 칼칼스럽게 마주치는 소리가 났다. 얼마 후에 또 다시

"이애 밥 먹어라. 네 오라비는 저렇게 떨고 있으련마는 그래도 나는 이렇게, 나는 먹는다. 저 나오는 것을 보고 죽을려고……."

목 메인 한숨과 함께 숟가락을 집어 던진다. 나는 지금까지 참았던 울음이 와락 치받쳐 전신이 흔들렸다.

이윽고 다시 담배를 넣기 시작하시던 어머니가 지금까지의 것은 모두 잊어버린 것 같은 부드러운 말소리로 다시 권하셨다.

"배고프지! 좀 먹으렴."

나는 감격에 받쳐 다시 가슴 찌르르 하여졌다. 나 까닭에 썩는 속을 오빠를 생각하여 눌러 버리고 오빠를 생각하여 애끓는 장을 그나마 조금 편히 곁에 앉힌 나를 위하여 억제하려는 가슴은, 어머니 나는 그 어머니의 가슴을 잘 안다. 그 괴로움을 숨쉴 때마다 느낀다.

기어이 몸은 일으켜 다만 한 숟가락이라도 먹어 보이고 싶으리만치 내 감정은 서글펐다.

천천히 마루로 나가시는 어머니가 얼마 후에 손에 식혜 한 그릇을 떠 가지고 들어오셔서 내 옆에 갖다 놓으시며

"밥 먹기 싫거든 이거나 좀 먹어라."

나는 가슴이 터져라! 하고 큰 소리로 외치고 싶었다.

가엾은 어머니! 가엾은 딸! 담배 한 대를 또 피우고 난 어머니는 허리를 재이며 자리로 누우셨다. 내가 이 식혜를 먹지 않으면 어머니 속이 얼마나 아프시랴! 오빠 생각에 넘어가지 않는 음식이라 또 내가 먹지 않을까 해서 일부러 많이 먹는 척하시는 가엾은 어머니가 얼마나 슬퍼하실까?

나는 한입에다 그 감주를 죄다 삼켜 버리고 크게 웃어서 어머니를 안심하시게 하고 싶은 감정에 꽉 찼으나 전신은 물과 같이 여물어졌다.

석유(石油)가 닳을까 하여 잔불을 끄고 자리에 누웠다. 이웃집 시계가 새로 한 시를 땡! 쳤다.

어머니가 후— 한숨을 쉬셨다.

'아! 어머니! 가엾은 어머니. 어머니의 속을 알지 못하고 야속한 어머니로만 여기는 줄 아시고 그다지 괴로워하십니까. 이 몸을 어머니가 말씀하신 그 김(金)가에게 바치어 기뻐하는 어머니의 얼굴을 잠시라도 보고 싶을 만치이 딸의 가슴은 죄송함에 떨고 있습니다. 어떻게 하면 이 세상에서 어머니를 마음 편케 모실 수가 있을까요! 내가 사랑하는, 장래 나의 남편이 되기를 어머니 모르게 허락한 ××— . 그도 나와 같은 울음을 우는 불행과 저주에 헤매는 가난한 신세이외다. 그러면 나는 무엇으로 어머니를 편케 할까요! 그러나 나의 어머니여 나는 어머니가 좋아하시는 김가에게도 이 몸을 바치지 않을 것입니다. 또 내일 밤도 빠지지 않고 가야 합니다. 가엾은 나의 어머니여.'

·끝·

광인수기

백신애

❧

아이고—.

비도 비도 경치게 청승맞다. 이렇게 오면 별것 없이 흉년이지 뭐야.

아—이 무서워라. 또 큰물이 나가면 어떡해요. 그 싯누런 큰물 아이 무서워.

글쎄 하느님! 제발 덕분에 비를 좀 거두시소……. 그래도 안 거두시네!

허허 참 사람 죽이는구나. 글쎄 이 양통머리 까지고 소견머리가 홀랑 벗겨진 하늘님아. 내 말 좀 들어봐라.

이렇게 자꾸 쓸데없는 물을 내려 쏟으면 어떻게 하느냐 말이다. 큰물이 나가면 다리가 떠나가고 사람이 빠져 죽고 별일이 다— 생기지요.

또 흉년이 지면 두말없이 백성이 굶어 죽지요—. 하나도 이익될 게 없는데 왜 그렇게 물을 내려 쏟는가 말이오!

아이 아이고 무서워라! 하느님이 제 욕한다고 벼락을 내리칠라. 히히히 벼락이라니, 나는 암만해도 마음속으로는 당신을 그리 밉게 여기지는 않는다오. 용서하시소.

아니다, 네 이놈 하느님아. 에이 빌어먹을 개새끼 같은 하느님아! 네가 분명 하느님이라면 왜 그 악하고 악한 도둑놈의 연놈을 그대로 둔단 말인고. 당장에 벼락 천둥을 내려 연놈을 한꺼번에 박살내어 버릴 일이지―.

아니올시다. 아이 무서워, 거짓말이올시다. 그 연놈에게 죄가 있을 리 있나요. 다 내 팔자지요.

하하하! 웃기는구나.

우스워 죽겠네.

저 빌어먹다 낮잠이나 잘 하느님은, 저를 위해 주고 두려워하면 할수록 점점 더 건방이 늘고 심술이 늘어가더라.

이 나를 점점 사람으로 여기지 않더라.

내가 모두를 팔자에 돌리고 조용히 굴며 좋다고만 하니까는 아주 나를 바보로 아는 모양이지. 나를 이 지경으로 만드는 것을 보면…….

아이고 아이고 흑흑…….

하느님, 당신을 욕하면 무엇하는기요. 당신도 이미 빤히 내려다봤으니 알 일이지마는 내 말을 다시 한번 들어보소.

거짓말할 내가 아니지……. 아이고 추워라. 오뉴월 무덕더위라고 한창 더울 이때에 빌어먹을 비 까닭에 이렇게 추운 거지…….

아이 참, 그놈의 다리는 경치게도 높다. 조금만 더 낮았다면 비가 덜 들이칠 텐데, 아이 이것도 내 팔잔가…….

어떤 연놈은 팔자 좋아 시원한 집에서 더우면 전기 부채 틀어 좋고, 비가 와서 이렇게 추워지면 따뜨무리하게 불을 때서 번듯이 드러누워, 남편 놈과 우스개 놀이나 주고받고 하지마는…….

그뿐이겠나. 무어 또 맛있는 것 사다 놓고, 먹기 싫도록 처먹어 가면서…….

아따 참 그 빛깔 좋은 과실 한 개 먹어 봤으면……. 아이고 생각하면 무엇하나. 왜 이렇게 추운가. 옳지 비를 이렇게 많이 맞았구나.

아이구 이것이, 말이 저고리지 걸레나 다름없지 뭐……. 아이고 아이고 흑흑…….

오뉴월 궂은비는 처정처정 청승맞게 오는데 이 떨어진 옷을…….

이것이 옷인가? 걸레지. 벌벌 떨며 이 다리 밑에 혼자 쭈굴치고 앉았으니 거지나 다름없지……. 벌써 해가 졌는가…… 왜 이리 어두침침하노. 대체 구름이 끼었으니 해가 졌는지 있는지 알 수가 있나.

사람의 새끼라고는 하나도 없구나.

비는 몹시도 들이친다.

하느님아, 할 수 없구나, 당신하고 나하고 둘이서 이야기합시다.

그때 말인가요?

내 나이는 열일곱 살, 그이 나이는 열여덟이었지요. 그이가 나에게로 장가들게 되는 것을 아주 기뻐한다고 중매하던 경순이네 할머니가 나에게 말해 주더군요.

그래서 나도 속으로는 은근히 좋아서 어서어서 혼인날이 왔으면 싶어서 몹시도 기다렸지요. 그럭저럭 혼인식도 끝내고 첫날 밤이 됐지요.

히히히.

참, 히히히 무척도 부끄럽더라. 문밖에서는 모두들 들여다보느라고 킥킥거리며 웃는 소리가 들리기도 하는데 그이는 부끄럽지도 않던지 온갖 재롱을 다 부리겠지요.

참 술잔을 따라 나에게 자꾸만 받으라고 졸라대겠지요.

"색시요! 이 술잔 받으시오. 어서어서."

하며……. 그렇지만 얼마나 얌전한 색시였다고, 덥석 손을 냈을 리가 있는가요. 어림도 없지요, 암!

아주 쭉 빼물고 흔들림 없이 앉아서 곁눈 한번 떠 본 일이 없었지요. 히히히.

그래도 신랑 얼굴이 얼마나 잘생겼는지 보고 싶은 마음이야 말할 수 있소.

그래 그이는 권하다 못하여 나의 손목을 슬쩍 잡아당기겠지요.

"자, 술잔 받으시오."

하며, 그때 나는 손을 움츠리며 얼른 한번 흘겨보니 머리를 빡빡 깎았지마는 우뚝한 코, 얌전스러운 입, 눈도 그리 밉잖게 생겼고, 눈썹이 새까만 것이 아주 맘에 쏙 들어 가슴이 찌릿해지고 어떻게 새삼스럽게 부끄러운지 눈물이 핑 돌았어요.

아이 참, 지금 생각해도 땀이 난답니다. 그이는 그날 밤에 왜 그리도 술잔을 받으라고 조르는지요. 중매한 늙은이가 아마도 신부는 술깨나 마신다고나 했는지, 기어이 술잔을 받으라고만 성화였어요.

"이 술잔은 우리 두 사람이 백년가약을 맹세한다는 뜻인데, 당신이 받아 주지 않으면 나는 이대로 돌아가는 수밖에 없지요. 아마도 당신이 술잔을 받지 않는 것을 보니 나를 싫어하는 것이지요. 아마도 당신은 나보다 더 좋은 사람에게 시집가고 싶은가 합니다."

하며 아주 성을 내는 것 같더군요.

그래서 나는 하도 딱하고 기가 막혀 말은 할 수 없고 그만 참다못하여 울어 버렸지요.

그랬더니 갑자기 바싹 다가앉으며

"여보시오. 그래도 내 술 한 잔 안 받을 터이시오?"

내 손을 잡아당기겠지요. 나는 흑흑 흐느끼며 못 이긴 체하고 그 술잔을 쥐어 주는 대로 받아 들기는 했지마는 어디 마실 수야 있어야지요. 그래서 방바닥에 살며시 놓았지요.

아이그머니 그랬더니 창밖에서는 아주 킥킥하며 웃어젖히는데 그 부끄러움이야 어디다 비할 수 있을까요.

그제야 그이가 벌떡 일어서더니 병풍으로 창을 가려서 뺑 둘러 쳐버리고 내 곁에 와 앉더니 내 머리도 쓰다듬어 보고, 내 허리도 쓰다듬어 보고, 머리를 굽혀 내 얼굴도 들여다보고, 온갖 아양을 다 부린 끝에

"색시요! 대답 좀 해보시오."

하겠지요. 이때는 그에게 잡힌 내 손을 그대로 맡겨두고 있었

습니다.

"당신은 나를 사랑합니까?"

하고 묻겠지요.

허이 참 기막힌 일이 아닙니까. 무어라고 대답하는가요. 바로 말하면 아직 그의 얼굴도 자세히 쳐다보지 못했으니까 말이지요. 그러나 그때는 그이가 왜 그런 말을 물을까, 그런 말을 물어서 무엇하려는가, 결혼한 이제는 할 수 없는데, 나는 당신을 사랑하지 않고서 되는 일인가.

나는 가슴이 찌릿찌릿하고 이만치 부끄러운데— 하는 생각만 가득하여 고개를 푹 숙였더니, 그는

"아, 감사합니다. 이 사람을 사랑하십니까?"

하였지요. 아마도 그는 내가 고개를 숙이니까 머리를 끄덕이는 줄 알았던 모양이지요. 하하하!

그래 참 하하하 참 우습다.

그이가 먼저 옷을 벗고 내 왼편 버선을 한 짝 벗기고 나더니 내 치마끈을 잡아당기겠지—. 나를 홀랑 벗길 작정인 짓쯤이야 내가 누구라고 모르겠소.

아 나야 학교 공부는 못했지마는 그래도 귀한 집 딸이라고, 한문 글도 배웠고, 꽤 똑똑한 색시였으니깐 알았지요. 아이고 참, 내 말이 거짓말인 줄 아나 봐……. 내가 왜 한문을 몰라! 소학도 다 배웠는데— 할부정(割不正)이어든 불식(不食)하며 석부정(席不正)이어든 불좌(不坐)하며—. 이것이 다 소학에 있는 글이라오.

그래 참 내가 정신이 없구나. 하던 이야기나 마저 해야지.

하느님! 당신 뜻인가요? 참 재미있지요. 그래 그래— 그래서 말이야…….

그이가 아주 눈이 발칵 뒤집혀가지고…… 히히 아주 숨 쉬는 소리가 황소 같더군요. 제까짓 신랑놈이 아무리 지랄을 한들 내가 가슴을 꼭 껴안고 있으니 어디 내 옷을 벗길 수 있어야지……. 그렇지만 너무 빵소니를 치면 또 성을 낼까 봐 겁도 나고 그뿐 아니라 옛날 어떤 신랑놈처럼 첫날밤에 신랑은 색시를 벗겨야 한다니까, 아주 색시의 껍질을 벗겨 놓더라는 말도 생각이 나고 해서 살그머니 못 이긴 체했더니 아 그놈의 신랑놈이 그만…… 히히히 참 우습다.

그뿐인 줄만 알지 마소, 하하하 지금 생각해도 가슴이 간지럽다.

"여보 색시! 당신 허리는 어쩌면 이다지 알맞게 생겼소. 아이고 이뻐라 우리 색시. 오늘부터 우리들이 백 년이나 천 년이나 변함없이 한 마음 한 뜻으로 살자구……. 아이고 이쁜 우리 색시!"

아이 참 그이는 어쩌면 그렇게도 내 간장을 녹이려고 드는지, 아주 나는 아 그놈의 신랑에게 그만 녹초가 됐지요. 하하하, 하하하.

참 그때는 무척도 좋더니…… 그이가 대체 무엇이라고 그이만 보면 그렇게 기쁘고 좋은지……. 참 알 수 없지, 알 수 없어……. 왜 또 부끄럽기는 그리도 부끄럽던지…….

그때 생각에는 정말로 우리 두 사람은 천 년 만 년 검은 머리가 파뿌리가 되고 묵사발이 되도록 변함없이 살 줄만 알았지요.

그러기에 그이에게는 내 살을 베어 먹여도 아깝지가 않을 것 같았어요.

에이 빌어먹을 년, 이년이 암만해도 멍텅구리 같은 미친년이야…….

그렇게 좋고 좋던 우리 사이도 시집을 가고 보니 그 여우 같은 시누이년 까닭에 싸움할 때가 있게 되었지요.

그러다가 그이가 고등보통학교를 졸업하고 일본으로 공부하러 갈 때만 해도 나는 안타까워서 하룻밤을 뜬눈으로 새우면서 그이를 떠나서 그 무서운 시집에서 나 혼자 어떻게 살까를 생각하며 자꾸 울었답니다.

아이고 배고파라. 벌써 저녁때가 넘었나 보다. 아이 추워라. 비는 경치게도 온다. 옷이 함빡 젖었네.

아이고 빌어먹다 자빠져 죽을 년, 시어미, 시누이 그 두 년과 무슨 원수가 맺었던가…….

내가 밤마다 우는 것은 그이 생각에 가슴이 녹는 듯해서 운 것인데

"아이 재수 없이 요망스럽게 젊은 계집년이 밤낮 울기는 왜 울어, 글쎄 서방을 잡아먹었나. 무엇이 한에 차지 않아서 저 지랄인고."

하고 시어머니는 깡깡거리지요.

"아이고 오빠도! 오늘도 언니께 편지 부쳤네, 내게는 한 번도

보내지 않으면서."

하고 그이에게서 온 편지는 모조리 중간 차압을 해서 나에겐 보이지도 않고 저희끼리 맘대로 다 뜯어보지요.

"아하하, 오빠가 저의 마누라 보고 싶어서 울었단다……. 내 읽을게, 들어 봐요."

"'사랑하는 나의 사람아! 그동안 얼마나 어른들 모시고 고생하시는가…….'고 쓰였구료. 글쎄 누가 오빠 사랑하는 사람을 못 살게 굴었다고 이래……. 아마도 언니가 오빠에게 온갖 거짓말을 다 꾸며서 편지질을 한 거지 뭐—."

아이구 참 기가 막히지요. 내가 벼락을 맞으려고 남편에게 시어미, 시누이 험구를 했겠는가요. 이런 말이 어디 있어요?

아이 참, 지금 생각해도 기절을 할 일이지……. 그 편지 온 후부터는 나날이 태도가 달라지더니, 하루는 점심상을 받고 앉았던 시누이가 갑자기 밥을 한술 푹 떠들고 벌떡 일어서더니 내게로 달려들며

"이것 봐. 이것, 나를 죽이려는 거지. 밤낮 제 서방 생각하느라고, 밥에다 파리를 막 집어넣고 삶았구나. 이러고도 시어른 모시느라구 고생하는 건가?"

하고 나를 떠밀고, 내 밥그릇을 동댕이치고 야단을 하는구료.

정말 밥에 파리가 들었는지 안 들었는지는 알 수가 없는 일이지마는 너무나 안타까워 나는 자꾸 빌기만 했지요.

아이구 하느님요 내가, 무슨 심사로 시누이 먹고 죽으라고 일부러 파리를 밥에다 넣었겠소.

그뿐입니까. 시누이는 숟가락을 집어 던지고 앙앙 울면서

"나는 밥 안 먹을 테야. 더럽게 파리 넣어 삶은 밥을 누가 먹어! 가거라, 가! 너의 집에 가려무나. 이러고도 시집살이 무섭다고 오빠에게 고자질만 하니 바보 같은 오빠는 그만 넘어가서 우리 모녀를 흉칙하게만 여기고 제 여편네만 옳다고 하니 저년을 두었다가는 아마도 나중에 우리 모녀는 길바닥에 나앉겠구나. 남의 집에 윤기(倫紀)를 끊는 년……. 가거라 가거라!"

하며 방에 가서 발딱 드러눕는구료. 글쎄 나는 도무지 모를 소리지요. 죽으라면 죽고, 때리면 맞고, 인형같이 있는 나를 이리 몰아세우니 기가 막히지 않을 수 있는가요.

그래서 시누이에게 손이야 발이야 빌고 빌었으나, 앙앙 울며 나를 보기도 싫다고만 하는구료. 그래도 자꾸 빌었더니, 그만했으면 풀릴 일이나 굳이 듣지 않고 옷을 와르르 끄집어내어 보에다 하나 가득 싸더니,

"나를 업수이 여겨도 분수가 있지, 내 팔자가 기박해서 신행 전에 서방을 잡아먹고 열일곱에 과부가 되었지마는 이런 데가 어디 있단 말인고……."

고래고래 고함을 지르며 옷 보퉁이를 마루로 끌어냅디다.

어디 고년이 그렇게 악독하니까 제 신세가 그 모양이지요. 신행 전에 서방을 잡아먹었다는 것도 거짓말입니다.

열일곱 되는 봄에 결혼을 했는데 아주 부잣집 맏아들이요 좋은 자리라고 알았더니, 웬걸 초례청에 들어선 신랑이 사십에 가까운 사람이었어요.

전처에게 아들이 없어 첩장가를 든 것이었지요. 그래서 우리 시누이는 첫날밤부터 신랑을 소박하고 아주 신랑과 인연을 끊었어요. 말하자면 머리는 올렸어도 실상은 숫처녀입니다. 남에게 첩으로 시집갔단 말은 하기 창피하고 분해서 제 입으로 서방 잡아먹은 과부라고 하는 거지요.

그러기에 나는 그에게 진심으로 동정하고 위로해 주는데, 저는 나를 이렇게 몰아세우니 기가 막히지 않을 수가 있습니까.

"가거라. 네가 안 가면 내가 갈란다."

하고 옷 보퉁이를 이고 뜰로 내려갑니다. 이것을 보는 시어머니는 방바닥을 두들기며 대성통곡을 내놓는구료. 아이 참 할 수 있나요.

내가 우루루 내려가서 옷 보퉁이를 빼앗아 방에 갖다 놓고

"어디로 가십니까? 못 가요. 내가 가지요. 내가 가겠습니다."

하고 빌며 내 방에 들어와서 치마를 갈아입고 얼른 뜰로 내려섰지요.

물론 내가 그렇게 하면 시누이의 성이 풀릴 줄 알고 어쩔 수 없이 그런 것이지요.

아 그랬더니, 후유— 시어머니가 와락 마루로 뛰어나오더니

"어허! 동리 사람들아. 이 일이 무슨 일이요. 철없고 속 시끄러운 시누이가 설령 성을 냈더라도 그걸 갊을 게 무엇이냐. 친정간다고 나선다. 동리 사람들아. 이 구경 좀 하소! 네— 이년 바삐 가거라. 바삐 가!"

하면서 막 내어 쫓는구료. 어느 영이라고 반항하나요.

할 수 없이 쫓겨났지요. 그래도 대문에 붙어 서서 성 풀리기를 기다렸으나 대문을 열어줘야지요. 그날 밤이 되면 담이라도 넘어갈까 했더니 해가 지니까 시어머니가 대문을 열고 쑥 나서더니 조그마한 옷 보퉁이 하나를 내 앞에 내동댕이치며 이것 가지고 썩 돌아서 가라고 하고는 다시 대문을 꽉 잠그고 맙니다.

그래도 울면서 자꾸 빌었지요. 빌고 또 빌어도 어디 들어주어야지요. 그래서 하는 수 없이 친정으로 향했지요.

친정까지 이십 리를 그 밤중에 혼자 걸어갔지요.

집에 가니 아버지가 또 영문도 모르시고 야단이지요.

"나는 옷 보퉁이 싸 가지고 밤길 다니는 딸을 낳은 기억이 없다. 아마도 너는 여우로구나. 우리 딸은 한번 시집가면 그 집에서 죽어서나 나오는 법이지, 살아서 시집을 못 살고 쫓겨 오지는 않는다."

라고 당장에 쫓아냅니다.

그놈의 옷 보퉁이가 또 대문 밖으로 튀어나옵니다.

어이, 참 그놈의 옷 보퉁이가 무엇이 그리 중한 것이라고 늙은이들은 그놈을 내 앞에 기어이 갖다 던지는지.

예전 사람들은 시집 못 살고 갈 때는 꼭 옷 보퉁이를 가지고 간다더니, 과연 옷 보퉁이는 중한 것인가 봐요.

아이구 참 우습다 히히히. 그래서 할 수 있나요. 할 수 없이 그 길로 친삼촌댁으로 갔지요. 이 집에서야 설마 또 쫓을라구요. 그래서 숙모님이 아주 분기충천하여 나를 위로해 주더군요. 그래 나는 이 세상에서 우리 숙모님같이 좋은 사람이 없는 줄 알았이요. 그랬더니 뒤미처 어머니가 달려와서 또 나의 편이 되어 주는 구료.

그러니까 세상에 무서운 사람은 우리 시어머니, 시누이, 우리 아버지 세 사람이지요.

시아버지도 살아 있었더라면 이 세상 어느 사람보다 더 무서웠을지 모르지. 그리고 얼마 동안— 숙모님 댁에 있다가 친정으로 불려 가서 있었지요.

어머니가 아버지에게 무슨 말을 했던지 그 후 아버지도 말은 없어도 나를 꾸중하시지는 않더군요.

좌우간 내가 퍽 얌전한 색시였기도 했으니까—. 아버지도 내가 쫓겨 온 것이 내 죄가 아님을 아신 게지—.

그러던 어느 날 내 이름으로 편지 한 장이 왔겠지요. 하도 반가워 받아 보니 바로 그이에게서 온 것이었어요.

그만 두 손이 와들와들 떨리고 가슴이 쿵덕거리더군요.

시누이년이 무어라 고자질을 했는가. 그이도 나를 꾸지람하면 어떻게 할까……. 그러나 편지를 뜯고 보니 웬일일까요. 참 놀랬지요. 그이는 도리어 나를 위로하고 자기 어머니와 누이를 용서하라고 했어요.

그래서 나는 하도 기쁘고 감사하여 얼마나 울었는지 몰라요. 그이의 은혜는 죽어도 못 갚게 될 것 같더군요.

실상은 아무 은혜랄 것도 없는 일이지마는 그래도 나를 알아주는 것이 하도 고마워서 하는 말입니다.

그러는 중에 그이는 대학교도 그만두고 돌아오게 되어 그이의 주선으로 다시 시집으로 돌아가게 되었는데, 그이가 있으니 또 별일 없이 살았지요.

그러는 중에 맏딸년 정옥이를 낳았고, 맏아들 석주를 낳았고, 둘째딸 정희를 낳은 것입니다. 세월은 참 빠르기도 하더군요.

그이와 내가 서로 만나 온갖 산고를 다 겪고 살아오는 중에 이십 년이란 세월이 흘러갔구료. 그러니까 그이 나이가 서른여덟이지요. 우리 살림은 누가 보든지 자리가 잡히고, 아주 착실했지요.

아이구 하느님, 이렇게 말하니까 그이는 나의 애를 태우지 않은 것 같지요만 알고 보면 그이도 상당했더랍니다.

그놈의 무슨 주의자라나 그것 까닭에 몇 번이나 감옥에 드나들었지요. 그뿐입니까. 몸이 약하여 밤낮 앓지요. 그래서 나는 엄동설한 추운 겨울에…… 그래도 추운 줄을 모르고 밤마다 냉수에 멱을 감고 정성을 드렸지요.

"하느님, 부디부디 몸 성하게 해주시고 주의자 하지 말게 해주시기 바랍니다."

라고 밤마다 빌었답니다. 어떤 때는 빌고 나면 온몸이 얼음덩어리가 되는 것 같더군요. 그래도 추위를 느끼면 행여나 정신이 부실하다고 하느님 당신이 비는 말을 들어주지 않을까 봐 한 번도 춥다고 여겨보지 않았습니다.

아이구 맙시사다. 아이구 빌어먹을 도둑놈.

네가 하느님이야? 도둑놈이지.

그치만 내가 정성을 드렸으면 조금이라도 효험을 보여 주어야 되지 않느냐?

우리 시어머니나 시누이나 조금도 틀림없는 것이 하느님 당신이 아닌가?

그래 내 청을 하나인들 들었던가 말이다. 그이와 살림을 잡혔다고는 하지마는 단 하루라도 내 마음을 놓게 한 적이 있었느냐 말이다.

후유—. 처음엔 친구 집에 간다고만 속였으니 내가 알 리가 있어야지.

아마도 눈치가 다르니 또다시 주의자를 시작했는가…… 싶어서 간이 콩알만 했지요. 그래— 아무리 보아도 눈치가 다르고 때로는 밤을 새우고 들어올 때도 있었어요. 혼자서 생각다 못하여 나도 단단히 결심을 했더랍니다.

어느 날입니다. 저녁을 먹고 그때 아들놈이 중학교에 입학시험 준비한다고 아버지께 산수를 가르쳐 달라고 하는데 그이는 급한 일이 있어 나가야겠으니, 누나 정옥이에게 배우라고 그만 핑 나가 버립니다.

맏딸 정옥이는 고등여학교 2학년이었지마는 저도 학기말 시험 공부 하느라고 석주의 산수를 가르쳐 줄 여가가 없다고 합니다.

그래 나는 와락 성이 났지마는 꾹 참고서

"또 무슨 볼일이 있어요. 주의자 할 때는 자식새끼가 어렸으니 당신 할 일이 없었지마는 이제는 아이가 시험을 치는 때이니 그만 나다니시고 아이도 좀 위해 주어야지요."

하고 혼잣말 비슷하게 했지요. 아참 기가 막혀. 그이는 획 돌

아서더니

"무엇이 어쩌다고? 무식한 계집이란 할 수 없다니까. 그래 네가 자식을 얼마나 훌륭하게 낳았기에 배운 것도 모르는 멍텅구리 같은 그런 자식놈인가 말이다. 계집이 건방지게 사나이를 아이새끼들 앞에서 꾸짖고 야단이야……."

하며 아주 노발대발하여 방문이 부서지게 내리밀치고 나가 버리는구료.

대체 이 때려죽일 놈의 하느님아. 내가 그 추운 겨울 얼음을 깨고 목욕하며 빌고 빌고 하여 몸 건강하게, 주의자를 그만두게 해달라고 했더니 무슨 심정으로 글쎄 몸도 건강하고 주의자는 그만두었다 할지라도 사람을 이렇게 변하게 해주었느냐 말이다. 주의자 할 때는 그래도 잡혀갈까 봐 그것만 애를 태웠지. 지금 같은 이런 말머리쟁이는 듣지 않았지요.

그이같이 마음이 바르고 굳세고, 어디까지나 정의를 사랑하던 사람도 없었는데 주의자를 그만두자 이렇게 기막히는 말이나 하는 인간이 되고 마니 딱한 일이 아닙니까.

나는 그 자리에서 분함을 참지 못했지요. 이것도 나의 욕심인지 모르나 아이놈이 시험에 미끄러지면, 첫째 아이가 낙방할 것과, 둘째 시어머니께 내가 자식 잘못 낳았다는 꾸지람을 듣겠으니까 여러 가지로 여간 애가 타지 않았는데 글쎄 그이는, 저대로 쑥 빠져나가 버리며 남기고 간 말이 그게 무엇이란 말이오.

그래 나는 벌떡 일어나 빨리 집을 나섰습니다.

골목 끝에 나서 좌우를 바라보니 전등 빛에 그이가 걸어가는 뒷모습이 보이겠지요. 나는 두말없이 뒤를 따라갔습니다.

골목 사이를 이리저리 굽어들더니 나중에 조그마한 대문을 밀고 쑥 들어가지 않습니까.

아이구머니— 나는 가슴이 덜컹하였습니다. 그이가 주의자 할 때도 저렇게 남의 눈을 피해 가며 다니는 걸 보았기 때문입니다.

'아이구 주의자를 버린 줄 알았더니 아직 그대로 하는구나.'

나는 입속으로 부르짖고

"맙소 맙소 하느님—."

하고 한숨을 쉬었지요. 그래서 집으로 힘없이 돌아와서 아이들을 재우고, 나도 돌아누워 곰곰이 생각하며 그이가 돌아오기만 기다렸습니다. 밤이 새로 2시가 되니까 그제야 돌아오는구료. 내가 자는 척하고 눈을 감으니 그는 살그머니 옷을 벗고 자기 자리에 가서 소리 없이 드러누워 그만 잠이 들어 버리더군요.

나는 잠이 오지 않아서 그이가 순사에게 또 잡혀갈까 봐 정말 가슴이 졸여서 그 밤을 꼬박 새웠습니다.

그 이튿날 새벽에 일어나서 아이들을 깨워 아침밥 때까지 공부하라고 한 후 나는 부엌으로 나갔다 들어오니 그이는 한잠이 들어 자는구료.

차마 일으키기가 안됐어서 그대로 나가 아이들 밥을 거두어 먹인 후 모두 학교로 보내고 그이를 깨웠지요.

"아이 곤해, 귀찮게 왜 이 모양이야!"

하고 성을 벌컥 내는구료.

“밤늦게 제발 좀 다니시지 마세요. 몸에 해롭지 않아요.”

하며 그에게 주의를 버려 달라고 애걸하려고 시작했습니다.

“밤늦게? 누가 말이야? 간밤에도 내가 일찍 돌아왔는데, 그래 날보고 아이들 공부 가르치라고 하면서 저는 초저녁부터 잠이나 자는 거야? 무식한 계집이란 아무 소용 없어. 자식 교육을 할 줄 아나……. 밥이나 처먹고 서방에만 밝아서……. 에이 야만이야, 천생 금수나 다름이 없지 뭔가.”

아이구 하느님. 그이가 하는 말이 이러합니다.

그이가 새로 2시에 들어온 것을 뻔히 아는 내가 아닌가요. 또 그날 밤이 되니까 그이는 어제 저녁과 똑같이 아이들이 아버지 아버지 하고 배우려고 애쓰는데 다 뿌리치고 나가 버립니다.

나는 그이의 그러한 태도가 원망스러운 것은 둘째가 되고, 그이가 이러다가 잡혀갈까 봐 겁이 나서 그날 밤도 또 따라나섰지요.

‘내가 그 집 대문 앞에서 기다리고 있으면서 만일 순사가 번쩍거리면 얼른 그이에게 알려 주어야지.’

하는 염려로 따라갔지요.

과연 이날 밤도 어제의 그 집으로 쑥 들어갑니다. 나는 길게 한숨짓고 그 집 대문 앞에서 파수를 보고 섰지요.

그렇게 이슥히 섰다가 어둠 속에서라도 자세히 살펴보니까 대문이란 것은 겉 달린 것이고 담이 죄다 무너지고 말았으므로 그 집 안이 훤히 들여다보이겠지요.

그래서 나는 일변 기쁘고 일변 겁이 나면서도 나도 모르게 뜰로 살그머니 들어갔지요. 대체 그이의 동지가 몇 사람씩이나 모이는가— 하여서 툇마루 아래를 살펴보았더니, 하얀 여인네의 고무신 한 켤레와 그이의 구두가 가지런히 벗겨져 있지 않습니까. 나는 새삼스레 가슴이 덜컥하여 살살 집 모퉁이로 돌아갔더니 좁다란 뒤뜰이 있고 뒤창으로 불이 비치는데 아마도 창 안에는 그이가 있을 것이 분명하므로 아주 쥐새끼처럼 기어가서 그 창 옆에 납작 붙어 섰습니다.

방 안은 잠잠합니다.

그러나 내 가슴은 생철통을 두들기는 것같이 요란합니다.

"여보— 이번에 당신 아들이 중학교에 수험한다지요?"

하는 고운 여인의 목소리가 새어 나옵니다. 나는 그 요란하던 심장이 갑자기 깜박 까무러치는 것 같더군요. 하하하…… 하하하, 아이구 우습다 우스워…….

배가 고픈데— 아이 추워, 비는 경치게 온다. 에에라 고기나 좀 잡아먹을까…….

어디 보자. 옳지 이렇게 옷을 동동 걷어 올리고 나서 고기나 잡아먹자…….

아이그 한 마리도 잡히지 않네. 아이쿠 요놈의 고기…… 안 잡히는구나.

네 이놈, 아이구구, 하하하…….

고기는 잡히지 않네! 에에라 이놈의 냇물을 죄다 삼키지 그러면 고기도 죄다 따라 들어오겠지— 꿀떡꿀떡……(냇물에 입을 대고 마십니다)

아이구 배불러라. 내 뱃속에도 냇물이 하나 흐르고 있을 게다. 고기도 많이 놀고 있겠지……아아 배불러라.

이제는 그만 누워 잘까. 비는 들이치지마는 이 다리 아래서 자는 수밖에…….

아 참, 하느님 이야기하던 걸 잊어버렸군. 에이 귀찮아. 그만둘까? 그만두면 뭘 하나. 해버리지.

그래—. 그래서 말야. 그놈의 계집년의 목소리 경치게 이쁘더군요. 나는 와락 그 여인의 얼굴을 보고 싶었으나 꾹 참았지요. 그랬더니 이제는 바로 그이의 음성이

"에— 듣기 싫소. 그까짓 돼지 같은 여편네의 속에서 나온 자식새끼가 나와 무슨 상관이 있단 말이오. 사랑하는 당신과 나 사이에서 생겨난 자식이라야 참으로 내 사랑하는 자식이 되겠지. 여보 어서 아들 하나 낳아 주어……. 우리의 사랑의 결정인 아주 영리한 아이를 낳아요."

합니다. 나는 눈이 확 뒤집혀지는 것 같더군요.

"하하 공연히 그러시지, 당신의 그 부인도 참 예쁘던데……."

"아니, 그 여편네 말은 내지도 말아요, 내가 열여덟 살 때 부모의 명령에 못 이겨 억지로 강제 결혼한 것이니까 그를 한 번도 아내로 생각해 본 적이 없어요."

"아이그 거짓말, 아내로 생각하지 않았으면 왜 자식을 그렇게 셋이나 낳았던가요?"

"허— 그러기에 말이지, 아마도 내 자식이 아니라는 것이지요. 아직까지 내 자식이라고 해도 손 한번 쥐어 준 적이 없었어요."

"호호호 거짓말……."

"흥……. 거짓말이라고 여기거든 맘대로 하구료. 오늘까지 그 여편네와 말 한마디 해본 적이 없다오. 그런데도 자식이 셋이나 있다는 것은 정말 조물주의 장난이라고 하지 않을 수 없어요."

하느님— 그이가 이따위 소리를 하고 있구료…… 우리 색시 이쁘다고 물고 빨고 하던 것은 다 어떡하고 저런 거짓말이 어디 있소.

"여보, 나는 정말로 불행합니다. 나는 노모를 위하여 참아 왔고 또 그 여편네가 가엾기도 하여 나 자신의 삶을 희생해온 거랍니다. 그렇지마는 나는 아직 젊습니다. 아무리 억제해도 억제하지 못할 때가 있었어요. 나는 가정적으로 너무나 불행한 까닭에 성자(聖者)가 아닌 이상 어찌 불만을 느끼지 않을 수 있나요. 너무나 모두들 무지하니까 나는 지적(知的)으로 너무나 목말랐더랍니다. 아내란 것이 나를 이해하지 못하고, 다만 나에게 맛있는 음식이나 먹여 주고 옷이나 빨아 주고 밤이 되면 야수 같은 본능만 아는 그런 여편네와 이십 년이란 세월을 살아왔구료. 아무 감격도 신선함도 이해도 없는 그런 부부 생활이었어요. 당신까지 나를 이해 못 하고 그러십니까? 그 여편네는 나에게 무지(無知)하기를 원하고 생활이 평안하도록, 일하는 남편이 되기를 원하며 자식에게는 정신적으로 충실한 종이 되기 원할 따름이에요. 그러니 나라는 사람은 어느 결에 나를 위한 삶의 시간을 가지란 말인가요?"

흑흑흑…….

나는 울었습니다, 울었어요. 그이의 하는 말이 용하게 꾸며 내는 혓바닥의 장난일 줄은 알지마는 그 순간 나라는 존재는 그이에게 그만치 불행한 존재임을 느낄 때 무척 슬펐습니다.

하느님, 당신 바로 판단하구료. 그이의 말이 옳습니까? 응? 대답해 봐!

암! 암! 그렇지, 그 말이 죄다 틀린 말이지, 틀렸고말고. 아예 당초에 인간이란 게 공부를 잘못하면 제 행동이 옳든 그르든 간에 아무리 틀린 말이라도 교묘하게 이론만 갖다 붙여서 그저 합리화하려고 하는 재주만 늘어갈 뿐인 것이라오. 그이가 그처럼 나를 무지몰각한 돼지 같은 여편네라고 할 때는 아마도 그 여인은 상당히 많은 학교 공부를 한 여자인가 봐요.

나는 단지 한문 글씨나 배웠을 뿐인 무식쟁이지만 그이의 하는 말에 반박할 말이 수두룩한데 웬일인지 그 여인은 생긋생긋 웃으며 고개를 끄덕이고만 있는 모양이구료.

아이고 아이고, 그 뻔뻔스러운 년, 남의 남편을 빼앗아 앉아서…… 아이구 분해!

글쎄 하느님아! 들어봐요. 그이가 나를 얼마나 사랑해 왔던가는 다 별문제로 제껴 놓더라도 사람이란 건 천하없어도 제 혼자서는 살 수 없는 것이 아닌가요? 아무려면 깊은 산속 멀리 인간사회를 떠난 곳에서 제 혼자 있는것보다는 낫다고 하지 않습니까?

우선 나 하나를 돌아 보더라도 세상에 제 하나만 위하고 제 마음의 자유와 기쁨을 위한다면 이렇게 미치광이가 되어야 하지 않나요. 이렇게 세상을 다 떨치고 내 맘대로 살고 있는 나이지만 불만이 많기가 끝이 없어요.

사람이 산다는 것은 이 인간 세상에서 미우나 고우나를 물론하고 한데 얽매이고 서로 엇갈려 있다는 뜻이 아닌가요.

그런데 그이는 제 혼자의 삶을 주장합니다. 아이고 아니꼬와…….

내 눈에는 아무리 보아도 그이가 한 아름답게 보이는 여인에게 반했다는 그것뿐이에요. 이십여 년을 정답게 정답게 아들 낳고 딸 낳고 살아오다가 고운 여인을 보고 욕심이 나니까 제 마음대로 떳떳하게 욕망을 채울 수가 없어 별 지랄 같은 소리를 다 하는 거지.

한 가정의 귀한 아들 딸과 어머니와 아내를 다 버리고 한 개의 욕망! 결국은 계집에게 반한 그 마음 하나를 억제 못해서 사나이 자식이 온갖 거짓말과 괴로운 이론을 끌어다 붙이려고 애쓰는 그 꼴이 어디 되었나?

아이고 아이고 귀한 우리 자식들!

아무리 나에게야 악했지마는 그래도 이미 죽을 날이 멀지 않은 시어머니…….

다 불쌍해라. 너희들의 간장을 녹여주면서까지 너희 아비는 제 삶을 산다고 저러고 있단다. 히히히…….

귀하고 중한 내 자식들아, 너희를 누가 만들었노! 너희를 만들어 놓고 너희에게서 아비를 거두어 간 그 아비…….

하느님, 아비 없는 자식은 불량자가 되기 쉽다지요……. 아이구 이 일을 어찌하노…….

그러나…… 사랑한다는 것은 흐르는 물과 같아서 자꾸 변한다고요? 참 잊어버렸군, 그런 것이 아니라 사랑이란 영원한 것이 아니고 찰나가 연장해 가는 것이니까 이 순간 아무리 사랑하지마는 다음 순간에는 어떻게 될지 모르는 거라지요.

그러니까 그이가 나를 사랑하지 않는다는 게 아닙니까.

보자 보자, 그러니까 또 그이가 어느 순간에 이르러 그 여인과의 사랑이 변하여 나에게로 돌아올지도 모르는 일이다.

아이구 다 그만두자. 그까짓 것…….

아이고 어두워졌구나…… 하하하.

나는 참았다. 참았다.

나는 하도 많이 참아 보아서 이제는 습관이 되었나 보다. 그래도 참고 집으로 돌아가자. 아이새끼들은 공부하느라고 어미를 돌아보지도 않았어요.

딸년은 학기말 시험공부 한다고, 아들놈은 중학교에 입학하려고……, 작은딸년은 숙제한다고…….

나는 참았다. 눈물을 참고 밖으로 뛰어나가 과실과 과자를 사다가 나누어 먹였더니

"엄마 엄마, 어디 아파요? 엄마도 먹어요. 아버지는 왜 여태까지 안 오시나, 또 감기나 들지 않을까……."

아이들이 아버지와 어머니를 위하여 서로 이야기하며 맛있게 먹습니다.

시어머니 방으로 가보았어요. 노인은 누웠다 일어나 앉으며

"석주 애비는 어디 갔냐…… 바람이 찬데……."

하고 염려하였어요. 에이 도둑놈…….

아이들이 다 잠든 후, 그이는 돌아왔지요.

나는 참던 눈물이 흘러내려 돌아앉았더니

"나 잘 테야. 요 깔아 줘……."

하겠죠. 그래서 나는 요를 깔아 주었더니,

"여보, 이리 오…… 왜 노했소. 그러지 말고 이리 와요."

하며 자꾸 웃습니다.

아이고 맙소사…… 남자란 게 이런 건가? 나는 모르겠다 몰라…… 어찌 된 셈인가요 글쎄.

나는 참았지요. 입을 꽉 다물고 그이의 곁에 가보았지요. 그이는 틀림없는 내 남편 이십 년간 살아오던 그이였어요. 조금도 다름이 없이 나를 안고

"아이들 이불 잘 덮어 주었나?"

하고 물으며…….

그리고 그이는 이십 년간 익어 온 그 태도 그대로 잠이 들려는구료…….

나는 더 참고 보았지요.

이윽고 그는 잠이 들다 말고 소스라치듯 미소하며 다시 한번 꽉 껴안겠지요.

"왜 새삼스레 이러는 거요? 이십 년이나 꼭 한 가지로 변함없이 이러는 우리 사이건마는 그리 내가 사랑스러운가요?"

하고 한번 시치미를 떼 보았지요.

"암…… 내게 너만치 충실한 사람이 없고 미더운 사람이 없으니까."

라고 그가 대답합니다. 나는 벌떡 일어나 앉았지요. 하도 놀라워서요. 하하하…….

그래 그 이튿날이었지요. 바로 그 밤이 새고 난 날이었어요. 나는 그 밤을 또 꼬박 새우고 난 터이라 머리가 휭휭 내어 돌리기에 아이들이 학교에 간 틈에 누워서 한숨 자보려고 했습니다마는 잠이 와야지요. 그래도 누웠으려니까 그이가 내 머리에 손을 얹어 보더니 깜짝 놀라며 병원에 가보라고 합니다.

아마 열이 높았던 게지요. 나는 별로 괴롭지 않아서 더 있어 보고 가겠다고 했더니 그이는

"그러면 있다 가보오……."

하고는 휭 나가 버립니다.

나는 벌떡 일어나 따라갔지요. 그러나 그이는 그 집으로 가지 않고 어느 큰 상점으로 들어갔어요. 그래도 나는 그 상점 앞에 서서 지켰더니 그이는 전화를 빌려 어디다 전화를 걸고 나더니 쑥 나오는구료. 하는 수 있소? 딱 마주치고 말았지요.

"어디 가오?"

그이는 놀라며 물어요.

"병원에—."

나는 엉겁결에 대답했지요.

나는 공연히 부끄러워서 집으로 다시 돌아왔더니 그날은 토요일이라 아이들이 벌써 학교에서 돌아왔으므로 점심을 먹여 놓

고 또다시 방으로 가 누웠더니 웬 머리통이 그리도 쑤시는지 가슴이 쏵쏵 소리를 지르고 너무 정신이 없었어요. 그러다가 나는 어떻게 된 셈인지 벌떡 일어나서 그 집으로 달려갔어요.

막 달려갔지요.

허둥지둥 달려가 보니 틀림없이 그이의 신이 덩그렇게 댓돌 위에 벗겨져 있겠지요.

나는 와락 달려가서 그이의 구두를 집어 들고 힘껏 그년의 창문을 향해 던졌더니 '와당탕' 소리가 나며

"악!"

소리가 들리더니 방문이 활짝 열리며 그이가 썩 나섭니다. 바로 그이의 어깨 너머로 하얀 얼굴이 나타나며 나를 놀란 눈으로 바라봅니다.

그 얼굴, 그 얼굴!

그는 내가 잘 아는 여인이라오. 그는 음악학교 졸업생이랍니다.

우리 친정으로 척당이 되는, 잘 따져 보면 나에게 언니라고 불러야 되는 계집애였어요…….

하하하. 이 일을 내가 무어라고 해결하나요. 알 수가 없어…….

대체 어떻게 된 셈인가…… 지금 생각해도 알 수 없어……. 나를 꽁꽁 묶어서 방 안에다 가두어 두고 의사란 놈이 별의별 짓을 다 하였지마는 그것도 대체 왜 그 지랄들인지.

하도 갑갑하고, 그이에게 물어볼 말이 많아서 그만 그저께 밤

에는 온갖 재주를 다 부려서 튀어나오고 말았겠다…….

놈들이 어디 가서 나를 찾고 있는지 모르지요. 내가 이 다리 밑에 숨어 있는 줄 저희들은 모를 거야…….

하하하…….

정옥아! 석주야! 정희야…….

아무리 사람들이 네 어미 까닭에 너희들이 불행하여졌다고 하더라도 그런 말은 믿지 말아라. 너희 아버지가 이 어미에게 어려운 수수께끼를 내놓은 까닭이다. 흑흑흑…….

아이구 보고 싶어…….

너희들이 보고 싶다.

정옥이 너는 장조림을 잘 먹고, 석주는 생선을 잘 먹고, 정희는 시루떡을 잘 먹고…….

에에라, 집으로 가야겠다…… 누가 너희들을 보호할까…… 비는 왜 이리도 많이 오노…… 비를 노다지 맞고 가면 모두 나를 미쳤다고 하지 않을까.

• 끝 •

백신애문학상

2008년 백신애 탄생 100주년을 기념해 백신애기념사업회에서 제정하여, 1회 수상작으로 공선옥 『명랑한 밤길』을 선정했다. 본심 심사를 맡은 문학평론가 염무웅은 "작가 공선옥은 우리 사회의 주변부에서 힘겹게 살아가는 사회적 약자들 특히 여성들에게 깊은 애정을 가지고 그들의 팍팍한 삶을 활달하고 역동적인 문체로 묘사하여 왔다"며 "그의 문학에서 특히 주목되는 것은 힘들고 고달픈 역경에도 불구하고 꿋꿋하게 어려움을 헤쳐 나가는 강인한 낙관성과 거침없는 생명력이다"고 말했다.

백신애

1908. 5. 20. 경북 영천군 출생.
1919. 영천공립보통학교 2학년에 편입학. 이름은 무잠(武箴).
1923. 영천공립보통학교 졸업 후 경북공립사범학교 강습과에 입학.
1924. 경북의 첫 번째 여교사로 영천공립보통학교에 부임.
1926. 조선여성동우회 영천지회 조직 건으로 해임. 상경하여 조선여성동우회, 경성여성청년동맹 상임위원 취임.
1927. 전국 순회 강연 등 여성 운동 전개.
1929. 〈조선일보〉 신춘문예에 단편 「나의 어머니」가 당선되며 등단.
1930. 일본 도쿄로 감. 연극 〈개〉에서 주인공으로 열연했으나 호응은 좋지 않았음.
1934. 《신여성》에 「꺼래이」, 《개벽》에 「적빈」 발표.
1938. 〈조선일보〉에 단편 「광인수기(狂人手記)」 연재.
1939. 6. 25. 췌장암으로 경성제국대학병원 입원 치료 중 타계.

백신애(白信愛)는 1929년 〈조선일보〉 신춘문예에 필명 박계화(朴啓華)로 「나의 어머니」를 발표하면서 등단하며 신춘문예 첫 여성 작가라는 기록을 세웠다. 본격적으로 작품을 발표하기 시작한 것은 경산군 반야월의 과수원에 기거하기 시작한 1934년부터로, 이때 체험한 가난한 농촌민들의 생활이 「복선이」(1934), 「채색교(彩色橋)」(1934), 「적빈(赤貧)」(1934), 「악부자(顎富者)」(1935), 「빈곤」(1936) 등의 바탕이 되었다. 경북도 공립학교 여교사 1호이기도 한 그녀는 여성 계몽 운동가이기도 했다. 작품 세계는 다양한 모습을 보여 「꺼래이」(1934)에서는 식민지 조국을 떠나 만주와 시베리아에서 방황하는 실향민들을 그렸고, 「광인수기」(1938)에서는 '현모양처'의 삶을 살아왔음에도 쫓겨나 미쳐버릴 수밖에 없었던 여인의 심정을 담아냈다.

제1과 제1장

이무영

1

덜크덕 덜크덕— 퍼언한 신작로에 소마차 바퀴 소리가 외로이 울린다. 사양(斜陽)에 키만 멀쑥하니 된 가로수 포플러의 그림자가 느른하니 길을 가로막고 있을 뿐 별로이 행인도 없는 호젓한 신작로다. 동리 앞에는 곰방대를 문 영감님이 발가숭이 손자놈을 데리고 앉아서 돌장난을 시키고 있다. 약삭빠른 계절에 뒤떨어진 매미 소리는 마치 남의 나라에 갇힌 공주의 탄식처럼 청승맞다.

"이러 이소 쯔쯔!"

안반짝 같은 소 엉덩이에 철썩 물푸레 회초리가 운다. 소란 놈은 파리를 날려 주어 고맙게 여길 정도인지 아무런 반응도 없다. 그저 뚜뻑뚜뻑 앞만 내다보고 걸을 뿐이다.

소마차가 동리 앞을 지날 때마다 주막집 뜰팡에 멍석을 깔고 땀을 들이던 일꾼들의 눈이 일시에 마차 짐으로 옮겨진다. 이삿짐을 처음 보아서가 아니라, 그들의 눈에는 이 우차 위에 실어진 가구며 세간이 진기한 모양이다. 항아리니 독이니 메줏덩이 바가지짝— 이런 세간은 한 개도 볼 수 없고 농짝은 분명히 농짝이다. 생김생김도 그러려니와 시골서는 볼 수 없는 호들갑스럽게 큰 장이다. 이모저모에 가마니짝을 대어서 전부는 보이지 않으나마 넘어가는 햇빛을 받아 거울이 번쩍한다. 함 대신에 화류 단층장, 버들상자도 큰 것이 네모 번듯하다. 뭣에 쓰이는 것인지 알 길도 없는 혼란스러운 갓이며 검고 붉은 빛이 도는 가죽가방, 면장나리나 무슨 주임나리나가 놓고 있는 그런 책상에 걸상도 화려하다.

"뉘 첩살림인 게군."

키만 멀쑥하니 여덟팔자 노랑 수염이 담숭담숭 난 하릴없이 노름꾼처럼 생긴 한 친구가 이렇게 운을 뗀다.

"토자에 ㄱ했네."

누군지가 이렇게 받자,

"토자에 ㄱ이 아냐. 트자에 ㄹ일세. 어디루 보나 저게 첩살림 같은가. 첩살림이면야 자개장이 번득이면 번득였지 사물상이 당한 겐가. 짐 임자들을 보지!"

이삿짐에서 여남은 간쯤 뒤떨어져서 곤색 저고리에 흰 바지를 받쳐 입은 청년이 하나 따라섰다. 아직 햇살이 따가우련만 모자도 단정히 썼다. 나이는 한 삼십사오 세쯤 되었을까…….

청년은 한 손으로 양장을 한, 오륙 세 된 계집아이의 손을 잡고 그 옆에는 청년보다는 열 살이나 차이가 있음직한 젊은 여인이 역시 양복을 입힌 머슴애의 손을 잡고 간다. 한 너댓 살 되었음직한 토실토실하게 생긴 아이다. 과자 주머니인지 바른손에는 새빨간 주머니를 늘였다.

"아빠, 아직두 멀었수?"

말소리까지 타박타박하다.

"인제 조금만 더 가면 된다. 에이 참, 우리 철이 착하다."

청년은 담배에 불을 붙여 물고 덤덤히 마차 뒤를 따라간다.

"화신상회만큼 되우?"

어린것은 몹시 지친 모양이다.

"그래, 그만큼 가면 되어."

하고 안타까운 듯이 젊은 여인이 대신 대답을 하자니까 어린것이 고개를 반짝 들고서 항의를 한다.

"뭘 엄만 아나? 엄마두 첨이라면서."

"그래두 난 알아. 그렇지요, 아빠?"

"암, 엄만 알구말구."

청년과 여인은 어린것을 번갈아 업기도 하고 안기도 하다가 몇 걸음 걸려도 보고 몹시 거추장스러우련만 별로 그런 티도 없다. 소에 끌려가는 이삿짐처럼 그는 묵묵히 끌려가고만 있다.

"거 어디루 가는 이삿짐요?"

동리 앞을 지날 때마다 소보고 묻듯 한다. 마차꾼은, '나는 소 아니오!' 하고 퉁명을 부리듯,

"샌터* 짐요!"

하고 돌아다보지도 않고 대답할 뿐이다.

"샌터 뉘 집 짐요?"

"난두 모르오!"

하고는 소 엉덩이에다 매질을 한다.

* 샘터. 샘물이 솟아 나오는 곳. 또는 그 언저리.

"이러 이소! 대꾸하기 귀찮다. 어서 가자."

동리를 빠져나오더니 청년도 여인네도 뒤를 한 번씩 돌아다본다. 무슨 감시의 구역에서 벗어나기나 한 때처럼 여인네는 가벼운 안도를 얼굴에 나타내기까지 한다.

"인제 내가 좀 물어봐야겠군. 아직두 멀었어요?"

"인제 얼마 안 돼. 전에 다닐 때 얼마 안 되던 것 같았는데 왜 이리 멀까."

혼잣말에 우차꾼이 받아넘긴다.

"여름이라 길두 늘어나 그렇지요."

얼마 안 가니 조그만 실개천이 흐른다. 청년—수택은 어려서 수수미꾸라지 잡던 기억도 새로웠고 땀도 들일 겸 길목 포플러 그늘에서 참을 들이기로 했다. 이 개천을 건너서 한 십 분이면 그의 고향인 샌터에 다다르는 것을 알기 때문이기도 했다.

"영감두 쉬어 같이 갑시다. 자, 담배 한 개 드슈."

"고약두 있으십니까?"

"고약이라께?"

"이런 담밸 피구 입술이 성할 수가 있을라구요."

이렇게 재미있는 늙은인 줄 알았더면 정거장에서부터 말벗을 해왔더면 오는 줄 모르게 왔을걸…… 하고 수택은 오늘 처음으로 웃었다.

수택은 차를 먼저 가게 하고 천천히 세수도 하고 발도 벗고 씻었다. 아내가 핸드백의 조그만 면경을 꺼내어 화장을 하는 동안에 어린것들도 벗기고 말끔히 씻어 주었다. 물에 손을 잠그고 있으려니 어려서 물장난하던 기억이며 그동안 세파와 싸운 삼십 년간의 생활이 추억되어 덜크덕 덜크덕 멀어져 가는 이삿짐 소리도 한층 더 서글펐다.

"패배자."

그는 가만히 이렇게 자기를 불러 본다. 시냇물은 조약돌이 옹기종기 몰켜 있는 수택의 발밑을 지날 때마다 뭐라고인지 종알대고 흘러간다. 이 물소리를 해득만 한다면 여러 가지 의미가 포함되었으리라. 그러나 지금의 수택으로서는 이 속삭이는 물소리보다도 지난날의 추억보다도 패배자의 짐을 싣고 가는 마차 바퀴 소리만이 과장이 돼서 울리는 것이었다.

"패배자? 어째서 패배자냐? 오랜 동안 동경해 오던 이상 생활의 첫출발이지!"

누가 있어 자기를 패배자라고 부르기나 했던 것처럼 그는 분명히 이렇게 반항을 해본다.

2

사실 이번 길은 수택의 일생에 있어서 커다란 분기점이었다. 그것이 희망의 재출발이 될지, 패배가 될지는 그가 타고난 운명(?)에 맡기려니와 현재 그의 가슴에 채워진 감회도 이 둘 중 어느 것인지 그 자신 모르고 있는 터다. 그가 농촌 생활을 꿈꾸고 이른 봄 서지 안을 두둑하게 넣은 춘추복 안주머니에 넣어 두었던 사직원이 이중봉투를 석 장이나 갈가리 피우고 여름을 났을 때는 그래도 '패배자'란 감정이 없을 때였다. 일금 팔십 원의 샐러리라면 그리 적은 봉급도 아니었다. 회사 총무부 주임 말마따나 이런 자리를 노리는 대학 출신의 이력서가 기백 장 서랍 속에서 신음을 하고 있는 터다. 사변으로 해서 갑자기 물가가 고등해진 터라, 이 정도의 수입만 가지고는 도저히 도회에서 생활을 유지하기가 어렵기는 하나 그렇다고 전혀 수입이 없는 것보다 날 것은 주먹구구까지도 필요치 않은 것이었다. 그의 계획을 듣고 친구의 대부분이—아니 거의 전부가 반대를 한 것도 실로 이 단순한 타산에서였다. 너 굴러든 복바가지를 차버리고 어쩔 테냐는 듯싶은 총무부 주임의 눈치나, 철없이 날뛴다고 가련해하는 눈으로 보는 동료들의 말투가 그의 결심에 되레 기름을 쳐준 것도 사실이기는 하나, 수택의 계획은 그네들이 보듯이 그렇게 근거가 적은 것은 아니었다. 그의 계획의 무모함을 충고하는 친구와 동료들의 거의 전부가 생활난에 중점을 둔 것이다. 그러나 일찍이 수택만큼 생활고를 겪어 온 사람도 그만한 나쎄로는 드물 것이었다. 열두 살에 고향을 떠나서 중학교를 고학으로 마쳤고, 열일곱에 동경으로 가서 C대학 전문부를 마치는 동안도 식당에서 벗겨 내버린 식빵 껍질과 먹고 남아 버리는 밥덩이를 사다 먹고 살아온 그였고, 일정한 직업이 없이 오륙 년 동안, 동경서 구르는 동안에도 공중식당일망정 버젓하니 밥 한 끼 사 먹어 보지 못한 채 삼십 줄에 접어든 그였다. 조선에 나와서도 지금의 신문사 사회부 기자라는 직업을 얻기까지의 삼 년간은 십 전짜리 상밥으로 연명을 해온 그였고, 직업이라고 얻어서 결혼을 한 후도 고기 한칼 떳떳이 사 먹어 보지 못한 그였다. 더욱이 십 개월이란 긴 동안 신문이 정간(停刊)을 당코 푼전의 수입이 없었을 때도 세 끼나 밥을 못 끓이고 인왕산 중허리 같은 배를 끌어안고 숨까지 가빠하는 아내와 만 하루를 얼굴만 쳐다보고 시간을 보낸 쓰라린 경험도 갖고 있는 그였다.

이 십 개월 동안에 그는 평상시 오고 가던 친구들도 수입이 끊어지는 날로 거래가 끊어지는 것도 경험했고, 쌀말이나 설렁탕 한 그릇도 월급봉투가 없이는 대주지 않는 것도 잘 안 터였다.

"인제 널 것도 없지?"

하고 물을 때,

"입은 것밖에—"

하고 대답하던 아내의 우울한 음성도 아직 귀에 새로웠고, 십여 장이나 되는 전당표를 삼 개년 계획으로 찾아내던 쓰라린 경험도 아직 기억에 새로운 터였다. 바로 신문이 해간(解刊)되던 바로 그 전달이었지만 막역지간이라고 사양해 오던 M이라는 친구한테 마침 그날이 월급일이라서, 아니 월급날을 일부러 택한 것이었지만 삼 원 돈을 취대하러 갔다가 거절을 당코 분김에 욕을 하고 돌아온 사실을 기록해 둔 일기가 아직도 그의 책상 어느 구석에 끼어져 있을 것이었다.

이 수택이가 선선히 사직원을 내놓고 나선 것이니 놀랄 만한 사실임에 틀림은 없었다.

"그래 갑자기 살 그만두면?"

마지막으로 사직원을 접수한 R씨가 이렇게 말했을 때 그는 금

후의 생활 설계를 설명하는 데 조금도 불안을 느끼지 않았던 것이었다. 다행히 고향에 가면 십여 두락의 땅이 있고 생활 수준이 얕아질 것이요, 고료 수입도 다소 있을 것이요…… 마치 R씨까지도 유인해서 끌고 나갈 듯이 호기가 있었던 것이었다.

"좀더 신중히 하지?"

호의에서 나온 이런 말에 그는 적의나 있는 듯이,

"그럴 필요 없지요."

하고 그 자리서 내찼던 것이다.

사직 이유는 병이었다. 간부 측에서 병? 하고 반문했을 만큼 그는 그렇게 말 못 된 병자는 물론 아니다. 병이라면 그것은 생리적인 병보다도 정신적인 병이 더 위기에 가까웠었다. 의사들이 폐가 어떠니 늑막이 위험하니 할 때도 한편 겁은 내면서도 또 한편으로는 속짐작이 있기는 했었다. 그와 같이 소설을 써오던 H가 자기와 같은 자신으로 버티다가 쓰러진 그길로 끝을 막은 무서운 사실에 잠시 '아차' 하는 생각도 없지는 않았지마는 그러나 그렇다고 해서 직업을 버릴 만큼 심약한 그도 아니었다. 이른 봄 그가 아내도 몰래 사직원을 쓰고 도장까지 단정히 눌러 가진 것은 그의 조그만 영웅심에서였다.

수택은 동경서부터 소설을 써왔다. 장방형도 아니요 삼각형도 아니요 그렇다고 똑 떨어진 원도 아니다. 세상에서는 그를 혹은 스타일리스트라고 불렀고 한때 경향문학이 성할 때는 혹은 반동 또 혹은 동반자라고 불렀고 또는 허무주의자라고 야유도 했다. 그러나 기실은 그중 어느 것도 아니었다. 그 자신 자기의 특징이 어디 있는지를 모르는 작가였다. 소설가로서 차차 알려질 임시해서—아니 그 덕택이었겠지마는— 그는 취직은 했었다. 그것이 그의 작가 생활의 마지막이었다. 저널리즘이란 문학의 매개체를 통해서 그 갓난애 숨길만 한 잔명을 유지해 왔다.

첫 월급을 타던 기쁨은 '지난 ×일 밤 자정도 가까워 바야흐로 삼라만상이 잠들려 할 때 ××동 ××번지 근방에서 뜻 아니 한 비명이 주위의 정적을 깨뜨렸다. 이제 탐문한 바에 의하면…….' 이런 식의 기사를 쓸 때마다 희미해졌고, 그것이 거듭되기 일 년이 못 돼서 그는 자기가 문학도였다는 의식까지도 완전히 잃어버리고 말았던 것이다. 경찰서를 드나들며 강절도, 밀매음, 사기 등속의 사건 전말을 듣는 것이 무슨 문학 수업의 좋은 찬스나 되는 것처럼 생각던 것도 일시적이었고, 악을 폭로해서 써 민중의 좋은 기준이 되게 한다던 의협심도 기실 자기 위안의 좋은 방패이어서 아무것도 아니라는 것을 깨달은 후부터는 그는 완전히 기계였던 것이다. 아침이면 나와서 종일 돌아다니다가 저녁—대개는 밤에 집이라고 찾아든다. 친구에 휩쓸려 술잔도 마시고 회합에서 늦어 이차회가 벌어지고 이러구러 하루가 가고 이틀이 가고 달이 바뀌고 연도가 갈리었다. 그러기를 오 년—그동안에 수택이가 얻은 것은 허영과 태만이다. 그 밖에 얻은 것이 있다면 자기가 아닌 이런 사회에서의 독특한 존재인 이르는 바 친구—아니 지인(知人)이다.

그리고 잃은 것은 얻은 것에 비해서 너무나 많았다. 그는 적어도 세 사람의 친구는 가졌던 사람이다. 그러나 그가 한 해 두 해지나는 동안에 세 친구도 없어졌고 문학도로서 쌓았던 조그만 탑도 출판기념회나 무슨 축하회의 발기인란에서나 겨우 발견하는 그런 존재가 되고 말았다.

동료들이 그달 그달 발표하는 작품을 읽을 때마다 그는 우울했다. 우두머니 맞은편 흰 회벽을 건너다본다. 성급한 전화종 소리도 그를 깨우쳐 주지 못할 때가 한두 번이 아니다.

"받잖을 전환 뭣 하러 놨나요?"

문득 고개를 들면 천리안(千里眼)이라고 소문난 편집장의 두 줄 시선이 쏜다.

아무것 하나 얻을 것도 없는 회합에서 늦도록 붙잡혔다가 홀로 막차에 앉은 때의 그 공허, 허무감 그것도 비길 데 없는 것이다. 어떤 때는 그 큰 전찻간에 동그마니 혼자 앉아 갈 때가 있다. 그럴 때면 저도 모르게 눈 속이 뜨끈해지는 일도 있었고 얼근히 술이 취했다가 깰 무렵에 집에 돌아가면 문득 숫보가 덮인 책상이 눈에 뜨인다. 펜까지 꽂혀 있는 잉크스탠드, 한 달 가야 한 번 건드려 주지도 않는 원고지가 마치 영원히 돌아오지 못할 주인을 기다리고 망망한 대해에 떠 있는 목선처럼 애처로워진다. 다소 술기운이 작용을 했겠지마는 그대로 책상에 엎드려 통곡을 하는 것이었다.

'아니다! 낼부터는 나도 단연 공부를 하리라!'

이렇게 일 년을 별러서 시작한 것이 「소설 못 쓰는 소설가」라는 단편이었다. 한 소설가가 취직을 했다. 박쥐처럼 해를 못 보는 생활이 계속된다. 무서운 정열로 창작욕을 흥분시켜 주기는 하나 그 상이 마물러지기도 전에 출근이다. 잡다한 사무에 얽매여 허덕이는 동안에 해가 지고 오뉴월 엿가래처럼 늘어진 몸을 이끌고 회합이다, 이차회다, 야근이다를 계속한다. 이런 슬픈 이야기를 짜던 그는 자기도 모르게 내일 형사들을 녹여 내어 재료를 얻어 낼 계획이며, 안(安)의 진행 방법 등을 공상하고 있는 자신을 발견한다. 그리고 운다—그러나 이 소설도 끝끝내 소설이 못되고 말았다.

그것은 몹시 무더운 날 밤이었다. 그는 소학생처럼 벽에다 좌우명을 써 붙였다.

1. 조기할 것.
2. 퇴사 즉시로 귀가할 것.
3. 독서, 혹은 창작할 것.
4. 일찍 취침할 것.

그러나 이 좌우명은 이튿날로 권위를 잃고 말았다. 이튿날은 사회부회가 밤 아홉 시까지나 계속되었다. 갑론을박의 삼사 시간을 겪은 그는 돌아오는 길로 쓰러져 자고 말았다. 이튿날은 신문사 주최인 축구대회 기사로 야근을 했고 다음 날은 부득이한 회합이 있어 역시 거기서 다시 이차 삼차를 거듭해서 집에 돌아온 것은 새벽 세 시였다.

"도대체 나는 뭣 때문에 사는 겔까. 누구를 위해서 사는 겔까. 문화 사업? 흥!"

이러한 반문을 해본다는 것은 벌써 한 전설이 되어 있었다.

이러한 수택은 또 한 가지 위대한 발견을 했다. 그것은 적어도 자기는 신문기자가 아니라는 것이다. 과거나 현재 아닐 뿐만 아니라 영원히 신문기자로서 성공하기 어렵다는 사실을 발견했던 것이다. 아니 신문기자로서의 성공이 곧 문학적으로 그를 파멸시키는 것이라는 것을 그제야 발견했던 것이었다. 그것은 희극—아니 비극이었다.

3

수택이가 하루 이틀 쉬기 시작한 것도 이때부터다. 그는 하는 일 없이 교외를 빈들빈들 돌아다니었다. 하루는 S라는 동료를 유인해 가지고 청량리로 나갔다. 전부는 아니나 그만둘 계획만을 이야기하고 생계로 이야기가 옮아갔을 때다. 그도 처음에는 그것이 무슨 낸지 몰랐었다. 매캐한 냄새가 코를 콕 찌른다. 그 냄새는 코를 통해서 심장으로 깊이깊이 기어들어가는 것 같았다. 흙내였다.

그것이 흙내라는 것을 인식한 순간 일찍이 그가 어렸을 때 듣던 아버지의 음성이 바로 귓전에서 울리는 것을 느끼었다. 사람은 흙내를 맡아야 산다. 너도 공불 하고 나선 아비와 같이 와서 농사를 짓자. 학문? 학문도 좋긴 하다. 하지만 학문이 짐이 될 때도 있으리라. 그때 그는 아버지를 비웃었다. 흙에서 헤어나지를 못하면서도 흙에 대한 미련을 버리지 못하는 아버지가 가엾기까지 했었다. 그러나 조소하던 그 말이 지금 그의 마음을 꾹 하니 사로잡은 것이다.

'집으로 가자. 흙을 만지자.'

수택의 로맨틱한 계획은 이리하여 세워진 것이다. 그의 첫 계획은 그동안 장만했던 가구를 전부 팔아 버리려 한 것이나 아내가 너무 섭섭해하기도 했지마는 그들이 상상한 것의 절반도 못 되었다.

이백 원도 못 되는 퇴직금이 그들의 유일한 재산이었다.

소끌지게와 함께 수택의 일행이 싸리삽짝문에 들어서자 누렁이란 놈이 컹 하고 물어 박는다. 빈집처럼 찬바람이 휘 돈다. 남의 집으로 잘못 들어온 모양이다. 수택은 부리나케 나와 문패를 보나 분명히 자기 집이다.

"짐이 들어왔으니까 마중들을 나가신 모양이군요."

아내가 들어가도 나오도 못 하고 있는데,

"오빠!"

소리가 나며 와—들 몰려든다. 육칠 년 못 본 늙은 아버지도 설명을 듣지 않고는 모를 아이들 속에 끼였었다. 뒤미처 찢어진 고무신짝을 집어 든 고모도 왔고 폭 늙은 어머니도 뒤따라왔다.

"그래, 이 몹쓸 것아, 그렇게두……."

하고 막 어머니의 원망이 나오자 그는 사랑으로 나갔다. 이 칸 장방에 새에 장지를 질러 윗방은 남에게 세를 주었는지 주판 소리가 댈그락거린다.

"저 밖엣게 너들 짐이냐?"

"네."

"그래? 헌데 갑자기 이게 웬일이냐."

"차차 말씀드리겠습니다."

수택은 안으로 들어왔다.

안채 위쪽으로 달린 골방이 치워졌다. 바람이 잔뜩 든 벽하며 벽흙을 안고 자빠진 종잇장이며, 비워 두었던 탓인지 곰팡내가 펄썩 한다. 색지를 붙인 궤짝이며 주둥이도 없는 단지, 도깨비라도 나와 멱살을 잡을 듯싶은 방이다. 횃대에 걸린 헌옷은 흡사 죽은 사람같이 늘어졌다.

수택의 그 아름다운 농촌 생활의 첫꿈이 깨진 것은 이 방에서였다. 그의 공상에서는 방부터가 이렇게 허무하지는 않았었다.

그날 밤 아버지와 아들은 오래간만에 자리를 마주했다. 윗방에서 주판알을 튀기던 장사치도 갔고 단둘이 호젓이 앉았다. 고향으로 내려오기로 하기는 하면서도 기실 수택은 집안에 대한 지식이 전혀 없다. 자기가 집을 나갈 때는 논이 한 이십여 두락에 밭이 여남은 갈이나 있었다. 그 후 동경서 나와서 들렀을 때는 논 닷 마지기가 줄었고 밭이 하루갈이 남의 손에 넘어갔었다. 그런 지 칠 년, 그동안 거의 딴 남처럼 서신 하나 없이 지내온 아버지와 아들이었다. 물론 이렇다는 원인이 있은 것도 아니다. 의식적으로 그런 것도 물론 아니다. 다만 이 문화인인 아들은 원시인 그대로인 아버지를 경멸했고, 아버지는 또 아버지대로 너무나 문화한 아들을 경이원지했을 뿐이다.

"흙냄새를 싫어하는 것이 사람이냐. 그깟 놈 눈만 다락같이 높았지."

그는 이렇게 자기 아들을 조소했다.

아들은 무엇보다도 아버지의 흙투성이가 되어 사는 꼴이 싫다 했다. 흙에서 나서 흙을 만지며 컸고 흙을 먹고 사는 아버지—옷에까지 흙투성이가 되어 사는 흙인지 사람인지 모를 한낱 평범한 농부에게 털끝만 한 존경도 갖지 못했다. 당당한 문화인인 아들은 흙투성이인 김영감을 내 아버지로라고 내세우기조차 꺼려했다. 이러한 아버지를 가졌다는 것은 자기의 큰 치욕이라고까지 생각해 온 터다. 결혼을 하면서도 자기 아버지를 청하지 않은 것도 그 자신의 친구나 동료들한테 달리 변명을 했겠지마는 기실 자기 아버지의 그 흙투성이 꼴을 뵈고 싶지 않다는 허영에서였다. 김영감만 해도 이런 눈치를 못 챌 리는 없었다. 집안에서고 동리에서고 며느리 보는데 안 가느냐고 해도,

"아, 그 잘난 놈 잔치에 못난 애비가 가? 댕꼴 곽주식이 아들놈처럼 저 애빌 보구 누구냐니까 '우리집 머슴' 하고 대답하더라는데 그런 놈들이 애빌 보구 행랑아범이라구 하지 말란 법이 있다던가?"

이렇게 격분을 했었다. 또 사실 그때의 수택으로서는 늑중 그렇게 대답했을 것이었다. 그러기가 싫으니까 차라리 못 오게 한 것이었다. 이런 아들이 지금 도시에는 얼마나 많을 건고……?

"사람이란 흙내를 맡아야 하느니라. 대처(도회지) 사람들이 암만 고량진미로 음식을 만든대도 시골 음식처럼 구수한 맛이 없느니라. 마찬가지야. 사람이란 흙내도 맡고 된장맛도 나고 해야

구수한 맛이 나는 게지. 음식이나 사람이나 대처 사람이 맑구 정오(경우)야 밝지! 허지만 사람이란 정오만 가지고 산다더냐! 일테면 말이다, 내가 네 발등을 잘못해서 밟았다고 치자꾸나. 그러면 넌 발끈할 게다. 허지만 우리 시골 사람들은 잘못해 밟았나 보다 하군 그만이거든. 정오로 친다면야 남의 발을 밟은 사람이지. 그래 이 많은 인총(人叢)에 정오만 가지고 살려구 들어?"

수택이가 중학교를 다닐 때 고향에 돌아온 것을 붙잡고 김영감은 이렇게 자기의 지론을 폈던 것이다. 그때만 해도 도회물을 먹은 아들은 물론 코웃음을 쳤었다.

몇 핸가 후다. 음력 과세를 한다고 고향에 내려온 일이 있었다. 이십 년래의 혹한이니, 삼십 년래의 추위니 날마다 신문이 떠들어 댈 때였다. 그는 겉으로는 하도 오래간만이니 집에 와서 과세를 한다고 꾸몄지만 기실은 근방 읍에까지 출장이 있어서 온 김에 들른 것이었다.

그날 밤 수택의 집에는 도적이 들었다. 벽에서 나는 황토 냄새와 그야말로 된장내치럼 퀴퀴한 냄새로 잠을 못 이루고 있을 때 울안에서 발소리가 난다. 조금 있더니 누군지 밖에서,

"아무것두 없으니 나오! 나오."

하는 애원 소리가 들린다. 아버지의 음성이었다.

수택은 문구멍으로 가만히 내다봤다. 도적이 분명하다. 밖에서는 나오라고 하나 나갈 길을 막아선지라 어쩔 줄을 모르는 모양이었다. 황당해한 도적은 급기야 애원을 하기 시작했다.

"나갈 길을 좀 틔워 주셔유!"

이때 그는 벌써 부엌을 돌아서 울안에 와 있었다. 손에 흉기 하나 들지 않은 좀도적임을 발견한 그는 '억' 소리와 함께 덮치어 잡아낚았다. 그는 학생 시대에 배운 유도로 도적을 메어다치고는 제 허리끈으로 두 팔을 꽁꽁 묶었다.

온 집안이 깨고 뒤미처 김영감도 달려들었다. 영감의 손에는 지게 작대기가 쥐어 있었다. 도적놈도 그랬고 수택이도 그랬고 온 집안사람들도 다 그렇게 생각했다. 몽둥이에 맞을 사람은 그 도적이리라고—

그러나 아니었다. 지게 작대기에 아래 종아리를 얻어맞은 것은 아들이었다. 수택 자신도 그랬고 도적도 그랬을 게고 집안사람들도 그렇게 생각했었다—이것은 영감이 흥분한 나머지 잘못 때린 것이라고—그렇게 생각했기 때문에 수택은 얼른 피했었다. 피하고는 안심을 했던 것이다.

그러나 아니었다. 김노인의 작대기는 재차 아들에게로 향하고 겨누어졌다.

"이 몰인정한 녀석, 내 물건 도적 안 맞었으면 그만이지 사람은 왜 친단 말이냐! 응, 이 치운 겨울에 도적질하는 사람은 여북해 하는 줄 아냐? 우리네 시골 사람은 그런 법이 없다!"

도적은 울고 있었다. 도적의 등에는 쌀 한 말이 짊어지워졌다.

이튿날 수택은 지루할 만큼 긴 설교를 듣지 않으면 안 되었다.

"사람이란 법만 가지구 사는 게 아니니라. 법만 가지고 산다면야 오늘날처럼 법이 밝은 세상이 또 어디 있겠니? 법으루만 산다면야 법에 안 걸릴 놈이 또 어딨단 말이냐. 넌 법에 안 걸리는 일만 하고 사는 상싶지? 그런 게 아니니라. 올 갈에두 면소 뒤 과수원에서 사괄 하나 따먹다가 징역을 갔느니라. 남의 것을 따는 건 나쁘지. 나쁘기야 하지만 그게 징역 갈 죈 아니지. 어젯밤 일을 본다면 넌두 네 과밭의 실괄 따면 징역 보낼 사람이 아니냐. 너 어제 그게 누군 줄 아냐? 모르는 체하긴 했다만 내 저 아버진 잘 안다. 알구 보면 다 알 만한 사람야. 시골서야 서로 모르는 사람이 어딨겠나. 모두 한집안 식구거든…… 사람 사는 이치가 다 그런 게란 말야!"

—이러한 일이란 적어도 도회인의 감정으로는 이해하기 어려운 일이었다.

그러나 수택은 오늘 아버지와 마주 앉아 이야기하는 동안에 막연하나마 이 이르는 바 '흙냄새의 감정'이 이해되는 것같이 느껴지는 것이었다.

김영감은 아들의 이 뜻하지 않은 계획을 듣고는 뛸 듯이 기뻐했다. 아들은 논 닷 마지기에 밭 하루갈이만을 요구했음에도 불구하고 불자리 좋은 논으로만 여덟 마지기를 내주었고 집도 한 채 세워 주기로 했다. 물론 소작권을 이동 받은 것에 불과했었다. 그의 집안에는 논 닷 마지기와 밭 두어 뙈기가 남아 있을 뿐이란 것도 그제야 알았다.

"피란 무서운 것인가 보구나. 난 네가 아비 옆으로 와서 이렇게 살게 되리라고는 꿈에도 생각을 못 했더니라! 첨엔 담담하겠지마는 차차 농사에도 재밀 붙이구— 허지만 네 처가 이런 구석에서 살려구 허겠느냐?"

"웬걸요, 저보다두 처가 서둘러서 한 노릇이니까 별말 없을 겝니다."

"그래, 그럼 됐구나 뭐. 인제 난두 남들한테 떳떳스럽구—"

버젓이 아들을 둘씩이나 두고도 자식을 거느리고 있지 못한 것이 동리 사람들 보기에 민망타는 것이었다.

하여튼 이리해서 수택의 농촌 생활은 시작이 된 것이었다.

4

집은 조그만 동산 밑 이 동리 면장이 첩집으로 지었던 것을 일백삼십 원에 사기로 했다. 퇴직금이었다. 그 앞으로 수택네 집 소유인 천여 평의 밭도 있어 거기에 심었던 무와 배추도 그대로 수택의 소유로 이전이 되었다.

첩의 집이었던 만큼 회칠도 했고 조그만 반침도 붙어 있었다. 그러나 아무래도 시골집이다. 수택이네 큰 이불장만은 역시 들어가지를 않아서 봉당에다 받침을 하고 놓기로 했다. 그들 부처는 거기다 마루라도 들였으면 했으나,

"얘들아, 쓸데없는 소리 말아라. 이 물가 비싼 세상에 마룬 들여 뭣한다든? 마루가 없어 밥을 못 먹진 않는다."

하는 바람에 아내는 실쭉해하면서도 대꾸만은 없었다. 김영감은 아들 내외가 대처 사람인 체하는 것이 마땅치 않았다. 양복때기를 꼬이고 나오는 것도 눈엣가시처럼 대했고 며느리의 트레머리도 못마땅해한다. 그래서 그 처는 쪽을 쪘고 수택은 고의

적삼을 장만했다.

"시골 시골 해두 난 이런 시골은 못 봤어요. 산이 하나 변변한가 물 한 줄기가 시원한가. 이런 곳에 와 살 바에야 만주 벌판에 가서 황무지를 일구어 먹지."

사실 수택이도 이 아내 말에는 동감이었다. 전에도 무심히 보아 그랬던지 자연도 다른 곳에 떨어지지 않는다고 생각했었으나 멀쑥한 포플러와 아카시아숲이 실개천 가에 하나 있을 뿐 이렇다는 특징도 없는 산천이다. 장성해서는 가본 일도 없었지만 어렸을 제의 기억대로라면 그 아카시아숲 앞에는 상당히 깊은 물도 있고 큰 고기도 은비늘을 번득이었고 숲에서는 매미며 꾀꼬리도 울었던 것같이 기억이 되었으나 다시 가보니 조그만 웅덩이에는 오금에 차는 물이 괴었고, 가문 탓도 있겠지마는 송사리 떼가 발소리에 놀라서 쩔쩔맬 뿐이다. 숲속의 원두막 정취도 그지없이 시적인 듯이 기억이 되었으나 막상 가보니 그도 평범하기 짝이 없다. 숲속은 그나마도 습했다. 월여를 두고 가물었다건만 발을 드놀 때마다 지적지적한다. 꾀꼬리가 울었다고 기억한 것도 그의 착각이었다. 이런 숲에 들어오면 꾀꼬리도 목이 쉬리라 싶었다. 이런 데서도 우는 꾀꼬리가 있다면 필시 청상과부가 된 꾀꼬리라 했다.

'이렇게 보잘것없는 자연이었던가?'

속기나 한 것처럼 허무해서 우두머니 섰으려니까 김영감이 꼴지게를 지고 나온다.

"옜다, 이건 네 게다. 이런 데 와 살자면 모두 배워야지!"

숫돌물이 뿌옇게 그대로 말라붙은 낫이다. 수택은 아무 말 없이 받아 들고 따라가다가 자연 말을 했다.

"뭐? 경치? 얘, 넌 경치만 먹구 살 작정이야? 여기 경치가 어때? 산이 없냐 물이 없냐. 숲이 있것다, 십 리만 나가면 수리조합 보가 있것다……."

"볼 게 뭐 있어요?"

그것이 자기 아버지의 탓이기나 한 것처럼 퉁명스럽게 사방을 훑어보려니까,

"그래, 여기 경치가 서울만 못하단 말이냐."

하기가 무섭게 지게를 벗겨 내던지고는 상스러울 만큼 수택의 목덜미를 잡아 가랑이 속에다 집어넣는다.

"자, 봐라! 먼 산이 보이고 저 숲이며 저 물이며 이만하면 되잖았느냐."

수택은 너무 흥분이 돼서 서두는 통에 어리둥절하고만 있었다. 엄한 독선생을 만난 때처럼 부자유했다.

"그래, 보렴. 세상이란 모두 거꾸루 봐야 하는 게다. 경치 경치하지만 제대루 볼 땐 보잘것없던 것이 가랭이 밑으로 보니까 희한하잖으냐. 사람 산다는 것두 그러니라, 너들 눈엔 여기 사람들 사는 게 우습지? 허지만 여기 사람들은 상팔자야. 더 촌에 들어가 보면 조밥이구 꽁보리밥이구 간에 하루 한 낄 제대루 못 얻어먹는다. 그런 걸 내려다보면 되나. 거꾸루 봐야지! 너들 눈엔 우리가 이러구 사는 게 개돼지같이 뵈겠지만서두 알구 보면 신선야, 신선. 너들 월급쟁이에다 대? 그 연기만 자옥한 돌판에서 사

는 서울 사람들에다 대? 보렴 네, 여기 사람들이 어떻든? 너들처럼 얼굴이 새하얗진 않지? 그게 신선이 아니구 뭐냐?"

이 급조(急造)된 '젊은 신선'은 그날 해가 지도록 끌려다니며 억새에 서뻑서뻑 손을 베며 풀을 베었다. 하면 되리라고 생각한 낫질이 그 좁은 원고지 칸에 글자를 써넣기보다 이렇게 어려우리라고 생각지 못했던 것이었다.

아침에는 새벽같이 끌리어 일어났다. 먼동이 트기가 무섭게 '어험' 소리가 문턱에 난다. 나가 보면 김영감의 삼태기에는 벌써 쇠똥이 그득하게 담겨져 있었다.

"네 봐라. 이놈이 줄 땐 허리가 아파도 논에다 너두면 베가 그저 시커매지는구나. 그까짓 암모니아에다 대? 그걸 한 가마에 오 원씩 주고 사다 넣느니 이놈을 며칠 주었으면 돈 벌구 거름 생기구…… 자, 어서 채빌 차려라. 네 댁두 깨우구. 해가 똥구멍까지 치밀었는데 몸이 근지러워 어떻게 질펀히 눴단 말이냐."

수택이 부처는 처음에는 허영이었다. 대학을 마치고 세숫물까지 떠다 바치라던 수택이와 처가 매일처럼 그 드센 일을 한다 해서 동리에서 한 화젯거리가 될 것을 상상만 해도 유쾌한 일이었다. 그리고 사실 수택이가 헌 양복조각을 입고 밭을 맨다거나 삽을 집고 물꼬를 보러 간다거나 비틀비틀 꼴지게를 지고 개천을 건너올 때마다 동리 사람들은 경이의 눈으로 그를 맞았던 것이었다. 그의 아내가 물동이를 이고 비탈을 내려가다가 발목을 삐끗해서 동이를 해먹었을 때도 그들은 웃는 대신 동정의 눈으로 보아 주었고, 호미를 들고 남편 뒤를 따라나서는 것을 보고는 이웃집 달순이며 앞집 봉년이를 큰일이나 난 듯이 불러다 구경을 시키고 했던 것이다. 그들은 동리 사람들의 이런 경이의 시선을 등 뒤에 느끼며 일을 했다. 이런 것이 그들에게 있어서 심지어 위안이기도 했다. 지금의 그들에게는 잘하는 것이 자랑도 되었지마는 못하는 것도 부끄럼이 되지 않는 유리한 조건이 있었던 것이다.

"얘 애어마, 너 그렇게 호밀 깊이 묻으면 배추 뿌리에 바람이 들잖겠냐. 요걸 요렇게 다루어 가지고 살짝 흙을 일으키고 이쪽 손으로 풀을 집어내야지. 허, 그래두 그러는구나. 옳지, 옳지."

이렇게 새 며느리(실상은 헌 며느리지만)한테 잔소리를 하는가 하면 어느새 수택의 등 뒤에 와서 서 있는 것이었다.

"에이끼, 미련한 것! 배추밭 매는 걸 밥 먹듯 하는구나. 밥 한 술 떠 넣구 반찬 한 가지 집어 먹구—그 식이 아니냐. 아 이쪽으룬 흙을 이렇게 일으키면서 왼손으룬 풀을 집어내야지, 그걸 어떻게 따루따루……."

"아직 손에 안 익어 그렇습니다, 아버지."

수택은 이렇게 변명을 하는 도리밖에 없었다.

밤에는 거적 한 닢이 등에 지워진다. 물꼬를 지키라는 것이었다.

"네게 준 건 난 모른다. 농사 다 지어 논 게니까 거둠새까지 네 손으로 해서 꼭꼭 챙겨 놔야 삼동을 나지."

동구를 벗어나오니 약간 일그러진 달이 아카시아숲에 걸렸다. 말복도 지난 지 오래건만 아직도 바람은 무더웠다. 천변에는 여기저기 동리 부인네들이 보리밥 먹기에 흘린 땀을 들이고 아이들은 조약돌들을 또닥또닥 뚜드린다. 실개천 물소리도 제법 여물다. 풀 속에서 반딧불이 반짝이고 개구리 소리가 으수이* 어울리는 것이 역시 아직도 여름밤이다.

수택은 빨래 자리로 놓은 돌 위에 쪼그리고 앉아서 양치를 쳤다. 아침저녁으로 반죽한 치분으로만 닦아 온 이가 물로만 웅얼웅얼해 뱉어도 입안이 환한 것이 이상한 정도다. 그는 삽을 질질 끌고 징검다리를 건너 논길로 들어섰다. 광대 줄 타듯 하던 논두덩도 어느새 평지처럼 평탄해진 것 같고, 아래 종아리에 채이는 이슬이 생기 없는 감촉을 준다. 아스팔트를 거닐다가 상점에서 뿌린 물이 한 방울만 튀어도 시비를 걸던 일이 마치 옛날 꿈 같았다.

"이만하면 나도 농촌 제1과는 마친 셈인가?"

구수한 풀향기가 코를 통해서 가슴속까지 스며드는 것을 그것이라고 느끼며 수택은 이렇게 혼자 중얼거려 본다. 밤이슬에 눅눅하니 젖은 샤쓰에서도 차츰차츰 불쾌한 감촉이 없어져 간다. 쫄쫄쫄 윗논배미서 아랫논으로 떨어지는 물꼬 소리에 금세 벼폭이 부쩍부쩍 살이 찌는 것같이 느끼어지는 것은 벌써 그의 문학적인 감각 때문만이 아닌 것 같았다.

여남은 다랑이 건너 도독한 밭모퉁이에서 누군지 단소를 처량스러이 불고 있다. 역시 물꼬 보는 사람이리라. 그 맞은편 아카

* 의수히. 제법 그럴듯하게.

시아가 몇 주 선 둔덕 원두막에서는 젊은이들의 노랫소리가 흘러나온다. 술집 여인들이 놀러 나왔는지 여자들의 웃음소리가 가끔 섞여 나온다.

수택은 물꼬를 빽 한번 둘러보고 원두막으로 어슬렁어슬렁 올라갔다. 발소리에 노랫소리가 딱 그치며 누군지 소리를 딱 지른다.

"누구요!"

"나요!"

"어 서울 서방님이시오. 그래 요샌 꼴지게가 등에 제법 붙던가."

꺼르르 웃음이 터진다. 시골 살면 그야말로 말소리에도 흙내와 된장내가 나는 겐가…… 수택은 원두막 사다리를 한 층 한 층 올라가며 이렇게 생각해 보는 것이었다.

'내게선 언제부터나 흙냄새가 나려는고……'

5

분명한 울음소리다. 그도 여자의—아니 듣고 있을수록에 그 울음소리에는 귀가 익다. 누굴까……? 이런 생각 하는 동안에 눈이 아주 뜨였다. 어느 땐지 멀리 물방아 돌아가는 소리가 어렴풋이 들릴 뿐 어린것들의 숨소리조차 고요하다.

옆을 더듬어 보니 어린것들만이 만져지고 응당 그 옆에 누웠어야 할 아내가 없다. 수택은 그대로 죽은 듯이 누워 눈에 정기를 모았다.

또 울음소리다. 그것은 마치 앵금 줄을 긋는 듯싶은 애절한 울음소리다—아내였다.

"여보!"

"……"

"여보!"

대답 대신에 울음소리가 한층 높아진다. 그도 일어나서 아내의 옆으로 갔다.

"왜 그러오?"

"……"

"말을 해야 알지. 뉘가 뭐라 그럽디까?"

"아뇨."

"그럼 어디가 아프오?"

또 말이 없다.

"말을 해야 알잖소. 왜 그러오?"

"설사가 나요!"

아내는 이 한마디를 하고는 그대로 흑흑 느낀다. 그는 어이가 없어 웃음이 탁 터졌다.

"나이 삼십이 가까운 여자가 설사 난다구 자다 말구 일어나 앉아 운다? 흐흐흐흐."

"설사가 자꾸자꾸 나니까 그렇지요."

울음 반 말 반이다. 그는 또 한번 커다랗게 웃었다.

"여보, 그래 설사가 나건 약을 사다 먹든지 밥을 한 끼 굶고서……."

하는데 아내는,

"그만둬요. 당신처럼 무심한 이가 어딨어요! 어른이고 아이들이고 오던 날부터 설살 하구 눈이 퀭하니 들어가도 일언반사가 없으니."

"그러기에 약을 사다 먹으랬지. 내야 집에 붙어 있어야 알지."

아내는 또 모를 소리를 한다.

"이렇게 나는 설사에 약이 무슨 소용야요. 밥을 갈아 먹어야지!"

그제야 수택은 설사 나는 원인을 눈치챘던 것이었다. 그렇게 말을 듣고 생각하니 자기도 오던 이튿날부터 설사가 났다. 갑자기 물을 갈아 먹은 관계려니 했으나 며칠을 두고 설사가 계속되었다. 기실은 아직까지도 소화가 그렇게 좋지는 못한 폭이었다.

"보리 끝이 자꾸 뱃속에 들어가서 장을 꼭꼭 찌르나 봐요. 필련이두 자꾸 배가 아프다구 저녁마다 한바탕씩 울고야 잔대요."

"흥, 창자두 흙내를 맡을 줄 알아야 할까 보구나……."

그는 아무 말도 못 했다. 아직 살림 연모가 갖추어지지도 못했고, 여름에 딴 불을 때느니 밥만은 집에서 함께 먹기로 했던 것이다. 그러자니 시골의 이 철은 꽁보리밥으로 신곡장을 대는 동안이다. 쌀밥만 먹던 창자에 갑자기 깔깔한 보리쌀만이 들어가니까 문화 생활만 해오던 소화기가 태업을 시작한 것이었다.

"그럼 쌀을 좀 두어 달라지. 기실 난두 늘 배가 쌀쌀 아팠는데 그걸 난 몰랐구려."

"야단나게요! 아버님이 이번엔 또 창자를 꺼꾸루 달구 먹으라고 걱정하잖으시겠어요."

가랑이 속으로 경치를 본 이야기를 아내는 생각해 낸 모양이었다.

"그만 자우. 내 낼 아버지께 말씀해서 당분간은 쌀을 좀 섞어 먹도록 할 게니까."

그는 어린애를 달래듯 아내를 재웠다. 추수만 끝나면 남편이 자유로운 시간을 가질 수 있다는 데 유일한 희망을 붙이고 있는 줄을 알고 근 이십 일이나 설사를 하면서도 군말 한마디 안 했다는데 표시는 안 했지만 여간 감격한 것이 아니었다. 부디 그런 마음을 버리지 말라 했다.

이튿날부터는 쌀이 반은 섞이어졌다. 아버지의 성미를 잘 아는지라, 수택은 용기를 못 내고 필년이란 년을 시켜 할아버지를 조르게 했던 것이다.

"할 수 없구나. 그것들이 창자까지 사람 창잘 못 가졌으니 딱한 노릇이다 그러시겠지."

딸년은 할아버지의 흉내를 내며 재미나게 웃었다.

그러나 쌀의 분량은 점점 줄어 갔다. 그 대신 보리가 늘었고 조가 뛰어들었다. 감자니 기장 같은 잡곡도 간혹 섞였다. 하루바삐 신곡이 나기를 기다리는 것이—지금의 수택 부처와 어른들에게 있어서는 유일한 낙이었다.

이때부터 수택의 창작욕도 버쩍 늘어 갔다. 오래전부터 그의 머릿속에서 매대기를 치던 어떤 역사소설의 상이 거의가 다듬어질 무렵에는 수택이가 물꼬를 매고 이듬매기를 해준 벼도 누렇게 익어 갔다. 집 앞 텃밭의 배추도 제법 자리를 잡고 토실토실 살쪄 갔다. 사람이란 이렇게 욕심이 많은 겐가 싶었다. 손이라야 몇 번 댄 곡식도 아니건만 야무지게 여문 벼알이며 배추 한 폭에까지 지금까지는 맛보지 못한 그윽한 애정을 느끼는 것이었다. 그것은 그가 일찍이 깨알처럼 쓰여진 원고지의 글자를 보는 때의 그 애정 그 감격과도 같은 것이었다. 일 년 내 피와 땀을 흘려야 벼 한 톨 얻어먹지 못하고 빈손만 털고 일어나는 소작인들의 그 애절해하던 심정도 지금서야 이해되는 것 같았고 매년 그러리라는 것을 빠안히 내다보면서도 그 농사를 단념하지 못하는 그네들의 심정도 이해되는 것 같았다. 타작마당에서 벼 한 톨이라도 더 차지할 것을 전제로 한 애정임에는 틀림이 없겠지마는 단지 그러한 이욕만으로 그처럼이나 벼 한 폭, 배추 한 잎을 사랑할 수가 있을까. 그것은 마치 종잇값도 못 되는 원고료를 전제한 작품이기는 하지마는 쓰는 동안에는 그러한 관념이 전혀 없이 그저 맹목적인 정열을 글자 한 자 한 자에마다 느끼는 것과 무엇이 다르랴 했다. 애정이란 이해관계를 초월한다는 것을 수택은 또 한번 생각한다. 이 애정—그것으로 인류는 살아가는 것이요 이 애정으로 도덕을 삼는 데서만 인류는 행복될 것이다 싶었다. 아버지의 늘 말하던 소위 '흙냄새'와 '된장내'란 결국 이런 애정을 의미한 것이 아닐까. 그렇게도 생각해본다. '대처 사람'들에게서는 흙냄새가 안 난다는 그 말을 곧 이 이해를 초월한 애정이 없다는 말이 아닐까. 언젠가 집 안에 도적이 들었을 때 도적을 잡았다고 자기 아버지는 그를 때렸다. 도적질은 분명히 악이다. 악을 제지하고 악을 미워하는 것은 선이다. 이것은 사람이 가진, 그리고 가져야 할 위대한 정신인 동시에 본능이다. 이 선, 이 본능에 대해서 그의 아버지는 지게 작대기로써 예물했다. 그러면 그의 아버지는 도적질을 악으로서 인정치 않는 것일까 하면 그렇지는 않다. 흙 속에서 나서 흙과 같이 자라고 흙과 더불어 살아온 그에게는 포근포근한 흙의 감정과 김가고 이가고 정가고 간에 씨만 뿌려 주면 길러 주는 그러한 흙의 애정 속에서만 살아온 그는 없어서 남의 것을 훔치는 도적놈보다도 흙의 냄새를 맡을 줄 모르고 흙의 애정을 유린한 철두철미 '대처 사람'인 아들에게 보다 더 증오를 느꼈기 때문이었으리라.

수택은 무서운 정열로 자기의 농작물을 사랑했다. 그것은 자기의 작품을 사랑하던 그 정열이었다. 문득 꺼추해진 벼폭을 발견하고는 인쇄된 자기 작품에서 전부 뒤바뀐 구절을 발견할 때와 꼭 같이 놀랐다. 그것은 그지없이 불쾌한 순간이었다. 수택은 그대로 논으로 뛰어들었다. 아래 동아리부터 벼폭이 노랗게 말라든다. 이삭은 알맹이 한 개 안 든 빈 쭉정이였다. 격한 나머지 그는 벼폭을 잡고 낚았다. 각충이란 놈이 밑 대궁에 진을 치고 보기 좋게 까먹는 것이었다.

그는 삼십여 년의 반생 동안 이처럼 격한 일이 없었다. 이만큼 어떤 물건이나 생물에 대해서 증오를 느껴 본 일이 없다고 생각했다. 그리고 또 자기 혈관 속에 이토록이나 잔인한 피가 흐르고 있었다는 것도 오늘서야 처음 발견했던 것이었다. 그는 벼폭을 발기고 일일이 각충을 잡아 냈다. 그래서는 돌 위에다 놓고 짓찧고 있는 자신을 발견하는 것이었다. 그는 일생 처음으로 미움다운 미움을 경험했다고 생각하였다.

수택은 처음 고향에 돌아와서 동리 사람들의 시선에서 차디찬 것을 느끼었었다. 말만 고향이지 눈에 익은 얼굴도 거의 없었다. 파도에 밀린 뱃조각처럼 이리 밀리고 저리 쫓기어 태반은 타곳에서 들어온 사람들이다. 그때 그 차디찬 시선에 그는 일종의 반감까지 일으킨 일이 있었으나 지금 가만히 생각하니 그래도 자기 아버지가 아들에게 품고 있던 그 증오보다는 오히려 나은 것이었다 싶었다.

'그렇다. 하루바삐 나도 대처 사람의 탈을 벗고 흙과 친하자. 그래서 흙의 냄새를 맡을 줄 아는 사람이 되자.'

이렇게 자기 자신에게 타이를 때 누군지 귀에다 대고 소리를 꽥 지른다.

'그것은 퇴화다!'

그것은 대처 사람인 또한 다른 수택이었다. 물방울 한 개만 튀어도 시비를 가리고, 파리 한 마리에 상을 찡그리고 데파트*에서 한 시간씩이나 넥타이를 고르던 도회인의 반역이었다.

'퇴화? 퇴화 좋다!'

* 백화점(department store)의 일본식 표현.

'아니 패배이다! 패배자의 역변이다. 도시 생활—문명사회에서 생활 경쟁에 진 패배자의 자위 수단이다. 그것은—'

'아무것이든 좋다!'

그는 이렇게 발악을 했다.

이러한 마음의 투쟁은 날을 거듭할수록 직력해 갔다. 수택이가 자기의 피에는 흙의 전통이 흐르고 있다고 생각한 것은 한 착각이었다. 누르면 누를수록에 문화에 주린 도회인의 반항은 억세 갔다. 포근포근한 흙을 밟는 평범한 감촉보다도 가죽을 통해서 오는 포도(鋪道)의 감촉이 얼마나 현대적인가 했다. 그것은 마치 필 대로 핀 낡은 지폐를 만질 때와 빠작 소리가 그대로 나는 손이 베어질 것 같은 새 지폐를 만질 때의 감촉과의 차이와도 같았다. 사람에게서나 자연에서나 입체적인 선(線)의 미가 그리웠다.

'아니다. 참자. 흙과 친하자!'

수택은 벌떡 일어났다. 참새떼가 와— 하고 풍긴다. 이 젊은 도회인이 도회의 환상에 사로잡힌 동안 참새떼들은 양양해서* 벼톨을 까먹고 있었던 것이다.

"우여 우이!"

건너 다랑이로 옮겨 앉는 참새를 쫓아서는 두덕을 달리었다. 참새떼는 적어도 수백 마리는 되는 것 같았다. 한 마리가 한 알씩만 까먹었대도 수백 톨을 까먹었을 것이다. 그는 달리다 말고

* 양양하다 : 분명하고 똑똑하다.

벼이삭에 눈을 주었다. 누렇게 익은 벼폭들이 생기가 없다. 그때 울컥 하고 가슴에 치미는 것이 있다. 증오였다. 도시 생활에서 세련이 된 현대인의 증오였다. 이 갖은 정성과 피와 땀으로 가꾼 곡식을 장난하듯 까먹고 다니는 참새에 대한 증오가 현기증이 날 정도로 머리에 찬다.

"우여 우이!"

꼼짝도 않고 참새떼는 못 견디어하는 이삭에 그대로 조롱조롱 매달렸다. 그는 무서운 정열로 기관총을 사모했다. 전쟁 영화에서 보듯이 뺑 한번 둘렀으면 톡톡 소리와 함께 소나기처럼 떨어질 참새떼를 상상하는 것만으로 이 도회인의 간담은 기분간(幾分間)의 위안을 받는 것이었다.

도적놈을 때릴 때 아버지가 자기에게 느끼던 증오도 이런 것이었을까……?

6

한결 별이 엷어졌다. 벌레 소리도 훨씬 애조를 띠고 달빛도 감상(感傷)을 띠었다. 이 집 저 집에서 마당질 소리가 나고 밤이면 다듬이 소리도 여물어 갔다.

수택이네 집에서도 새벽부터 타작이 시작되었다. 한모로는 벼를 져 나르고, 한모에서는 때려라 소리를 연발하며 위세를 올렸다. 한모에서는 도급기(稻扱機)가 붕룽 하고 돌아간다. 여인네들의 치맛자락에서도 바람이 난다.

수택이도 벗어부치고 지게를 졌다. 아직 다리는 헌청거리나*
그래도 대여섯 묶음씩 져 날랐다. 인제는 벌써 그의 노동을 신
성시하는 사람도 없었고 동정하는 사람도 없었다. 그는 명실공
히 한 농부였다. 서투른 낫질에 손가락을 두 개나 처맸지만 보는
사람도 그랬고, 그 자신도 그것은 큰 상처로 알지도 않을 정도까
지 이르렀다. 아내 역 호미 자루에 터진 손바닥이 아물지를 못한
모양이다. 그렇다고 혼자 일어나 앉아서 밤을 패어 가며 울지는
않았다. 아프니 자시니 했다가 그 말이 시아버지 귀에 들어가면
동정 대신에 핀잔을 맞을 것을 알기 때문이기도 했을 것이다. 가
끔 그에게는 아버지가 남에게만 후하지 자식들한테는 너무 박
하다는 불평을 말하는 때도 있었으나 그것은 그가 시인을 하는
정도로서 가라앉았다. 사실 그 자신도 다소 심하지 않은가 하
는 불평은 여러 번 품었었다. 손에 익잖은 자식이 서투른 낫질을
하다가 손을 다치어도 먼저 핀잔부터 주었다. 그것은 어떻게 보
면 증오와도 같은 것이었다.

그도 부리나케 볏단을 져 날랐다. 이 볏단의 대부분이—아니
어쩌면 거의 전부가 낡아빠진 맥고모자를 뒤꼭지에 붙인 되바
라진 젊은 친구의 손으로 넘어가리라는 것을 잘 알면서도 수택
은 그것을 억지로 생각지 않으려 했다.

그의 아버지도 그 위인이 나와서 버티고 선 후로는 분명히 얼
굴에 검은빛을 띠었다. 자식에게 그런 눈치를 안 보이려고 비상

* 헌청거리다 : '휘청거리다'의 뜻. 다리에 힘이 없어 똑바로 걷지 못하고 비틀대다.

한 노력을 하는 것이 그것이라고 엿보였다. 수택도 아버지의 이 노력에 협조를 했다.

도합 스물두 마지기에서 사십 석이 났다. 사십 석에서 스물닷 섬이 소작료로 제해졌다. 사십 석에서 스물닷 섬—열닷 섬. 그의 지식은 처음 긴요하게 쓰여졌다.

그러나 이 지식은 정확성을 갖지 못한 것이었다. 거기서 비료대로 한 섬 두 말이 제해졌고, 아내와 계집아이들의 설사를 치료한 쌀값으로 장리변을 쳐서 열두 말이 떼였다. 지세도 작인과 지주가 반분해서 물기로 되어 있었다. 지세로 또 몇 말인지 떼었다. 그는 말질을 하는 되감고*가 바로 지주나 되는 것처럼 그의 손목이 미웠다. 우루루 덤비어 되감고의 목덜미를 잡아 낚고 볏덩이 속에다 국 처박고 싶은 충동을 이를 악물고 참는 것이었다.

수택은 아버지를 쳐다보았다. 그 옴팡하니 들어간 눈에서는 황혼을 뚫고 무시무시한 살기 띤 빛이 발하는 것이었다. 그는 방공연습할 때의 그 휘황한 몇 줄의 탐조등 광선을 연상하였다.

김영감은 꼼짝도 않고 한 자리에 서 있었다. 볏더미를 보는가 하면 그렇지도 않았다. 사람을 노리는가 하면 그것도 아닌 것 같았다. 영감은 내년 이때까지 살아갈 길을 궁리하는 것이었다.

"자, 짊어져라!"

수택은 깜짝 놀랐다. 남은 벼 여남은 섬이 가마니에 채워졌다. 전혀 자신은 없었으나 벼 이백 근을 못 지겠노란 말도 하기 싫어

* 곡식을 팔고 사는 시장판에서 되질을 직업으로 삼던 사람.

서 지겟발을 디어밀었다.

"엇차."

옆에서는 벌써 지고 일어나서 성큼성큼 걸어간다. 그도 엇차 소리를 쳤다. 땅짐도 않는다.

"자, 들어 줄 게니— 엇차—"

그는 있는 힘을 다해서 무릎을 세우려 했다. 그러나 오금은 뜨는 둥 마는 둥 하다가 그대로 똑 꺾인다. 안 되겠니 다른 사람이 지라느니 이론이 분분하다. 그래도 그는 아버지의 명령이 떨어지기까지는 버티었다. 이를 북북 갈며 기를 썼다. 힘을 북 주었다. 오금이 떨어졌다. 그러나 다리가 헌청 하며 모여 선 사람들의 '저것 저것' 소리를 귓결에 들으며 그대로 픽 한쪽으로 넘어가고 말았다. 넘어간 순간,

"에이끼, 천치자식."

하는 김영감의 소리와 함께 빗자루가 눈앞에 휙 한다. 머리에 동였던 수건이 벗겨졌다.

"나오게, 내 짐세. 나와."

하는 누군지의 말을 영감의 호통 같은 소리가 삼키었다.

"놔두게! 놔둬! 나이 사십이 된 자식이 벼 한 섬 못 지는가. 져라 져, 어서 일나!"

그는 이를 악물고 또 힘을 북 주었다. 오금이 번쩍 떴다. 뒤쭉뒤쭉 몇 걸음 옮겨 놓는데 눈과 콧속이 화끈 하며 무엇인지가 흘렀다. 그러나 그는 그것이 무엇인지를 몰랐다.

"저 피! 코필 쏟는군. 내려놓게!"

하는 동리 사람들 소리 끝에,

"놔들 두게! 제 손으로 진 제 곡식을 못 져다 먹는 것이 있단 말인가! 놔들 두게."

수택은 눈물과 코피를 좍좍 쏟아 가면서도 그래도 자꾸 걸었다. 내일은 우리 논 닷 마지기의 타작이다! 그는 이런 생각을 억지로 즐기려 노력을 했다.

• 끝 •

무영문학상

2000년 〈동양일보〉가 제정해 친자연주의적인 주제의 작품을 대상으로 상을 수여하고 있다. 1회 수상작으로 이동희의 5부작 장편소설 『땅과 흙』이 선정되었다. 20여 년에 걸쳐 집필된 이 작품은 한국 농민 문학의 전통을 계승한 대작으로 평가받았다. 18회 무영문학상을 끝으로 2018년부터 '무영신인문학상'으로 거듭난다.

이무영

1908. 1. 14. 충북 음성군 출생.
1920. 상경하여 휘문고등보통학교 진학.
1925. 문학 수업의 뜻을 품고 일본으로 유학 감.
일본 작가 가토오 다케오의 집에서 살면서 4년간 문학 수업을 받음.
1926. 첫 장편 『의지 없는 영혼』(원명 : 의지 없는 청춘) 출간.
1927. 장편 『폐허』 출간.
1929. 귀국하여 소학교 교원, 출판사, 잡지사 직원 등으로 일하며 창작 활동을 함.
〈동아일보〉에서 한국 최초로 모집한 희곡 현상 모집에 「한낮에 꿈꾸는 사람들」이 당선됨.
1933. 시인 이흡과 문예지 《조선문학》 창간.
1934. 동아일보사에 입사, 학예부 기자로 근무하면서 『먼동이 틀 때』 연재 시작함.
1937. 장편 『명일의 포도』 연재.
1939. 직장을 그만두고 경기도 시흥으로 내려가 실제 농사를 지으며 농민 소설을 쓰기 시작함.
「제1과 제1장」 「흙의 노예」 발표.
1950. 한국전쟁이 발발하자 종군 작가로 입대, 1955년 대령으로 예편.
1960. 4. 21. 뇌출혈로 타계.

‘흙의 작가’라 불리는 이무영(李無影)은 한국 현대 소설사에서 농민, 농촌의 테마를 가장 먼저 창작 현장으로 이끌어낸 문제적 작가 중의 한 사람이다. 소년기를 충북에서 보낸 그는 1920년 서울에 오면서부터 문학에 뜻을 두었다. 문학에의 큰 뜻을 품고 시작한 일본 유학에서 그는 가토오 다케오에게 문학 수업을 받았다. 귀국한 이후 신문사 학예부 기자로 근무하면서 소설가, 극작가로 왕성한 창작 활동을 하였다. 본격적으로 농민 소설을 쓰면서는 농부들의 세계를 유머러스하고도 사실적으로 묘사하며 ‘농촌 소설의 선구자’라고 불렸다. 한편 1943년 친일 소설 「토룡」과 「향가」 발표, 〈매일신보〉에 친일 논설을 실은 행적 등으로 2002년 민족단체가 발표한 친일 문학인 42인 명단에 포함되기도 했다.

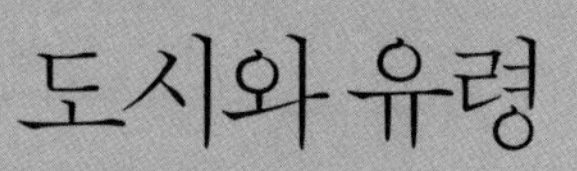

도시와 유령

이효석

어슴푸레한 저녁, 몇 리를 걸어도 사람의 그림자 하나 찾아볼 수 없는 무인지경인 산골짝 비탈길, 여우의 밥이 다 되어 버린 해골덩이가 똘똘 구르는 무덤 옆, 혹은 비가 축축이 뿌리는 버덩의 다 쓰러져 가는 물레방앗간, 또 혹은 몇백 년이나 묵은 듯한 우중충한 늪가!

거기에는 흔히 도깨비나 귀신이 나타난다 한다. 그럴 것이다. 고요하고, 축축하고, 우중충하고. 그리고 그것이 정칙일 것이다. 그러나 나는 아직도 그런 곳에서 그런 것을 본 적은 없다. 따라서 그런 것에 관하여서는 아무 지식도 가지지 못하였다. 하나 나는—자랑이 아니라— 더 놀라운 유령을 보았다. 그리고 그것이 적어도 문명의 도시인 서울이니 놀랍단 말이다. 나는 그래도 문명을 자랑하는 서울에서 유령을 목격하였다. 거짓말이라구? 아니다. 거짓말도 아니고 환영도 아니었다. 세상 사람이 말하여 '유령'이라는 것을 나는 이 두 눈을 가지고 확실히 보았다.

어떻든 길게 말할 것 없이 다음 이야기를 읽으면 알 것이다.

동대문 밖에 상업학교가 가제(假製)될 무렵이었다. 나는 날마다 학교 집터에 미장이로 다니면서 일을 하였다. 남과 같이 버젓하게 일정한 노동을 못 하고 밤낮 뜨내기 벌이꾼으로밖에는 돌아다니지 못하는 나에게는 그래도 몇 달 동안은 입에 풀칠을 할 수 있었다. 마는 과격한 노동이었다. 그러므로 하루라도 쉬어 본 일은커녕 한 번이라도 늦게 가본 적도 없었다. 원수같이 지글지글 타내리는 여름 태양 아래에서 이른 아침부터 저녁때까지 감독의 말 한마디 거스르는 법 없이 고분고분히 일을 하였다. 체로 모래를 쳐라, 불 같은 태양 아래에 새까맣게 타는 석탄으로 '노리'를 끓여라, 시멘트에다 모래를 섞어라, 그것을 노리로 반죽하여라 하여 쉴 새 없는 기계같이 휘몰아쳤다. 그 열매인지 선물인지는 알 수 없으나 우리들이 다지는 시멘트가 몇백 간의 벌집 같은 방으로 변하고 친구들의 쨍쨍 울리는 끌 소리가 여러 층의 웅장한 건축으로 변함을 볼 때에 미상불 우리의 위대한 힘을 또 한번 자랑하지 않을 수 없었다. ―어리석은 미련둥이들이라 ……(원문 탈락)…… 어떻든 콧구멍이 다 턱턱 막히는 시멘트 가루를 전신에 보얗게 뒤집어쓰고 매캐한 노린 냄새와 더구나 전신을 한바탕 쭉 씻어내리는 땀냄새를 맡으면서 온종일 들볶아치고 나면 저녁 물에는 정말이지 전신이 나른하였다. 그래도 집안 식구들을 생각하고 끼닛거리를 생각하면 마지막 힘이 났다. 일을 마치고 정신을 가다듬어 가지고 일인 감독의 집으로 간다. 삯전을 얻어 가지고 그길로 바로 술집에 가서 한잔 빨고 나면 그제야 겨우 제 세상인 듯싶었던 것이다.

술! 사실 술처럼 고마운 것은 없었다. 버쩍버쩍 상하는 속, 말할 수 없는 피로를 잠시라도 잊게 하는 것은 그래도 술의 힘이었다.

그날도 나는 술김에 얼근하였었다. 다른 때와 같이 역시 맨 꽁무니에 떨어진 김서방과 나는 삯전을 받아 들고 나서자마자 행길 옆 술집에서 만판 먹어 댔다.

술집을 나와 보니 벌써 밤은 꽤 저물었다. 잠을 자도 한잠 너그러지게 잤을 판이었다. 잠이라니 말이지 종일 피곤하였던 판에 주기조차 돌아 놓으니 사실이지 글자대로 눈이 스르르 내리감겼다. 김서방과 나는 즉시 잠자리로 향하였다.

잠자리라니 보들보들한 아름다운 계집이 기다리고 있는 분홍 모기장 속 두툼한 요 위인 줄은 알지 말아라. 그렇다고 어둠침침한 행랑방으로 알라는 것도 아니다. 비록 빈대에는 뜯길망정 어둠침침한 행랑방 하나 나에게는 없었다. 단지 내 몸뚱이 하나인 나는 서울 안을 못 돌아다닐 데 없이 돌아다니면서 노숙(露宿)을 하였던 것이다. (그래도 그것이 여름이었으니 말이지 겨울이었던들 꼼짝없이 얼어 죽었을 것이다.) 따라서 세상에 못 볼 것을 다 보고 겪어 왔었다. 참말이지 별별 야릇하고 말 못할 일이 많았다. 여기에 쓰는 이야기 같은 것은 말하자면 그중에서 가장 온당한 이야기의 하나에 지나지 못한다.

어떻든 김서방—도 이미 늦었으니 행랑 구석에 가서 빈대에게 뜯기는 것보다는 오히려 노숙하기를 좋아하였다—과 나는 도수장(屠獸場)께를 지나서 동묘 앞까지 갔었다.

어느 결엔지 가는 비가 보실보실 뿌리기 시작하였다. 축축한 어둠 속에 칙칙한 동묘가 그 윤곽을 감추고 있었다. 사방은 고요하였다.

"이놈들 게 있거라!"

별안간에 땅에서 솟은 듯이 이런 음성이 들렸다. 나는 깜짝 놀라는 대신에 빙긋 웃었다.

"이래 보여두 한여름 동안을 이런 데루 댕기면서 잠자는 놈이다. 그렇게 쉽게 놀라겠니."

하는 담찬 소리를 남겨 놓고 동묘 대문께로 갔다. 예기한 바와 다름없이 거기에는 벌써 우리 따위의 친구들이 잠자리를 차지하고 있었다. 그래도 꽤 넓은 대문간이지만 그 속에 그득하게 고기새끼 모양으로 오르르 차 있었다. 이리로 눕고 저리로 눕고 허리를 베고 발치에 코를 박고 드르렁드르렁 코를 골고.

"이놈들 게 있거라!"

"아이그 그년……."

"이런 경칠 자식 보게."

엎치락뒤치락 연해 연방 잠꼬대 소리가 뒤를 이었다. 그러면 이쪽에서는,

"술맛 좋다!"

하고 입맛을 쩍쩍 다시는 사람도 있었다. 그 바람에 나도 끌려서 어느 결에 쩍쩍 다시려던 입을 꾹 다물어 버리고 나는 어이가 없어 웃으면서 김서방을 둘러보았다.

"어떡할려나?"

"가세!"

"가다니?"

"아 아무 데래두 가 자야지."

김서방 역시 웃으면서 두 손으로 졸린 눈을 비볐다.

"이 세상에선 빠른 게 첫째야, 이 잠자리두 이젠 세가 나네그려.* 허허허."

하면서 발꿈치를 돌리려 할 때이다. 나는 으레 닫혀 있어야 할 동묘 안으로 통한 문이 어쩐 일인지 반쯤 열려 있는 것을 발견하였다. 나는 앞선 김서방의 어깨를 탁 쳤다.

"여보게, 저리로 들어가세."

"어디루 말인가?"

김서방은 시원치 않은 듯이 역시 눈만 비볐다.

"저 안으로 말야. 지금 가면 어딜 간단 말인가. 아무 데래두 쓰러져 한잠 자면 됐지."

"그래두."

"머, 고지기한테 들킬까 봐 말인가? 상관있나 그까짓 거 낼 식전에 일찍이 달아나면 그만이지."

그래도 시원치 않은 듯이 머리를 긁는 김서방의 등을 밀치면서 나는 안으로 들어갔다. 중문턱까지 들어서니 더한층 고요하였다. 여러 해 동안 버려두었던 빈집터같이 어둠 속으로 보아도 길이 넘는 잡풀이 숲속같이 우거져 있고 낮에 보아도 칙칙한 단청이 어둠에 물들어 더한층 우중충하고 게다가 비에 젖어서 말할 수 없이 구중중한 느낌을 주었다. 똑바로 말이지 청안에 안치

* 세가 나다 : 그것을 원하는 사람이 많아서 인기가 있거나 잘 팔리다.

한 그림 속에서 무서운 장사가 뛰어 내닫지나 않을까 하고 생각할 때에 머리끝이 쭈뼛하여지는 것을 어찌할 수 없었다.

거진 옷을 적실 만하게 된 빗발을 피하여 앞뜰을 지나 넓은 처마 밑에 이르렀다. 그 자리에 그대로 푹 주저앉아 겨우 안심한 듯이 숨을 내쉬었다.

그때였다.

"에그, 저게 뭔가 이 사람!"

김서방은 선뜻 나의 팔을 꽉 잡았다. 그가 가리키는 곳에 시선을 옮긴 나는 새삼스럽게 놀라지 않을 수 없었다. 별안간에 소름이 쪽 돋고 머리끝이 또다시 쭈뼛하였다.

불과 몇 간 안 되는 건너편 정전(正殿) 옆에! 두어 개의 불덩어리가 번쩍번쩍하였다. 정신의 탓이었던지 파랗게 보이는 불덩이가 땅을 휘휘 기다가는 훌쩍 날고 날다가는 꺼져 버렸다. 어디선지 또 생겨서는 또 날다가 또 꺼졌다.

무섬 잘 타기로 유명한 왕눈이 김서방은 숨을 죽이고 살려 달라는 듯이 나에게로 바짝 붙었다.

"하 하 하 하……."

나는 모든 것을 다 이해하였다는 듯이 활연히 웃고 땀을 빠지지 흘리고 있는 김서방을 보았다.

"미쳤나, 이 사람!"

오히려 화가 버럭 난 김서방은 말끝도 채 못 마쳤다.

"하하하 속았네, 속았어."

"……."

"속았어, 개똥불을 보고 속았단 말야, 하하하."

"머 개똥불?"

김서방은 그래도 못 미덥다는 듯이 그 큰 눈을 아직도 휘둥그렇게 뜨고 있었다.

"그래 개똥불야, 이거 볼려나?"

하고 나는 손에 잡히는 작은 돌멩이를 하나 집어 들었다. 그리고 두어 걸음 저벅저벅 뜰 앞까지 나가서 역시 반짝거리는 개똥불을 겨누고 돌을 던졌다.

하나 나는 짜장 놀랐다. 돌을 던지면 헤어져야 할 개똥불이 헤어지긴커녕 요번에는 도리어 한군데 모여서 움직이지도 않고 그 무슨 정세를 살피는 듯이 고요히 이쪽을 노리고 있지 않은가!

나는 또 숨을 죽이고 그곳을 들여다보았다. 오— 그때에 나는 더 놀라운 것을 발견하였다. 꺼졌다 또 생긴 불에 비쳐 헙수룩한 산발과 똑똑지 못한 희끄무레한 자태가 완연히 드러났다. 그제야 '흥, 흥' 하는 후렴 없는 신음 소리조차 들려오는 줄을 알았다.

"에그머니!"

나는 순식간에 달팽이같이 오므라졌다. 그리고 또 부끄러운 말이지만 겨우 정신을 차렸을 때에 나는 동묘 밖 버드나무 밑에 쓰러져 있는 나 자신을 발견하였다. 사실 꿈에서나 깨어난 듯하였다. 곁에는 보나 안 보나 파랗게 질린 김서방이 신장대 모양으로 벌벌 떨고 있었다.

밤이 이슥하였는데 집으로 돌아가기도 무엇하니 나머지 밤을 동대문께 가서 새우자고 김서방이 제언하였다.

비는 여전히 뿌리고 있었다. 뒤에서 무어가 쫓아오는 듯하여 연해연방 뒤를 돌아보면서 큰 행길에 나섰을 때에는 파출소 붉은 전등만 보아도 산 듯싶었다.

허둥허둥 동대문 담 옆까지 갔었다.

고요한 담 밑에는 아무것도 없었다. 모든 것을 집어삼킨 캄캄한 어둠밖에는—물론 파란 도깨비불도 없다.

'애초에 이리로 왔더라면 아무 일두 없었을걸.'

후회 비슷하게 탄식하고 어디가 어디인지 분간할 수 없어서 '에라 아무 데나' 하고 그 자리에 푹 주저앉았다. 하자—

나는 놀라기 전에 간이 싸늘해졌다. 도톨도톨한 조약돌이나 그렇지 않으면 축축한 흙이 깔려 있어야만 할 엉덩이 밑에—하나님 맙소사!— 나는 부드럽고도 물큰한 촉감을 받았다.

뿐이 아니다. 버들껑하는 동작과 함께 날카로운 소리가 독살스러운 땡삐같이 나의 귀를 톡 쏘았다.

"어떤 놈야 이게!"

나는 고무공같이 벌떡 뛰었다. 그러고는 쏜살같이—그 꼴이야말로 필연코 미친놈 모양이었을 것이다— 줄행랑을 놓았다.

김서방도 내 뒤에서 헐레벌떡거렸다.

"제발 사람을 죽이지 마라."

김서방은 거의 울음 겨운 목소리로 부르짖었다.

"이놈의 서울이 사람 사는 곳이 아니구 도깨비굴이었던가."

나 역시 나중에는 말길 데 없는 분기가 솟아올랐다.

그러나 또 한편으로는 한없이 어리석고 못생긴 우리의 꼴들을 비웃고도 싶었다. 잘 알지는 못하지만 세상에 원 도깨비나 귀신치고 몸뚱어리가 보들보들하고 물큰물큰하고—아니 그건 그렇다고 해두더라도 '어떤 놈야 이게!' 하고 땡삐 소리를 치다니 그게 원…… 하고 의심하여 볼 때에는 더구나 단단치 못하게 겁을 집어먹은 것이 짝 없이* 어리석게 생각되었다. 그렇다고 그 자리에서 또 발을 돌려 그 정체를 탐지하러 갈 용기가 있었느냐 하면 그렇지도 못하였다.

하는 수 없이 보슬비를 맞으면서 시구문 밖 김서방네 행랑방까지 가지 않으면 안 되었다. 가제나 덕실덕실 끓는 식구 틈에 끼여서 하룻밤의 폐를 끼쳤다—고 하여도 불과 두어 시간의 폐일 것이다—막 한잠 자려고 드러누웠을 때에는 벌써 날이 훤히 새었으니까.

이렇게 하여 나는 원 무엇이 씌었던지 하룻밤에 두 번씩이나 도깨비인지 귀신한테 혼이 났었다. 사실 몇 해 수는 감하였을 것이다. 그러나 대체 누구를 원망하면 좋았으리요? 술 먹고 늑장을 댄 나 자신일까, 노숙하지 않으면 아니 된 나의 운명일까, 혹은 도깨비나 귀신 그것일까, 그렇지 않으면 그 외의 무엇일까…… 나는 이제야 겨우 이 중의 어느 것을 원망하는 것이 마땅하다는 것을 똑똑히 깨달았다.

* 짝(이) 없다 : 서로 비교할 만한 상대가 없을 만큼 대단하거나 매우 심하다.

어떻든 유령 이야기는 이만이다. 하나 참이야기는 이로부터다.

잠 못 자 곤한 것도 무릅쓰고 나는 열심으로 일을 하였다. 비는 어느 결에 개 버렸던지 또 푹푹 내리쬐는 태양 아래에서 시멘트 가루를 보얗게 뒤집어쓰고 줄줄 흐르는 땀에 젖어 가면서.

그러는 동안에도 나는 전날 밤에 당한 무서운 경험을 머릿속으로 되풀이하여 보지 않을 수 없었다. 도깨비면 도깨빈가 보다 하고만 생각하여 두면 그만이었지마는 그래도 그것을 그렇게 단순하게 썩 닦아 버릴 수는 없었다.

'대체 원 도깨비가…….'

하고 요리조리로 무한히 생각하였다. 하나 아무리 생각한다 하더라도 결국 나에게는 풀지 못할 수수께끼에 지나지 못하였다.

하는 수 없이 나는 점심시간을 타서 친구들에게 그 이야기를 하였다. 모두들 적지 않은 흥미를 가지고 들었다.

"머 도깨비?"

이층 꼭대기에 시멘트를 갖다 주고 내려온 맹꽁이 유서방은 등에 매었던 통을 내려놓기도 전에 눈을 휘둥그렇게 떴다.

"내가 있었더라면 그까짓 걸 그저……."

벤또를 박박 긁던 덜렁이 최서방은 이렇게 뽐냈다.

그러나 가장 침착하게 담배를 푹푹 피우던 대머리 박서방만은 그다지 신통치 않은 듯이,

"그래 그것한테 그렇게 혼이 났단 말인가…… 딴은 왕눈이 따위니까."

하면서 밉지 않게 싱글싱글 웃으면서 김서방과 나를 등분으로 건너보았다. 그리고,

"도깨비 도깨비 해두 나같이 밤마다야 보겠나."

하고 빨던 담배를 툭툭 털더니 이야기를 꺼냈다.

"바로 우리집 옆에 빈집이 하나 있네. 지금 있는 행랑에 든 지가 몇 달 안 되어 모르긴 모르겠으나 어떻게 된 놈의 집이 원 사람이 들었던 집인지 안 들었던 집인지 벽은 다 떨어지구 문짝 하나 없단 말야. 그런데 그 빈집에 말일세."

여기서 박서방은 소리를 한층 높였다.

"저녁을 먹구 인제 골목쟁이를 거닐지 않겠나. 그러면 그때일세. 별안간 고요하던 빈집에 불이 하나씩 둘씩 꺼졌다 켜졌다 하겠지. 그것이 진서방(나를 가리켜 하는 말이다) 말마따나 무엇을 찾는 듯이 슬슬 기다는 꺼지고 꺼졌단 또 생긴단 말야. 그런데 그런 불이 차차 늘어 가겠지. 그러곤 무언지 지껄지껄하는 소리가 나자 한쪽에서는 돈을 세는지 은방망이로 장난을 하는지 절걱절걱하다간 또 무엇을 먹는지 쭉쭉 하는 소리까지 들리데. 그나 그뿐인가. 어떤 날은 저희끼리 싸움을 하는지 씨름을 하는지 후당탕하면서 욕지거리, 웃음소리 참 야단이지. 그러다가두 밤중만 되면 고요해지지만 그때면 또 별 괴괴망측한 소리가 다 들려오데."

박서방은 여기서 말을 문득 끊더니,

"어때 재미들 있나?"

하고 좌중을 둘러보면서 싱글싱글 웃었다.

"정말유 그게?"

웅크리고 앉았던 덜렁이 최서방은 겨우 숨을 크게 쉬면서 눈을 까불까불하였다.

"그럼 정말 아니구 내가 그래 자네들을 데리구 실없는 소리를 하겠나."

하면서 박서방은 말을 이었다.

"하나 너무 속지들은 말게. 그런 도깨비는 비단 그 빈집에나 진서방들 혼난 데만 있는 것이 아닐세. 위선 밤에 동관이나 혹은 종묘께만 가보게. 시글시글할 테니."

나의 도깨비 이야기를 하여 의심을 풀려던 나는 박서방의 도깨비 이야기로 하여 그 의심을 더한층 높였을 따름이었다. 더구나 뼈 있는 그의 말과 뜻 있는 듯한 그의 웃음은 더한층 알지 못할 수수께끼였다.

"그럼 대체 그 도깨비가 무엇이란 말유?"

"내가 이 자리에서 길다랗게 말할 것 없이 자네가 오늘 저녁에 또 한번 가서 찬찬히 살펴보게. 그러면 모든 것이 얼음장같이……."

할 때에 박서방의 곁에 시커먼 것이 나타났다.

"무슨 얘기 했소?"

일인 감독의 일할 시간이 왔다는 것을 고하는 듯한 소리였다.

"오소 오소 일을 해야지."

모두들 툭툭 털고 일어났다.

나도 하는 수 없이 박서방에게 더 캐묻지도 못하고 자리를 일어나서 나 맡은 일터로 갔다.

그날 저녁이다.

결국 나는 또 한번 거기를 가보기로 작정하였다. 물론 김서방은 뺑소니를 치고 나 혼자다. 뻔히 도깨비가 있는 줄 알면서 또 가기는 사실 속이 켕겼다. 하나 또 모든 의심을 풀어 버리고 그 진상을 알려 하는 나의 욕망은 그보다 크면 컸지 적지는 않았다. 나는 장차 닥쳐올 모험에 가슴을 벌떡이면서 발에다 용기를 주었다.

'그까짓 거 여차직하면 이걸로.'

하고 손에 든 몽둥이—나는 만일의 경우를 염려하여 몽둥이 하나를 준비하였던 것이다—를 번쩍 들 때에 나는 저절로 흘러나오는 미소를 금할 수 없었다. 도깨비를 정복하러 가는 유령장군같이도 생각되어서 사실 한다하는 ×자 놈들이면 몰라도 무엇을 못 먹겠다고 하필 가난뱅이 노숙자들을 못살게 굴고 위협과 불안을 주는 유령을 정복하여 버리는 것은 사실 뜻 있고도 용맹스러운 사업일 것이다—고 나는 생각하였다.

어떻든 장차 닥쳐올 모험에 가슴을 벌떡이면서 발에다 용기를 주었다.

어두워 가는 황혼 속에 음침한 동묘는 여전히 우중충하였다.

좀 이르다고 생각하였으나 나오기를 기다리면 되지 하고 제멋

대로 후둑후둑 뛰는 가슴을 가라앉히고 아직도 열려 있는 대문을 서슴지 않고 들어섰다.

중문을 들어서 정전 앞으로 몇 발짝 걸어갔을 때이다.

전날 밤에 나타났던 정전 옆 바로 그 자리에 헙수룩하게 산발한 두 개의 그림자가 있었다. 그러나 나는 벌써 어리석은 전날 밤의 나는 아니었다.

'원 요런 놈의 도깨비가…….'

몽둥이를 번쩍 들고 사실 장군다운 담을 가지고 나는 그 자리까지 달려갔다.

하나!

나의 손에서는 만신의 힘이 맺혔던 몽둥이가 힘없이 굴러 떨어졌다—유령장군이 금시에 미치광이 광대새끼로 변하여 버렸던 것이다.

'원 이런 놈의…….'

틀림없던 도깨비가 순식간에 두 모자의 거지로 변하다니! 이런 기막힌 일이 어디 있단 말인가.

다음 순간 그 무엇을 번쩍 돌려 생각한 나는 또다시 몽둥이를 번쩍 들었다.

"요게 정말 도깨비장난이란 거야."

하나 도깨비란 소리에 영문을 모르는 두 모자는 손을 모으고 썩썩 빌었다.

"아이구, 왜 이럽니까?"

이건 틀림없는 사람의 목소리였다.

"나가라면 그저 나가라든지 그래 이 병신을 죽이시렵니까. 감히 못 들어올 덴 줄은 알면서도 헐 수 할 수 없이……"

눈물겨운 목소리로 이렇게 사죄를 하면서 여인네는 일어나려고 무한히 애를 썼다. 어린애는 울면서 그를 붙들었다.

역시 광대에 지나지 못한 나는 너무도 경솔한 나의 행동을 꾸짖고 겨우 입을 열었다.

"아니우, 앉아 계시우. 나는 고지기두 아무것두 아니니."

"네?"

모자는 안심한 듯한 동시에 감사에 넘치는 눈으로 나를 쳐다보았다.

"어젯밤에 여기에 아무것도 나오지 않았소?"

무어가 무언지 분간할 수 없는 나는 이렇게 물었다.

"네? 나오다니요? 아무것두 나오지는 않았습니다. 그리구 단지 우리 모자밖에는 여기 아무것두 없었습니다."

여인네는 어사무사하여서 이렇게 대답하였다.

"그럼 대체 그 불은?"

나는 그래도 속으로 의심하면서 주위로 눈을 휘둘렀다.

"무슨 일이나 생겼습니까? 정말 저희들밖에는 아무것두 없었습니다. 그리구 저희는 저지른 것두 없습니다. 밤중은 돼서 다리가 하두 아프길래 약을 바르려고 찾으니 생전 있어야지유. 그래 그것을 찾느라구 성냥 한 갑을 다 그어 내버린 일밖에는 아무것도 없었습니다."

하고 여인네는 한쪽 다리를 훌떡 걷었다. 그리고 눈물이 그다리 위에 뚝뚝 떨어지기 시작하였다.

나는 모든 것을 얼음장 풀리듯이 해득하기는 하였으나 여기서 또한 참혹한 그림을 보지 않으면 안 되었다. 그의 훌떡 걷은 한편 다리! 그야말로 눈으로는 차마 보지 못할 것이었다. 발목은 끊어져 달아나고 장딴지는 나뭇개비같이 마르고 채 아물지 않은 자리가 시퍼렇게 질려 있었다.

"그놈의 원수의 자동차…… 그나마 얻어먹지도 못하게 이렇게 병신을 맨들어 놓고……."

여인네는 울음에 느끼기 시작하였다.

"자동차에요?"

"네, 공원 앞에서 그놈의 자동차에……."

나는 문득 어슴푸레한 나의 기억의 한 귀퉁이를 번개같이 되풀이하였다.

달포 전.

어느 날 밤이었다.

그날도 나는 이유 없이—가 아니라 바로 말하면 바람 쏘이러— 밤 장안을 헤매고 있었다. 장안의 여름밤은 아름다웠다.

낮 동안에 이글이글 타는 해에 익은 몸뚱어리에 여름밤은 둘 없이 고마운 선물이었다. 여름의 장안 백성들에게는 욱신욱신한 거리를 고무풍선같이 떠다니는 파라솔이 있고, 땀을 들여 주는 선풍기가 있고, 타는 목을 식혀 주는 맥주 거품이 있고, 은접시에 담긴 아이스크림이 있다. 그리고 또 산 차고 물 맑은 피서지

삼방이 있고, 석왕사가 있고, 인천이 있고, 원산이 있다. 그러나 그런 것은 꿈에도 못 보는 나에게는 머루알빛 같은 밤하늘만 쳐다보아도 차디찬 얼음 냄새가 흘러오는 듯하였다. 이것만 하더라도 밤 장안을 헤매는 것은 무의미한 일은 아니었다. 게다가 무엇보다도 거리 위에 낮거미새끼같이 흩어진 계집의 얼굴—은새레 분 냄새만 맡을 수 있는 것만 하여도 사실 밤 장안을 헤매는 값은 훌륭히 될 것이었다.

그러나 장안의 여름밤을 아름다운 꿈으로만 생각하는 것은 큰 실수이다. 거기에는 생활의 무거운 짐이 있다. 잔칫집 마당같이 들볶아치는 야시에는 하루면 스물네 시간의 끊임없는 생활의 지긋지긋한 그림이 벌어져 있었다. 거기에는 낮과 다름없이 역시 부르짖음이 있고 싸움이 있고 땀이 있었다.

그러나 아무튼지 간에 가슴을 씻어 주는 시원한 맛은 싫은 것은 아니었다. 여름밤은 아름다웠다. 그런고로 나는 공원 앞 큰 행길 옆에 사람이 파도를 일으키면서 요란히 수물거리는 것은 구태여 볼 것 없이 술김에 얼근한 주객이나 그렇지 않으면 야시의 음악가 깽깽이 타는 친구를 둘러싸고 있는 것이려니 생각하고,

'흥 여름밤이니까!'

혼자 중얼거리면서 무심코 그곳을 지나려 하였다.

그러나 사람들의 수물거리는 품이 주정꾼이나 혹은 깽깽이꾼의 경우와는 달랐다.

그리고 무엇보다도,

노자 노자
젊어 노자
먹구 마시구
만판 노자

하는 주객의 노래는 안 들렸다. 그렇다고 밤사람을 취하게 하는 '아름다운' 깽깽이 노래도 들려오지는 않았다.

'그러문 대체…….'

나의 발길은 부지중에 그리로 향하였다.

'머? 겨우 요술꾼 약장수야!'

나는 거의 실망에 가까운 어조로 이렇게 중얼거리고 대수롭지 않은 듯이 발길을 돌이키려 할 때이다. 사람들의 수물거리는 틈으로 나는 무서운 것을 보았다.

군중의 숲에 싸여서 안 보이는 한 채의 자동차와 그 밑에 깔린 여인네 하나를 보았다. 바퀴 밑에는 선혈이 임리하고 그 옆에는 거지 아이 하나가 목을 놓고 울면서 쓰러져 있었다.

'자동차 안에는.'

하고 보니 아니나 다를까 불량배와 기생년들이 그득하였다.

"오라질 연놈들!"

"자동찰 타니 신이 나서 사람까지 치니."

"원 끔찍두 해라."

이런 말마디를 주우면서 나는 어느 결에 그 자리를 밀려져 나왔었다.

"그래 당신이 그……."

나는 되풀이하던 기억의 끝을 문뜩 돌려 이렇게 물었다.

"네, 그렇답니다. 달포 전에 그 원수의 자동차에 치여 가지구 병원엔지 무엔지를 끌구 가니 생전 저 어린것이 보구 싶어 견딜 수 있어야지유. 그래 한 달두 채 못 돼 도루 나오지 않았어요. 그랬더니 이놈의 다리가 또 아프기 시작해서 배길 수 있어야지유. 다리만 성하문야 그래두 돌아댕기면서 얻어먹을 수는 있지만……."

여인네는 차마 더 볼 수 없는 다리를 두 손으로 만지면서 울음에 느꼈다.

나는 그의 과거를 더 캐물으려고도 하지 않았다. 아니 묻지 않아도 그의 대답은 뻔한 것이었다.

'집이 원래 가난했습니다. 그런데다가 남편이 죽구 나니……'

비록 이런 대답은 안 할지라도 그 운명이 그 운명이지 무슨 더 행복스러운 과거를 찾아낼 수 있었으리요.

나의 눈에는 어느 결엔지 눈물이 그득히 고였다. '동정은 우월감의 반쪽'일는지 아닐는지는 모른다. 하나 나는 나도 모르는 동안에 주머니 속에 든 대로의 돈을 모두 움켜서 뚝 떨어지는 눈물과 같이 그의 손에 쥐어 주었다. 그러고는 아무 말 없이 부리나케 그 자리를 뛰어나왔다.

이야기는 이만이다.

독자여 이만하면 유령의 정체를 똑똑히 알았겠지. 사실 나도 이제는 동대문이나 동관이나 종묘나 또 박서방 말한 빈집터에 더 가볼 것 없이 박서방의 뼈 있는 말과 뜻 있는 웃음을 명백히 이해하였다.

그리고 나는 모두 나와 같은 운명을 가진 애매한 친구들을 유령으로 생각하고 어리석게 군 나를 실컷 웃어도 보고 뉘우쳐 보기도 하였다.

독자여 뭐? 그래도 유령이라고? 그래 그럼 유령이라고 해두자. 그렇게 말하면 사실 유령일 것이다—살기는 살았어도 기실 죽어 있는 셈이니!

어떻든 유령이라고 해두고 독자여 생각하여 보아라. 이 서울 안에 그런 유령이 얼마나 많이 늘어 가는가를!

늘어 간다고 하면 말이다. 또 되풀이하는 것 같지만 첫 페이지로 돌아가서,

어슴푸레한 저녁, 몇 리를 걸어도 사람의 그림자 하나 찾아볼 수 없는 무인지경인 산골짝 비탈길, 여우의 밥이 다 되어 버린 해골덩이가 똘똘 구르는 무덤 옆, 혹은 비가 축축이 뿌리는 버덩의 다 쓰러져 가는 물레방앗간, 또 혹은 몇백 년이나 묵은 듯한 우중충한 늪가!

거기에 흔히 나타나는 유령이 적어도 문명의 도시인 서울에 오히려 꺼림 없이 나타나고 또 서울이 나날이 커가고 번창하여 가면 갈수록 유령도 거기에 정비례하여 점점 늘어 가니 이게 무

슨 빠저린 현상이냐! 그리고 그 얼마나 비논리적, 마술적 알지 못할 사실이냐! 맹랑하고도 기막힌 일이다. 두말할 것 없이 이런 비논리적 유령은 결코 있어서는 안 될 것이다.

그러면 어떻게 하면 이 유령을 늘어 가지 못하게 하고 아니 근본적으로 생기지 못하게 할 것인가?

현명한 독자여! 무엇을 주저하는가. 이 중하고도 큰 문제는 독자의 자각과 지혜와 힘을 기다리고 있지 않은가!

•끝•

장미 병들다

이효석

❧

싸움이라는 것을 허다하게 보아 왔으나 그렇게도 짧고 어처구니없고—그러면서도 싸움의 진리를 여실하게 드러낸 것은 드물었다. 받고 차고 찢고 고함치고 욕하고 발악하다가 나중에는 피차에 지쳐서 쓰러져 버리는—그런 싸움이 아니라 맞고 넘어지고 항복하고—그뿐이었다. 처음도 뒤도 없이 깨끗하고 선명하여서 마치 긴 이야기의 앞뒤를 잘라 버린 필름의 몇 토막과도 같이 신선한 인상을 주는 것이었다. 그 신선한 인상이 마치 영화관을 나와 그 길을 지나던 현보와 남죽 두 사람의 발을 문득 머무르게 하였는지도 모른다. 그러나 두 사람이 사람들 속에 한몫 끼여 섰을 때에는 싸움은 벌써 끝물이었다.

영화관, 음식점, 카페, 매약점 등이 어수선하게 즐비하여 있는 뒷거리 저녁때, 바로 주렴을 드리운 식당 문 앞이었다. 그 식당의 쿡으로 보이는 흰 옷에 흰 주발모자를 얹은 두 사람의 싸움이었으나 한 사람은 육중한 장골이요, 한 사람은 까무잡잡한 약질이어서, 하기는 그 체질에 벌써 승패가 달렸던지도 모른다. 대체 무엇이 싸움의 원인이며 원한의 근거였는지는 모르나 하루아침에 문득 생긴 분김이 아니요, 오래 두고두고 엉겼던 불만의 화풀이임은 두 사람의 태도로써 족히 추측할 수 있었다. 말로 겨루다

못해 마지막 수단으로 주먹다짐에 맡기게 된 것임은 부락스러운 두 사람의 주먹살에 나타났었으니 약질의 살기를 띤 암팡진 공격에 한번 주춤하였던 장골은 곱절의 힘을 주먹에 다져 쥐고 그의 면상을 오돌지게 윽박았다.

소리를 치며 뒤로 쓰러지는 바람에 문 앞에 세웠던 나무분이 넘어지며 분이 깨뜨러지고 노가지나무*가 솟아났다. 면상을 손으로 가리어 쥐고 비슬비슬 일어서서 달려들려 할 때 장골의 두 번째 주먹에 다시 무르게도 넘어지고 말았다. 땅 위에 문질러져서 얼굴은 두어 군데 검붉게 피가 배고 두 줄의 코피가 실오리 같은 가느다란 줄을 그으면서 흘렀다. 단번에 혼몽하게 지쳐서 쭉 늘어졌음에도 불구하고 약질은 간신히 몸을 세우고 다시 한 번 개신개신 일어서서 장골에게 몸을 던지다가 장골이 날쌔게 몸을 피하는 바람에 걸어 보지도 못한 채 또 나가쓰러지고 말았다. 한참이나 죽은 듯이 고요한 속에서 코만 흑흑 울리더니 마른 땅에는 금시에 피가 흘러 넓게 퍼지기 시작하였다.

"졌다!"

짧게 한마디—그러나 분한 듯이 외쳤으니 그것으로 싸움은 끝난 셈이었다.

"항복이냐?"

장골은 늠실도 하지** 않고 마치 그 벅찬 힘과 마음에 티끌만큼의 영향도 받지 않은 듯이 유들유들하게 적수를 내려다보았다.

* 측백나무과에 속하는 '노간주나무'의 방언.
** 늠실하다 : 부드럽고 조금 가볍게 움직이다.

"힘이 부쳐 그렇지, 그리 쉽게 항복이야 하겠나."

"뻐다구에 힘 좀 맺히거든 다시 덤비렴."

"아무렴, 그때까지 네 목숨 하나 살려 둔다."

의젓하고 유유하게 대꾸하면서 약질이 피투성이의 얼굴을 넌지시 쳐들었을 때 현보는 그 끔찍한 꼴에 소름이 끼쳐서 모르는 결에 남죽의 소매를 끌었다. 남죽도 현장에서 얼굴을 피하며 재촉을 기다릴 겨를 없이 급히 발을 돌렸다. 한참 동안 말이 없었다. 우연히 목도하게 된 그 돌연한 장면에서 받은 감격이 너무도 컸다.

강하고 약하고, 이기고 지고—이 두 길뿐. 지극히 간단하다. 강약이 부동으로 억센 장골 앞에서는 약질은 욕을 보고 그 자리에 폭삭 쓰러져 버리는 그 한 장의 싸움 속에서 우연히 시대를 들여다본 듯하여서 너무도 짙은 암시에 현보는 마음이 얼떨떨하였다. 흡사 약질같이 자기도 호되게 얻어맞고 피를 흘리며 쓰러져 있는 듯도 한 실감이 전신을 저리게 흘렀다.

"영화의 한 토막과도 같이 아름답지 않아요? 슬프지 않아요?"

역시 그 장면에서 받은 감동을 말하는 남죽의 눈에는 눈물이 어리어 보였다. 아름답다는 것은 패한 편을 동정함일까? 아름다운 까닭에 슬프고 슬프리만큼 아름다운 것—눈물까지 흘리게 한 것은 별수 없이 그나 누구나가 처하여 있는 현대의 의식에서 온 것임을 생각하면서 현보는 남죽을 뒤세우고 거릿목 찻집 문을 밀었다.

차를 청해 마실 때까지도 현보와 남죽은 그 싸움의 감동이 좀체 사라지지 않아서 피차에 별로 말도 없었다. 불쾌하다느니보다는 슬픈 인상이었다. 슬픔으로 인하여 아름다운 것이었음을 남죽과 같이 현보도 느끼게 되었다. 그렇게까지 신경을 민첩하게 일으켜 세우게 된 것은 잠깐 보고 나온 영화 때문이었던지도 모른다.

영화관에는 마침 〈목격자〉가 걸려 있어서 우연히 보게 된 그 아름다운 한 편이 장면장면 남죽을 울렸다.

전체로 슬픈 이야기였으나 가련한 주인공의 운명과 애잔한 여주인공의 자태가 한층 마음을 찔렀다. 억울한 혐의로 아버지를 여윈 어린 자식을 데리고 늙은 어머니가 어둡고 처량한 저녁에 무덤 쪽을 바라보는 장면과, 흐린 저녁때의 빈민가 다리 아래 장면과는 금시에 눈물을 솟게 하였다. 다리 아래 장면에서는 거지의 자동풍금 소리에 집집에서 뛰어나온 가난한 구민들이 그 슬픈 음악에 맞추어 춤을 추기 시작하였다. 요란한 소리를 듣고 순검이 달려와서 춤을 금하고 사람들을 헤칠 때 억울한 혐의로 아버지를 재판한 늙은 검사는 양심의 가책을 조금이라도 덜려고 가난한 사람들을 위해 항의를 하나 용납되지 못하고 사람들은 하는 수 없이 비슬비슬 그 자리를 헤어진다. 그 웅성거리는 측은한 꼴들이 실감을 가지고 가슴을 죄었다. 어두운 속에서 남죽은 흐르는 눈물을 손수건으로 몇 번이고 훔쳐 냈다. 눈물로 부덕부덕한 얼굴을 가지고 거리에 나오자 당면하게 된 것이 싸움의 장면이었다. 여러 가지의 감동이 한데 합쳐서 새 눈물을 자아내게 한 것이다.

하기는 남죽들의 현재의 형편 그것이 벌써 눈물 이상의 것이기는 하다. 두 주일 이상을 겪고 가제 나온 것이 불과 며칠 전이었다. 남죽은 현재 초라한 꼴, 빈주머니에 고향에 돌아갈 능력도 없고 그렇다고 다른 도리도 없이 진퇴유곡의 처지에 있는 셈이었다. 〈목격자〉 속의 주인공들보다 조금도 나을 것이 없었다. 현보와 막연히 하루를 지우려 영화 구경을 나선 것도 뚜렷한 지향 없는 닥치는 대로의 길, 그 자리의 뜻이었다. 온전히 그날 그날의 떠도는 부평초요, 키 잃은 배요, 목표 없는 생활이었다.

극단 '문화좌'가 설립되자마자 와해된 것이 두 주일 전이었다. 지방 공연이라는 점에 중점을 두려고 일부러 서울을 떠나 지방의 도회로 내려와 기폭을 든 것이었으나 그것이 도리어 화 되어 엄격한 수준에 걸린 것이었다. 인원을 짜고 각본을 선택하고 모든 준비를 마친 후 첫째 공연을 내려왔던 것이 그렇다 할 이유 없이 의외에도 거슬리는 바 되어 한꺼번에 몰아가 버렸다. 거듭 돌아보아야 그럴 만한 원인은 없었고 다만 첩첩한 시대의 구름의 탓임이 짐작될 뿐이었다. 각본을 맡은 현보는 고향이 바로 그곳인 탓으로인지 의외에도 속히 놓이게 되고 뒤를 이어 남죽 또한 수월하게 풀리게 되었으나 나머지 인원들은 자본을 댄 민삼, 연출을 맡은 인수, 배우인 학준, 그 외 몇몇은 아직도 날이 먼 듯하였다. 먼저 나오기는 하였으나 현보와 남죽은 남은 동무들을 생각하고 또 한 가지 자신들의 신세를 돌아보고 우울하기 짝 없었다. 하는 노릇 없이 허구한 날 거리를 헤매는 수밖에 없던 현보와 역시 별 목표 없이 유행가수를 지원해 보았다 배우로 돌아서 보았다 하던 남죽에게 극단의 설립은 한 희망이요 자극이어서 별안간 보람 있는 길을 찾은 듯도 하여 마음이 뛰고 흥이 나는 것이 의외의 타격에 기를 꺾이우고 나니 도로 제자리에 주저앉은 셈이었다. 파랗게 우러러보이던 하늘이 조각조각 부서져 버리고 다시 어두운 구렁텅이로 밀려 빠진 격이었다.

현보의 창작 각본 〈헐어진 무대〉와 오닐의 번역극 〈고래〉의 한 막이 상연 예정이어서 남죽은 그 두 각본의 여주인공의 역할을 자기의 비위에 맞는 것으로 그지없이 사랑하였다. 예술적 흥분 외에 또 한 가지의 기쁨은 그런 줄 모르고 내려왔던 길에 구면인 현보를 칠 년 만에 뜻밖에 다시 만나게 된 것이었다. 이 기우(奇遇)는 현보에게도 물론 큰 놀람이자 기쁨이었다.

극단의 주목을 보게 된 민삼이 서울서 적어 내려 보낸 인원의 열 명 속에 여배우 혜련의 이름을 발견하고 현보는 자기 작품의 주연을 맡은 그 여배우가 대체 어떤 인물일꼬 하고 호기심이 일어났을 뿐 무심히 덮어 두었던 것이 막상 일행이 내려와 처음으로 상면하게 되었을 때 그가 바로 남죽임을 알고 어지간히 놀랐던 것이다. 혜련은 여배우로서의 예명이었다. 칠 년 전에 알고는 그 후 까딱 소식을 몰랐던 남죽은 그런 경우 그런 꼴로 우연히 만나게 될 줄야 피차에 짐작도 못 하였던 것이다. 지난날을 돌아보면서 그날 밤 둘은 끝없는 이야기와 추억에 잠겼다. 서울서 학교에 다닐 때 우연히 세죽 남죽 자매를 알게 된 것은 그들이 경영하여 가는 책점 대중원에 출입하게 된 때부터였다. 대중원은 세죽이 단독 경영하여 가는 것이었고 남죽은 당시 여학교에서 공부하는 몸으로 형의 가게에 기식하고 있는 셈이었다. 세죽의 남편이 사건으로 들어가기 전에 뒷일을 예료하고 가족들의 호구지책으로 미리 벌인 것이 소규모의 책점 대중원이었다. 남편의 놓일 날을 몇 해고 간에 기다려 가면서 세죽은 적막한 홀몸으로 가게를 알뜰히 보면서 어린것과 동생 남죽의 시중을 지성껏 들었었다. 남죽은 어린 나이에도 철이 들어서 가게에 벌여 놓은 진보적 서적을 모조리 읽은 나머지 마지막 학년 때에는 오돌지게도 학교에 일어난 사건을 지도하다가 실패한 끝에 쫓겨나고 말았다. 학업을 이루지도 못한 채 고향에 내려갈 수도 없어 그 후로는 별수 없이 가게 일을 도울 뿐, 건둥건둥 날을 지우는 수밖에는 없었다. 소설을 닥치는 대로 읽어 대고 아름다운 목청을 놓아 노래를 불러 대곤 하였다. 목소리를 닦아서 나중에 성악가가 되어 볼까도 생각하고, 얼굴의 윤곽이 어글어글한 것을 자랑삼아 영화배우로 나갈까도 꿈꾸었다. 그 시기의 그를 꾸준히 관찰할 수 있는 기회를 가졌던 현보는 그 남다른 환경에서 자라 가는 늠출한 처녀의 자태 속에 물론 시대적 열정과 생장도 보았으나 더 많이 아름다운 감상과 애끓는 꿈을 엿보았던 것이다. 단발한 머리를 부수수 헤뜨리고 밋밋하고 건강한 육체로 고운 멜로디를 읊조릴 때에는 그의 몸 그대로가 구석구석에 아름다운 꿈을 함빡 머금은 흐뭇한 꽃이었다. 건강한, 그러나 상하기 쉬운 한 송이의 꽃이었다. 참으로 아담한 꽃을 보는 심사로 현보는 남죽을 보아 왔다. 그러나 현보가 학교를 마치고 서울을 떠날 때가 그들과의 접촉의 마지막이었으니 동경에 건너가 몇 해를

군 뒤 고향에 나와 일없이 지내게 된 전후 칠 년 동안 다만 책점 대중원이 없어졌다는 소문을 풍편에 들었을 뿐이지, 그 뒤 그들이 고향인 관북으로 내려갔는지 어쨌는지, 남죽과 세죽의 소식은 생각해 보지도 못했고 미처 생각에 떠오르지도 않았다. 그만한 여유조차 없는 것은 다른 사람의 생각은커녕 자신의 생활이 눈앞에 가로막히게 되었고, 무엇보다도 현대인으로서의 자기 개인에 대한 생각이 줄을 찾기 어렵게 갈피갈피로 찢어졌다 갈라졌다 하여 뒤섞이는 까닭이었다. 칠 년 후에 우연히 만나고 보니 시대의 파도에 농락되어 꿈은 조각조각 사라지고 피차에 그 꼴이었다. 하기는 그나마 무대 배우로 나타난 남죽의 자태에 옛 꿈의 한 조각이 아직도 간당간당 달려 있는 셈인지도 모르나 아담하던 꽃은 벌써 좀먹기 시작한 그 어디인지 휘줄그러진 한 송이임을 현보는 또렷이 느꼈다.

시간을 보고 찻집을 나와 현보는 남죽을 데리고 큰거리 백화점으로 향하였다. 준구와 만나자는 약속이었다. 가난한 교원을 졸라 댐은 마치 벼룩의 피를 긁어 내려는 격이었으나 그러나 현보로서는 가장 가까운 동무이므로 준구에게 터놓고 남죽의 여비의 주선을 비추어 둔 것이었다. 남죽에게는 지금 '살까 죽을까 문제'가 아니라 〈목격자〉 속의 빈민들에게 거리의 음악이 필요하듯이 고향으로 내려갈 여비가 필요하였다. 꿈의 마지막 조각까지 부서져 버린 이제 별수 없이 고향으로 내려가 몸도 쉬이고 마음도 가다듬는 수밖에는 없었다. 고향은 넓은 수성평야의 한가운데여서 거기에서는 형 세죽이 밭을 가꾸고 염소를 기르고 있다는 것이었다. 남편이 한번 놓였다 재차 들어가게 된 후 세죽은 이번에는 고향에다 편편하게 자리를 잡고 책점 대신에 평야의 한복판에서 염소를 기르게 되었다는 것이다. 도회에 지친 남죽에게는 지금 무엇보다도 염소의 젖이 그리웠다. 염소의 젖을 벌떡벌떡 마시고 기운차게 소생됨이 한 가지의 원이었다.

몇십 원의 노자쯤을 동무에게까지 빌리기가 현보로서는 보람 없는 노릇이었으나 늘 메말라서 누런 '현대의 악마'와는 인연이 먼 그로서는 하는 수 없는 것이었다. 찻집이라도 경영해 볼까 하다가 아버지에게 호통을 들은 후부터는 돈을 타 쓰기도 불쾌하여서 주머니에는 차 한 잔 값조차 동떨어질 때가 있었다. 누구나 다 말하기를 꺼려하고 적어도 초연한 듯이 보이려고 하는 '돈'의 명제가 요사이 와서는 말하기 부끄러우리만치 자나깨나 현보의 머리를 차지하게 되었다. 그 '악마'에 대한 절실한 인식은 일종의 용기를 낳아서 부끄러울 것 없이 준구에게 여비 일건을 부탁하고 남죽에게는 고향 언니에게도 간청의 편지를 내도록 천연스럽게 일렀던 것이다.

그러나 막상 휘줄그레한 포라 양복에 땀에 전 모자를 쓴 가련한 그를 대하였을 때 현보는 준구에게 그것을 부탁하였던 것을 일순 뉘우쳤다. 휘답답한 그의 꼴이 자기의 꼴과 매일반임을 보았던 까닭이다.

그래도 의젓한 걸음으로 층계를 걸어올라 식당에 들어가 두 사람에게 자리를 권하고 음식을 분부하고 난 후, 준구는 손수건을 내서 꺼릴 것 없이 얼굴과 가슴의 땀을 한바탕 훔쳐 냈다.

"양해하게. 집에는 아이들이 들끓구 아내는 만삭이 되어서 배가 태산 같은데두 아직 산파도 못 댔네. 다달이 빚쟁이들은 한 두름씩 문간에 와서 왕머구리같이 와글와글 짖어 대구…… 어쩌다가 이렇게 됐는지 이제는 벌써 자살의 길밖에는 눈앞에 보이는 것이 없네…… 별수 있던가. 또 교장에게 구구히 사정을 하구 한 장을 간신히 둘러 왔네. 약소해서 미안하나 보태 쓰도록이나 하게."

봉투에 넣고 말고 풀 없이 꾸겨진 지전 한 장을 주머니에서 불쑥 집어내서 현보의 손에 쥐어 주는 것이다. 현보는 불현듯이 가슴이 찌르르 하고 눈시울이 뜨거웠다. 손안에 남은 부풀어진 지전과 땀 배인 동무의 손의 체온에 찐득한 우정이 친친 얽혀서 불시에 가슴을 조인 것이다.

남죽은 새삼스럽게 고맙다는 뜻을 표하기도 겸연쩍어서 똑바로 그를 바라보지도 못하고 시선을 식탁 위에 떨어뜨린 채 손가락으로 머리카락을 오리오리 매만질 뿐이었다. 낯이 익지도 못한 여자의 앞에서까지 가리울 것 없이 집안 사정 이야기를 터놓고 하지 않으면 안 되는 가난한 시민의 자태가 딱하고 측은하고 용감하여서—그 순간, 그 자리에서 살며시 꺼지고도 싶은 무거운 좌중의 기분이었다.

거리에 나와 준구와 작별한 뒤까지도 현보들은 심사가 몹시 울가망하였다. 현보는 집에 돌아가기가 울적하고 남죽 또한 답답한 숙소에 일찍 들어가기가 싫어서 대중없이 밤거리를 거닐기 시작하였다. 동무가 일껏 구해 준 땀내 나는 돈을 도로 돌릴 수도 없어 그대로 지니기는 하였으나 갖출 것도 있고 하여 여비로는 적어도 그 다섯 곱절이 소용이었다. 현보는 다른 방법을 생각하기로 하고 그 한 장 돈의 운명을 온전히 그날 밤의 발길의 지향에 맡기기로 하였다.

레코드나 걸고 폭스트롯이나 마음껏 추어 보았으면 하는 것이 남죽의 청이었으나 거리에는 춤을 출 만한 곳이 없고 현보 자신 춤을 모르는 까닭에 뒷골목을 거닐다가 결국 조촐한 바에 들어갔다. 솔내 나는 진을 남죽은 사양하지 않고 몇 잔이고 거듭 마셨다. 어느 결에 주량조차 그렇게 늘었나 하고 현보는 놀라고 탄복하였다. 제법 술자리를 잡고 얼굴을 붉게 물들이고 뭇 사내의 시선 속에서 어울려 나가는 솜씨는 상당한 것으로 보였다. 술이 어지간히 돌았는지 체면 불구하고 레코드에 맞추어 몸을 으쓱거리더니 나중에는 자리를 일어서서 춤의 자세를 하고 발끝으로 달가닥달가닥 춤을 추는 것이었다. 현보 역시 취흥을 못 이겨 굳이 그를 말리지 않고 현혹한 눈으로 도리어 그의 신기한 재주를 바라볼 뿐이었다. 술은 요술쟁이인지 혹은 춤추는 세상의 도덕은 원래 허랑한 것인지 이해하기 어려운 것은 맞은편 자리에 앉았던, 아까 남죽의 귀에다 귓속말로 거리의 부랑자 백만장자의 아들이라고 가르쳐 주었던 그 사나이가 성큼 일어서서 남죽에게 춤을 청하는 것이었고, 더 이상한 것은 남죽이 즉시 응하여 팔을 겨르고 스텝을 밟기 시작한 것이다. 그것이 춤의 도덕인가 보다고만 하고 현보는 웃는 낯으로 한참이나 바라보고 있었으나 손님들의 비난의 소리 속에서 별안간 여급이 달려와서 춤은 금물이라고 질색하고 두 사람을 가르는 바람에 현보는 문득 정신이 들면서 이 난잡한 꼴에 새삼스럽게 눈썹이 찌푸려졌다. 남죽의 취중의 행동도 지나쳐 허랑한 것이었으나 별안간 나타난 부랑자의 유들유들한 심보가 불현듯이 괘씸하게 느껴져서 주위에 대한 체면과 불쾌한 생각에 책임상 비틀거리는 남죽의 팔을 끌고 즉시 그 자리를 나와 버렸다. 쓸데없이 허튼 곳에 그를 끌어온 것이 뉘우쳐도 져서 분이 좀체 가라앉지 않았다.

"아무리 부랑자기로 생면부지에 소락소락…… 안된 녀석."

"노여하실 것 없는 것이 춤추는 사람끼리는 춤을 청하는 것이 모욕이 아니라 도리어 존경의 뜻인걸요. 제법 춤의 격식이 익숙하던데요."

남죽의 항의에는 한마디도 대꾸할 바를 몰랐으나 그러면 그 괘씸한 심사는 질투에서 나온 것이었던가? 그렇다면 남죽을 얼마나 사랑하고 있는 셈인가 하고 현보는 자신의 마음을 가지가지로 의심하여 보았다.

"참기 싫어요, 견딜 수 없어요…… 죄수같이 이 벽 속에만 갇혀 있기가. 어서 데려다주세요, 데이비드. 이곳을 나갈 수 없으면, 이 무서운 배에서 나갈 수 없으면 금방 미칠 것두 같아요. 집에 데려다주세요, 데이비드. 벌써 아무것두 생각할 수 없어요. 추위와 침묵이 머리를 가위같이 누르는걸요. 무서워. 얼른 집에 데려다주세요."

남죽은 남죽으로서 딴소리를—듣고 보니 오닐의 〈고래〉의 구절구절을 아직도 취흥에 겨운 목소리로 대로상에서 마치 무대에서와 같은 감정으로 외치는 것이었다. 북극 해상에서 애니가 남편인 선장에게 애원하고 호소하는 그 소리는 그대로가 바로 남죽 자신의 절실한 하소연이기도 하였다.

"이런 생활은 나를 죽여요…… 이 추위, 무섬. 공기가 나를 협박해요— 이 적막. 가는 날 오는 날 허구한 날 똑같은 회색 하늘. 참을 수 없어요. 미치겠어요. 미치는 것이 손에 잡힐 듯이 알려요. 나를 사랑하거든 제발 집에 데려다주세요. 원이에요. 데려다주세요."

이튿날은 또 하루 목표 없는 지난날의 연속이었다.

간밤의 무더운 기억도 있고 남죽에게 대한 말끔하게 청산하지 못한 뒤를 끄는 감정도 남아 있고 하여 현보는 오후도 훨씬 늦어서 남죽을 찾았다. 아직도 눈알이 붉고 정신이 개운하지 못한 남죽의 청을 들어 소풍 겸 강으로 나갔다.

서선지방*의 그 도회는 산도 아름다우려니와 물의 고을이어서 여름 한철이면 강 위에는 배가 흔하게 떴다. 나룻배 외에 지붕을 덩그렇게 단 놀잇배와 보트와 모터보트가 강 위를 촘촘하게 덮었다. 놀잇배에서는 노래가 흐르고 춤이 보여서 무르녹은 나무 그림자를 띄운 고요한 강 위는 즐거운 유원지로 변한다. 산

* 西鮮地方. 북대봉산줄기를 경계로 서쪽인 평안북도, 평안남도, 황해도를 일컫는다.

너머 저편은 바로 도회에서 생활과 싸움으로 들복닥거리건만 산 건너 이편은 그와는 별세상인 양 웃음과 노래와 흥이 지천으로 물 위를 흘렀다.

현보와 남죽도 보트를 세내서 타고 그 속에 한몫 끼여서 시원한 물세상 사람이 된 듯도 싶었다. 백양나무가 늘어선 위로 흰 구름이 뭉실뭉실 떠서 강 위에서는 능라도 일대의 풍경이 가장 아름다웠다. 현보는 손수 노를 저으면서 물결을 거슬러 올라가 섬께로 향하였다. 속을 헤아릴 수 없는 푸른 물결이 뱃전을 찰싹 찰싹 쳤다.

"언니에게서 편지가 왔는데…… 요새는 염소 젖두 적구 그렇게 쉽게 노자를 구할 수 없다나요."

남죽은 소매 속에서 집어낸 편지를 봉투째 서너 조각으로 쭉 쭉 찢더니 물 위에 살며시 띄웠다. 별로 언니를 원망하는 표정도 아니요, 다만 침착한 한마디의 보고였다.

"며칠 동안 카페에 들어가 여급 노릇이나 해서 돈을 벌어 볼까요?"

이 역 원망의 소리가 아니고 침착한 농담으로 들리기는 하였으나 그 어디인지 자포자기의 기색이 보이지 않는 것도 아니었다.

"차차 무슨 방법이든지 있을 텐데 무얼 그리 조급하게 군단 말요."

현보는 당치않은 생각은 당초에 말살시켜 버리려는 듯이 어세가 급하고 퉁명스러웠다. 그러나 고향을 그리는 남죽의 원은 한결같이 절실하였다.

"얼음 속에 갇혀 있으면 추억조차 흐려지나 봐요. 벌써 머언 옛일 같어요…… 지금은 유월, 라일락이 뜰 앞에 한창이고 담 위 장미는 벌써 봉오리가 앉었을걸요."

이것은 남죽이 늘 즐겨서 외는 〈고래〉 속의 한 구절이었으나 남죽의 대사는 이것으로서 그치는 것이 아니었다. 물 위에 둥둥 떠서 멀리 사라지는 찢어진 편지 조각을 바라보며 남죽의 고향을 그리는 정은 줄기줄기 면면하였다.

"솔골서 시작해서 바다 있는 쪽으로 평야를 꿰뚫은 흰 방축이 바로 마을 앞을 높게 내닫고 있어요. 방축이라니 그렇게 긴 방축이 어디 있겠어요. 포플러나무가 모여 서고 국제 열차가 갈리는 정거장 근처를 지나 바다까지 근 십 리 장간을 일직선으로 뻗쳤는데 인도교와 철교 사이를 거닐기에두 이십 분이나 걸려요. 물 한 방울 없는 모래 개천을 끼고 내달은 넓은 둑은 희고 곧고 깨끗해서 마치 푸른 풀밭에 백묵으로 무한대의 일직선을 그은 것 두 같수. 둑 양편으로 잔디가 깔린 속에 쑥이 나고 패랭이꽃이 피어서 저녁해가 짜링짜링 쪼이면 메뚜기와 찌르레기가 처량하게 울지요. 풀밭에는 소가 누운 위로 이름 모를 새가 풀 위를 스치면서 얕게 날고 마을로 향한 쪽에는 조, 수수, 옥수수밭이 연하여서 일하는 처녀 아이가 두어 사람씩은 보이죠. 여름 한철이면 조카아이와 같이 염소를 끌고 그 둑 위를 거닐면서 세월없이 풀을 먹여요. 항구를 떠난 국제 열차가 산모퉁이를 돌아 기적소리가 길게 벌판을 울려 올 때, 풀 먹던 염소는 문득 뿔을 세우고 수염을 드리우고 에헤헤헤헤 하고 새침하게 한바탕 울어 대군해요. 마을 앞의 그 둑을—고향의 그 벌판을— 나는 얼마나 사랑하는지 몰라요. 그리운지 모르겠어요."

남죽의 장황한 고향의 묘사는 무대 위에서와는 또 다르게 고요한 강물 위를 자유롭게 흘러내렸다. 놀잇배에서 흘러나오는 레코드의 음악이 속된 유행가가 아니고 만약 교향악의 반주였던들 남죽의 대사는 마디마디 아름다운 전원교향악으로 들렸을 것이다.

그의 '전원교향악'에 취하였던 것은 아니나 그의 고향에 대한—적어도 현재 이외의 생활에 대한 그리운 정이 얼마나 간절한가를 느끼며 현보는 속히 여비를 구해야 할 것을 절실히 생각하면서 능라도와 반월도 사이의 여울로 배를 저어 올렸다. 얕아는 졌으나 센 물살을 거슬러 저으면서 섬에 오를 만한 알맞은 물기슭을 찾았다.

"첫 가을이면 송이의 시절…… 좀 있으면 솔골로 풋송이 따러가는 마을 사람들이 둑 위를 희끗희끗 올라가기 시작하겠어요. 봉곳이 흙을 떠받들고 올라오는 송이를 찾았을 때의 기쁨! 바구니에 듬짓하게 따가지고 식구들과 함께 둑길을 걸어 내려올 때면 송이의 향기가 전신에 흠뻑 배지요. 풋송이의 향기…… 〈고래〉 속의 라일락의 향기 이상으로 제겐 그리운 것이에요."

듣는 동안에 보지 못한 곳이건만 현보에게도 그의 말하는 고향이 한없이 그리운 것으로 생각되었다. 모랫바닥이 보이는 강가로 배를 몰아 놓고 섬기슭을 잡으려 할 때 배가 몹시 요동하는 바람에 꿈에 잠겼던 남죽은 금시에 정신이 깬 모양이었다. 백양나무가 늘어선 사이로 새풀이 우거져서 섬 속은 단걸음에 뛰어 들어가고도 싶게 온통 푸르게 엿보였다. 발을 벗고 물속을 걷기도 귀찮아서 남죽은 뱃전에 올라서서 한걸음에 기슭까지 뛰어 건너려 하였다. 뒤뚝거리는 배를 현보가 뒤에서 붙들기는 하였으나 원체 물의 거리가 먼 데다가 남죽은 못 미치는 다리에 풀뿌리를 밟은 까닭에 껑청 발을 건너자 배가 급각도로 기울어지며 현보가 위태하다고 느꼈을 순간 풀뿌리에서 미끄러지며 볼 동안에 전신을 물속에 채워 버렸다. 현보가 즉시 신발째로 뛰어들어 그의 몸을 붙들어 일으키기는 하였으나 전신은 물에 빠진 쥐였다. 팔에 걸린 몸이 빨랫짐같이도 차고 무거웠다.

하루의 작정이 흐려지고 섬의 행락이 틀어졌다. 소풍이 지나쳐 목욕이 된 셈이나 물에 빠진 꼴로는 사람들 숲에 섞일 수도 없어 두 사람은 외따로 떨어져 섬 속의 양지를 찾았다. 사람들이 엿보지 못하는 호젓한 외딴 곳에서 젖은 옷을 대충 말리는 수밖에는 없었다. 현보는 신과 바지를 벗어서 널고 남죽은 속옷만을 남기고 치마저고리를 벗어서 양지쪽 풀 위에 펴놓았다. 차라리 해수욕복이나 입었던들 피차에 과히 야릇한 꼴들은 아니었을 것이나 옷을 반씩들 벗은 이지러진 자태—마치 꼬리와 죽지를 뽑히고 물벼락을 맞은 자웅의 닭과도 같은 허수한 꼴들은 한층 우스운 것이었다. 더구나 팔다리와 어깨를 온전히 드러내고 젖어서 몸에 붙은 속옷 바람으로 풀밭에 선 남죽의 꼴은 더욱 보기 딱한 것이어서 그 자신은 그다지 스스러워 여기지 않음에도 현보는 똑바로 보기 어려워 자주 외면하지 않을 수 없었다.

별수 없이 그 꼴 그대로 틀어진 반날을 옷 말리기에 허비하고 해가 진 후 채 마르지도 못한 축축한 옷을 떨쳐 입고 다시 배를 젓고 내려올 때, 두 사람은 불시에 마주 보고 껄껄껄 웃어 댔다. 하루의 이지러진 희극을 즐겁게 끝막으려는 듯 웃음소리는 고요한 저녁 강 위에 낭랑하게 퍼졌다.

그 꼴로 혼자 돌려보내기가 가여워서 현보는 그길로 남죽의 숙소에 들른 채 처음으로 밤이 이슥할 때까지 같이 지내게 되었다. 뜻속의 것이었든지 혹은 뜻밖의 것이었든지 그날 밤 현보는 또한 남죽과 모든 열정을 주고받았다. 그것은 반드시 한쪽만의 치우친 감정의 발작이 아니라 피차의 똑같은 감정의, 말하자면 공동 합작이었으며 그 감정 또한 우연한 돌발적인 것이 아니요 참으로 칠 년 전부터 내려오는 묵고 익은 감정의 합류였다. 늦은 밤거리에 나왔을 때 현보는 찬란한 세상을 겪은 뒤의 커다란 피곤을 일시에 느꼈다.

일이 일인 만큼 큰 경험 후에 오는 하루를 현보는 집에 묻힌 채 가지가지 생각에 잠겼다. 묵은 감정의 합류라고는 하더라도 하필 그 시간에 폭발된 것은 이때까지 피차에 감정을 감추고 시험해 왔던 까닭일까, 그런 감정에는 반드시 기회라는 것이 필요한 탓일까 생각하였다. 결국 장구한 시기를 두었다가 알맞은 때를 가늠 보아 피차에 훔쳐 낸 감정에 지나지 않았다. 사랑이라기에는 너무도 어처구니없는 것인지는 모르나 그러나 사랑이 아니라고 할 수도 없는 것이, 비록 미래의 계획이 없는 한 막의 애욕극이었다고는 하더라도 거기에 이르기까지는 오랜 시간의 양해가 있었던 것이라고 생각하였다. 남죽의 마음 또한 그러려니는 생각하면서도 현보는 한편 남자 된 욕심으로 남죽의 허랑한 감정을 의심도 하여 보았다. 대체 지난 칠 년 동안의 그에게는 완전히 괄호 안의 비밀인 남죽의 생활이 어떤 내용의 것이었을까 하는 것이었다. 그에게 있어서 간간이 생리의 정리가 필요하듯이 남죽에게도 그것이 필요하지 않았을까? 혹은 한 번쯤은 결혼까지 하였다가 실패하였는지도 모르며—더 가깝게 가령 그와 다시 만나기 전에 친히 지냈던 민삼과는 깊은 관계가 없었을까 하는 생각이 갈피갈피 들었으나 돌이켜보면 그렇게 그의 결벽하기를 원하는 것은 순전히 자기 자신의 지나친 욕심이며 그것을 희망할 자격은 자기에게는 없다는 것을 느끼게 되었다. 괄호 안의 비밀, 그의 눈에 비치지 않은 부분의 생활은 그의 관계할 바 아니며 다만 그로서는 그에게 보여 준 애정만을 달게 여기면 족한 것이라고 결론하면서 그의 애정을 너그럽게 해석하려고 하였다.

값으로 산 애정은 아니었으나 남죽의 처지가 협착한 만큼 현보는 애정에 대한 일종의 책임을 느껴서 그의 여비 일건을 더욱 절실히 생각하게 되었다. 그를 오래도록 붙들어 둘 수 없는 이상 원대로 하루라도 속히 고향에 돌려보내는 것이 애정의 의무일 것같이 생각되었다.

여비를 갖춘 후에 떳떳이 만날 생각으로 그 밤 이후 며칠 동안은 남죽을 찾지 않았다. 여비를 갖춘대야 생판 날탕인 현보에게 버젓한 도리가 있을 리는 없었다. 이미 친한 동무 준구에게 한번 청을 걸어 여의치 못한 이상 다시 말해 볼 만한 알맞은 동무는 없었으며 그렇다고 그의 일신에 돈으로 바꿀 만한 귀중한 물건을 지닌 것도 아니었다. 옳은 길이라고는 생각지 않았으나 별수 없이 남은 한 길을 취할 수밖에는 없었다. 진종일을 노리다가 사랑 문갑에서 예금통장을 집어내기에 성공하였던 것이다. 은행과 조합의 통장이 허다한 속에서 우편예금 통장을 손쉽게 집어내서 도장까지 위조하여 소용의 금액을 감쪽같이 찾아내기는 하였으나 빽빽한 주의 아래에서 그것에 성공하기에는 온 이틀을 허비하였다. 가정에 대한 그 불측한 반역이 마음을 괴롭히지 않는 바도 아니었으나 그만한 희생쯤은 이루어진 애정에 대한 정성과 봉사의 생각으로 닦아 버리려고 생각하였던 것이다.

그 밤 이후 처음으로 만나는데 소용의 금액을 넌지시 내놓음이 받은 애정의 대상을 갚는 것도 같아서 겸연쩍기는 하였으나 그러나 한편 돈을 가진 마음은 즐겁고 넉넉하였다. 마음도 가뿐하고 걸음도 시원스럽게 현보는 오후는 되어서 남죽의 여관을 찾았다.

여관 안은 전체로 감감하고 방에는 남죽의 자태가 보이지 않았다. 원체 아무 세간도 없는 방인 까닭에 텅 빈 방 안을 현보는 자세히 살펴볼 것도 없이 문을 닫고 아마도 놀러 나갔으려니 하고 거리로 나왔다. 찻집과 백화점을 한 바퀴 돌고는 밤에 다시 찾기로 하고 우선 집으로 돌아왔을 때 뜻밖에 남죽의 엽서가 책상 위에 있었다.

연필로 적은 사연이 간단하게 읽혔다.

왜 며칠 동안 까딱 오시지 않았어요. 노여운 일 계세요. 여러 날 폐만 끼친 채 여비가 되었기에 즉시로 떠납니다. 아마도 앞으로는 만나 뵙기 조련치 않을 것 같아요. 내내 안녕히 계세요.

남죽 올림

돌연한 보고에 현보는 기를 뽑히고 즉시로 뒷걸음을 쳐서 여관으로 향하였다.

여러 날 안 왔다고 칭원을 하면서 무슨 까닭에 그렇게도 무심하고 급스럽게 떠나 버렸을까? 여비라니 다따가 오십 원의 여비를 대체 어떻게 해서 구하였을까? 짜장 며칠 동안 카페 여급 노릇이라도 한 것일까—여러 가지로 생각하면서 여관에 이르러 다시 방문을 열어 보았을 때 아까와 마찬가지로 텅 빈 것이었으나 그런 줄 알고 보니 사실 구석에 가방조차 없었다. 경솔한 부주의를 내책하면서 그제야 곡절을 물어보러 안문을 들어서서 주인을 찾았다.

궂은일을 하던 노파는 치맛자락으로 손을 훔치면서 한마디 불어 대고 싶은 듯도 한 눈치로 뜰안에 나서며 간밤에 부랴부랴 거둬 가지고 떠났다는 소식을 첫마디에 이르고는 뒤슬뒤슬 속 있는 웃음을 띠었다.

"그게 대체 여배우요, 여학생이오? 신식 여자들은 겉만 보군 알 수가 없으니."

무슨 소리를 하려는 수작인고 하고 그다지 반갑지는 않았으나 현보는 잠자코 있을 수만 없어서,

"여학생으로두 보입디까?"

되려 한마디 반문하였다.

"그럼 여배우군. 어쩐지 행동거지가 보통이 아니야. 아무리 시체 여학생이기루 학생의 처신머리가 그럴까 했더니 그게 여배우구려."

"행동이 어쨌단 말요."

"하긴 여배우는 거반 그렇답디다만."

말이 시끄러워질 눈치여서 현보는 귀찮은 생각에 말머리를 돌렸다.

"식비는 다 치렀나요."

그러나 그 한마디가 도리어 풀숲의 뱀을 쑤신 셈이었다. 노파의 말주머니는 막았던 봇살같이 한꺼번에 터져 나오기 시작하였다.

"식비 여부가 있겠수. 푸른 지전이 지갑 속에 불룩하든네. 수단두 능란은 하련만 백만장자의 자식을 척척 끌어들이는 걸 보문 여간내기가 아닌 한다하는 난군입디다. 그런 줄 알구 그랬는지 어쨌는지 아마두 첫눈에 후려댄 눈친데 하룻밤 정을 줘두 부자 자식이 좋기는 좋거든. 맨숭한 날탕이든 것이 하룻밤 새에 지전이 불룩하게 쓸어 든단 말요. 격이 되기는 됐어. 하룻밤을 지냈을 뿐 이튿날루 살랑 떠난단 말요."

청천의 벼락이었다. 놀라고 어처구니가 없어서 노파의 입을 쥐어박고도 싶었으나 그러나 실성한 노파가 아닌 이상 거짓말도 아닐 것이어서 현보는 다만 벌렸던 입을 다물 수 없었다.

"백만장자의 자식이라니 누 누구란 말요."

아마도 말소리가 모르는 결에 떨렸던 성싶었다.

"모르시오? 김장로의 아들 말이외다. 부랑자루 유명한."

현보는 아찔해지며 골이 핑 돌았다. 더 물을 것도 없고 흉측한 노파의 꼴조차가 불현듯이 보기 싫어져서 뒤도 돌아다보지 않고 허둥허둥 여관을 나와 버렸다.

'그것이 여비의 출처였던가.'

모르는 결에 입술이 찡그려지며 제 스스로를 비웃는 웃음이 흘러나왔다. 김장로의 아들이라면 며칠 전 바에서 돌연히 남죽에게 춤을 청한 놈팡이인데 어느 결에 그렇게 쉽게 교섭이 되었던가. 설사 여비를 구하기 위한 수단이라고 하더라도 어둠의 여자와 다를 바가 무엇인가 생각할 때 무서운 생각에 전신에 소름이 쪽 돋으며 허전허전 꼬이는 다리에 그 자리에 쓰러져 울고도 싶었다.

남죽은 그렇게까지 변하였던가. 과거 칠 년 동안의 괄호 속의 비밀까지가 한꺼번에 눈앞에 보이는 듯하여 현보는 속았다는 생각만이 한결같이 들어 온전히 제정신 없이 거리를 더듬었다.

우울하고 불쾌하고—미칠 듯도 한 며칠이었다. 칠 년 전부터 남죽을 알아 온 것을 뉘우치고 극단이고 무엇이고를 조직하려고 한 것조차 원 되었다. 속힌 것은 비단 마음뿐이 아니고 육체 까지임을 알았을 때 현보는 참으로 미칠 듯도 한 심정이었던 것이다. 육체의 일부에 돌연히 변조가 생기기 시작한 것은 다음 날부터였으나 첫 경험인 현보는 다따가의 변화에 하늘이 뒤집힌 듯이나 놀랐고, 첫째 그 생리적 고통은 견딜 수 없이 큰 것이었다. 몸에는 추잡한 병증이 생기며 용변할 때의 괴롬이란 살을 찢는 듯도 하여 이루 헤아릴 수 없었다. 세상에서 흔히 말하는 병이 바로 이것인가 보다, 즉시 깨우치기는 하였으나 부끄러운 마음에 대뜸은 병원에도 못 가고 우선 매약점에를 들렀다가 하는 수 없이 그길로 의사를 찾았다. 진찰의 결과는 예측과 영락없이 들어맞아서 별수 없이 의사의 앞에서 눈을 감고 부끄러운 치료를 받기 시작하면서 찡그린 마음속에는 한결같이 남죽의 자태가 떠올랐다.

마음과 몸을 한꺼번에 속인 셈이나 남죽은 대체 그런 줄을 알았던가 몰랐던가. 처음에는 감격하고 고맙게 여겼던 애정이었으나 그렇게 된 결과로 보면 일종의 애욕의 사기로밖에는 생각되지 않았다. 칠팔 년 전 건강하고 아름다운 꿈으로 시작되었던 남죽의 생애가 그렇게 쉽게 병들고 상할 줄은 짐작도 할 수 없었던 것이다. 굳건한 꿈의 주인공이 칠 년 후 한다하는 밤의 선수로 밀려 떨어질 줄은 생각할 수 없었던 것이다. 아담하던 꽃은 좀이 먹었을 뿐이 아니라 함빡 병들어 상하기 시작하지 않았던가. 책점 대중원 뒷방에서 겨울이면 화롯전을 끼고 앉아서 독서에 열중하다가 이론 투쟁을 한다고 아무나를 붙들고 채 삭이지도 못한 이론으로 함부로 후려대다가는 이튿날로 학교의 사건을 지도한다고는 조금 츨츨한 동무들이면 모조리 방에 끌어다가는 의론과 토의가 자자하던 칠 년 전의 남죽의 옛일을 생각할 때 현보는 금할 수 없는 감회에 잠기며 잠시는 자기 몸의 괴로움도 잊어버리고 오늘의 남죽을 원망하느니보다는 그의 자태를 측은히 여기는 마음이 끝없이 솟았다. 어린 꿈의 자라 가는 것은 여러 갈래일 것이나 그 허다한 실례 속에서 현보는 공교롭게도 남죽에게서 가장 측은하고 빗나간 한 장의 표본을 본 듯도 하여서 우울하기 짝이 없었다.

부정한 수단을 써가면서까지 여비로 만든 오십 원 돈이 뜻밖에도 망측한 치료비로 쓰이게 된 것을 생각하고 그 돈의 기구한 운명을 저주하면서 답답한 마음에 현보는 그날 밤 초저녁부터 바에 들어가 잠겼다. 거기에서 또한 우연히도 문제의 거리의 부랑자 김장로의 아들을 한자리에서 마주치게 된 것은 얼마나 뼈저린 비꼬움이었던가. 반지르하면서도 유들유들한 그 꼬락서니가 언제 보아도 불쾌하고 노여운 것이었으나 그러나 남죽 자신의 뜻으로 된 일이었다면 그도 하는 수 없는 노릇이며 무엇보다도 그 당장에서 그 녀석을 한 대 먹여서 꼬꾸라뜨릴 만한 용기와 힘없음이 현보에게는 슬펐다. 녀석도 또한 그 자리로 현보임을 알아차리고 가소로운 것은 제 술잔을 가지고 일부러 현보의 탁자에 와 마주 앉으며 알지 못할 웃음을 띠는 것이다.

"이왕 마주 앉았으니 술이나 같이 듭시다."

어느 결엔지 여급에게 분부하여 현보의 잔에도 술을 따르게 하였다. 희고 맑은 그 양주가 향기로 보아 솔내 나는 진인 것이 바로 그 밤과 같은 것이어서 이 또한 우연한 비꼬움으로밖에는 생각되지 않았다.

“이렇게 된 바에 무엇을 속이겠소. 터놓고 말이지 사실 내겐 비싼 홍정이었소. 자랑이 아니라 나도 그 길엔 상당히 밝기는 하나 설마 그런 흠이 있을 줄이야 뉘 알았겠소. 온전히 홀린 셈이지. 그까짓 지갑쯤 털린 거야 아까울 것 없지만 몸이 괴로워 못 견디겠단 말요. 허구한 날 병원에만 당기기두 창피하구, 맥주가 직효라기에 날마다 와서 켰으나 이 몸이 언제나 개운해질는지…….”

술잔을 내고는 얼굴을 찡그리고 쓴웃음을 띠는 것을 보고는 녀석을 해낼 수도 없고 맞장구를 칠 수도 없어서 현보는 얼떨떨할 뿐이었다.

“당신두 별수 없이 나와 동류항일 거요. 동류항끼리 마음을 헤치구 하룻밤 먹어 봅시다그려.”

하면서 굳이 술잔을 권하는 것이다.

현보는 녀석의 면상에 잔을 던지고 그 자리를 일어나고도 싶었으나—실상은 웃지도 못하고 울지도 못할 난처한 표정대로 그 자리에 빠지지 않아 있는 수밖에는 없었다.

•끝•

이효석문학상

2000년 강원도 평창군 '효석문화제'가 평창군청의 지원을 받아 제정하였다. 2012년부터는 이효석문학재단이 주관, 주최하고 있다. 1년간 발표된 중 · 단편소설 중 10편 내외의 우수한 작품을 선정하여 이 중 가장 우수한 작품을 대상, 나머지 작품들을 우수작품상으로 시상한다. 1회 수상작으로 이순원의 『아비의 잠』이 선정되었다.

이효석

1907. 2. 23. 강원도 평창군 진부면 하진부리에서 출생.
1914. 평창공립보통학교 입학.
1920. 평창공립보통학교 졸업. 경성제일고등보통학교 입학.
1928. 경성제국대학 재학 중 단편 「도시와 유령」 발표.
1931. 첫 단편집 『노령근해』 발표.
1933. 구인회의 창립 회원이 됨. 《조선문학》에 「돈(豚)」 발표.
1935. 단편 「계절」, 중편 「성화」 발표.
1936. 평양 숭실전문학교 교수 취임.
「메밀꽃 필 무렵」, 「들」, 「인간산문」, 「분녀」 등 발표.
1938. 《조광》에 「장미 병들다」 발표.
1939. 장편 『화분』, 단편 「향수」 등 발표.
1940. 《매일신보》에 『창공』 연재.
1941. 『이효석 단편선』, 『창공』을 개칭한 『벽공무한』 출간.
1942. 5. 25. 평양에서 뇌막염으로 타계.

이효석(李孝石)은 1928년 《조선지광》에 「도시와 유령」을 발표하며 정식으로 문학 활동을 시작했다. 초기작은 경향문학의 성격이 짙어 '동반자 작가'로 불렸다. 첫 창작집 『노령근해』를 통해 자신의 프롤레타리아 이념을 추구하는 문학적 지향성을 뚜렷이 보여주었다. 생활이 안정되기 시작한 1932년 무렵부터는 순수문학을 추구하여 향토적, 이국적, 성적 모티프를 중심으로 한 독특한 작품 세계를 펼쳤다. 1933년부터 왕성하게 작품 활동을 하여 이 해에 「돈(豚)」「수탉」 등을 발표하였다. 이후 1936년 「산」「분녀」「들」「메밀꽃 필 무렵」「석류」, 1937년 「성찬」「개살구」, 1938년 「장미 병들다」「해바라기」, 1939년 「황제」「여수」 등의 단편을 발표하며 대표적인 단편소설 작가로서 입지를 굳혀 갔다. 『화분』(1939), 『벽공무한』(1941) 등의 장편도 발표했는데, 일본의 조선어 말살 정책에 일어로 장편소설 『녹색의 탑』(1940)을 비롯한 다수의 작품을 쓰기도 했다. 대표작 「메밀꽃 필 무렵」의 배경지인 강원도 평창군 봉평면에 이효석문학관이 건립되어 있다.

레디메이드 인생

채만식

1

"머 어데 빈자리가 있어야지."

K사장은 안락의자에 푹신 파묻힌 몸을 뒤로 벌—떡 젖히며 하품을 하듯이 시원찮게 대답을 한다. 미상불 그는 두 팔을 쭉— 내뻗고 기지개라도 한번 쓰고 싶은 것을 겨우 참는 눈치다.

이 K사장과 둥근 탁자를 사이에 두고 공손히 마주 앉아 얼굴에는 '나는 선배인 선생님을 극히 존경하고 앙모합니다' 하는 비굴한 미소를 띠고 있는 구변 없는 구변을 다하여 직업 동냥의 구걸 문구를 기다랗게 늘어놓던 P…… P는 그러나 취직 운동에 백전백패(百戰百敗)의 노졸(老卒)인지라 K씨의 힘 아니 드는 한마디의 거절에도 새삼스럽게 실망도 아니 한다. 대답이 그렇게 나왔으니 이제 더 졸라도 별수가 없는 것이지만 허실삼아* 한마디 더 해보는 것이다.

"글쎄올시다, 그러시다면 지금 당장 어떻게 해주십사고 무리하게 조를 수야 있겠습니까마는…… 그러면 이담에 결원이 있다든지 하면 그때는 꼭……."

이렇게 말하고 P는 지금까지 외면하였던 얼굴을 돌리어 K사

* 별반 기대는 하지 않고 혹시나 하는 마음으로.

장을 조심성 있게 바라보았다. 그러나 K사장은 우선 고개를 좌우로 두어 번 흔들고는 여전히 하품 섞인 대답을 한다.

"결원이 그렇게 나나 어데…… 그러고 간혹가다가 결원이 난다더래도 유력한 후보자가 몇십 명씩 밀려 있어서……."

P는 아무 말도 아니 하고 고개를 숙였다. 이제는 영영 틀어진 것이다. 안녕히 계십시오, 하고 일어서는 것밖에는 별수가 없다.

별수가 없이 되었으니 '네 그렇습니까' 하고 선선히 일어서야 할 것이지만 지금까지 은근히 모시고 있던 태도에 비하여 그것이 너무 낯이 간지러운 표변임을 알기 때문에 실망이나 하는 체하고 잠시 더 앉아 있는 것이다.

"거 참 큰일들 났어."

K사장은 P가 낙심해하는 것을 보고 별로 밑천이 들지 아니하는 일이라서 알뜰히 걱정을 나누어 준다.

"저렇게 좋은 청년들이 일거리가 없어서 저렇게들 애를 쓰니."

P는 속으로 코똥을 '흥' 하고 뀌었으나 아무 대답도 아니 하였다. K사장은 P가 이미 더 조르지 아니하리라고 안심한지라 먼저 하품 섞어 '빈자리가 있어야지' 하던 시원찮은 태도는 버리고 그가 늘 흉중에 묻어 두었다가 청년들에게 한바탕씩 해 들려주는 훈화를 꺼낸다.

"그렇지만 내가 늘 말하는 것인데…… 저렇게 취직만 하려고 애를 쓸 게 아니야. 도회지에서 월급 생활을 하려고 할 것만이 아니라 농촌으로 돌아가서……."

"농촌으로 돌아가서 무얼 합니까?"

K는 말 중동을 갈라 불쑥 반문하였다. 그는 기왕 취직 운동은 글러진 것이니 속 시원하게 시비라도 해보고 싶은 것이다.

"허! 저게 다 모르는 소리야…… 조선은 농업국이요, 농민이 전 인구의 팔 할이나 되니까 조선 문제는 즉 농촌 문제라고 볼 수가 있는데, 아 지금 농촌에서 할 일이 오죽이나 많다구?"

"저는 그 말씀 잘 못 알어듣겠는데요. 저희 같은 사람이 농촌에 가서 할 일이 있을 것 같잖습니다."

"그럴 리가 있나! 가령 응…… 저……."

K사장은 응…… 저…… 하고 더듬으면서 끝내 대답을 하지 못한다. 그것은 무리가 아니다.

그가 구직하러 오는 지식 청년들에게 농촌으로 돌아가 농촌 사업을 하라는 것과 (다음에 또 꺼내는 일거리를 만들라는 것은) 결코 현실에서 출발한 이론적 근거가 있는 것이 아니었다. 그저 지식 계급의 구직꾼이 넘치는 것을 보고 막연히 '농촌으로 돌아가라' '일을 만들어라'고 해왔을 따름이다. 따라서 거기에 대한 구체적 플랜이 있는 것도 아니었던 것이다. 한편으로는 한 행셋거리로, 또 한편으로는 구직꾼 격퇴의 수단으로 자룡이 헌 창 쓰듯 썼을 뿐이지.

그리하여 그동안까지는 대개는 그 막연한 설교를 들은 성 만성하고 물러가는 것이 그들의 행티였는데 오늘 이 P에게만은 그렇지가 아니하여 불가불 구체적 설명을 해주어야 하게 말머리가 돌아선 것이다. 그래서 그는 떠듬떠듬 생각해 가면서 생각나는 대로 주워섬기는 것이다.

"가령 응…… 저…… 문맹 퇴치 운동도 있지. 농민의 구 할은 언문도 모른단 말이야! 그리고 생활 개선 운동도 좋고…… 헌신적으로."

"헌신적으로요?"

"그렇지…… 할 테면 헌신적으로 해야지."

"무얼 먹고 헌신적으로 그런 사업을 합니까……? 먹을 것이 있어서 그런 농촌 사업이라도 할 신세라면 이렇게 취직을 못 해서 애를 쓰겠습니까?"

"허! 그게 안 된 생각이야…… 자기가 먹고 살 재산이 있으면서 사회를 위해서 일도 아니하고 번들번들 논다는 것은 그것은 타락된 생각이야."

P는 K사장이 억담*을 내세우는 것을 보고 속으로 싱그레니 웃었다.

"그렇지만 지금 조선 농촌에서는 문맹 퇴치니 생활 개선이니 합네 하고 손끝이 하—얀 대학이나 전문학교 졸업생들이 몰려오는 것을 그다지 반겨하기는커녕 머릿살을 앓을 것입니다…… 농민이 우매하다든지 문화가 뒤떨어졌다든지 또 생활이 비참한 것의 근본 원인이 기역 니은을 모른다든가 생활 개선을 할 줄 몰라서 그런 것이 아니니까요. 그리고 조선의 지식 청년들이 모두 그런 인도주의자가 되어집니까?"

"되면 되지 안 될 건 무어야?"

* 억지스럽게 하는 말.

"그건 인도주의란 그것이 한 개 공상이니까 그렇겠지요."

"허허…… 그러면 P군은 ××주의잔가?"

"되다가 찌부러진 찌스레깁니다. 철저한 ××주의자라면 이렇게 선생님한테 와서 취직 운동도 아니 합니다."

"못써! 그렇게 과격한 사상으로 기울어서야 쓰나…… 정 농촌으로 돌아가기가 싫거든 서울서라도 몇 사람 맘 맞는 사람이 모여서 무슨 일을— 조선에 신문이 모자라니 신문을 하나 경영하든지 또 조그맣게 하자면 잡지 같은 것도 좋고 또 영리 사업도 좋고…… 그러면 취직 운동하는 것보다 훨씬 낫지 않은가?"

"좋 줄이야 압니다만 누가 돈을 내놉니까?"

"그거야 성의 있게 하면 자연 돈도 생기는 거지."

P는 엉터리없는 수작을 더 하기가 싫어 웬만큼 말을 끊고 일어섰다.

속에 있는 말을 어느 정도까지 활활 해준 것이 시원은 하나 또 취직이 글렀구나 생각하니 입안에서 쓴침이 괴어 나온다.

복도에서 편집국장 C를 만났다. P는 C와 자별히 사이가 가까운 터였었다.

"사장 만나러 왔소?"

C가 묻는 것이다.

"아니."

P는 거짓말을 하였다. 그는 지금 K사장을 만나 거절당한 이야기를 하기가 어쩐지 창피하기도 할 뿐 아니라 또 전부터 C더러 K사장에게 자기의 취직 운동을 부탁해 왔던 터인데 직접 이렇

게 찾아와서 만났다고 하기가 혐의쩍기도 하여 시치미를 뚝 뗀 것이다.

"아주 단념하오."

C는 자기에게 부탁한 취직 운동을 단념하란 말이다. 그러면 벌써 C가 K사장에게 이야기를 하였고 그 결과 일이 틀어진 것을 P는 모르고 와서 헛노릇을 한바탕한 것이다. P는 먼저 C를 만나보지 아니하고 K사장을 만난 것을 후회하였다. C는 잠깐 멈췄던 말을 계속한다.

"어제 아침에 사장더러 P군의 사정이 퍽 난처하니 어떻게 생각해 봐주면 좋겠다고 여러 말을 했다가 코 떼었소.* 신문사가 구제 기관이 아닌데 남의 사정 난처한 것을 어떻게 하라느냐고 그럽디다…… 하기야 그게 옳은 말이지만."

신문사가 구제 기관이 아니라고 한다는 그 말이 P의 머리에는 침 끝으로 찌르는 것같이 정신이 들게 울리었다.

"흥! 망할 자식들!"

P는 혼자말로 이렇게 두덜거리며 C와 작별도 아니 하고 밖으로 나와 버렸다.

2

P는 광화문 네거리의 기념비각 옆에서 발길을 멈추고 망설였

* 코(를) 떼다: 무안을 당하거나 핀잔을 맞다.

다. 어디로 갈까 하는 것이다.

봄 하늘이 맑게 개었다. 햇볕이 살이 올라 포근히 온몸을 싸고돈다. 덕석 같은 겨울 외투를 벗어 버리고 말쑥말쑥하게 새로 지은 경쾌한 춘추복의 젊은이들이 봄볕처럼 명랑하게 오고 가고 한다.

멋쟁이로 차린 여자들의 목도리가 나비같이 보드랍게 나부낀다. 그 오동보동한 비단 다리를 바라다보노라니 P는 전에 먹던 치킨커틀릿 생각이 났다.

창을 활활 열어젖힌 전차 속의 봄 사람들을 보니 P도 전차를 잡아타고 교외나 나가고 싶었다. 그러나 크림 맛을 못 본 지 몇 달이 된 낡은 구두, 고기작거린 동복 바지, 양편 포켓이 오뉴월 쇠×알같이 축 처진 양복저고리, 땟국 묻은 와이셔츠와 배배 꼬인 넥타이, 엿장수가 이 전어치 주마던 낡은 모자, 이렇게 아래로부터 훑어 올려 보며 생각하니 교외의 산보는커녕 얼른 돌아가서 차라리 이불을 뒤쓰고 드러눕고만 싶었다.

마침 기념비각 앞에 자동차 하나가 머무르더니 서양 사람 내외가 내린다. 그들은 사내가 설명을 하고 여자가 듣고 하면서 기념비각을 앞뒤로 구경한다. 여자는 사진까지 찍는다.

대원군이 만일 이 꼴을 본다면…… 이렇게 생각하매 P는 저절로 미소가 입가에 떠올랐다.

3

대원군은 한말(韓末)의 돈키호테였었다. 그는 바가지를 쓰고 벼락을 막으려 하였다. 바가지는 여지없이 부스러졌다. 역사는 조선이라는 조그마한 땅덩이나마 너무 오래 뒤떨어뜨려 놓지 아니하였다.

갑신정변에 싹이 트기 시작하여 가지고 일한합방의 급격한 역사 변천을 거쳐 자유주의의 사조는 기미년에 비로소 확실한 걸음을 내어 디디었다.

자유주의의 새로운 깃발을 내어 걸은 '시민(市民)'의 기세는 등등하였다.

"양반? 흥! 누구는 발이 하나길래 너희만 양발(반)이라느냐?"

"법률의 앞에서는 만인이 평등이다."

"돈…… 돈이 있으면 무어든지 할 수 있다."

신흥 부르주아지는 민주주의의 간판을 이용하여 노동자 농민의 등을 어루만지고 경제적으로 유력한 봉건 귀족과 악수를 하는 동시에 지식 계급을 대량으로 주문하였다.

유자천금(遺子千金)이 불여교자(不如敎子) 일권서(一卷書)라는 봉건시대의 진리가 자유주의의 세례를 받아 일단의 더 발전된 얼굴로 민중을 열광시켰다.

"배워라. 글을 배워라…… 지식만 있으면 누구나 양반이 되고 잘살 수가 있다."

이러한 정열의 외침이 방방곡곡에서 소스라쳐 일어났다.

신문과 잡지가 붓이 닳도록 향학열을 고취하고 피가 끓는 지사(志士)들이 향촌으로 돌아다니며 삼촌의 혀*를 놀려 권학(勸學)을 부르짖었다.

"배워라. 배워야 한다. 상놈도 배우면 양반이 된다."

"가르쳐라. 논밭을 팔고 집을 팔아서라도 가르쳐라. 그나마도 못 하면 고학이라도 해야 한다."

"공자 왈 맹자 왈은 이미 시대가 늦었다. 상투를 깎고 신학문을 배워라."

"야학을 실시하여라."

재등(齋藤) 총독이 문화 정치의 간판을 내어 걸고 골골이 학교를 증설하였다. 보통학교의 교장이 감발을 하고 촌으로 돌아다니며 입학을 권유하였다. 생도에게는 월사금을 받기는커녕 교과서와 학용품을 대어 주었다.

민간의 유지는 돈을 걷어 학교를 세웠다. 민립대학도 생기려다가 말았었다. 청년회에서 야학을 설시하였다. 갈돕회**가 생겨 갈돕만주 외우는 소리가 서울에 신풍경을 이루었고 일반은 고학생을 존경하였다.

여학생이라는 새 숙어가 생기고 신여성이라는 새 여인이 생겨났다.

이와 같이 조선의 관민이 일치되어 민중의 지식 정도를 높이

* 삼촌의 혀 : 세 치 길이의 사람의 혀. 옛날 춘추전국시대 모수라는 이가 세 치의 혀로 초나라에 구원병 20만을 파견하게 설득했다는 고사에서 나온 말.

** 1920년 경성(京城)에서 조직된 고학생 단체.

는 데 진력을 하였다. 즉 그들 관민이 일치하여 계획한 조선의 문화 정도는 급도로 높아 갔다.

그리하여 민중의 지식 보급에 애쓴 보람은 나타났다.

면서기를 공급하고 순사를 공급하고 군청 고원을 공급하고 간이 농업학교 출신의 농사 개량 기수를 공급하였다.

은행원이 생기고 회사 사원이 생겼다. 학교 교원이 생기고 교회의 목사가 생겼다.

신문 기자가 생기고 잡지 기자가 생겼다. 민중의 지식 정도가 높았으니 신문 잡지 독자가 부쩍 늘고 의사와 변호사의 벌이가 윤택하여졌다.

소설가가 원고료를 얻어먹고 미술가가 그림을 팔아먹고 음악가가 광대의 천호(賤號)에서 벗어났다.

인쇄소와 책장사가 세월을 만나고 양복점 구둣방이 늘비하여졌다.

연애결혼에 목사님의 부수입이 생기고 문화주택을 짓느라고 청부업자가 부자가 되었다. 그리하여 부르주아지는 '가보'*를 잡고, 공부한 일부의 지식꾼은 진주(다섯 끗)를 잡았다.

그러나 노동자와 농민은 무대를 잡았다. 그들에게는 조선의 문화의 향상이나 민족적 발전이나가 도리어 무거운 짐을 지어 주었을지언정 덜어 주지는 아니하였다. 그들은 배 주고 속 얻어먹은 셈이다.**

* 노름에서, 아홉 끗을 이르는 말.

** 자기의 큰 이익은 남에게 주고 거기서 조그만 이익만을 얻음을 비유적으로 이르는 말.

……(원문 20여 자 탈락)……

인텔리…… 인텔리 중에도 아무런 손끝의 기술이 없이 대학이나 전문학교의 졸업증서 한 장을, 또는 그 조그마한 보통 상식을 가진 직업 없는 인텔리…… 해마다 천여 명씩 늘어 가는 인텔리…… 뱀을 본 것은 이들 인텔리다.

부르주아지의 모든 기관이 포화상태가 되어 더 수요가 아니 되니 그들은 결국 꼬임을 받아 나무에 올라갔다가 흔들리는 셈이다. 개밥의 도토리다.

인텔리가 아니 되었으면 차라리 ……(원문 7-8자 탈락)…… 노동자가 되었을 것인데 인텔리인지라 그 속에는 들어갔다가도 도로 달아나오는 것이 구십구 퍼센트다. 그 나머지는 모두 어깨가 축 처진 무직 인텔리요, 무기력한 문화 예비군 속에서 푸른 한숨만 쉬는 초상집의 주인 없는 개들이다. 레디메이드 인생이다.

4

"제—길!"

P는 혼자 두덜거리며 지금까지 서 있던 기념비각 옆을 떠났다.

……(원문 80여 자 탈락)……

P는 자기 자신이고 세상의 모든 일이고 모두 짜증이 나고 원수스러웠다.

광화문 큰거리를 총독부 쪽으로 어슬어슬 걸어가노라니 그의 그림자가 짤막하게 앞에 누워 간다. P는 그 자기 그림자를 콱 밟고 싶었다. 그러나 발을 내어 디디면 그림자도 그만큼 앞으로 더 나가곤 한다. 이 그림자와 자기 자신에서, 그리고 그림자를 밟으려는 자기 자신과 앞으로 달아나는 그림자에서 P는 자기의 이중 인격의 모순상(相)을 발견하였다.

동십자각 옆에까지 온 P는 그 건너편 담배 가게 앞으로 갔다.

"담배 한 갑 주시오."

하고 돈을 꺼내려니까 담배 가게 주인이,

"네, 마콥니까?"

묻는다.

P는 담배 가게 주인을 한번 거듭떠보고 다시 자기의 행색을 내려 훑어보다가 심술이 버쩍 났다. 그래서 잔돈으로 꺼내려는 것을 일부러 일 원짜리로 꺼내려는데 담배 가게 주인은 벌써 마코 한 갑 위에다 성냥을 받쳐 내어 민다.

"해태 주어요."

P는 돈을 들이밀면서 볼먹은 소리를 질렀다. 그러나 담배 가게 주인은 그저 무신경하게 '네—' 하고는 마코를 해태로 바꾸어 주고 팔십오 전을 거슬러 준다.

P는 저편이 무렴해하지 아니하는 것이 더욱 얄미웠다.

그는 해태 한 개를 꺼내어 붙여 물고 다시 전찻길을 건너 개천가로 해서 올라갔다. 이제는 포켓 속에 남은 것이 꼭 삼 원하고 동전 몇 푼이다. 엊그제 겨울 외투를 사 원에 잡혀서 생긴 것이다.

방세와 전깃불값이 두 달 치나 밀렸다. 삼 원은 방세 한 달 치를 주고 일 원에서 전등삯 한 달 치를 주고도 싶었으나 그러고 나면 그 나머지로 설렁탕이나 호떡을 사 먹어도 하루밖에는 못 지낸다. 그래 그대로 넣어 두고 한 이틀 지내는 동안에 일 원이 거진 달아났던 판인데 공연한 객기를 부리느라고 당치도 아니한 해태를 샀기 때문에 이제는 일 원 돈은 완전히 달아나고 삼 원만 남은 것이다.

P는 포켓 속에 손을 넣고 잔돈과 지폐를 섞어 삼 원 남은 돈을 만지작거렸다. 그러면서 왼편 손으로는 손가락을 꼽아 가며 삼 원을 곱쟁이 쳐보았다.

육 원 십이 원 이십사 원 사십팔 원 구십육 원 백구십이 원 팔 원 모자라는 이백 원…… 사백 원 팔백 원 일천육백 원 삼천이백 원 육천사백 원 일만 이천팔백 원. 팔백 원은 떼어 버리고 이만 사천 원 사만 팔천 원 구만 육천 원 십구만 이천 원 삼십팔만 사천 원 칠십육만 팔천 원 일백오십삼만 육천 원…….

삼 원을 열여덟 번만 곱집으면 일백오십만 원이 된다. 일백오십만 원 그놈이 있으면…… 이렇게 생각하매 어깨가 으쓱해졌다.

삼 원의 열여덟 곱쟁이가 일백오십만 원이니 퍽 쉬운 것이다…… 그놈만 있으면 백만 원을 들여서 오십 전짜리 십육 페이지 신문을 하나 했으면 우선 K사장의 엉엉 우는 꼴을 볼 수가 있을 것이다.

그러나 아쉬운 대로 십오만 원만 있어도, 일만 오천 원 아니 일천오백 원만 있어도, 아니 일백오십 원만 있어도, 십오 원만 있어도 우선 방세와 전등 삯을 주고 한 달은 살아가겠다.

P는 한숨을 내쉬었다. 한 달? 한 달만 살고 나면 그다음은 어떻게 하나……? 그래도 몇백 원은 있어야지, 아니 몇천 원은 아니 몇만 원은…….

P는 늘 하는 버릇으로 이런 터무니없는 공상을 되풀이하였다.

그는 최근 이러한 공상을 하면서부터 취직을 시들하게 여겼다.

취직이 된댔자 사오십 원이나 오륙십 원이 월급이다. 그것을 가지고 빠듯빠듯 살아간들 무슨 아기자기한 재미가 있을 턱도 없는 것이다.

가령 근실히 해서 월괘저금* 같은 것도 하고 집도 장만하고 여편네도 생기고 사장이나 중역들의 눈에 들어 지위도 부장쯤으로는 올라가고, 그리하여 생활의 근거도 안정이 되고 하면 지금 같은 곤란은 당하지 아니하겠지만, 그러나 P에게는 아직도 젊은 때의 야심이 있어 그러한 고식**된 안정이나 명색 없는 생활은 도리어 피하고 싶었던 것이다. 좀더 남의 눈에 띄고 좀더 재미있고 그리고 자유로운 생활.

물론 그는 지금이라도 누가 한 달에 삼십 원만 줄 테니 와서 일을 해달라면 마치 주린 개가 고기를 보고 덤비듯이 덮어놓고 덤벼들 것이다. 그러나 속으로는 그와 딴판으로 배포를 부리고 있는 것이다.

P가 삼청동으로 올라가느라고 건춘문 앞까지 이르렀을 때 저

* 매월 정해 놓고 하는 저축.

** 姑息. 근본적인 해결이 아닌 일시적인 임시변통.

편에서 말쑥하게 몸치장을 한 여자 하나가 마주 내려왔다.

역시 삼청동 근처에 사는 여자인지 P와는 가끔 마주치는 여자다.

P는 그 여자와 만날 때마다 일부러 눈여겨보지 않는 체하면서도 실상은 고비샅샅 관찰을 하였고, 그리고 속으로는 연애라도 좀 했으면 하던 터였었다. 무엇보다도 동그스름한 얼굴에 이목구비가 모두 모지지 아니하고 얼굴의 윤곽이 둥글듯이 모가 나지 아니한 것, 그래서 맘자리도 그렇게 둥글려니 하는 것이 P의 마음을 끈 것이다.

그 여자는 자주 만나는 이 헙수룩한 양복쟁이—P를 면빛으로도 알아보았는지 처녀다운 조심스러운 몸매로 길을 가로 비껴 가까이 왔다.

P는 고개를 꼿꼿이 쳐들고 앞만 쳐다보면서도 속으로는, '저 여자가 지금 내 옆으로 다가와서 조그만 소리로 정답게 구애를 한다면? 사뭇 들여 안긴다면……? 어쩔꼬?'

이런 생각을 하면서 히죽이 웃는데 여자는 벌써 지나쳐 버렸다.

'흥! 어쩌긴 무얼 어째……? 이년아, 일없다는데 왜 이래! 하고 발길로 칵 차 내던지지.'

하고 P는 어깨를 으쓱하였다.

삼청동 꼭대기에 있는 집—집이 아니라 사글세로 든 행랑방—에 돌아왔다. 객지에 혼자 있으니 웬만하면 하숙에 있을 것이로되 방값이 밀리고 그것에 졸릴 것이 무서워 P는 방을 얻어

가지고 있던 것이다.

먹는 것이야 수중에 돈이 있는 데에 따라 호떡도 설렁탕도 백화점의 런치도, 그러잖고 몇 끼씩 굶기도 하여 대중이 없었다.

볕 구경을 잘 못 해서 겨울에도 곰팡이가 슬고 이불을 며칠씩 그대로 펴두는 방바닥에서는 먼지가 풀신풀신 올랐다.

하도 어설퍼 앉으려고도 아니 하고 방 가운데 우두커니 서서 있노라니까 안방 문 여닫는 소리가 들리며 주인 노파가 나와서 캑 하고 기침을 한다. P는 또 방세 졸릴 일이 아득하였다.

그러나 노파는 방세보다도 우선 편지 한 장을 들이밀어 준다. 고향의 형에게서 온 것이다.

편지를 뜯어 읽고 난 P는 말가웃이나 되게 한숨을 푸— 내쉬었다. 그러고는 편지를 박박 찢어 버렸다.

5

편지의 요건은 P의 아들에 관한 것이다.

P에게는 연전에 갈린 아내와의 사이에 생긴 창선이라는 아들이 있다. 금년에 아홉 살이다.

아내와 갈릴 때에 저편에서 다만 어린애만이라도 주었으면 그것을 데리고 길러 가는 재미로 혼자 사는 세상에 낙을 붙이겠다고 사정하였다. 그리고 적어도 중학까지는 마치게 하겠다는 것이었다.

그렇게 했으면 P도 한짐을 덜었을 것이다. 그러나 그는 듣지 아니하였다.

어릴 적부터 소박데기 어미의 손에서 아비의 원망과 푸념을 들어가면서 자란 자식은 자란 뒤에 그 아비에게 호감을 가지지 못한다. P는 자식을 꼭 찾고 싶은 것은 아니나 아무튼 장성하면 아비라고 찾아올 터인데 그때에 P는 이미 늙고 자식은 팔팔하게 젊은 놈이 옛날에 제 어미를 소박한 아비라서 아니꼽게 군다면 그것은 차마 못 당할 노릇이다.

이러한 생각으로 P는 창선이를 내주지 아니한 것이다. 그러나 빼앗아 놓고 보니 이제 겨우 너댓 살밖에 아니 먹은 것을 자기 손으로 어찌할 수가 없다. 그리하여 할 수 없이 어렵사리 지내는 그 형에게 맡겨 놓고 다시 서울로 올라온 것이다. 보통학교에 다닐 나이가 되면 서울로 데려오겠다고 해두고.

P의 형은 작년에 조카를 보통학교에 입학시켰다. 그러나 극빈축에 드는 집안인지라 몇 푼 아니 되는 월사금과 학비를 대지 못하여 중도에 퇴학시켰다. 애초에 입학시킬 상의로 P에게 편지를 했을 때에 P는 공부 같은 것은 시켜 봤자 소용이 없으니 차라리 뼈가 보드라운 때부터 생일*을 시키라고 하였다. P의 형은 그러나 백부의 도리로나 집안의 체면으로나 창선이를 생일을 시킬 수가 없었다. 차라리 자기 손에 두어 헐벗기고 헐입히면서 공부도 시키지 못하느니 제 아비인 P더러 데려가라고 작년부터 편지를 하던 터이다.

* 특별한 지식이 필요 없는, 몸으로 하는 일.

금년도 입학 시기가 당하매 P의 형은 P에게 누차 편지를 하였다. 금년에 입학을 시키지 못하면 명년에는 학령이 초과되어 들여 주지 아니할 것이니 어서 데려다가 공부를 시키라는 것이다.

그 어린것이 굶기를 먹듯 하고 재주는 있으면서 남의 집 아이들이 학교에 다니는 것을 부러워하는 꼴은 차마 애처로워 볼 수가 없다. 차라리 이 꼴 저 꼴 보지 않는 것이 속이나 편하겠다.

이번 편지에는 이러한 구절이 있고 끝에 가서,

여비가 몇 원 변통되면 차를 태우고 전보를 칠 테니 정거장에 나와 데려가거라. 나도 웬만하면 객지에 혼자 있는 너에게 어린 자식을 떠맡기듯이 보내겠느냐마는 잘못하다가 그것을 굶겨 죽이겠기에 생각다 못해 단행하는 것이다.

이러한 말이 쓰여 있었다.

P는 박박 찢은 편지를 돌돌 뭉쳐 방구석에 내던지고 한숨을 푸— 내쉬었다.

이제는 자식을 데리고 있기가 피할 수 없이 되었는데, 어떻게 했으면 좋을까 하는 것이다. 그는 형이 원망스럽고 아니꼬웠다.

굳이 제 아비를 따라 보낸다는 것이 아니라 부득부득 공부를 시키려는 것 때문이다. 기왕 서울로 보내나 시골서 데리고 있으나 고생시키기는 일반이니 차라리 시골서 일찍부터 생일이나 시켰으면 P에게는 여러 가지로 좋을 것이었다.

"흥! 체면! 공부! 죽여도 인텔리는 만들잖는다."

P는 혼자 이렇게 두덜거렸다.

"집에서 온 편지유? 무슨 걱정이 생겼수?"

말거리를 찾지 못하여 머뭇거리고 섰던 안방 노인이 동정이나 하는 듯이 이렇게 묻는다.

"아니오."

P는 마지못해 코대답을 하였다.

"필경 무슨 걱정이 생긴 게구려!"

노인은 자기의 말거리를 만들려고 아니라는데도 이렇게 걱정을 내어놓는다.

"그게 모다 가난한 탓이지…… 저렇게 젊고 똑똑한 이가 저게 모다 가난한 탓이야! 어데 구실자리* 말한다더니 아직 아니 됐수?"

"네, 아직……."

"거 큰일났구려! 어서 돼야 할 텐데…… 나도 꼭 죽겠수…… 이 늙은것이……! 돈 좀 마련되잖았수?"

"네, 아직 좀……."

"저걸 어쩌나! 오늘은 물값이야 전깃불값이야 사뭇 받으러 달려들 텐데!"

"메칠만 더 미루십시오. 설마하니 마나님이야 아니 드리겠습

* 일자리.

니까……."

"아무렴! 실수야 없을 줄 알지만 내가 하도 옹색하니깐 그러는 거지……."

P는 노인이 지껄이게 두어 두고 혼자 생각하였다. 전에 아는 집에서 셋방을 얻어 들었을 때에는 두 달이고 석 달이고 세가 밀려도 조르는 법이 없었다.

밀려도 조르지 아니하는 아는 집…… 이것이 P는 도리어 미안해서 이곳으로 옮겨 온 것이다. 옮겨 와가지고 막상 졸림질을 당하니 미안해도 졸리지는 아니하던 옛집이 그리워지는 것이다.

노인이 문을 가로막고 서서 수다스러운 소리로 더 지껄이려고 하는데 마침 P의 동무 M과 H가 찾아왔다.

"어데 나가나?"

M이 그러잖아도 벌씸한* 코를 한 번 더 벌씸하고 사이 벌어진 앞니를 내어 보이며 싱끗 웃는다.

몸집은 M과 같이 통통하지만 키가 적어 M의 뒤에 가려 섰던 H가 옆으로 나서며,

"안녕합시요."

하고 인사를 한다.

P는 싱끗이 웃었다. 이 M과 H는 같은 하숙에 있는데 두 사람은 곧잘 같이 돌아다닌다. 같이 가는 것을 나란히 세워 놓고 보면 하나는 키가 커서 우뚝하고 하나는 키가 작아서 납작 붙어

* 벌씸하다 : 입이나 코 등 탄력 있는 물체가 크게 벌어지다.

가는 것 같다.

얼굴도 M은 우둘부둘한 게 정객 타입으로 생겼고—잘못하면 복싱 링에 내세워도 좋겠고— H는 안존한 게 사무원 타입이다.

일상의 언행을 보아도 H는 무슨 이야기가 자기 전문인 법률에 관한 것에 다다르면 육법전서의 조목을 따르르 외우면서 이러고저러고 하다고 설명을 하고, M은 동경서 학생 ××에 제휴를 했던 만큼, 그리고 전문이 정경과인 만큼 좌익 진영에서 쓰는 어투가 그대로 나온다.

"여전히 모다 동색(冬色)이 창연하군!"

P는 두 사람의 특특한 겨울 양복을 보고, 그리고 자기의 행색을 내려 보며 웃었다.

M이 신을 벗고 들어와 먼지 앉은 책상 위에 걸터앉으며,

"춘래불사춘*일세."

하고 한마디 외운다. H도 따라 들어와 한편에 앉으며 한마디 한다.

"아직 괜찮아…… 거리에서 보니까 동복 입은 사람이 많데……."

"괜찮기는 무어 괜찮아…… 우리가 길로 돌아다니니까 사방에서 아이구 아야! 소리가 들리데."

"왜?"

"봄이 발밑에서 짓밟히느라고."

* 春來不似春. 봄이 왔지만 봄 같지가 않다.

"하하하하."

세 사람은 소리를 내어 웃었다.

"참 시험 본 것 어떻게 되었소?"

P는 H가 일전에 총독부에서 본 고원 채용 시험을 생각하고 물어보았다.

"말두 마시우…… 이제는 꼭 들어앉어 공부나 해갖고 변호사 시험이나 치겠소."

사람이 별로 변통성도 없고 그렇다고 여기저기 반연*도 없어 취직이 여의하게 되지 못하는 것을 볼 때에 P는 가엾은 생각이 늘 들곤 하였다.

"가만있게…… 어서 변호사 시험만 패스하게. 그러면 이제 내가 백만 원짜리 주식회사를 조직해 가지고 자네를 법률 고문으로 모셔 옴세."

이것은 M이 늘 농 삼아 하는 농담이다. M도 일 년 동안이나 취직 운동을 하면서 지냈건만 그는 되레 배포가 유하다. 조금 더 재빠르게 했으면 M은 벌써 취직이 되었을는지도 모르나 그는 타고난 배포와 그리고 남에게 아유구용을 하기 싫어하는 성질로 말하자면 취직 전선의 낙오자다.

별로 만나야 할 일도 없다. 그러나 제각기 혼자 있으면 우울해지니까 이렇게 서로 찾으며 자주 만나게 된다.

만나 앉아서 이야기라도 지껄이면 그동안만은 명랑하여진다.

* 攀緣. 무엇에 이르기 위한 연줄로 삼음. 또는 그 연줄.

지금 서울 안에 P니 M이니 H니와 매일 만나 하는 일 없이 돌아다니고 주머니 구석에 돈푼 있으면 서로 털어 선술 잔이나 먹고 하는 룸펜의 패가 수없이 많다.

무어나 일을 맡겼으면 불이 번쩍 일게 해낼 팔팔한 젊은 사람들이다. 그렇건만 그들은 몸을 비비 꼬고 있다.

아무 데도 용납지 못하는 사람들이다. ××적 ××에서 그들을 불러들이기에는 ××적 ××의 주관적 정세가 너무도 미약하다. 그것은 그들의 몇 부분이 동경서 학생으로 있을 시절에는 그 속에서 활발하게 ××을 계속하던 것이 조선에 나오면서 탈리되는 것으로 보아 그러한 해석을 내리지 아니할 수가 없다.

그렇다고 부르주아의 기성 문화기관에 들어가자니 그곳에서는 수요를 찾지 아니한다. 레디메이드로 된 존재들이니 아무 때라도 저편에서 필요해야만 몇씩 사들여 간다.

M이 마코를 꺼내 놓고 붙여 문다. P는 포켓 속에 들어 있는 해태를 차마 내놓기가 낯이 따가워 M의 마코를 집어 당겼다.

……(원문 80여 자 탈락)……

P는 설명을 시작한다. P 자신 그러한 장난 비슷한 공상은 하면서 일단 해보라고 하면 주저할 것이지만 어쨌거나 그랬으면 통쾌하리라는 것이다.

"먼점 경무국에 들어가서 아주 까놓고 이야기를 한단 말이야. 우리가 지금 대상으로 하는 것은 총독부가 아니라 조선의 소위 민간 측 유지들이니까 간섭을 말어 달라고."

"그러면 관허(官許) 메이데이로구만."

"그래 관허도 좋아…… 그래 가지고는 기에다가는 무어라고 쓰느냐 하면 '우리에게 향학열을 고취한 놈이 누구냐?' ……어때?"

"조—치!"

"인텔리에게 직업을 대라…… 이렇게 노래를 지어 부르거든."

……(원문 10여 자 탈락)……

"응…… 유지와 명사의 가면을 박탈시키라고…… 한 몇십 명이 그렇게 데모를 한단 말이야! 하하하하."

M은 이렇게 웃고 H는 시원찮게 핀잔을 준다.

"드끄럽소,* 여보…… 아 글쎄 멀끔멀끔한 양복쟁이들이 종로 네거리로 기를 받고 그렇게 다녀 봐! 애들이 와서 나 광고지 한 장 주, 하잖나."

"하하하하."

"허허허허."

창 밖에서 냉이 장수가 싸구려 소리를 외치고 지나간다. M이 그에 응하여,

"이크! 봄을 덤핑하는구나!"

"흥, 경제학자라 달르군…… 참 우리 하숙에서는 채소를 좀 멕여 주어야지!"

"밥값을 잘 내보지."

"그도 그렇지만."

* 드끄럽다 : 듣그럽다. 떠드는 소리가 듣기 싫다.

"나는 석 달 치 밀렸네."

"나도 그렇게 될걸."

"그러니까 나처럼 이렇게 아파트 생활을 해요."

이것은 P의 말이다. 아파트라고 말해 놓고도 서글퍼서 허허 웃었다.

"조선식 아파트! 그렇지만 우리가 아파트 생활을 했다면 아마 두어 달 전에 굶어 죽었을걸."

"나는 돈을 보면 초면 인사를 해야 되겠네…… 본 지가 하도 오래라서 낯을 잊었어."

"여보게."

하고 M이 의젓하게 H를 달군다.

"돈 구경한 지 오래 됐다지?"

"응."

"존 수가 있네."

"뭔?"

"자네 책 좀 삼사(三四) 구락부에 보내세."

"싫으이."

"자네 돈 구경하고…… 구경하고 나서 그놈으로 한잔 먹고…… 한잔 말이 났으니 말이지 요즘 같으면 술이나 실컷 먹고 주정이라도 했으면 속이 시언하겠네."

"그러니까 말이야…… 가세. 가서 다섯 권만 잡혀."

"일없다."

"내가 찾어 주지."

"흥."

"정말이야."

"싫여."

6

그날 밤.

P와 M은 H를 졸라 그의 법률책을 잡혀 돈 육 원을 만들어 가지고 나섰다.

선술집에 가서 엔간히 취하도록 먹은 뒤에 C라는 카페에 가서 술 두 병을 놓고 자정이 되도록 노닥거렸다.

그곳에서 나올 때는 육 원 돈이 이 원 남았다. 이 원의 처치를 생각하던 세 사람은 일제히 동관으로 가기로 하였다.

세 사람이 모두 다리가 비틀거렸다. 그중에도 P는 더욱 취하였다.

늴리리 가락으로 들어박힌 갈봇집.

다 쓰러져 가는 초가집을 세 사람이 아는 집 들어서듯이 쑥 쑥 들어서니,

"들어옵시오."

"어서 옵시오."

라고 머리 딴 계집애와 배가 북통 같은 애 밴 계집이 마루로 나선다.

P가 무심결에 해태갑을 꺼내어 붙여 무니까 머리 딴 계집애가

P의 목을 걸싸안고* 볼에다 입을 쪽 맞추더니,

"나도 하나."

하고 손을 벌린다. P는 기가 막혀 담뱃갑을 내미는데 H와 M은 박수를 하며,

"부라보!"

하고 굉장하게 큰 소리로 외친다.

건넌방에 들어가 앉으니 마루에서 따그락따그락 소리가 난다.

배부른 계집은 푸대접을 받고 머리 딴 계집애가 H와 M의 손으로 옮겨 다니면서 주물린다. 깩깩 소리를 지르고 엄살을 한다. 말을 붙이고 대답을 주고받고 하는 것이 H와 M은 전에 한번 와 본 집인 듯하다.

술상이 들어왔다.

잔은 사발만 한데 술주전자는 눈알만 하다. 술을 부어 놓으니 M이 척 받아 놓고는 노래를 투정한다. 계집애는 그보다 더 약아 제가 그 술을 쭉 들이마시고는 빈 잔만 M의 입에 대어 준다.

P는 개숫물같이 밍밍한 술을 두어 잔 받아 먹는 동안에 비위가 콱 거슬려서 진정하느라고 드러누웠다.

H가 계집애를 무릎에 올려놓고 신이 나게 노래를 부른다. 물론 고저도 장단도 맞지 아니하는 노래다.

M이 애 밴 계집을 실컷 시달려 주다가 머리 딴 계집애를 빼앗아 가더니 귀에 대고 무어라고 속삭거린다. 그러면서 둘이서 연

* 걸싸안다 : 매우 날쌔게 끌어안다.

해 P를 건너다보며 싱긋벙긋 웃는다.

조금 있다가 계집애가 P에게로 오더니 귀에다 입을 대고 속삭인다.

"저이가 나더러 당신하고 오늘 저녁…… 응 어때?"

"그래라."

P는 불쑥 성난 것처럼 대답했다.

"아이! 승거워!*"

계집애는 P를 한번 꼬집어 주고 다시 M에게로 달아났다.

M에게로 가서 또 무어라고 속삭거리더니 재차 와 가지고는 귓속말을 한다.

"자고 가, 응."

"그래 글쎄."

"꼭."

"응."

"정말."

"응."

술은 네 주전자가 들어왔는데 세 사람 손님은 두서너 잔씩밖에 아니 먹었다. 그 나머지는 다 저희가 먹었다. 계집애가 술이 곤주**가 되게 취해 가지고 해롱해롱 까분다.

술값을 치르는 것을 보고 P도 따라 일어섰다. M이 몸뚱이로 슬쩍 밀어서 방 안으로 들여보내고 뒤에서 계집애가 양복 뒷깃

* 승겁다 : '싱겁다'의 방언.

** 고주망태. 술에 몹시 취하여 정신을 가누지 못하는 상태. 또는 그런 사람.

을 잡아당긴다.

"그래라, 자고 간다."

P는 방 가운데 벌떡 드러누웠다.

"너이 집이 어디냐?"

계집애가 옆에 와서 앉는 것을 보고 P가 물었다.

"××도 ××."

"언제 왔니?"

"작년에."

P는 몸을 일으켰다. 또 속이 왈칵 뒤집혀 좀더 진정하려고 하는 생각인데 계집애가 콱 밀어뜨린다.

"나이 몇 살이냐?"

"열여덟."

"부모는?"

"부모가 있으면 여기서 이 짓을 해?"

"왜 이 짓이 나쁘냐?"

"흥…… 나도 사람이야."

"에—꾸! 나는 네가 신선인 줄 알었더니 인제 알고 보니까 사람이로구나!"

"드끄러!"

계집애는 눈을 쭉 흘기고는 갑자기 웃으면서 P의 목을 그러안는다.

"자고 가, 응."

"우리 마누라한테 볼기 맞고 쫓겨난다."

"그러면 나한테 와서 나하고 살지…… 여기 내 빚 팔십 원만 물어 주면……."

"팔십 원이냐?"

"응."

"가겠다."

P가 또 일어나려는 것을 계집이 껴안고 놓지 아니한다.

"자고 가…… 내가 반했어."

"아서라."

"정말!"

"놓아."

"아니야, 안 놓아. 자고 가요, 응…… 자고…… 나 돈 좀 주어."

"돈? 내가 돈이 있어 보이니?"

"돈 소리가 절렁절렁 나는데?"

미상불 P의 포켓 속에서는 아까부터 잔돈 소리가 가끔 잘랑거렸다.

"자고 나 돈 조—꼼 주고 가, 응."

"얼마나?"

"암만도 좋아…… 오십 전도, 아니 이십 전도."

계집애의 말이 떨어지기도 전에 P는 불에 덴 것같이 벌떡 일어섰다. 일어서면서 그는 포켓 속에 손을 넣어 있는 대로 돈을 움켜쥐어 방바닥에 홱 내던졌다. 일 원짜리 지전 두 장과 백동전이 방바닥에 요란스럽게 흐트러진다.

"아따 돈!"

해 던지고는 P는 뛰어나왔다. 그의 눈에는 눈물이 괴었다.

7

P는 정조(貞操)적으로 순진한 사나이가 아니다. 열네 살 때에 소꿉질 같은 장가를 갔고 그 뒤 동경 가서 있을 동안에 거기 여자와 살림도 하였다.

조선에 돌아와 직업을 가지고 있는 사이에 기생과 사귀어 한동안 죽을 동 살 동 모르게 지내기도 하였다.

그 밖에도 정을 두어 지낸 여자가 두엇 더 있다. 그러나 삼십이 되도록 지금까지 유곽을 가거나 은근짜 집을 가거나 동관의 색주가 집에 가서 잠자리를 한 일은 없다.

그것은 P의 괴벽이다. 어떠한 여자를 막론하고 그가 정이 들지 아니한 여자면 절대로 관계를 아니 한다는 것이다.

그 대신 한번 P의 눈에 들면 따라서 정이 들면 아무것도 돌아보지 아니하고 심각한 열정에 맡기어 완전히 그 여자를 움켜쥐어 버리며 또한 그 여자에게 전부를 내주어 버린다. 그리하여 그는 늘 All or nothing을 말한다.

이것이 처세상 퍽 이롭지 못한 것을 P도 잘 안다. 또 공연한 승벽이요 고집인 줄 알건만 그는 그것을 고치지 못한다.

이날 밤에도 그는 그 계집애를 조금도 어떻게 하겠다는 생각은 나지 아니하였다.

술 취한 끝에 속이 괴로우니까 진정을 하자는 판인데 '오십 전 아니 이십 전도 좋아' 하는 소리에 버쩍 흥분이 된 것이다.

너무도 인간이 단작스럽고 악착스러운 것 같았다. P가 노상 보고 듣는 세상이 돈을 중간에 놓고 악착스럽게 아등바등하는 것임을 모르는 바는 아니나 정조 대가로 일금 이십 전을 요구하는 것은 처음 보았다.

P는 그러한 여자가 정조를 파는 데 무신경한 것도 잘 알고 있으며, 따라서 그것이 비도덕이니 어쩌니 하는 것도 아니다.

그의 관점과 해석은 그런 것보다 더 나아간 입장에 있었다.

그러나 '이십 전만 주어도' 소리에는 이것저것 생각하고 헤아릴 나위도 없었다. 더럽고 얄미우면서 그러면서도 눈물이 괴었다. 삼 원쯤 되는 전 재산을 털어 내던지고 정신없이 뛰어나온 것이다.

술 취한 P를 혼자 남겨 둔 H와 M은 골목에 기다리고 서서 있었다. P가 뛰어나오는 것을 보고 그들은 우선 농을 건넨다.

"한턱 하오."

"장가간 턱 하게."

P는 고개를 흔들었다. 그리고 멍하니 서서 생각을 하였다.

다분의 가면 밑에서 꿈틀거리는 인도주의에 몹시 증오를 느끼는 P는 이날 밤 자기의 행동을 어떻게 해석할지 몰라 괴로워하였다.

내일을 굶어야 할 그 돈이지만 돈이 아까운 것이 아니다. 정조값으로 이십 전을 주어도 좋다는데 왜 정조는 퇴하고 돈만 있는 대로 다 떨어 주었는가? 왜 눈에 눈물은 괴었는가?

8

P는 머리가 띵하고 속이 뉘엿거리어 정신을 차릴 수가 없었다. 그는 두 친구에게 인사도 변변히 하지 아니하고 코를 벤 듯이 삼청동으로 올라왔다. 어서 바삐 좀 드러눕고만 싶었던 것이다.

아무리 방구들은 차고 지저분하게 늘어놓았어도 제 처소는 반가운 것이다. 더구나 몸이 괴로울 때는!

P는 누더기 양복이나마 벗으려고도 아니 하고 그대로 펴두었던 이부자리 속에 몸을 파묻었다. 드러누우니 취기가 새삼스레 더하여 영영 옷 벗을 생각도 잊어버리고 그대로 잠이 들었다.

얼마를 자고 났는지 괴로워 부대끼다 못하여 잠이 깨었을 때는 목이 타는 듯이 말랐다.

물은 없다. 물이 없어 못 먹는다고 생각하니 목은 더 말랐다.

밤은 어느 때나 되었는지 짐작할 수가 없다. 전등은 그대로 켜져 있다. 밖에서는 사람 지나다니는 발자국 소리도 들리지 아니한다. 전차 갈리는 소리도 들리지 아니하고 가끔가다가 자동차의 경적이 딴 세상의 소리같이 감감하게 들려온다.

밤이 깊지 아니했으면 잠긴 안대문을 두드려 주인 노인에게라도 물을 청하겠지만 이 깊은 밤에 그리하기도 미안하다. 그것도 방세나 여일하게 내었을세 말이지 얼굴 대하기를 이편에서 피하는 판에 차마 못할 일이다.

물지게 장수의 삐듸거리는 소리가 들리나 하고 귀를 기울였으나 감감히 소리가 없다.

목은 더욱더욱 말라들어 온다. 입술이 바싹 마르고 입안이 침기가 없고 목구멍이 바삭바삭 소리가 날 듯이 마르고, 그러고는 창자 속까지 말라 내려가는 듯하다.

방금 미칠 듯하다.

눈앞에 용용하게 흘러가는 푸른 한강이 어릿어릿하고 쏴— 쏟아지는 수통 꼭지가 보이는 듯하다.

P는 배고픈 고비는 많이 겪어 보았으나 이대도록도 목마른 참은 당하기 처음이다.

배는 고프면 기운이 없고 착 가라앉을 뿐이었지만 목이 극도로 마름에는 금시 미치고 후덕후덕 날뛸 것 같다.

일어나서 삼청동 꼭대기로 올라가면 산골짜기의 물도 있고 또 우물도 있기는 하다. 그러나 이 어두운 밤에 어디가 어딘지 보이지 아니할 테고 또 우물에는 두레박도 없을 것이다.

겨우겨우 참아 가며 몇 시간을 삐대었다. 실상 한 시간도 못 되는 동안이지만 P에게는 여러 시간인 듯만 싶었다.

그런 뒤에 겨우 물지게 소리를 듣고 그는 수통 있는 곳을 찾아 뛰어나갔다.

사정 이야기도 변변히 하지 아니하고 쏟아지는 수통 꼭지에 매어달려 한 동이는 되리시피 냉수를 들이켰다. 물장수가 어이가 없어 멀끔히 쳐다보고만 있다가 P의 꾸벅 하고 돌아서는 등 뒤에다 혀를 끌끌 찬다.

밥보다도 더 다급하게 그립던 물을 실컷 들이켜고 나니 찌뿌

드하게 엉킨 듯 불쾌하던 취기도 적이 걷히고 정신이 말쑥하여졌다.

P는 새삼스럽게 양복을 벗어 던지고 다시 자리에 파묻혔다. 이제는 잠이 십 리나 달아나고 눈이 초랑초랑하여진다. 그러면서 어젯밤 일이 머리에 떠오른다.

그것은 마치 못 먹을 것을 먹은 것처럼 께름칙한 기억이다. 아무렇게나 씻어 넘겨 버리재도, 그러나 머리 한구석에 박혀 가지고 사라지려 하지 아니하는 어룽*과 같다. 어떻게 해서라도 시원스러운 해석을 내리고라야 마음이 놓일 것 같다.

정조 대가로 일금 이십 전을 부르는 여자…….

방금 세상에는 한번 정조를 빼앗긴 것으로 목숨을 버려 자살하는 여자가 있다. 그러는 한편 '이십 전도 좋소' 하는 여자가 있다.

여자의 정조가 그것을 잃었다고 자살을 하도록 그다지도 고귀한 것이라면 '이십 전에도 팔겠소' 하는 여자가 눈을 멀끔멀끔 뜨고 살아 있는 사실은 무엇으로 설명할 것인가?

또 정조를 '이십 전에도 팔겠소' 하는 여자가 있도록 그것이 아무렇지도 아니한 것이라면 그것을 한번 빼앗긴 때문에 생명을 내버리는 여자가 있는 것은 무엇으로 설명할 것인가?

이 두 여자가 모두 건전한 양심의 소유자라고 볼 수는 없다.

그러나 그 가운데 나무라기로 들면 차라리 정조를 빼앗긴 것

* '어룽이'의 준말. 어룽어룽한 점이나 무늬. 또는 그런 점이나 무늬가 있는 짐승이나 물건.

으로 자살한 여자를 나무랄 것이지 '이십 전에 팔겠소' 하는 여자는 나무랄 수가 없다.

열여섯 살부터 시작하여 이래 삼 년이나 색주가 집으로 굴러다니는 여자다.

언제 누구에게 귀떨어진 도덕관념이나 정당한 인생관을 얻어들은 적이 없을 것이다.

술잔을 들고 앉아 한 잔이라도 오는 손님에게 더 먹여 한 푼어치라도 주인의 수입을 도와주면 칭찬이 오니 그만이다.

"고년 어여쁘다. 나하고 ××."

하고 손님이 말하면 그에 좇아 비록 조발(早發)일지언정 생리적 만족을 얻는 한편 그야말로 단돈 이십 전이라도 벌면 그만이다.

옆에서 그것을 시키기는 할지언정 그것이 나쁘다고 가르쳐 주는 사람이 있을 턱이 없는 것이다. 사실 일반 매춘부가 정조적으로 양심을 가진 듯이 보인다는 것은 그 대부분이 되레 한 가식(假飾)에 지나지 못하는 것이다.

그것은 그들에게 있어서 일종의 정당성을 가진 노동인 것이다.

그러니까 그것을 보고 불쌍하다고 여기고 동정을 하는 것은 위문이 폐문이다.

지금 세상은 정당한 성도덕(性道德)이 서 있는 때도 아니다.

그것은 한 세대에 여러 가지의 시대사조가 헝클어져 있는 때문이다. 그러니까 여자의 정조에 대하여도 일률적으로 선악과 시비를 가릴 수는 없는 것이다.

하룻밤 몸값을 '이십 전도 좋소' 하는 여자, 그에게는 다른 사람이 갖는 성도덕도 없고 따라서 자신을 타락이라서 슬퍼하지도 아니한다.

그 여자 자신을 나무랄 필요도 없는 것이요, 동정을 할 며리도 없는 것이다. 그 여자 자신은 결코 불쌍한 사람이 아니다.

예수의 사랑(?)도 아무리 그 사랑이 크고 넓다 했을지언정 그것은 '불쌍한 사람', '죄 지은 사람'에게 미칠 수 있는 것이다.

'불쌍하지 아니한', '죄 짓지 아니한' 동관의 색주가 계집애에게는 누구의 동정이나 사랑도 일없는 것이다.

'뭣? 관념적이라고?'

그렇다. 관념적이라도 할 수 없다. 그러나 그것은 그 여자의 주관을 객관화한 것이다. 그러니까 그것은 한 엄연한 현실이다.

……(원문 30여 자 탈락)……

또 그 병적 현실에 메스를 대는 것은 집단의 역사적 문제이지만 룸펜 인텔리의 결벽과 흥분쯤으로는 문제도 되지 아니한다.

다만 취객이 삼 원 각수를 던져 주었음으로 해서 그 여자는 감격 없는 기쁨을 맛보았을 뿐일 것이다.

'이게 웬 떡이냐…… 어제 저녁에 꿈이 괜찮더니 이런 땡을 잡을 양으로 그랬구나…… 웬 얼간망둥이냐.'

그 계집애는 응당 그렇게밖에는 더 생각되지 아니하였을 것이다. 그것이 결코 무리가 없는 당연한 일이다.

P는 여기까지 생각하고 입맛 쓴 고소를 띠었다.

'흥! 되지 못하게…… 장님이 눈병 앓는 사람더러 불쌍하다고

한 셈인가.'

P는 돌아누우면서 혀를 끌끌 찼다.

9

일천구백삼십사년의 이 세상에도 기적이 있다.

그것은 P가 굶어 죽지 아니한 것이다. 그는 최근 일주일 동안 돈이 생긴 데가 없다. 잡힐 것도 없었고 어디서 벌이를 한 적도 없다.

그렇다고 남의 집 문 앞에 가서 밥 한술 주시오 하고 구걸한 일도 없고 남의 것을 훔치지도 아니하였다.

그러나 그동안 굶어 죽지 아니하였다. 야위기는 하였지만 그래도 멀쩡하게 살아 있다. P와 같은 인생이 이 세상에 하나도 없이 싹 치운다면 근로하는 사람이 조금은 편해질는지도 모른다.

P가 소부르주아 축에 끼이는 인텔리가 아니요 노동자였더라면 그동안 거지가 되었거나 비상수단을 썼을 것이다. 그러나 그에게는 그러한 용기도 없다. 그러면서도 죽지 아니하고 살아 있다. 그렇지만 죽기보다도 더 귀찮은 일은 그를 잠시도 해방시켜 주지 아니한다.

그의 아들 창선이를 올려 보낸다고 어제 편지가 왔고 오늘은 내일 아침에 경성역에 당도한다는 전보까지 왔다.

오정 때 전보를 받은 P는 갑자기 정신이 난 듯이 쩔쩔매고 돌아다니며 돈 마련을 하였다. 최소한도 이십 원은…… 하고 돌아다닌 것이 석양 때 겨우 십오 원이 변통되었다.

종로에서 풍로니 냄비니 양재기니 숟갈이니 무어니 해서 살림 나부랭이를 간단하게 장만하여 가지고 올라오는 길에 전에 잡지사에 있을 때 안 ××인쇄소의 문선 과장을 찾아갔다.

월급도 일없고 다만 일만 가르쳐 주면 그만이니 어린아이 하나를 써달라고 졸라 대었다.

A라는 그 문선 과장은 요리조리 칭탈을 하던 끝에—그는 P가 누구 친한 사람의 집 어린애를 천거하는 줄 알았던 것이다.

"보통학교나 마쳤나요?"

하고 물었다.

"아—니오."

P는 솔직하게 대답하였다.

"나이 몇인데?"

"아홉 살."

"아홉 살?"

A는 놀라 반문을 하는 것이다.

"기왕 일을 배울 테면 아주 어려서부터 배워야지요."

"그래도 너무 어려서 원…… 뉘 집 애요?"

"내 자식놈이랍니다."

P는 그래도 약간 얼굴이 붉어짐을 깨달았다. A는 이 말에 가장 놀라운 일을 보겠다는 듯이 입만 벌리고 한참이나 P를 물끄러미 바라다본다.

"왜? 내 자식이라고 공장에 못 보내란 법 있답디까?"

"아—니, 정말 그래요?"

"정말 아니고?"

"괜히 실없는 소리……! 자제라고 해야 들어줄 테니까 그러시지?"

"아니, 그건 그렇잖애요. 내 자식놈야요."

"그럼 왜 공부를 시키잖구?"

"인쇄소 일 배우는 것도 공부지."

"그건 그렇지만 학교에 보내야지."

"학교에 보낼 처지도 못 되고 또 보낸댔자 사람 구실도 못 할 테니까……."

"거 참 모를 일이오…… 우리 같은 놈은 이 짓을 해가면서도 자식을 공부시키느라고 애를 쓰는데 되려 공부시킬 줄 아는 양반이 보통학교도 아니 마친 자제를 공장엘 보내요?"

"내가 학교 공부를 해본 나머지 그게 못쓰겠으니까 자식은 딴 공부를 시키겠다는 것이지요."

"글쎄 정 그러시다면 내가 내 자식 진배없이 잘 데리고 있으면서 일이나 착실히 가르쳐 드리리다마는…… 원 너무 어린데 애차랍잖애요?"

"애차라운 거야 애비 된 내가 더하지요만 그것이 제게는 약이니까……."

P는 당부와 치하를 하고 인쇄소를 나왔다. 한짐 벗어 놓은 것같이 몸이 거뜬하고 마음이 느긋하였다.

그는 집으로 올라가는 길에 싸전에 쌀 한 말을 부탁하고 호배추도 몇 통 사들였다. 그렁저렁 오 원을 썼다.

십 원 남은 중에 주인 노인에게 육 원을 내어 주니 입이 귀밑까지 찢어진다. 그 끝에 P가 사온 호배추를 내어 주며 김치를 담가 달라고 하니 선선히 응낙한다. 그리고 자식을 데리고 자취를 하겠다니까 깍두기야 간장이야 된장 같은 것을 아까운 줄 모르고 날라다 주곤 한다.

10

이튿날 전에 없이 첫새벽에 일어난 P는 서투른 솜씨로 화롯밥을 지어 놓고 정거장으로 나갔다.

그의 형에게서 온 편지에 S라는 고향 사람이 서울 올라오는 길에 따라 보낸다고 했으니까 P는 창선이보다도 더 낯이 익은 S를 찾았다.

과연 차가 식식거리고 들어서매 인간을 뱉어 내놓는 찻간에서 S가 창선이를 데리고 두리번거리며 내려왔다.

어디서 생겼는지 새까만 고쿠라* 양복을 입고 이화표 붙은 학생 모자를 쓰고 거기다가 보따리를 하나 지고 무엇 꾸린 것을 손에 들고 차에서 내리는 어린아이…… 저게 내 자식이니라 생각하니 P는 어쩐지 속으로 얼굴이 붉어지며 한편 가엾기도 하였다.

* 일본 고쿠라 지방에서 생산된 면직물을 가리키는 일본어. 두터운 바탕의 고쿠라는 학생복으로 많이 쓰였다.

S가 두 손에 짐을 가득 들고 두리번거리다가 가까이 온 P를 보고 반겨 소리를 지른다. 창선이가 모자를 벗고 학교식으로 경례를 한다. 얼굴을 자세히 보니 네댓 살 적에 보던 것보다 더한층 저의 외가를 닮았다. P는 그것이 몹시 불만이었다.

"그새 재미나 좋았나?"

S의 하는 첫인사다.

"뭘 그저 그렇지…… 괜한 산 짐을 지고 오느라고 애썼네."

P는 이렇게 인사 겸 치하를 하였다.

"원 천만에……! 그 애가 나이는 어려도 어떻게 속이 찼는지…… 너 늬 아버지 알어보겠니?"

S는 창선이를 돌아보며 웃는다. 창선이는 고개를 숙이고 수줍은지 아무 대답도 아니 한다.

P는 S와 창선이를 데리고 구름다리로 올라왔다.

"저희 외할머니가 저 양복이야 떡이야 모다 해가지고 자네 댁에까지 오셨더라네…… 오서서 어제 떠나는데 정거장까지 나오셨는데 여러 가지 신신당부를 하시데…… 자네에게 전하라고."

S는 P가 그다지 듣고 싶지도 아니한 이야기를 뒤따라오며 늘어놓는다. 그의 가슴에는 옛날의 반감이 솟쳐 올랐다.

"별걱정 다 하든 게로군…… 내 자식 내가 어련히 할까 버 쫓아다니며 그래!"

"그래도 노인들이야 어데 그런가…… 객지에서 혼자 있는데 데리고 있기 정 불편하거든 당신에게로 도루 보내게 하라고 그러시데……."

"그 집에 내 자식이 무슨 상관이 있어서 보내라는 거야……? 보낼 테면 그때 데려왔을라구……."

P는 그것이 모두 그와 갈린 아내의 조종인 줄 알기 때문에 더구나 심정*이 났다. 화가 나는 대로 하면 어린아이가 입고 온 양복도 벗겨 내던지고 싶었으나 꿀꺽 참았다.

11

일찍 맛보아 보지 못한 새 살림을 P는 시작하였다.

창선이가 도착한 날 밤.

창선이는 아랫목에서 삭삭 잠을 자고 있다. 외롭게 꿈을 꾸고 있으려니 생각하매 전에 없던 애정이 솟아오르는 듯하였다.

이튿날 아침 일찍 창선이를 데리고 ××인쇄소에 가서 A에게 맡기고 안 내키는 발길을 돌이켜 나오는 P는 혼자 중얼거렸다.

"레디메이드 인생이 비로소 겨우 임자를 만나 팔리었구나."

• 끝 •

* 좋지 않은 심사.

치숙

채만식

우리 아저씨 말이지요? 아따 저 거시키, 한참 당년에 무엇이냐 그놈의 것, 사회주의라더냐 막덕*이라더냐, 그걸 하다 징역 살고 나와서 폐병으로 시방 앓고 누웠는 우리 오촌 고모부 그 양반…….

뭐, 말도 마시오. 대체 사람이 어쩌면 글쎄…… 내 원!

신세 간데없지요.

자, 십 년 적공, 대학교까지 공부한 것 풀어먹지도 못했지요. 좋은 청춘 어영부영 다 보냈지요, 신분에는 전과자라는 붉은 도장 찍혔지요. 몸에는 몹쓸 병까지 들었지요.

이 신세를 해가지골랑은 굴속 같은 오두막집 단칸 셋방 구석에서 사시장철 밤이나 낮이나 눈 따악 감고 드러누웠군요.

재산이 어디 집터전인들 있을 턱이 있나요. 서발막대 내저어야 짚검불 하나 걸리는 것 없는 철빈인데.

우리 아주머니가, 그래도 그 아주머니가, 어질고 얌전해서 그 알량한 남편양반 받드느라 삯바느질이야 남의 집 품빨래야 화장품 장사야, 그 칙살스러운 벌이를 해다가 겨우겨우 목구멍에 풀칠을 하지요.

* 마르크스주의 또는 마르크스주의자를 낮추어 부르는 말.

어디루 대나 그 양반은 죽는 게 두루 좋은 일인데 죽지도 아니해요.

우리 아주머니가 불쌍해요. 아, 진작 한 나이라도 젊어서 팔자를 고치는 게 아니라, 무슨 놈의 우난* 후분을 바라고 있다가 끝끝내 고생을 하는지.

근 이십 년 소박을 당했지요.

이십 년을 설운 청춘 한숨으로 보내고서 다 늦게야 송장 여대치게** 생긴 그 양반을 그래도 남편이라고 모셔다가는 병수발 들랴, 먹고 살랴, 애자진하고*** 다니는 걸 보면 참말 가엾어요.

그게 무슨 죄다짐이람? 팔자 팔자 하지만 왜 팔자를 고치지를 못하고서 그래요. 우리 죄선 구식 부인네들은 다 문명을 못하고 깨지를 못 해서 그러지.

그 양반이 한시바삐 죽기나 했으면 우리 아주머니는 차라리 신세 편하리다.

심덕 좋겠다, 솜씨 얌전하겠다 하니, 어디 가선들 자기 일신 몸 가누고 편안히 못 지내요?

가만있자, 열여섯 살에 아저씨네 집으로 시집을 갔다니깐, 그게 내가 세 살 적이니 꼬박 열여덟 해로군. 열여덟 해면 이십 년 아니오.

그때 우리 아저씨 양반은 나이 어리기도 했지만, 공부를 한답

* 우나다 : 유별나다. 특별하다.
** 여대치다 : 능가하다. 더 낫다.
*** 애자진하다 : 애쓰다. 마음과 힘을 다하여 무엇을 이루려고 힘쓰다.

시고 서울로 동경으로 십여 년이나 돌아다녔고, 조금 자라서 색시 재미를 알 만하니까는 누가 이쁘달까 봐 이혼하자고 아주머니를 친정으로 쫓고는 통히* 불고(不顧)를 하고…….

공부를 다 마치고 오더니만, 그담에는 그놈의 짓에 들입다 발광해 다니면서 명색 학생 출신이라는 딴 여편네를 얻어 살았지요. 그 여편네는 나도 몇 번 보았지만 쌍판대기라고 별반 출** 수도 없이 생겼습디다. 그 인물로 남의 첩이야? 일색 소박은 있어도 박색 소박은 없다***더니, 사실 소박맞은 우리 아주머니가 그 여편네게다 대면 월등 이뻤다우.

그래 그 뒤에, 그 양반은 필경 붙들려 가서 오 년이나 전중이를 살았지요. 그동안에 아주머니는 시집이고 친정이고 모두 폭망해서 의지가지없이 됐지요.

그러니 어떻게 해요? 자칫하면 굶어 죽을 판인데.

할 수 없이 얻어먹고 살기도 해야 하려니와, 또 아저씨 나오는 것도 기다려야 한다고 나를 반연(攀緣) 삼아 서울로 올라왔더군요. 그게 그러니까 아저씨가 나오던 그 전해로군.

그때 내가 나이는 어려도 두루 납뛴 보람이 있어서 이내 구라다 상네 식모로 들어갔지요.

그 무렵에 참 내가 아주머니더러 여러 번 권면을 했지요. 그러지 말고 개가(改嫁)를 가라고. 글쎄 어린 소견에도 보기에 퍽 딱

* 도무지.

** 추다 : 남을 올리어 칭찬하다.

*** 일색(一色, 뛰어난 미인)은 남편에게 박대당하는 일이 있어도 박색(薄色, 못생긴 여자)은 그런 일이 없다.

하고 민망합디다.

계제에 마침 또 좋은 자리가 있었고요. 미네 상이라고 미쓰꼬시* 앞에서 바나나 다다끼우리**를 하는 인데 사람이 퍽 좋아요.

우리집 다이쇼(主人)도 잘 알고 하는데, 그이가 늘 나더러 죄선 오깜상***하고 살았으면 좋겠다고, 중매 서달라고 그래쌌어요.

돈은 모아 둔 게 없어도 다 벌어먹고 살 만하니까 그런 사람 만나서 살면 아주머니도 신세 편할 게 아니라구요?

그런 걸 글쎄, 몇 번 말해도 흉한 소리 말라고 듣질 않는 걸 어떡하나요.

아무튼 그런 것 말고라도 참, 흰말이 아니라 이날 이때까지 내가 그 아주머니 뒤도 많이 보아 주었다우. 또 나도 그럴 만한 은공이 없잖아 있구요.

내가 일곱 살에 부모를 잃었지요. 그러고 나서 의탁할 곳이 없이 됐는데 그때 마침 소박을 맞고 친정살이를 하는 그 아주머니가 나를 데려다가 길러 주었지요.

그때만 해도 그 집이 그다지 군색하게 지내진 않았으니깐요. 아주머니도 아주머니지만 증조할머니며 할아버지도 슬하에 딴 자손이 없어서 나를 퍽 귀애하겠지요.

열두 살까지 그 집에서 자랐군요.

사 년이나마 보통학교도 다녔고.

* 三越. 백화점 이름.
** たたきうり. '길거리 상인 등이 싼값에 파는 것'을 일컫는 일본말.
*** 御上さん. '남의 아내'를 일컫는 일본말.

아마 모르면 몰라도 그 집안에 그렇게 치패하지만 않았으면 나도 그냥 붙어 있어서 시방쯤은 전문학교까지는 다녔으리다.

이런 은공이 있으니까 나도 그걸 저버리지 않고 그래서 내 깜냥에는 갚을 만치 갚노라고 갚은 셈이지요.

하기야 요새도 간혹 아주머니가 찾아와서 양식 없다는 사정을 더러 하곤 하는데 실토정 말이지 좀 성가시기는 해요.

그러는 족족 그 수응을 하자면 내 일을 못 하겠는걸. 그래 대개 잘라 떼기는 하지요.

그렇지만 그 밖에, 가령 양 명절 때면 고깃근이라도 사보낸다든지, 또 오며가며 들러 이야기날이라도 한다든지, 그런 건 결단코 범연히 하진 않으니까요.

아무튼 그래서, 아주머니는 꼬박 일 년 동안 구라다 상네 집 오마니로 있으면서 월급 오 원씩 받는 걸 그대로 고스란히 저금을 하고, 또 틈틈이 삯바느질을 맡아다가 조금씩 벌어 보태고, 또 나올 무렵에 구라다 상네 양주(兩主)가 퍽 기특하다고 돈 칠 원을 상급으로 주고, 그런 게 이럭저럭 돈 백 원이나 존존히* 됐지요.

그 돈으로 방 한 칸 얻고 살림 나부랭이도 조금 장만하고 그래 놓고서 마침 그 알량꿀량한 서방님이 놓여나오니까 그리로 모셔 들였지요.

놓여나오는 날 나도 가서 보았지만, 가막소 문 앞에 막 나서자

* 존존하다 : 내용이 실하거나 재물이 넉넉하다.

아주머니가 기다리고 있으니까 그래도 눈물이 핑— 돌던데요.

전에 그렇게도 죽을 동 살 동 모르고 좋아하던 첩년은 꼴도 안 뵈구요. 남의 첩년이란 건 다 그런 거지요, 뭐.

우리 아저씨 양반은 혹시 그 여편네가 오지 않았나 하고 사방을 휘휘 둘러보던데요. 속이 그렇게 없다니까. 여편네는커녕 아주머니하고 나하고 그 외는 어리친 개새끼 한 마리 없더라.*

그래 막, 자동차에 올라타려다가 피를 토했지요. 나중에 들었지만 가막소 안에서 달포 전부터 토혈을 했다나 봐요.

그래 다 죽어 가는 반송장을 업어 오다시피 해다가 뉘어 놓고, 그날부터 아주머니는 불철주야로, 할 짓 못할 짓 다 해가면서 부스대고 납뛴 덕에 병도 차차로 차도가 있고, 그러더니 인제는 완구히 살아는 났지요. 뭐 참 시방은 용 꼴인걸요, 용 꼴.

부인네 정성이 무서운 겝디다.

꼬박 삼 년이군. 나 같으면 돌아가신 부모가 살아오신대도 그 짓 못 해요.

자, 그러니 말이지요. 우리 아저씨라는 양반이 작히나 양심이 있고 다 그럴 양이면, 어허, 내가 어서 바삐 몸이 충실해져서, 어서 바삐 돈을 벌어다가 저 아내를 편안히 거느리고, 이 은공과 전날의 죄를 갚아야 하겠구나…… 이런 맘을 먹어야 할 게 아니냐구요?

아주머니의 은공을 갚자면 발에 흙이 묻을세라 업고 다녀도

* 어리친 개새끼 한 마리 없다 : 어리쳐서 정신없이 비틀거리는 개 한 마리도 얼씬하지 않는다는 뜻으로 '아무도 지나가는 사람이 없음'을 비유하여 이르는 말.

참 못다 갚지요.

그러고저러고 간에 자기도 이제는 속 차려야지요. 하기야 속을 차려서 무얼 하재도 전과자니까 관리나 또 회사 같은 데는 들어가지 못하겠지만, 그야 자기가 저지른 일인 걸 누구를 원망할 일도 아니고, 그러니 막 벗어부치고 노동이라도 해야지요.

대학교 출신이 막벌이 노동이란 게 꼴 가관이지만 그래도 할 수 없지, 뭐.

그런 걸 보고 가만히 나를 생각하면, 만약 우리 증조할아버지네 집안이 그렇게 치패를 안 해서 나도 전문학교를 졸업을 했으면, 혹시 우리 아저씨 모양이 됐을지도 모를 테니 차라리 공부 많이 않고서 이 길로 들어선 게 다행이다…… 이런 생각이 들어요.

사실 우리 아저씨 양반은 대학교까지 졸업하고도 이제는 기껏 해먹을 거란 막벌이 노동밖에 없는데, 보통학교 사 년 겨우 다니고서도 시방 앞길이 환히 트인 내게다 대면 고쓰카이*만도 못하지요.

아, 그런데 글쎄 막벌이 노동을 하고 어쩌고 하기는커녕 조금 바시시 살아날 만하니까 이 주책꾸러기 양반이 무슨 맘보를 먹는고 하니, 내 참 기가 막혀!

아니, 그놈의 것하고는 무슨 대천지원수가 졌단 말인지, 어쨌다고 그걸 끝끝내 하지 못해서 그 발광인고?

그러나마 그게 밥이 생기는 노릇이란 말인지? 명예를 얻는 노

* こづかい: '사환(使喚)'의 일본어.

릇이란 말인지. 필경은, 붙잡혀 가서 징역 사는 놀음?

아마 그놈의 것이 아편하고 꼭 같은가 봐요. 그렇길래 한번 맛을 들이면 끊지를 못하지요?

그렇지만 실상 알고 보면 그게 그다지 재미가 난다거나 맛이 있다거나 그런 것도 아니더군 그래요. 불한당패던데요. 하릴없이 불한당팹디다.

저— 서양 어디선가, 일하기 싫어하는 게으름뱅이 몇 놈이 양지쪽에 모여 앉아서 놀고먹을 궁리를 했더라나요. 우리집 다이쇼가 다 자상하게 이야기를 해줍디다.

게, 그 녀석들이 서로 군호(軍號)를 하기를, 자, 이 세상에는 부자가 있고 가난한 사람이 있고 하니 그건 도무지 공평한 일이 아니다. 사람이란 건 이목구비하며 사지육신을 꼭 같이 타고났는데, 누구는 부자로 잘살고 누구는 가난하다니 그게 될 말이냐. 그러니 부자가 가진 것을 우리 가난한 사람들하고 다 같이 고르게 나눠 먹어야 경우가 옳다.

야— 그거 옳은 말이다. 야— 그 말 좋다. 자— 나눠 먹자.

아, 이렇게 설도*를 해가지고 우 하니 들고 일어났다는군요.

아—니, 그러니 그게 생날불한당놈의 짓이 아니고 무어요?

사람이란 것은 제가끔 분지복(分之福)이 있어서 기수(氣數)를 잘 타고나든지 부지런하면 부자가 되는 법이요, 복록을 못 타고나든지 게으른 놈은 가난하게 사는 법이요, 다 이렇게 마련인데,

* 설두(設頭). 앞장서서 일을 주선함.

그거야말로 공평한 천리인 것을, 됩다 불공평하다께 될 말이오? 그러고서 억지로 남의 것을 뺏어 먹자고 들다니 그놈들이 불한당이지 무어요.

짓이 불한당 짓일 뿐 아니라, 또 만약에 그러기로 들면 게으른 놈은 점점 더 게으름만 부리고 쫓아다니면서 부자 사람네가 가진 것만 뺏어 먹을 테니 이 세상은 통으로 도적놈의 판이 될 게 아니오? 그나마, 부자 사람네가 모아 둔 걸 다 뺏기고 더는 못 먹여 내는 날이면 그때는 이 세상 망하는 날이 아니오?

저마다 남이 농사 지어 놓으면 그걸 뺏어 먹으려고 일 않고 번둥번둥 놀 것이고, 남이 옷감 짜노면 그걸 뺏어다가 입으려고 번둥번둥 놀 것이고 그럴 테니 대체 곡식이며 옷감이며 그런 것이 다 어디서 나올 데가 있어야지요. 세상 망할밖에!

글쎄 그놈의 짓이 그렇게 세상 망쳐 놀 장본인 줄은 모르고서 가난한 놈들, 그중에도 일하기 싫은 게으름뱅이들이 위선(爲先) 당장 부자 사람네 것을 뺏어 먹는다니까 거기 혹해 가지골랑 너도나도 와 하니 참섭을 했다는구려.

바로 저 아라사(러시아)가 그랬대요.

그래서 아니나 다를까 농군들이 곡식을 안 반들기 때문에 사람이 수만 명씩 굶어 죽는다는구려. 빠안한 이치지 뭐.

위선 먹기는 곶감이 달다고 그 지랄들을 했다가 잘코사니야!

아 그런데, 그 못된 놈의 풍습이 삽시간에 동서양 각국 안 간 데 없이 퍼져 가지골랑 한동안 내지* 에도 마구 굉장히 드세게 돌아다녔고, 내지가 그러니까 멋도 모르는 죄선 영감 상들도 덩

달아서 그 흉내를 냈다나요.

그렇지만 시방은 그새 나라에서 엄하게 밝히고 금하고 한 덕에 많이 너끔해졌고** 그런 마음먹는 사람은 별반 없다나 봐요.

그럴 게지 글쎄. 아 해서 좋을 양이면야 나라에선들 왜 금하며 무슨 원수가 졌다고 붙잡아다가 징역을 살리나요.

좋고 유익한 것이면 나라에서 도리어 장려하고, 잘할라치면 상급도 주고 그러잖아요.

활동사진이며 스모며 만자이***며 또 왓쇼왓쇼****랄지 세이레이낭아시*****랄지 라디오 체조랄지 그런 건 다 유익한 일이니까 나라에서 설도도 하고 그러잖아요.

나라라는 게 무언데? 그런 걸 다 잘 분간해서 이럴 건 이러고 저럴 건 저러라고 지시하고, 그 덕에 백성들은 제각기 제 분수대로 편안히 살도록 애써 주는 게 나라 아니오?

그놈의 것 사회주의만 하더라도 나라에서 금하질 않고 저희가 하는 대로 두어 두었어 보아? 시방쯤 세상이 무엇이 됐을지…….

다른 사람들도 낭패 본 사람이 많았겠지만, 위선 나만 하더라

* 內地. 외국이나 식민지에서 본국을 이르는 말.

** 너끔하다 : 누꿈하다. 전염병이나 해충 따위의 퍼지는 기세가 매우 심하다가 조금 누그러져 약해지다.

*** まんざい, 漫才. 두 명의 희극인이 말을 주고받으며 진행하는 일본 전통 연극 중 하나로, 한국의 만담과 비슷하다.

**** わっしょい, わっしょい. 신령을 모신 가마를 메고 가면서 내는 '영차영차, 으쌰으쌰'와 같은 의미의 일본어. 또는 이런 행사가 있었던 일본 마을 축제.

***** 일본의 불교 행사.

도 글쎄 어쩔 뻔했어! 아무 일도 다 틀리고 뒤죽박죽이지.

내 이상과 계획은 이렇거든요.

우리집 다이쇼가 나를 자별히 귀애하고 신용을 하니까 인제 한 십 년만 더 있으면 한밑천 들여서 따로 장사를 시켜 줄 그런 눈치거든요.

그러거들랑 그것을 언덕 삼아 가지고 나는 삼십 년 동안 예순살 환갑까지만 장사를 해서 꼭 십만 원을 모을 작정이지요. 십만 원이면 죄선 부자로 쳐도 천석꾼이니, 뭐 떵떵거리고 살 게 아니요?

그리고 우리 다이쇼도 한 말이 있고 하니까, 나는 내지인 규수한테로 장가를 들래요. 다이쇼가 다 알아서 얌전한 자리를 골라 중매까지 서준다고 그랬어요. 내지 여자가 참 좋지요.

나는 죄선 여자는 거저 주어도 싫어요.

구식 여자는 얌전은 해도 무식해서 내지인하고 교제하는 데 안됐고, 신식 여자는 식자나 들었다는 게 건방져서 못쓰고, 도무지 그래서 죄선 여자는 신식이고 구식이고 다 제바리*여요.

내지 여자가 참 좋지 뭐. 인물이 개개 일자로 이쁘겠다, 얌전하겠다, 상냥하겠다, 지식이 있어도 건방지지 않겠다, 좀이나 좋아!

그리고 내지 여자한테 장가만 드는 게 아니라 성명도 내지인 성명으로 갈고 집도 내지인 집에서 살고 옷도 내지 옷을 입고 밥

* 생식기가 불완전한 남자. 막일꾼들이 자기의 불만을 나타낼 때 하는 감탄사.

도 내지식으로 먹고 아이들도 내지인 이름을 지어서 내지인 학교에 보내고…….

내지인 학교라야지 죄선 학교는 너절해서 아이들 버려 놓기나 꼭 알맞지요.

그리고 나도 죄선말은 싹 걷어치우고 국어만 쓰고요.

이렇게 다 생활법식부터도 내지인처럼 해야만 돈도 내지인처럼 잘 모으게 되거든요.

내 이상이며 계획은 이래서 그 십만 원짜리 큰부자가 바로 내다뵈고, 그리로 난 길이 환하게 트이고 해서 나는 시방 열심으로 길을 가고 있는데, 글쎄 그 미쳐 살기 든 놈들이 세상 망쳐 버릴 사회주의를 하러 드니, 내가 소름이 끼칠 게 아니라구요? 말만 들어도 끔찍하지!

세상이 망해서 뒤집히면 그래 나는 어쩌란 말이야? 아무것도 다 허사가 될 테니 그런 억울할 데가 있더람?

뭐 참, 우리집 다이쇼 말이 일일이 지당해요.

여느 절도나 강도나 사기나 그런 죄는 도적이면 도적을 해가는 그 당장, 그 돈만 축을 내니까 오히려 죄가 가볍지만, 그놈의 것 사회주의인지 지랄인지는 온 세상을 뒤죽박죽을 만들어 놓고 나라를 통째로 소란하게 하니까 도저히 용서할 수가 없대요.

용서라니! 나 같으면 그런 놈들은 모조리 쓸어다가 마구 그저 그냥…….

그런 일을 생각하면, 털어놓고 말이지 우리 아저씬가 그 양반도 여간 불측스러 뵈질 않아요. 사실 아주머니만 아니면 내가 무슨 천주학이라고 나쁜 병까지 앓는 그 양반을 찾아다니나요. 죽는대도 코도 안 풀어 붙일걸.

그러나마 전자의 죄상을 다 회개를 하고 못된 마음을 씻어 버렸을 새 말이지, 뭐 헌 개꼬리 삼 년이라더냐, 종시 그 모양일걸요.

그러니깐 그게 밉살머리스러워서, 더러 들렀다가 혹시 마주 앉아도 위정 뼈끝 저린 소리나 내쏘아 주고 말을 다잡아 가지골랑 꼼짝 못 하게시리 몰아세워 주곤 하지요.

저번에도 한번 혼을 단단히 내주었지요. 아, 그랬더니 아주머니더러 한다는 소리가, 그 녀석 사람 버렸더라고, 아무짝에도 못 쓰게 길이 들었더라고 그러더라나요.

내 원, 그 소리를 듣고 하도 어처구니가 없어서!

대체 사람도 유만부동이지, 그 아저씨가 나더러 사람 버렸느니 아무짝에도 못쓰게 길이 들었느니 하더라니, 원 입이 몇 개나 되면 그런 소리가 나오는 구멍도 있누?

죄선 벙어리가 다 말을 해도 나 같으면 할 말 없겠더구만서두, 하면 다 말인 줄 아나 봐?

이를테면 그게 명색 훈계 비슷한 거렷다? 내게다가 맞대 놓고 그런 소리를 하다가는 되잡혀서 혼이 날 테니까 슬며시 아주머니더러 이르란 요량이던 게지?

기가 막혀서…… 하느님이 사람의 콧구멍 두 개로 마련하기 참 다행이야.

글쎄 아무려면 내가 자기처럼 다아 공부는 못 하고 남의 집

고조* 노릇으로, 반또** 노릇으로 이렇게 굴러먹을 값에 이래 보여도 표창을 두 번이나 받은 모범 점원이요, 남들이 똑똑하고 재주 있고 얌전하다고 칭찬이 놀랍고, 앞길이 환히 트인 유망한 청년인데, 그래 자기 눈에는 내가 버린 놈이고 아무짝에도 못쓰게 길이 든 놈으로 보였단 말이지?

하하, 오옳지! 거 참 그렇겠군. 자기는 자기 하는 짓이 옳으니까 남이 하는 짓은 다 글렀단 말이렷다?

그러니까 나도 자기처럼 그놈의 것 사회주읜지 급살 맞을 것인지나 하다가 징역이나 살고 전과자나 되고 폐병이나 앓고, 다 그랬더라면 사람 버리지도 않고 아무짝에도 못쓰게 길든 놈도 아니고 그럴 뻔했군그래!

흥! 참…….

제 밑 구린 줄 모르고서 남더러 어쩌구저쩌구 한다는 게, 꼭 우리 아저씨 그 양반을 두고 이른 말인가 봐.

그날도 실상 이랬더라우. 혼을 내주었더니, 아주머니더러 그런 소리를 하더란 그날 말이오.

그날이 마침 내가 쉬는 날이길래 아주머니더러 할 이야기도 있고 해서 아침결에 좀 들렀더니, 아주머니는 남의 혼인집으로 바느질을 해주러 갔다고 없고, 아저씨 양반만 여전히 아랫목에 가서 드러누웠어요.

그런데 보니깐, 어디서 모두 뒤져냈는지, 머리맡에다가 헌 언

* こぞう, 小僧. 나이 어린 사내 점원. 심부름꾼 아이.

** ばんとう, 番頭. 상점의 지배인.

문 잡지를 수북이 쌓아 놓고는 그걸 뒤져요.

그래 나도 심심 삼아 한 권 집어 들고 떠들어 보았더니, 뭐 읽을 맛이 나야지요.

대체 죄선 사람들은 잡지 하나를 해도 어찌 모두 그 꼬락서니로 해놓는지.

사진도 없지요, 망가*도 없지요.

그러고는 맨판 까탈스러운 한문 글자로다가 처박아 놓으니 그걸 누구더러 보란 말인고?

더구나 우리 같은 놈은 언문도 그런대로 뜯어보기는 보아도 읽기에 여간만 폐롭지가 않아요.

그러니 어려운 언문하고 까다로운 한문하고를 섞어서 쓴 글은 뜻을 몰라 못 보지요. 언문으로만 쓴 것은 소설 나부랭인데, 읽기가 힘이 들 뿐 아니라 또 죄선 사람이 쓴 소설이란 건 재미가 있어야죠. 나는 죄선 신문이나 죄선 잡지하구는 담쌓고 남 된 지 오래걸요.

잡지야 뭐 〈킹구〉나 〈쇼넹구라부〉** 덮어 먹을 잡지가 있나요. 참 좋아요.

한문 글자마다 가나를 달아 놓았으니 어떤 대문을 척 펴들어도 술술 내리읽고 뜻을 횅하니 알 수가 있지요.

그리고 어떤 대문을 읽어도 유익한 교훈이나 재미나는 소설이지요.

* マンガ, 漫畵. 만화.

** 〈킹구(King)〉, 〈쇼넹구라부(少年俱樂部)〉는 일제강점기 인기 있었던 대중잡지 이름.

소설 참 재미있어요. 그중에도 기꾸지깡* 소설……. 어쩌면 그렇게도 아기자기하고도 달콤하고도 재미가 있는지. 그리고 요시까와 에이찌,** 그의 소설은 진찐바라바라***하는 지다이모노****인데 마구 어깻바람이 나구요.

소설이 모두 그렇게 재미가 있지요. 망가가 많지요. 사진이 많지요. 그러고도 값은 좀 헐하나요. 십오 전이면 바로 그 전달 치를 사볼 수 있고, 보고 나서는 오 전에 도로 파는데요.

잡지도 기왕 하려거든 그렇게나 해야지, 죄선 사람들은 제엔장 큰소리는 곧잘 하더구만서두 잡지 하나 반반한 거 못 만들어 내니!

그날도 글쎄 잡지가 그 꼴이라, 아예 글은 볼 멋도 없고 해서 혹시 망가나 사진이라도 있을까 하고 책장을 후르르 넘기노라니깐 마침 아저씨 이름이 있겠나요! 하도 신통해서 쓰윽 펴들고 보았더니 제목이 첫줄은 경제…… 무엇 어쩌구 쇠눈깔만씩한 글자로 박아 놓고 그 옆에다가는 사회…… 무엇 어쩌구 잔주를 달았더군요.

그것만 보아도 벌써 그럴듯해요. 경제는 아저씨가 대학교에서 경제를 배웠다니까 경제 속은 잘 알 것이고, 또 사회는 그것 역시 사회주의를 했으니까 그 속도 잘 알 것이고, 그러니까 경제하

* 菊池寬(1888~1948). 일본의 극작가, 소설가. 주로 통속소설을 발표하였다.

** 吉川英治(1892~1962). 일본 소설가. 그가 쓴 역사소설은 많은 독자들의 사랑을 받았다.

*** ちゃんちゃんばらばら. '칼과 칼이 마구 부딪히는 소리' 혹은 '칼싸움'을 뜻하는 일본어.

**** じだいもの, 時代物. 옛날 역사상 사건을 취재하여 각색한 소설 등의 역사물.

고 사회주의하고 어떻게 서로 관계가 되는 것이며 어느 편이 옳다는 것이며 그런 소리를 썼을 게 분명해요.

뭐, 보나 안 보나 속이야 빠안하지요. 대학교까지 가설랑 경제를 배우고도 돈 모을 생각은 않고서 사회주의만 하고 다닌 양반이라 경제가 그르고 사회주의가 옳다고 우겨댔을 거니까요.

아무렇든 아저씨가 쓴 글이라는 게 신기해서 좀 보아 볼 양으로 쓰윽 훑어봤지요. 그러나 웬걸 읽어 먹을 재주가 있나요.

글자는 아주 어려운 자만 아니면 대강 알기는 알겠는데, 붙여 보아야 대체 무슨 뜻인지를 알 수가 있어야지요.

속이 상하길래 읽어 보자던 건 작파하고서 아저씨를 좀 따잡고 몰아세울 양으로 그 대목을 차악 펴놨지요.

"아저씨?"

"왜 그러니?"

"아저씨가 여기다가 경제 무어라구 쓰구, 또 사회 무어라구 썼는데, 그러면 그게 경제를 하란 뜻이요? 사회주의를 하란 뜻이요?"

"뭐?"

못 알아듣고 뚜렛뚜렛해요. 자기가 쓰고도 오래 돼서 다 잊어버렸거나, 혹시 내가 말을 너무 까다롭게 내기 때문에 섬뻑 대답이 안 나왔거나 그랬겠지요. 그래 다시 조곤조곤 따졌지요.

"아저씨…… 경제란 것은 돈 모아서 부자 되라는 것 아니요? 그런데, 사회주의란 것은 모아 둔 부자 사람의 돈을 뺏어 쓰는 것 아니요?"

"이 애가 시방!"

"아—니, 들어 보세요."

"너, 그런 경제학, 그런 사회주의 어디서 배웠니?"

"배우나마나, 경제란 건 돈 많이 벌어서 애껴 쓰구 나머지 모아 두는 게 경제 아니요?"

"그건 보통, 경제한다는 뜻으루 쓰는 경제고, 경제학이니 경제적이니 하는 건 또 다르다."

"다를 게 무어요? 경제는 돈 모으는 것이고, 그러니까 경제학이면 돈 모으는 학문이지요."

"아니란다. 혹시 이재학(理財學)이라면 돈 모으는 학문이라고 해도 근리할지 모르지만 경제학은 그런 게 아니란다."

"아—니, 그렇다면 아저씨 대학교 잘못 다녔소. 경제 못 하는 경제학 공부를 오 년이나 했으니 그게 무어란 말이요? 아저씨가 대학교까지 다니면서 경제 공부를 하구두 왜 돈을 못 모으나 했더니, 인제 보니깐 공부를 잘못해서 그랬군요!"

"공부를 잘못했다? 허허, 그랬을는지도 모르겠다. 옳다, 네 말이 옳아!"

이거 봐요 글쎄. 단박 꼼짝 못 하잖나. 암만 대학교를 다니고, 속에는 육조를 배포했어도 그렇다니깐 글쎄…….

"아저씨?"

"왜 그러니?"

"그러면 아저씨는 대학교를 다니면서 돈 모아 부자 되는 경제 공부를 한 게 아니라 모아 둔 부자 사람네 돈 뺏어 쓰는 사회주의 공부를 했으니 말이지요……."

"너는 사회주의가 무얼루 알구서 그러냐?"

"내가 그까짓 걸 몰라요?"

한바탕 주욱 설명을 했지요.

내 얼굴만 물끄러미 올려다보고 누웠더니 피쓱 한번 웃어요. 그러고는 그 양반이 하는 소리겠다요.

"그게 사회주의냐? 불한당이지."

"아—니, 그럼 아저씨두 사회주의가 불한당인 줄은 아시는구려?"

"내가 언제 사회주의가 불한당이랬니?"

"방금 그리잖었어요?"

"글쎄, 그건 사회주의가 아니라 불한당이란 그 말이다."

"거 보시우! 사회주의란 것은 그렇게 날불한당이어요. 아저씨두 그렇다구 하면서 아니래시요?"

"이애가 시방 입심 겨룸을 하재나!"

이거 봐요. 또 꼼짝 못 하지요? 다아 이래요 글쎄…….

"아저씨?"

"왜 그러니?"

"아저씨두 맘 달리 잡수시오."

"건 어떻게 하는 말이냐?"

"걱정 안 되시우?"

"날 같은 사람이 걱정이 무슨 걱정이냐? 나는 네가 걱정이더라."

"나는 뭐 버젓하게 요량이 있는걸요."

"어떻게?"

"이만저만한가요!"

또 한바탕 주욱 설명을 했지요. 이야기를 다 듣더니 그 양반 한다는 소리 좀 보아요.

"너두 딱한 사람이다!"

"왜요?"

"……."

"아—니, 어째서 딱하다구 그러시우?"

"……."

"네? 아저씨?"

"……."

"아저씨?"

"왜 그래?"

"내가 딱하다구 그러셨지요?"

"아니다, 나 혼자 한 말이다."

"그래두……."

"이애?"

"네?"

"사람이란 것은 누구를 물론허구 말이다, 아첨하는 것같이 더러운 게 없느니라."

"아첨이요?"

"저— 위로는 제왕, 밑으로는 걸인, 그 모든 사람이 위선 시방이 제도의 이 세상에서 말이다, 제가끔 제 분수대루 살어가는 데 있어서 말이다, 제 개성을 속여 가면서꺼정 생활에다가 아첨하는 것같이 더러운 것이 없고, 그런 사람같이 가련한 사람은 없느니라. 사람이란 건 밥 두 그릇이 하필 밥 한 그릇보다 더 배가 부른 건 아니니까."

"그건 무슨 뜻인데요?"

"네가 일본인 여자와 결혼을 해서 성명까지 갈고 모든 생활법도를 일본화하겠다는 것이 말이다."

"네, 그게 좋잖어요?"

"그것이 말이다, 진실로 깊은 교양이나 어진 지혜의 판단에서 우러나온 것이라면 그도 모를 노릇이겠지. 그렇지만 나는 보매, 네가 그런다는 것은 다른 뜻으로 그러는 것 같다."

"다른 뜻이라니요?"

"네 주인의 비위를 맞추고, 이웃의 비위를 맞추고 하자고……."

"그야 물론이지요! 다이쇼의 신용을 받어야 하고, 이웃 내지인들하구도 좋게 지내야지요. 그래야 할 게 아니겠어요?"

"……."

"아저씨는 아직두 세상 물정을 모르시오. 나이는 나보담 많구 대학교 공부까지 했어도 일찌감치 고생살이를 한 나만큼 세상 물정은 모릅니다. 시방이 어느 세상인데 그러시우?"

"이애?"

"네?"

"네가 방금 세상 물정이랬지?"

"네."

"앞길이 환하니 트였다구 그랬지?"

"네."

"환갑까지 십만 원 모은다구 그랬지?"

"네."

"네가 말하는 세상 물정하구 내가 말하려는 세상 물정하구 내용이 다르기도 하지만, 세상 물정이란 건 그야말로 그리 만만한 게 아니다."

"네?"

"사람이란 것 제아무리 날구 뛰어도 이 세상에 형적 없이 그러나 세차게 주욱 흘러가는 힘, 그게 말하자면 세상 물정이겠는데, 결국 그것의 지배하에서 그것을 따라가지 별수가 없는 거다."

"네?"

"쉽게 말하면 계획이나 기회를 아무리 억지루 만들어 놓아도 결과가 뜻대루는 안 된단 말이다."

"젠장, 아저씨두…… 요전 〈킹구〉라는 잡지에두 보니까, 나폴레옹이라는 서양 영웅이 그랬답디다. 기회는 제가 만든다구. 그리고 불가능이란 말은 바보의 사전에서나 찾을 글자라구요. 아 자꾸자꾸 계획하구 기회를 만들구 해서 분투 노력해 나가면 이 세상 일 안 되는 일이 어디 있나요? 한번 실패하거든 갑절 용기를 내가지구 다시 일어서지요. 칠전팔기 모르시오?"

"나폴레옹도 세상 물정에 순응할 때는 성공했어도, 그것에 거슬리다가 실패를 했더란다. 너는 칠전팔기해서 성공한 몇 사람만 보았지, 여덟 번 일어섰다가 아홉 번째 가서 영영 쓰러지구는 다시 일지 못한 숱한 사람이 있는 건 모르는구나?"

"그래두 두구 보시우. 나는 천하 없어두 성공하구 말 테니…… 아저씨는 그래서 더구나 못써요? 일 해보기두 전에 안 될 줄로 낙심 먼저 하구……."

"하늘은 꼭 올라가 보구래야만 높은 줄 아니?"

원 마지막 가서는 할 소리가 없으니깐 동*에도 닿지 않는 비유를 가져다 둘러대는 걸 보아요. 그게 어디 당한 말인고? 안 올라가 보면 뭐 하늘 높은 줄 모를 천하 멍텅구리도 있을까? 그만 해두려다가 심심하길래 또 말을 시켰지요.

"아저씨?"

"왜 그래?"

"아저씨는 인제 몸 다아 충실해지면 어떡허실려우?"

"무얼?"

"장차……."

"장차?"

"어떡허실 작정이세요?"

"작정이 새삼스럽게 무슨 작정이냐?"

"그럼 아저씨는 아무 작정 없이 살어가시우?"

"없기는?"

* 사물과 사물을 잇는 마디. 또는 사물의 조리(條理).

"있어요?"

"있잖구?"

"무언데요?"

"그새 지내 오던 대루……."

"그러면 저 거시키 무엇이냐 도루 또 그걸……?"

"그렇겠지."

"아저씨?"

"……."

"아저씨?"

"왜 그래?"

"인젠 그만두시우."

"그만두라구?"

"네."

"누가 심심소일루 그러는 줄 아느냐?"

"그렇잖구요?"

"……."

"아저씨?"

"……."

"아저씨?"

"왜 그래?"

"아저씨 올에 몇이지요?"

"서른셋."

"그러니 인제는 그만큼 해두고 맘 잡어서 집안일 할 나이두 아니오?”

“집안일은 해서 무얼 하나?”

“그렇기루 들면 그 짓은 해서 또 무얼 하나요?”

“무얼 하려구 하는 게 아니란다.”

“그럼, 아무 희망이나 목적이 없으면서 그래요?”

“목적? 희망?”

“네.”

“개인의 목적이나 희망은 문제가 다르니까…… 문제가 안 되니까…….”

“원, 그런 법도 있나요?”

“법?”

“그럼요!”

“법이라……!”

“아저씨?”

“…….”

“아저씨?”

“왜 그래?”

“아주머니가 고맙잖습디까?”

“고맙지.”

“불쌍하지요?”

“불쌍? 그렇지, 불쌍하다면 불쌍한 사람이지!”

“그런 줄은 아시느만?”

“알지.”

"알면서 그러시우."

"고생을 낙으로, 그 쓰라린 맛을 씹고 씹고 하면서 그것에서 단맛을 알어내는 사람도 있느니라. 사람도 있는 게 아니라, 사람마다 무슨 일에고 진정과 정신을 꼬박 거기다가만 쓰면 그렇게 되는 법이니라. 그러니까 그쯤 되면 그때는 고생이 낙이지. 너의 아주머니만 두고 보더래도 고생이 고생이면서 고생이 아니고 고생하는 게 낙이란다."

"그렇다고 아저씨는 그걸 다행히만 여기시우?"

"아—니."

"그러거들랑 아저씨두 아주머니한테 그 은공을 더러는 갚어야 옳을 게 아니오?"

"글쎄, 은공을 모르는 건 아니지만……."

"그러니 인제 병이나 확실히 다아 나신 뒤엘라컨……."

"바뻐서 원……."

글쎄 이 한다는 소리 좀 보지요? 시치미 뚜욱 따고 누워서 바쁘다는군요!

사람 속 차릴 여망(餘望) 없어요. 그저 어디로 대나 손톱만큼도 쓸모는 없고 남한데 사폐만 끼치고, 세상에 해독만 끼칠 사람이니, 뭐 하루바삐 죽어야 해요. 죽어야 하고, 또 죽어서 마땅해요. 그런데 글쎄 죽지를 않고 꼼지락꼼지락 도로 살아나니 성화라구는, 내…….

• 끝 •

채만식문학상

2002년 채만식 탄생 100주년을 기념하며 군산시와 채만식탄생100주년기념사업회가 제정한 '채만식문학상'은 시상 초기 채만식의 친일 행적에 대한 문제 제기로 폐지 요구가 있었고, 2005년 제3회 시상식은 취소되었다. 이후 2006년 다시 시상이 재개되었다. 1회 수상작은 정형남의 『내 안의 나를 찾아서』이다.

채만식

1902. 6. 17. 전북 군산 출생.
1922. 일본 와세다대(早稻田大) 부속 고등학원 문과 입학.
1923. 관동대지진이 일어난 이해 여름방학에 귀향한 뒤 복교하지 않음.
최초 중편 「과도기」를 탈고했으나 검열로 인해 발표되지 못함.
1924. 강화 사립학교 교원으로 취직.
《조선문단》에 이광수의 추천으로 단편 「세 길로」 발표.
1925. 동아일보사에서 정치부 기자로 근무.
《조선문단》에 단편 「불효자식」 추천, 게재.
1929. 개벽사에 입사해 편집에 종사함.
1933. 〈조선일보〉에 장편 『인형의 집을 나와서』 발표.
1934. 《신동아》에 단편 「레디메이드 인생」 발표.
1936. 개성으로 이사, 전업 작가 생활을 시작함.
1937. 〈조선일보〉에 장편 『탁류』 연재.
1938. 《조광》에 장편 『천하태평춘』 연재. 〈동아일보〉에 단편 「치숙」 연재.
1945. 고향으로 낙향하였다가 해방 이후 서울로 이사.
1946. 단편 「맹순사」, 「미스터 방」, 「논 이야기」 발표.
1948. 단편 「낙조」, 「민족의 죄인」 발표.
1950. 6. 11. 한국전쟁을 앞두고 지병 악화로 타계.

채만식(蔡萬植)은 1924년 《조선문단》에 단편 「세 길로」로 문학계에 등장하였다. 기자로 근무하며 창작 활동을 병행했던 그의 작품에는 당대의 현실과 이에 대한 비판의식이 주를 이룬다. 일제강점기를 살아가는 지식인의 고뇌, 농민의 빈곤, 도시 노동자의 몰락이 고스란히 담겼다. 특히 단편 「레디메이드 인생」(1934)은 독특한 풍자 작가로서의 채만식을 엿보게 하는 대표작이라 할 수 있다. 이 소설을 시작으로 그의 작품 세계는 동반자 문학에서 강렬한 풍자적 리얼리즘으로 변모하였다. 「여인 전기」라는 친일 성향의 작품을 썼던 그는 해방 이후 발표한 자전소설 「민족의 죄인」에서 자신의 친일 행위에 대해 부끄러움을 느끼는 인물의 내면을 상세히 묘사했다.

희생화

현진건

1

어머님은 우리 남매를 데리고 사직골 막바지에서 쓸쓸한 가정을 이루어 있었다.

우리 아버지는 내가 세 살 먹던 가을에 돌아가셨다 한다. 어머님께서 시시로 눈물을 머금고 아버지께서 목사로 계시던 것이며, 그 열렬한 웅변이 죄 많은 사람을 감동시켜 하느님을 믿게 하던 것이며, 자기 몸은 조금도 돌아보지 아니하고 교회 일에 진심 갈력(盡心竭力)하던 것을 이야기하신다. 나보담 사 년 맏이인 누님은 이 말을 들을 적마다 그 맑고 고운 눈에 눈물이 어리었다. 철모르는 나는 그 이야기보담 어머님과 누님이 우는 것이 슬퍼서 눈물을 흘리었다.

집안은 넉넉지는 아니하나마 많지 않은 식구라 아버지 생전에 장만하여 주신 몇 섬지기나 추수하는 것으로 기한*은 면할 수 있었다.

아버지의 감화인지는 모르나 어머님은 우리 남매를 학교에 다니게 하였다.

벌써 십여 년 전 일이라 누님 공부시키는 데 대하여 별별 비

* 飢寒/饑寒. 굶주리고 헐벗어 배고프고 추움.

평이 다 많았다. 그러나 어머님은 무슨 까닭에 여자 교육이 필요한 것인 줄은 모르셨겠지마는 아마 여자도 교육시키는 것이 좋은 줄로 아신 것 같다.

2

누님은 십팔 세의 꽃 같은 처녀로 ○○학교 여자부 사 년급에 우등 성적으로 진급되고 나도 그 학교 이 년급에 진급되던 봄의 일이다.

나의 손을 붉게 하고 내 얼굴을 푸르게 하던 추위는 없어진 지 오래이다.

햇볕은 따뜻하고 바람 끝은 부드럽다. 잔디밭에는 새싹이 돋아나고 개나리와 진달래는 벌써 산야를 붉고 누르게 수(繡) 놓았다.

어느덧 버드나무 얽힌 곳에 꾀꼬리는 벗을 찾고 아지랑이 희미한 하늘에 종달새는 높이 떴다.

우리 집 뜰 앞에 심어둔 두어 나무 월계화도 춘군(春君)의 고운 빛을 나도 받았노라 하는 듯이 난만(爛漫)히 피었었다.

하룻날 떠오르는 선명한 햇빛이 어렴풋이 조으는 듯한 아침 안개에 위황(煒煌)한 금색을 흩을 적에 누님은 가늘게 숨 쉬는 춘풍에 머리카락을 날리며 어리인 듯이 월계화를 바라보고 섰다. 쏘아오는 햇발이 그의 눈을 비추니 고개를 갸웃하며 한 손을 이마 위에 얹고 눈을 스르르 감더니 아직도 어슴푸레하게 조으는 월계화 그늘에 몸을 숨기매 이슬 젖은 꽃송이가 누님의 뺨을 스친다. 손으로 가벼이 화판(花瓣)을 만지며 고개를 숙여 꽃을 들여다본다…….

나도 한참 누님과 월계화를 바라보다가 학교에 갈 시간이나 아니 되었나 하고 방에 걸린 시계를 보니 아니나 다를까 벌써 시간이 다 되어 간다. 급히 건넌방에 들어가 책보를 싸 가지고 나오며,

"누님, 어서 학교에 가요. 벌써 시간이 다 되었어요."

"응, 벌써!"

하고 누님은 내 말에 놀라 돌아서더니 허둥허둥 건넌방에 들어가 책보를 싸더니 또 망연히 앉아 있다.

"어서 가요."

나는 조급히 부르짖었다. 누님은 또 한번 놀라 몸을 일으켰다.

요사이 누님의 하는 일이 매우 이상하였다. 그 열심히 하던 공부도 책을 보다가 말고 망연히 자실하여 먼 산만 멀거니 바라보고 있을 적이 많았다.

―누님이 잠은 어머님을 뫼시고 큰방에서 자되 공부는 나를 데리고 건넌방에서 하였으므로 누님이 정신 잃고 앉은 것은 여러 번 보았다.

그날 밤 새로 한 시나 되어 잠을 깨니 갑자기 뒤가 보고 싶었다. 나는 급히 일어나 뒷간에 갔었다. 뒤를 보고 나오니 이미 이지러진 어스름 반달이 중천에 걸리어 있다. 나는 달을 쳐다보며 한 걸음 두 걸음 마당 가운데로 나왔다. 뜰 앞 월계화는 희미한

달빛에 어슴푸레하게 비치는데, 꽃 사이로 하야스름한 무엇이 보인다. 자세히 보니 누님이 꽃에다 머리를 파묻고 서 있다. 그의 흰 옥양목 겹저고리가 내 눈에 뜨임이라. 왜 누님이 저기 저러고 서 있나? 온 세상이 따뜻한 봄의 탄식에 싸이어 고요히 잠든 이 밤중에 무슨 까닭으로 나와 섰나? 나는 어린 가슴을 두근거리며,

"누님, 거기서 무엇해요?"

내 소리에 깜짝 놀랐는지 몸을 움칫하더니 아무 대답이 없다. 가만가만히 가까이 가서 어깨를 가볍게 흔들었다. 숨을 급히 쉬는지 등이 들먹들먹한다. 나오는 울음을 물어 멈추는지 가늘고 떨리는 오열성(嗚咽聲)이 들린다.

나는 바싹 대들어 누님의 얼굴을 보았다.

분결 같은 두 손 사이로 보이는 얼굴은 발그레하였다. 나는 웬일인가 하고 얼굴 가린 두 손을 힘써 떼었다. 두 손은 젖어 있었다. 누님의 두 눈으로 눈물이 흘러내린다. 구슬 같은 눈물이 점점이 월계화에 떨어진다. 월계화는 그 눈물을 머금어 엷은 명주로 가린 듯한 달빛에 어렴풋이 우는 것 같다. 누님의 머리는 불덩이같이 더웠다.

"왜 안 자고 나왔니……?"

하며 내 손을 밀치는 그 손은 떠는 듯하였다. 나는 목멘 소리로,

"누님, 왜 우셔요? 네?"

하고 내 눈에도 눈물이 핑 돌았다.

이슬에 젖은 꽃향기는 사랑의 노래와 같이 살근살근 가슴을 여의고 따뜻한 미풍은 연애에 타는 피처럼 부드럽게 뺨을 스쳐 지나간다. 이런 밤에 부드러운 창자에 느낌이 없으랴! 꽃다운 마음에 수심이 없으랴!

철모르는 나는,

"누님, 어서 들어가셔요."

하고 누님의 손목을 이끌었다. 맥이 종작없이 뛰는 것을 감각하였다. 누님은 눈물을 씻으며,

"먼저 들어가거라, 나도 곧 들어갈 것이니……."

하였다.

"대관절 웬일이야요? 어데가 편찮으셔요?"

"아니, 공연히 마음이 뒤숭숭하구나."

하더니 한 손으로 월계화 가지를 부여잡고 이마를 팔에다 대며 흑흑 느끼어 운다.

어스름 달빛은 쓰린 이별에 우는 눈의 시선같이 몽롱하게 월계화 나무 위에 흘러 있다.

3

이틀 후 공일날 누님과 나는 창경원 구경을 갔었다.

창경원 사쿠라꽃이 한창이란 기사가 수일 전부터 신문에 게재되고 일기도 화창하므로 구경꾼이 구름같이 모여들어 넓으나 넓은 어원(御苑)이 희도록 덮여 있다. 과연 사쿠라는 필 대로 피

어 동물원에서 식물원 가는 길 양편에는 만단홍금(萬段紅錦)을 펼친 듯하다.

"국주(國柱)야, 우리는 동물원은 그만두고 저 잔디밭에 앉아 꽃구경이나 실컷 하자?"

누님은 찬성을 구하는 듯이 나를 들여다보며 웃는다. 나도 짐승 곁에 가니 야릇한 무슨 냄새가 나던 것을 생각하고,

"그럽시다."

라고 곧 찬성하였다.

우리는 길 옆 잔디밭 은근한 편 소나무 밑에 좌정하였다. 붉은 놀 같은 꽃다리 밑으로 지나가는 흰 옷 입은 유객들이 꽃빛에 비치어 불그스름해 보이는 것이 말할 수 없는 춘흥을 자아낸다. 어린 나도 따뜻한 듯한 부드러운 듯한 봄의 기쁨을 깨달아 웃는 낯으로 누님을 돌아보니 누님은 나직이 한숨을 쉬며 고개를 숙이더니, 푸른 풀 사이에 핀 누른 꽃을 하나 꺾어 뺨에다 댄다. 무슨 걱정이나 있는 듯이 눈살을 찌푸렸다. 나는 그날 밤에 누님이 월계화 사이에서 울던 광경을 가슴에 그리면서 유심히 누님의 행동을 살피었다.

누님이 얼굴에 수색을 띤 것이 퍽 애처로워서 무슨 이야기를 하여 누님의 흥미를 끌까 하고 곰곰 생각하며 이리저리 살피었다.

우연히 식물원 편을 바라보다가 그곳을 가리키고 누님을 흔들며,

"저기를 좀 보셔요."

하였다. 웬일인지 누님은 깜짝 놀란다. 곤한 잠을 깬 사람에게 흔히 있는 표정으로 내가 가리키는 곳을 바라본다. 거기서 우리 학교 교복을 입은 학생 하나가 이리로 내려온다. 그는 우리 학교 사 년급 급장이었다. 누님이 한참 멀거니 바라보다가 두 추파가 마주친 것 같다. 누님은 고개를 숙이었다.

나는 누님의 귀밑이 발그레진 것을 보았다. 누님이 내 무릎을 꼭 잡으며,

"거기 무엇이 있다고 날더러 보라니?"

간신히 귀에 들리리만큼 말하였다.

"아야! 아이고 아파요. 왜 저이를 모르셔요? 그이가요, 이번에 첫째로 사 년급에 진급한 이야요. 공부를 썩 잘하고 또 재조가 비범하대요. 게다가 얼굴이 저렇게 잘났겠지요."

나는 바로 내나 그런 듯이 기뻐하면서 입에 침이 없이 칭찬하였다. 누님은 부끄럽게 웃으며,

"왜 내가 그를 모른다디? 사 년이나 한 학교에 다녔는데…… 그래 그 사람 보라고 사람을 흔들고 야단을 했니?"

"그러면요…… 그런데요, 어저께 내가 누님보다 좀 일찍이 나왔지요? 집에 오니까 어머님 친구 몇 분이 오셨는데 누님 칭찬이 야단입디다. '어쩌면 인물도 그다지 잘나고 재조도 그렇게 좋을꼬. 참 복 많이 받았습니다.'라고요. 나는 그 말을 듣고 춤이라도 출 듯이 기뻐하였어요, 저 사람도 장하지만 누님은 더 장해요."

나는 그 사람을 너무 칭찬하여 행여나 누님이 그에게 질까 보아서 또 한참 누님을 추어올렸다. 누님은 또 얼굴을 붉히며,

"너는 별소리를 다 하는구나, 누가 네게 칭찬 듣고 싶다디?"

우리가 이런 수작을 하는 틈에 그가 벌써 우리 앞을 지나가며 슬쩍 누님을 엿보았다. 두 시선은 또 한번 마주쳤다. 누님의 얼굴은 갑자기 다홍빛을 띠었다. 그가 중인총중(衆人叢中)에 섞이어 점점 멀어 가는 양을 누님이 물끄러미 바라본다. 그는 나가 버렸다. 누님의 눈이 이리로 도는 바람에 그 사람의 뒤꼴을 보는 누님을 도적해 보던 내 눈이 잡히었다.

"너는 남의 얼굴을 왜 빤히 들여다보니?"

하고 누님의 얼굴은 또다시 붉어졌다.

"보기는 누가 보아요?"

하고 나는 빙그레 웃었다.

4

그 이튿날 아침에 누님은 좀처럼 바르지 않던 분을 약간 바르며 더럽지도 않은 옷을 벗고 새 옷을 갈아입었다.

"네가 오늘은 웬일이냐?"

하고 어머님이 의아해하신다. 누님이 머뭇머뭇하더니 어린애 모양으로 어머님 가슴에 안기며,

"제가 오늘은 퍽 잘나 보이지요?"

하고 웃는다. 그 웃음과 함께 누님의 얼굴에 홍조가 퍼진다. 과연 오늘은 누님이 더 어여뻐 보였다. 두 손으로 기운 없이 뒤로 큰 방문을 짚고 비스듬히 문에다 몸을 반만 실려 웃는 양이

말할 수 없이 어여뻤다. 어리인 우유에 분홍 물을 들인 듯한 두 뺨은 부풀어 오른 듯하고, 장미꽃빛 같은 입술이 방실 벌어지며 보일 듯 말 듯이 흰 이빨이 번쩍거린다. 춘산(春山)을 그린 듯한 눈썹은 살짝 위로 치어 오른 듯하며 그 밑에서 추수(秋水)같이 맑은 눈이 웃음의 가는 물결을 친다.

어머님이 누님을 보고 웃으시며,

"언제는 못났디?"

"그런데 오늘은요?"

누님이 되질러 묻는다.

"오냐, 오늘은 더 이뻐 보인다."

"어머님, 정말이야요?"

하고 누님은 또 빵긋 웃는다. 수색(羞色)에 싸인 희색(喜色)이 드러난다.

"오늘은 정말 더 이뻐 보인다. 너의 부친이 보셨던들 작히 기뻐하시겠니?"

하시며 어머님의 눈에는 눈물이 스르르 어리었다. 곱게 빛나던 누님의 얼굴에도 구름이 낀 것 같다. 그러나 얼마 아니 되어 그 구름이 스러지고 또다시 기쁨과 희망의 빛이 번쩍거린다.

우시는 어머님을 민망히 바라보던 누님이 지은 듯한 슬픈 어조로,

"어머님, 마음 상하지 마셔요."

하였다.

"애, 시간이 다 되었겠다. 내 걱정일랑 말고 어서 학교에나 가

거라."

하고 어머님은 눈물을 삼키셨다.

우리는 책보를 끼고 나섰다.

학교 문턱에 들어서니 종소리가 들린다. 우리는 달음박질하여 들어갔다.

전교 생도가 다 모였다. 모두 행렬과 번호를 마치자,

"기착(氣着), 경례, 출석원 도합 ○○명."

이라 하는 카랑카랑한 소리가 들리었다. 그는 사 년급 급장의 소리다. 이 소리가 끝나자 여자부 편에서도 이와 같은 호령과 보고를 하는 소리가 들리었다. 그는 옥을 바수는 듯한 날카로운 소리였다. 그는 우리 누님의 소리다.

오늘은 웬 셈인지 이 두 소리가 나의 어린 가슴을 뛰게 하였다.

그다음 토요일 하학한 후에 교우회가 모인다고 사 년급 생도들이 학교 문을 걸고 파수를 보며 철없는 일이 년급들이 나가는 것을 막아섰다. 우리가 늘 모이는 강당에 들어가니 벌써 이편에는 남학생, 저편에는 여학생이 빽빽이 앉아 있었다. 나도 거기 앉았노라니 무엇이니 무엇이니 하고 한참 야단들이더니 얼마 아니 되어 사 년급생이 흰 종잇조각을 돌리며,

"지육부(智育部) 간사 투표권이요, 한 장에 한 명씩 쓰시오."

하며 외친다. 내 곁에 앉은 녀석이 똑똑한 체로,

"유기명 투표야요, 무기명 투표야요?"

묻는다.

"물론 무기명 투표지요."

아까 외치던 사 년급생이 대답한다. 저편에서,

"무기명 투표란 무엇이오?"

하는 녀석이 있다.

"그것도 모르면서 회(會)할 적마다 집에만 가려고 하지! 무기명 투표란 것은 선거자의 이름을 쓰지 않는 것이오."

꾸짖는 듯이 그 사 년급생이 말하고 기색이 엄숙하다. 나는 무의식적으로 단박 사 년급 급장의 이름을 썼다. 필경 남자부에는 최다점으로 그가 선거되고, 여자부에서는 최다점으로 우리 누님이 선거되었다.

그 후부터 누님이 간사회 한다, 지육부 간사회 한다 하고 저녁 먹고 나가면 밤 아홉 점* 열 점이나 되어 돌아오는 일이 빈빈(頻頻)히 있었다. 그 회에 갈 적마다 안 보던 거울도 보고 늘어진 머리카락도 쓰다듬어 올리며 옷고름도 고쳐 매었다.

하룻밤은 누님이 지육부 간사회 한다고 저녁 먹고 나가더니 열 점 반이 되어도 돌아오지 않는다. 어머님은 별별 염려를 다 하시다가,

"너 누이가 여태껏 돌아오지를 않니? 회는 벌써 끝났을 것인데. 너 좀 가보아라."

나는 두루막을 입고 집을 나와 사직골 막바지로부터 광화문통에 가는 길로 타박타박 걸어간다. 달도 없는 오월 그믐밤이었다. 전등도 별로 없고 행인도 희소한 어둠침침한 길을 걸어가려

* 예전에 시각을 세던 단위. 괘종시계의 종 치는 횟수로 세었다.

니 무시무시한 생각이 난다. 나는 무서운 생각을 쫓노라고 발을 쾅쾅 구르며 '하나, 둘' 하고 달음박질하였다.

한참 뛰어가니 숨이 헐떡거리고 진땀이 흐른다. 모자를 벗어 부채질하면서 천천히 걸어간다. 내 앞 멀지 않은 곳에 이리로 향하여 젊은 남녀가 짝을 지어 올라온다. 그는 남학생과 여학생이었다! 그와 누님이었다! 나는 가슴이 설렁하며 일종 호기심이 일어났다. 살짝 남의 집 담모퉁이에 은신하였다. 둘은 내가 거기 숨어 있는 줄은 모르고 영어로 무어라고 소곤소곤거리며 지나간다. 그중에 이 말이 제일 똑똑히 들리었다. (그때는 몰랐지만 지금 생각하니 아마 이 말인 것 같다.)

"Love is blind.(사랑은 맹목적이라지요.)"

라니까 누님은 소리를 죽여 웃으며,

"But, our love has eyes!(그런데 우리의 사랑은 보는 사랑이지요.)"

하였다. 그들이 지나가자 나도 가만가만 뒤를 따랐다. 어두운 속이라 누님의 흰 적삼이 퍽 눈에 뜨인다. 전등 켠 뉘 집 대문 앞을 지날 때에 나는 그의 바른손이 누님의 왼손을 꼭 쥔 것을 보았다. 나는 웬일인지 싱긋이 웃었다. 그들이 행여나 나를 돌아볼까 보아서 발자취를 죽이고 남의 담에 몸을 부비대며 꽤 멀리 떨어져 갔었다. 우리 집 가까이 와서 둘이 걸음을 멈추더니 서로 악수를 하고 또 악수를 하는 것 같았다. 연연(戀戀)히 서로 떠나기를 싫어하는 것 같다. 한참이나 그리하다가 그가 손을 놓고 또 무어라고 한참 수군거리더니 그가 돌아서 온다. 누님은 우리 집 문 앞에 서서 한참 그의 가는 양을 바라보고 서 있다. 그는 또 내 곁으로 지나간다. 그의 걸음걸이는 허둥허둥하였다. 그가 지나간 후 나는 달음박질하여 집에 돌아왔다.

대문턱에 들어서니 어머님과 누님의 문답하는 소리가 들린다.

"왜 그처럼 늦었니? 나는 별별 근심을 다 했다."

"오늘은 상의할 일이 좀 많아서……."

누님이 머뭇머뭇한다.

"그 애는 어데로 갔니? 같이 오지를 안 하니? 오는 길에 못 봤어?"

어머님이 묻는다.

"그 애가 어데로 갔을꼬? ……길에서 만났을 것인데."

누님이 걱정한다.

나는 안방 문을 열고 시침을 뚝 따고,

"누님 인제 왔어요?"

하고 빙그레 웃었다. 어머님은 놀라며,

"너 빰에, 옷에 맨 흙투성이니 웬일이냐?"

하신다.

"담에 붙어 와……. 아니야요. 저 저……."

하고 누님을 보고 빙글빙글 웃었다. 누님의 얼굴은 또 발개졌다.

5

그 후 더운 날 달밤에 누님은 친구하고 어데를 간다, 어데를 간다 하고 자주자주 나갔었다. 누님은 늘 나를 따돌리고 혼자 나갔으므로 푸른 풀 잦아진 곳과 달빛 고요한 데에서 그와 누님이 만나 꿀 같은 사랑의 속살거림을 몇 번이나 하였는지 나는 모른다.

누님의 출입이 자주롭고 기색이 수상하였던지 어머님이,

"인제 네가 어데 나가거든 꼭 네 동생을 데리고 다녀라."

하신 뒤로는 누님이 집에 들면 공연히 짜증을 내며 하염없는 수색(愁色)이 적막한 화용(花容)을 휩쌌었다. 그리고 때때로 머리가 아프다 하며 이불을 쓰고 누웠었다.

하루는 우리가 점심을 마친 후 누님이 날더러,

"너 나하고 남산공원에 산보 가련?"

하였다. 그때는 유월 염천이라 더운 기운이 사람을 찌는 듯하였다. 나도 거기 가서 서늘한 공기도 마시고 무성한 초목으로부터 뚝뚝 듣는 취색(翠色)에 땀난 몸을 씻으리라 생각하고 곧,

"네."

하였다.

우리는 광화문통에서 전차를 타고 진고개를 거쳐 남산공원을 올라갔었다.

저편 언덕 위에 그가 기다리기 지리(支離)하다 하는 듯이 앉았다가 일어섰다가 하는 것이 보였다. 누님이 갑자기 돌아서 나를 보며,

"너 이것 가지고 진고개 가서 과자 좀 사 와! 응?"

하며 돈 이십 전을 주었다. 나는 급히 진고개로 나왔다. 얼른

과자를 사 가지고 가 본즉 그와 누님은 그림자도 보이지 않는다.

"어데로 갔을까?"

나는 누님이 무슨 위험한 곳에나 간 것같이 가슴이 팔딱거리었다. 이리저리 아무리 살펴도 그들은 없다. 나는 이편으로 기웃기웃, 저편으로 기웃기웃하였다. 한참이나 취색이 어린 남산 정상을 쳐다보다가 또다시 걸어갔다. 한동안 걸어가도 보이지 않는다.

'아이고, 어데로 또 그만 가버렸어? 이리로는 아마 아니 갔나보다.'

하고 돌아서 오던 길로 도로 온다.

갔던 길로 도로 오려니 퍽 먼 것 같다.

'에이그, 그동안에 내가 퍽도 걸었네.'

속으로 중얼중얼하였다. 골딱지가 나니까 더 더운 것 같다. 대기는 햇불에 와글와글 끓는 것 같다. 나는 이 대기에 잠기어 몸이 삶아지는지? 땀이 줄줄 흘러내리고 숨은 헐떡헐떡 차오른다. 모자를 벗으니 머리에서 김이 무럭무럭 난다. 나는 부글부글 고여 오르는 심술을 억지로 참으며 아까 그가 있던 곳까지 돌아왔다.

"어데로 갔을까? 저리로 가보자."

혼잣말로 투덜거리고 아까 갔던 반대 방면으로 걸어갔다. 한동안 걸어가도 그들은 또 보이지 않는다. 참고 참았던 짜증이 일시에 폭발이 되었다.

잔디밭에 털썩 주저앉아 엉엉 울었다. 풀들을 쥐어뜯으며 한

참 울다가 하도 내가 어린애 같은 것이 부끄럽고 우스웠다. 그렁그렁한 눈물을 씻고 희희 한번 웃은 뒤 이리저리 또 살펴보기 시작하였다.

저편, 좀처럼 사람 눈에 뜨이지 않을 소나무 그늘 밑에 그들이 나란히 앉아 있는 것을 보았다. 나는 잃었던 보배를 발견한 듯이 기뻐하였다.

"누님! 거기 계셔요?"

고함을 지르고 뛰어가려다가 에라 무슨 이야기를 하는지 좀 엿들으리라 하고 어느 밤에 그들의 뒤를 따라가던 모양으로 가만가만 걸어 가까이 갔었다. 한낮이므로 유객(遊客) 하나 없고 바람 한 점 불지 않는다. 더운 공기는 기름 언 것같이 조금도 파동이 없다. 남이 들을까 보아서 가만가만히 하는 이야기도 낱낱이 내 귀에 들리었다.

"물론 그렇게 해야지요. 그런데 요사이는 어째 볼 수가 없어요?"

그가 말하였다.

"어머님께서 어데 나가게 하셔야지요, 나가거든 꼭 네 동생을 데리고 다녀라 하시겠지요. 그래서 오늘도 같이 왔지요."

그리고 누님이 웃으며 말을 이어,

"딴 이야기 하노라고 잊었구려, 기다리신다고 오죽 지리하셨겠어요?"

"한 시간이나 넘어 기다렸어요. 오늘도 아마 못 오시는가 보다 하고 그만 가 버릴까까지 하였어요."

"네? 가 버릴까 하였어요? 제가 언제 약속 어긴 일이 있어요? 저는 어찌 급했던지 점심을 먹는데 밥이 입으로 들어가는지 코로 들어가는지 몰랐어요."

둘이 웃는다. 나도 웃었다. 나는 어린애가 꽃에 앉은 나비를 잡으려 간 때에 가는 걸음걸이로 한 걸음 두 걸음 가까이 갔었다. 사랑하는 이들은 달디단 이야기에 얼이 빠져 사람 오는 줄도 모른다. 그들 앉은 소나무 뒤에 살짝 붙었다. 두 어깨는 닿아 있고 누님의 풀린 머리카락이 그의 뺨을 스친다. 그와 누님의 눈과 입에는 정이 찬 웃음이 넘친다. 그러다가 두 손길을 마주 잡고 실심한 사람 모양으로 멀거니 서로 들여다본다. 누님의 몸으로부터 발산하는 따뜻하고 향기로운 기운에 나도 싸인 것 같았다. 나는 와락 달려들며,

"누님, 여기 계셔요? 나는 어데 가셨다고……. 아이 사람 애도 퍽도 먹이시지!"

둘은 깜짝 놀래었다. 누님의 모시적삼이 달싹달싹하는 것을 보고 누님의 가슴이 팔딱거리는구나 하였다.

그는 시치미를 뚝 따려 하였으나 '부끄럼'이란 원소가 얼굴에 퍼뜨리는 붉은 빛을 감출 길이 없었다.

"에그, 나는 누구라구, 퍽도 놀랐다."

누님은 두근거리는 가슴을 한 손으로 어루만지며 말하였다. 누님이 그를 향하며,

"이애가 제 동생이야요, 아직 철이 안 나서……. 많이 사랑해 주셔요."

한 뒤 나를 보고 그를 눈으로 가리키며,

"너 이보고 이훌랑은 형님이라 하여라."

"어째서 형님이라 해요?"

내가 애를 먹였다. 누님의 얼굴은 새빨개지며 나를 흘겨본다.

"왜 누님 성나셨소? 그러면 형님이라 하지요."

하고 어리광을 부리며,

"형님, 누님! 과자 잡수셔요."

하고 쥐었던 과자를 앞에 내놓았다. 누님이 나를 보고 방그레 웃으며,

"우리는 먹기 싫으니 너 혼자 저쪽에 가서 먹고 있거라. 우리 갈 때 부를 것이니……."

나도 길게 방해 놓기가 싫었다. 과자를 쥐고 나와 풀밭에 앉아 먹으면서 혼잣말로,

"내 뱃속에 영감쟁이가 열둘이나 들어앉았는데 어린애로만 여기지……."

하고 웃었다.

그 긴긴 해가 벌써 서산에 걸리었다. 낙조에 비치는 녹수와 방초는 불이 붙은 것같이 붉어 보인다.

나도 이 동안에 퍽도 심심하였다. 풀을 자리 삼아 눕기도 하고, 기지개도 켜고 몸을 비비틀기도 하며 곡조도 모르는 창가를 함부로 부르기도 하였다.

이제나 올까, 저제나 부를까 고대고대하여도 그 둘의 그림자는 얼른도 아니한다. 무슨 이야기가 그렇게 많은고. 이미 사랑하

는 사람끼리의 이야기는 끝이 없는가 보다. 벌써 이야기한 것이 수만 마디가 넘건마는 말 몇 마디 못하여 해는 어이 수이 가나 하는 것이다.

남산 밑 풀과 나무에 빛나던 붉은 빛은 점점 걷히고 모색(暮色)이 가물가물 쳐들어온다. 햇빛은 쫓기어 남산 정상을 향하여 자꾸 기어 올라가더니 남산 맨 꼭대기에 옴츠리고 앉았을 뿐이다.

검푸른 저문 빛이 남산 밑을 에워싸자 정상에 비치는 햇빛조차 스러지고 저편 하늘에 붉은 놀이 흰 구름을 붉고 누렇게 물들인다.

나는 참다못하여 몸을 일으켜 그곳으로 갔다. 어두운 빛에 놀랐는지 그들도 일어섰다. 나는 걸음을 멈추고 나무로 깎아 세워 놓은 사람 모양으로 주춤 섰다. 누님의 걱정스러운 떨리는 소리가 나의 이막(耳膜)을 울림이라.

"K씨! 우리가 목전에 즐거움만 다행히 여겨 그냥 이리 지내다 가는 우리의 꿀 같은 행복이 끝에는 소태 같은 고통으로 변할 것 같아요. 우리 각각 꼭 아까 말한 것과 같아야 됩니다."

"아무렴요! 꼭 그리해야 될 터인데……. 아까도 말했지만 우리 집은 워낙 완고라……."

그의 말은 떨리었다.

나는 가슴이 선뜻하였다. 무슨 말을 하였나? 무슨 일을 하려는가? 엿듣지 못한 것이 한이 되었다. 둘은 이리로 걸어온다. 누님의 눈은 약간 발그레하였다. 그 고운 뺨에 눈물 흔적이 보였다. 나는 또 웬일인가 하고 가슴이 선뜻하였다.

6

그날 밤에 나의 어린 소견에도 별별 생각을 다하고 씩씩이 잠도 잘 자지 못하였다. 내가 어렴풋이 잠을 깰 적마다 큰방에서 어머님과 누님이 무어라고 이야기하는 소리가 간단없이 들리었다.

새로 한 점이나 되어 내가 또 잠을 깨니 큰방에서 훌쩍훌쩍 우는 소리가 들린다. 울음 섞인 어머님의 말소리가 난다.

"그래, 네가 요사이 늘 탈기를 하고 행동이 수상하더라……. 나는 허락한다 하더래도 만일 그 집에서 안 된다면 네 신세가 어떻게 되니? ……네가 다만 하나 있는 어미 몰래 그 사람과 약혼한 것이 괘씸하다. 아비 없이 너를 금옥같이 길러내어 이런 일이 날 줄이야! 남편 없다고 너까지 나를 업수이 여기는 게지……."

누님은 흑흑 느끼며,

"어머님, 잘못하였습니다, 무어라고 말씀을 여쭈어야 좋을지…… 친키도 전에 말씀 여쭈기도 부끄러운 일이고…… 친한 뒤에는 몇 번이나 말씀 여쭈려 하였지만 입이 잘 떨어지지를 않았어요. ……들어주셔요. 암만 어머님이라도 그때는 부끄러웠어요. 이젠 서로 약혼까지 해놓으니 몸과 마음이 달아 부끄럼도 돌아볼 수 없게 되었어요. 그래서 뻔뻔스럽게 여쭌 것이야요. 어머님 말씀같이 그가 저를 잊을 리는 없어요, 버릴 리는 없어요. 그다지 다정한 그가 그럴 리가 있다고요? 어제 공원에서 단단히 맹서하였습니다. 각각 부모님께 여쭈어 들으시면 이 위에 더 좋은 일이 없거니와 만일 그렇지 않거든 멀리멀리 달아나겠다구요. 배가 고프고 옷이 차더라도 부모도 못 보고 형제도 못 보더라도 둘이 같이만 있으면 행복이라구요. 온갖 곤란과 갖은 고통을 달게 겪겠다구요. 정말 그래요. 저도 그 없으면 미칠 것 같아요. 어머님이 허락을 아니 하신다 할 것 같으면 저는 이 세상에 살아 있을 것 같잖아요."

밀어오는 물을 막았던 방축을 무너버릴 때에 물밀듯이 누님이 말하였다.

흔히 순결한 처녀가 사랑의 불을 가슴속에 깊이깊이 숨겨두고 행여나 남이 알까 보아서 전전긍긍하며 호올로 간장을 태우다가도 한번 자기 친한 이에게 발설하기 시작하면 맹렬히 소회를 베푸는 것이라.

나는 가슴을 울렁거리며 안방에 건너왔다.

누님은 어머님 무릎에 머리를 파묻고 울며, 어머님은 누님의 등에다 이마를 대고 운다. 나도 한참 초연히 섰다가 어머님 곁에 앉았다. 어머님을 흔들며 목멘 소리로,

"어머님, 우지 마셔요."

이 말을 마치자 가슴이 찌르르해지며 흐르는 눈물을 금할 길이 없었다. 어머님은 눈물을 삼키고 누님을 흔들며,

"이애 이애, 그만 그쳐라."

누님은 더 섧게 운다.

"이애, 남부끄럽다. 그만두어라. 오냐, 네 원대로 하마. 그도 한

번 데리고 오너라."

어머님은 그만 동곳을 빼었다.*

'여자가 수약(女子雖弱)이나 위모즉강(爲母則强)'이란 말은 어찌 생각하고 한 소리인고?

이틀 후 누님이 그를 데리고 왔다. 그의 곱상스러운 얼굴과 얌전한 거동이 당장 어머님의 사랑을 이끌었다. 참 내 딸의 짝이라 하였다. 애녀(愛女)의 평생이 유탁(有託)하다 하였다. 단꿈이 꾸이리라 하였다. 기쁜 날이 오리라 하였다. 더구나 맑은 눈과 까만 눈썹이 내 딸과 흡사하다 하였다. 누님과 그가 영어로 말하는 양을 보고 뜻도 모르면서 웃으셨다. 재미스러운 딸의 장래 가정을 꿈꾸고 사랑스러운 외손자를 꿈꾸었다.

그 후부터는 남의 이목을 피해 가며 몇 번이나 서로 맞추어서 길게 기다려 가지고 짧게 만나던 애인들은 자주로이 우리 집에서 만나 웃고 즐기게 되었다.

7

어떤 날 저녁에 그가 우리 집에 왔다. 그때 마침 어머님은 어데 가시고 나와 누님과 단둘이 있었다.

나는 와락 내달으며,

"형님 오셔요?"

* 동곳을 빼다 : (비유적으로) 힘이 모자라서 복종하다.

라고 반갑게 인사하였다. 누님도 반가이 맞으며,

"요사이는 왜 오시지 안 하셔요?"

"아니, 내가 언제 왔는데."

하고 그는 지어서 웃는다.

누님은 눈을 스르르 감으며 무엇을 생각는 듯하더니,

"오늘이 칠월 초열흘이고, 초칠 일이 공일이라…… 공일날 오시고 오늘 처음이지요?"

"그래요, 한 사흘밖에 더 되었어요?"

"사흘! 저는 한 삼 년이나 된 듯하였어요, 사흘 만에 한 번씩 만나? 멀어요! 퍽 멀구 말구요! 사흘이 그다지 가까운 것 같습니까?"

하고 누님은 무엇을 찾는 듯이 그를 바라본다.

"사흘 만에 한 번씩 와도 장하지요."

하고 그는 또 웃는다.

"장해요! 사흘 동안에 제가 몇 번이나 문밖을 내다보는지 아셔요? 저는 온갖 걱정을 다 했지요. 몸이나 편찮으신가, 꾸중이나 뫼셨는가?"

하고 목소리는 전성(顫聲)을 띠어가며 눈에는 눈물이 괴이어진다.

"저는 우리 일에 대하여 무슨 큰 걱정이나 생겼나 하고 얼마나 애간장을 태웠는지요!"

하고는 눈물이 그렁그렁 넘쳐흐른다.

"아니야요! 여하간 죄 없이 잘못하였습니다."

하고 그는 눈살을 찌푸리다가 선웃음을 치며,

"어린애 모양으로 걸핏하면 울기는 왜 울어요? 저 동생 부끄럽지 않아요? (갑자기 어조를 야릇하게 변하며) 그런데 내가 어지도 올라 카고 아레도 올라 캤지마는 올라 칼 때마다 동무가 찾아와서 올 수가 있어야지."

울던 누님이 웃음을 띠었다. 나도 웃었다.

그는 대구 사람이다. 그의 부모는 아직도 대구에서 산다. 서울 있는 오촌 당숙 집에 그는 유숙하고 있었다. 그는 서울 온 지가 벌써 오, 육 년이 지내었으므로 사투리는 거의 안 쓰게 되었으나 때때로 우리를 웃기려고 야릇한 말을 하였다.

"올라 카고, 갈라 카고."

흉내를 내며 나는 방바닥에 뚤뚤 굴러가며 웃었다. 그는 시치미를 뚝 떼고,

"남 이야기하는데 웃기는 와 웃소? 갸 참 얄궂다."

하였다. 누님은 어떻게 웃었는지 얼굴이 붉어지고 배를 훔켜쥐고 숨찬 소리로,

"그만두셔요, 그만 웃기서요."

한참 동안 우리는 이렇게 웃고 즐기다가 나를 누님이 또 무슨 심부름을 시켰다! 무슨 심부름이던가 생각이 아니 난다. 그가 오기만 하면 누님이 무엇 좀 사 오너라, 어데 좀 갔다 오너라 하고 늘 나를 따돌렸다.

"에그, 누님도 왜 나를 늘 따돌려."

투덜투덜하면서 집을 나왔다. 반달은 비스듬히 푸른 하늘에

걸리어 있다.

만경창파(萬頃蒼波)에 외로이 떠나가는 일엽편주(一葉片舟)와 같았다.

나 없는 동안에 그들이 무슨 이야기를 하는지를 듣고 싶어서 급히 오노라고 오는 것이 한 시간이나 넘어 걸리었다. 나는 벌써 엿듣기에 익숙하여 사뿐 중문에 들어서며 가만히 살펴보니 애인들은 달 비치는 월계화 나무 밑에 평상을 내어놓고 나란히 앉아서 무어라고 소곤거린다. 나는 숨소리도 크게 아니 쉬고 귀를 기울였다.

“그러면 어째요? 어머님께서는 좀처럼 올라오시지 않을 것이고……. 왜 그러면 상서(上書)로 이 사정을 못 아뢸 것이야 있어요?”

누님의 애타는 소리가 들린다.

“글쎄요 몇 번이나 상서를 썼지만…… 부치지를 못 하겠어요.”

“만일 차일피일하다가 딴 데 혼인을 정해 놓으시면 어째요?”

“정해 놓아도 안 가면 그만이지요.”

“그러면 어렵지 안 해요?”

“그런데 오촌 당숙 내외분은 아마 이 눈치를 아시는 것 같아요…….”

“네?”

“아마 그런 것 같아요, 그래서 집에 무슨 통기가 있었는지 할아버지께서 일간 올라오신대요.”

“올라오시면 죄다 여쭙겠단 말씀이구려.”

"글쎄요, 그런데…… 우리 할아버지는 참 호랑이 같은 어른이라…… 완고 완고 참 완고신데…… 나도 어찌 할 줄을 모르겠어요. 그래서 밤에 잠이 잘 오지 않아요."

하고 머리를 긁적긁적하고 눈살을 찡기더니 또 말을 이어,

"오늘 또 아버지께서 하서(下書)하셨는데 이번 울산 김 승지 집에서 너를 선보러 간다니 행동을 단정히 하여라 하는 뜻입디다. 참 기막힐 일이야요."

하고 한숨을 내쉰다.

"부모님께 하루바삐 이 사정을 여쭙지 않으면 큰일 나겠습니다그려."

누님의 안타까운 소리가 들린다.

"여하한 꾸중을 보시더라도 장가를 못 가겠다 할 터이야요! 조금도 걱정 마셔요."

그는 결심한 듯이 고개를 들며 단연히 말하였다.

밝은 달은 애태우는 양인의 가슴을 나는 몰라 하는 듯이 저리로 저리로 미끄러져 가며 더운 공기에 맑은 빛을 흩날린다. 월계화는 더욱 붉고 더욱 곱다. 진세(塵世)의 우수 고뇌를 나는 잊었노라 하는 것 같았다.

8

그 이튿날 일어난 누님의 얼굴은 해쓱하였다. 머리카락이 흩어질 대로 흩어진 것을 보아도 작야(昨夜)에 잠을 못 이루어 몇

번이나 베개를 고쳐 벤 것을 가히 알러라. 누님이 사랑의 맛이 쓰고 떫은 것을 처음으로 맛보았도다! 행복의 해당화를 꺾으려면 가시가 손 찌르는 줄 비로소 알았도다.

하루 가고 이틀 가고 어느덧 일주일이 지났건만 누님이 오늘이나 와서 호음(好音)을 전해 줄까 내일이나 와서 희식(喜息)을 알려 줄까 고대고대하는 그는 코끝도 보이지 않는다. (내가 학교에를 가도 그를 볼 수 없었고 누님도 이때부터 심사가 산란하여 학교에 못 갔었다.)

이 동안에 누님은 어찌 애를 태웠던지 양협(兩頰)에 고운 빛이 사라져 가고 눈언저리는 푸른 기를 띠고 들어갔다. 입술은 까뭇까뭇 타들어 가고 두 팔은 맥없이 늘어졌다.

일주일 되던 날 누님은 생각다 못하여 편지 한 장을 주며,

"너 이 편지 가지고 그 댁에서 그가 있거든 전하고 못 보거든 도루 가지고 오너라."

하였다.

전일에 그를 따라 한번 그 집에 갔던 일이 있으므로 그 집을 자세히 알아두었다. 그 집 대문에 들어서니 행랑 사람도 없고 그가 있던 사랑 문도 닫히어 있다.

안에서 기운 찬 노인의 성난 말소리가 나의 귀를 울린다.

"이놈, 아즉 학생이니 장가를 못 가겠다. 핑계야 좋지, 이놈 괘씸한 놈, 들으니 네가 어떤 여학생을 얻어 가지고 미쳐 날뛴다는구나! 아니야요란 다 무엇이야, 부모가 들이는 장가는 학생이라 못 가겠고, 학생 신분으로 계집은 해도 관계찮으냐, 이놈 고약한

놈! 네 원대로 그 학교나 마치고 장가들일 것이로되 벌써 어린놈이 못 견뎌서 여학생을 얻느니, 무엇을 얻느니 하니 그냥 두다간 네 신세를 망치고 가문을 더럽힐 터이야! 그래서 하루바삐 정혼하고 혼수까지 보내었는데 지금 와서 가느니 마느니 하면 어찌하잔 말이냐. 암만 어린놈의 소견이기로……. 그 집은 울산 일판에 유명한 집안이라 재산도 있고 양반도 좋고…… 다 된 혼인을 이편에서 퇴혼하면 그 신부는 생과부로 늙으란 말이냐! 일부함원(一婦含怨)에 오월비상(伍月飛霜)이란 말도 못 들었어! 죽어도 못 가겠다. 허허, 이놈 박살할 놈! 조부모도 끊고 부모도 끊고 일가친척도 끊으려거든 네 마음대로 좀 해보아라."

나는 이 말을 들으며 소름이 쭉 끼치었다. 한편으로는 분하기 짝이 없었다. 깨끗한 누님이 이다지 모욕을 당한 것이 절절이 분하였다. 곧 들어가 분풀이나 할 듯이 작은 눈을 홉뜨고 고사리 같은 손을 불끈 쥐었다.

"허허 이놈, 괘씸한 놈! 에이 화나, 거기 내 두루막 내."

하는 그 노인의 우렁찬 소리가 또 들린다. 나는 간담이 서늘하였다. 그 노인이 신을 찍찍 끄을고 이리로 나오는 것 같다. 나는 무서운 증이 나서 급히 달음박질하여 그 집을 나왔다.

9

그날 밤 어머님 잠드신 후 누님이 살짝 내게로 건너와서,

"이애, 너 본 대로 좀 이야기하여다고, 응?"

이 말을 하는 누님의 얼굴은 고뇌와 수괴(羞愧)의 빛이 보인다. 어린 동생에게 애인의 말을 물어도 부끄러워하였다! 나는 입을 다물고 묵묵히 앉았었다. 차마 그 이야기를 할 수가 없었다.

"왜, 또 심술이 났니? 어서 이야기를 좀 하려무나. 편지를 도루 가지고 온 것을 보니 형님을 못 만났니? 만나도 못 전했니? 혹은 무슨 일이 났더냐? 남의 속 그만 태우고 어서 좀 이야기하여다고. 가련한 네 누이의 청이 아니냐."

이 말소리는 애완(哀婉) 처량하였다. 나의 어린 가슴이 찌르는 듯하며 눈물이 넘쳐 나온다. 이다지 정다이 구는 누님의 가슴에 그리던 꿀 같은 장래가 물거품에 돌아가고 만 것이 슬펐음이라. 그리고 순결한 우리 누님이 그 노인에게 '어떻다'든가, '계집을 했다'든가 하는 더러운 소리를 들은 것이 이가 떨리었다.

나는 비분한 어조로 그 집에서 들은 것을 이야기하였다. 정신없이 듣고 있던 누님은 내 말이 끝나자 기운 없이 쓰러지며 이 이야기를 들을 적부터 괴였던 눈물이 불덩이 같은 뺨을 쉬일 새 없이 줄줄 흘러내린다.

"누님! 누님!"

하고 나도 누님의 가슴에 안기며 울었다.

이럴 즈음에 누가 대문을 가벼이 흔들며 떨리는 소리로,

"S씨! S씨! 주무셔요?"

한다. 누님은 이 소리를 듣고 얼른 일어났다. 애인의 음성은 이럴 때라도 잘 들리는 것이다. 나올 듯, 나올 듯한 울음을 입술로 꼭 다물어 막으며 급히 나갔다.

대문 소리가 나더니,

"K씨! 오셔요?"

하며 우는 소리가 들린다. 나도 나갔다. 둘은 서로 붙들고 눈물비가 요란히 떨어진다. 누님이 울음 반 말 반으로,

"저는 또다시…… 못…… 뵈올 줄…… 알았지요."

하였다. 그도 흑흑 느끼며,

"다 내 잘못이야요."

하였다.

"저 까닭에 오늘 매우 꾸중을 뫼셨지요?"

"어떻게 알았어요?"

누님이 내가 편지를 가지고 그 집에 갔다가 내가 들은 이야기를 하였다.

그리고 우는 소리로,

"좀 들어가셔요."

하였다.

"아니야요, 명일은 할아버지께서 꼭 데리고 가실 모양이어요. 지금 곧 멀리멀리 달아나려고 합니다. 그래서 이런 말이나 몇 마디 할 양으로 왔어요."

누님은 자기의 귀를 의심하는 듯이,

"네? 멀리멀리 가셔요? 부모도 버리시고 형제도 버리시고 멀리 가셔요? 제 신세는 벌써 불쌍하게 되었습니다. 불쌍한 저 때문에 전정(前程)이 구만리 같은 당신을 또 불행하게 만들 것이야 무엇 있습니까? 절랑 영영히 잊으시고 부모님 말씀으로 장가드

셔요. 장가드시는 이하고나 백 년이 다 진토록 정다운 짝이 되어 주셔요. 아들 낳고 딸 낳고…… 저의 모든 것을 바쳐도 당신이 행복되신다면 그만이 아니야요? 곧 당신의 기쁨이 제 기쁨이 아니야요? 당신의 행복이 제 행복이 아니야요? 한숨 쉬고 눈물 흘리면서도 당신의 행복의 그늘에서 웃어 볼까 합니다."

열정 찬 눈으로부터 하염없이 흘러내리는 눈물에 적막한 화용이 아롱진다.

"아아, S씨를 내 손으로 불행하게 만들고 나 혼자 행복을…… 사랑을 떠나 행복이 있을까요? 나에게 행복을 줄 S씨가 눈물바다에 허우적거릴 때 나 혼자 행복의 정상에서 내려다보며 웃을 수가 있을까요? 없어요! S씨 없고는 나 혼자 행복을 누릴 수가 없어요!"

"제 불행은 제 손으로 맨든 것입니다. 그러나 우리가 오늘날 이렇게 된 것이 당신의 잘못도 아니고 저의 잘못도 아니야요. 그 묵고 썩은 관습이 우리를 이렇게 맨든 것입니다! 그러하지만 저 때문에 당신의 마음을 수란(愁亂)하게 맨든 것 같아서 어떻게 가엾고 애달픈지 몰라요! 그런데 이 위에 더 당신을 영영이 불행하게 하겠어요. 당신이 행복되신다면 저는 오늘 죽어도 아깝잖아요."

"안 될 말씀입니다. 그런 말씀을 들을수록…… 기가 막혀요! 해야 늘 그 말이니까 길게 말할 것 없이 나는 가겠어요. S씨! 부디 안녕히!"

그는 흐르는 눈물을 씻으며 결심한 듯이 돌아서 가려 한다.

"K씨!"

안타까운 떠는 소리로 부르더니 북받쳐 나오는 울음이 말을 막는다. 그는 또 한번 돌아다보고,

"S씨! 부디 안녕히……."

말을 마치자 그는 떨어지지 않는 발길을 돌려 마음은 이리로 몸은 저리로 멀어 간다…….

나는 심장을 누가 칼로 싹싹 에이는 것 같았다.

10

그 후 그는 어데로 갔는지 영영이 소식을 들을 수가 없고 누님은 시름시름 병들기 시작하여 날이 가고 달이 갈수록 병은 점점 깊어온다.

이슬 젖은 연화같이 불그스름하던 얼굴이 청색 창경(窓鏡)에 비치는 이화(梨花)처럼 해쓱하였다. 익어 가는 임금(林檎)같이 혈색 좋던 살이 서리 맞은 황엽(黃葉)처럼 배배 말라 간다. 거슴츠레한 눈은 흰 눈물에 붉어졌다.

그러다가 차마 볼 수 없이 바싹 말라 버렸다. 마치 백골을 엷은 백지로 덮어두고 물을 흠씬 품어 놓은 것같이 되고 말았다. 마침내 한강 얼음 얼고 남산에 눈 쌓일 제 누님은 그에게 한숨을 주고 눈물을 주던 이 세상을 떠나 버렸다.

아아, 사랑, 아 사랑의 불아! 네가 부드럽고 따뜻한 듯하므로 철없는 청춘들은 그의 연하고 부드러운 심장에 너를 보배만 여

겨 강징 난다. 잔인한 너는 그만 그 심장에다 불을 붙인다. 돌기둥 같은 불길이 종작없이 오른다.

옥기(玉肌)도 타 버리고, 홍안도 타 버리고 금심(錦心)도 타 버리고 수장(繡腸)도 타 버린다! 방 안에 켰던 촛불 홀연히 꺼지거늘 웬일인가 살펴보니 초가 벌써 다 탔더라! 양협이 젖던 눈물 갑자기 마르거늘 무슨 연유 물잿더니 숨이 벌써 끊쳤더라!

•끝•

할머니의 죽음

현진건

❧

'조모주 병환 위독.'

삼월 그믐날, 나는 이런 전보를 받았다. 이는 ××에 있는 생가에서 놓은 것이니 물론 생가 할머니의 병환이 위독하단 말이다. 병환이 위독은 하다 해도 기실 모나게 무슨 병이 있는 게 아니라, 벌써 여든을 둘이나 넘은 그 할머니는 작년 봄부터 시름시름 기운이 쇠진해서 가끔 가물가물하기 때문에 그동안 자손들로 하여금 한두 번 바쁜 걸음을 아니 치게 하였다.

그 할머니의 오 년 맏이인 양조모는 갑자기 울기 시작하였다.

"아이고…… 이승에서는 다시 못 보겠다. 동세라도 의로 말하면 친형제나 다름이 없었다…… 육십 년을 하루같이 어데 뜻 한번 거슬려 보았을까……."

연해연방 이런 넋두리를 섞어 가며 양조모는 울었다. 운다 하여도 눈 가장자리가 붉어지고 목소리가 떨릴 뿐이었다. 워낙 연만한 그는 제법 울음답게 울 근력조차 없었다.

"그래도 그 할머님은 팔자가 좋으시다. 자손이 늘은 듯하고…… 아이고."

끝으로 이런 말을 하며 울음이 한숨으로 변하였다. 자기가 너무 수(壽)한 까닭으로 외동자들을 앞세워, 원(怨)이 되고 한이 되어, 노상 자기의 생을 저주하는 그는 아들이 둘(본래 셋이더니 그 중에 중부(仲父)가 일찍이 돌아갔다), 직손자가 여덟이나 되는 그 할머니를 언제든지 부러워하였다.

"지금 돌아가시면 호상(好喪)이지. 아드님의 백발이 허연데."

라고, 양모도 맞방망이를 치며 눈을 멍하게 뜬다. 나도 과연 그렇기도 하겠다 싶었다.

나는 그날 밤차로 ××를 향하고 떠났다.

새로 석 점이 지나 기차를 내린 나는 벌써 돌아가시지나 않았나고, 염려를 마지않으며, 캄캄한 좁은 골목을 돌아들어 생가의 삽짝 가까이 다다를 제, 곡성이 나는 듯 나는 듯하여 마음이 조마조마하였다. 하건만 다행히 그 불길한 소리는 들리지 않았다. 삽짝은 빠끔히 열려 있었다.

마당에 들어서니 추녀 끝에 달린 그름 앉은 괘등이 간 반밖에 아니 되는 마루와 좁직한 뜰을 쓸쓸하게 비쳐 있었다. 우물 뚝과 장독간의 사이에, 위는 거적으로 덮고 양 가는 삿자리로 두른 울막을 보고, 나는 가슴이 덜컥하고 내려앉았다. 상청(喪廳)이 아닌가—.

그러나 나의 어림짐작은 틀리었다. 마루에 올라선 내가 안방, 아랫방에서 뛰어나온 잠 못 잔 피로한 얼굴들에게 이끌리어, 할머니의 거처하는 단칸 건넌방으로 들어가니, 할머니는 깔아진 듯이 아랫목에 누웠으되 오히려 숨은 붙어 있었다. 그 앞에 앉는 나를 생선의 그것 같은 흐릿한 눈자위로 의아롭게 바라본다.

"얘가 누구입니까? 어머니, 얘가 누구입니까?"

예안 이씨(禮安李氏)로 예절 알기와 효성 있기로 집안 중에 유명한 중모(仲母)는 나를 가리키며 병자의 귀에 대고 부르짖었다.

"몰라……."

환자는 담이 그르렁그르렁하면서 귀찮은 듯이 대꾸하였다.

"제가 누구입니까? 할머니!"

나는 그 검버섯이 어룽어룽한 뼈만 남은 손을 만지며 물어보았다. 나의 소리는 떨리었다.

"저를 모르시겠습니까? 제가 ○○이 아닙니까?"

"응, 네가 ○○이냐……."

우는 듯이 이런 말을 하고, 그윽하나마 내가 잡은 손에 힘을 주는 듯하였다.

그 개개풀린 눈동자 가운데도 반기는 빛이 역력히 움직였다.

할머니의 병환이 어젯밤에는 매우 위중해서 모두 밤새움을 한 일, 누구누구 자손을 찾던 일, 그중에 내 이름도 부르던 일, 지금은 팔결 돌린 일……, 온갖 것을 중모는 나에게 알려 주었다.

나는 그날 밤을 누울락 앉을락 깰락 졸락 할머니 곁에서 밝히었다. 모였던 자손들이 제각기 돌아간 뒤에도 중모만은 할머니 곁을 떠나지 않았다. 불교의 독신자인 그는 잠 오는 눈을 비비기도 하고 기침으로 목청을 가다듬기도 하면서 밤새도록 염불을 그치지 않았다. 그 소리는 적적한 새벽녘에 해가(薤歌)와 같이 처량히 들리었다. 나는 새삼스럽게 그 효심의 지극함과 그 정성의 놀라움에 탄복하였다.

아침저녁으로 각지에 흩어져 있는 자손들이 모여들기 시작하였다. 방이라야 단지 셋밖에 없는데, 안방은 어머니, 형수들이 점령하고, 뜰아랫방 하나 있는 것은 아버지, 삼촌, 당숙들에게 빼앗긴 우리 젊은이 패—사·육촌 형제들은 밤이 되어도 단 한 시간을 눈 붙일 곳이 없었다. 이웃집과 누누이 교섭한 끝에 방 한 칸을 빌려서 번차례로 조금씩 쉬기로 하였다. 이 짧은 휴식이나마 곰비임비 교란되었나니 그것은 십 분들이로 집에서 불러들이는 까닭이다. 아버지와 삼촌네들의 큰 심부름, 잔심부름도 적지 않았지만 할머니 곁에 혼자 앉은 중모의 꾸준한 명령일 때가 많았다. 더욱이 밤새 한 시에나 두 시에나 간신히 잠을 들어 꿀보담 더 단잠이 온몸에 나른하게 퍼진 새벽녘에, 우리는 끄들리어* 일어나는 수밖에 없었다.

"할머님 병환이 이렇듯 위중하신데 너희는 태평치고 잠을 잔단 말이냐?"

우리가 건넌방에 들어서면 그는 다짜고짜로 야단을 쳤다. 그 중에도 가장 나이 어리고 만만한 내가 이 꾸중받이가 되었다. 인정사정없는 그의 태도가 불쾌는 하였지만 도덕적 우월을 아는 우리는 대꾸 한 마디 할 수 없었다.

"다들 뭐란 말이냐. 나는 한 달이나 밤을 새웠다. 며칠들이나 된다고."

졸음 오는 눈을 비비는 우리를 보고 그는 자랑스럽게 또 이런

* 끄들리다 : '꺼들리다'의 방언. '잡아 쥐고 당겨서 추켜들다'는 뜻의 '꺼들다'의 피동.

꾸중도 하였다.

'놀라운 효성을 부리는 게 도무지 우리 야단칠 밑천을 장만하는 게로구나.'

나는 속으로 꿀꺽꿀꺽하며 이런 생각을 하였다.

한번은 또 그의 명령으로 우리는 건넌방에 모여들었다. 그 방문은 열어젖히었는데 문지방 위에 할머니의 지팡이가 놓이고 그 밑에 또 신으시던 신이 놓여 있었다. 방 안 할머니의 머리맡 벽에는 다라니(陀羅尼)가 걸리었다.

'할머니가 운명을 하시나 부다!'

우리는 번개같이 이런 생각을 하며 할머니 곁으로 다가들었다. 그는 담을 그르렁거리며 혼혼(昏昏)히 누워 있었다. 중모는 흐르는 눈물을 걷잡지 못 하며, 그의 귀에 들이대고 울음소리로 아미타불과 지장보살을 구슬프게 부르짖고 있었다.

한동안 엄숙한 긴장이 여기 있었다. 모두 같은 일을 기대하면서.

십 분! 이십 분! 환자의 신상에는 아무 별증이 나타나지 않았다.

"아마, 잠이 드신 모양입니다."

이윽고 아버지가 이 긴장한 침묵을 깨뜨렸다. 그리고 중모를 향하여,

"잠 주무시게스리 염불을 고만 외십시오."

하고 나가 버렸다. 그 뒤를 따라 빽빽하게 들어섰던 자손들이 하나씩 둘씩 헤어졌다.

그래도 눈물을 섞어가며 염불을 마지않던 중모가 얼마 뒤에 제물에 부처님 찾기를 그치었다. 그리고 끝끝내 남아 있던 나에게, 할머니가 중모가 왔다고 하던 일, 자기를 데리러 교군(轎軍)이 왔다던 일, 중모의 손을 잡아 비틀며 어서 가자고 야단을 치던 일을 이야기하였다. 그러다가 숨구멍에서 무엇이 꿀꺽하더니 고만 저렇게 정신을 잃으신 것을 설명해 들기었다.

그날 저녁때에 할머니는 여상히 깨어났다. 이런 일이 한두 번이 아니었다. 몇 번이나 신과 지팡이가 놓였다 치웠다, 다라니가 벽에 걸리었다 떼였다 하였다. 그러는 동안에 자손의 얼굴은 자꾸 자꾸 축이 나갔다. 말하기는 안되었지만 모두 불언 중에 할머니의 목숨이 하루바삐 끝장나기를 기다리고 있었다. 관조차 맞추어서 칠까지 먹여 놓았다. 내가 처음 오던 날 상청이 아닌가고 놀래던 그 울막도 이 관을 놓아두려는 의지간이었다.

그러하건만 할머니는 연해 한 모양으로 그물그물하다가 또 정신을 차리었다. 아니, 정신이 돌아오는 때가 도리어 많아 간다. 자기 앞에 들어서는 자손들을, 거의 틀림없이 알아맞히었다.

그리고 가끔 몸부림을 치면서 일으켜 달라고 야단을 쳤다. 이럴 때에 중모는 기벽스럽게도 염불을 모시었다.

"어머니 어머니, 가만히 계셔요, 가만히 계셔요."

그는 몸부림하는 할머니를 제지하면서 이렇게 타일렀다.

"저를 따라 염불을 외셔요. 나무아미타불, 나무아비타불."

"나 일어날란다."

"에그, 왜 그러셔요? 가만히 계셔요, 제발 덕분에. 나무아미타불, 나무아미타불……."

"나무아미타불, 나무아미타불."

할머니는 마지못하여 중모를 따라 두어 번 입술을 달싹달싹 하더니, 또 얼굴을 찡그리며 애원하는 어조로,

"인제 고만 뫼시고 날 좀 일으켜다고. 내 인제 고만 가련다."

"인제 가셔요! 가만히 누워 가시지요. 왜 일어나시긴. 나무아미타불…… 왕생극락…… 나무아미타불……."

할머니는 귀찮아 못 견디겠다는 듯이 팔을 내어저으며,

"듣기 싫다! 염불 소리 듣기 싫다! 인제 고만 해라."

하며 몸을 일으키려고 애를 쓴다.

"그게 무슨 말씀입니까?"

중모는 질색을 하며 더욱 비장하게 부처님을 찾았다.

"듣기 싫다! 듣기 싫어. 나는 고만 갈 테야."

할머니는 또 이렇게 재우쳤다.

나는 이 광경을 보고 적이 의외의 감이 있었다. ……할머니는 중모보담 못하잖은 불교의 독신자이다. 몇십 년을 하루같이 새벽마다 만수향을 켜 놓고, 염불 모시기를 잊지 않은 어른이다. 정신이 혼혼된 뒤에도 염주 담은 상자와 만수향만은 일일이 아랑곳하던 어른이다.

"……하루에도 만수향을 세 갑 네 갑 켜시겠지. 금방 사다 드리면 세 개씩 네 개씩 당장 다 켜 버리시고 또 안 사온다고 꾸중이시구나……."

작년 가을, 내가 귀성하였을 제, 계모가 웃으며, 할머니의 노망

이야기를 하는 가운데 만수향 켜는 것을 그 하나로 헤아렸다.

그리하던 할머니가 왜 지금 와서 염불을 듣기 싫다는가? 그다지 할머니는 일어나고 싶으신가? 죽어 가면서도 일어나려는 이 본능 앞에는 모든 것이 권위를 잃는 것인가?

"저렇게 일어나시려니 좀 일으켜 드리지요."

나는 보다 못해 이런 말을 하였다.

"안 된다, 일으켜 드릴 수가 없다. 하도 저러시길래 한 번 일으켜 드렸더니 어떻게 아파하시는지 차마 뵈올 수가 없었다."

"어째 그래요?"

나는 이렇게 반문하였다. 이 반문에 대한 중모의 설명은 더욱 놀랠 것이었다.

할머니가 작년 봄부터 맑은 정신을 잃은 결과에 늙은이가 어린애 된다고 뒤를 가리지 않게 되었다. 게다가 이 두어 달 전부터 무엇을 자꾸 청해 잡수시고 옷에고 욧바닥에 함부로 뒤를 보았다. 그것을 얼른 빨아 드리지 못한 때문에 제물에 뭉켜지고 말라붙은 데다가 뜨거운 불목에 데이어, 궁둥이 언저리가 모두 벗겨졌다. 그러므로 일어나려면 그곳이 땅기고 배기어 아파하는 것이라 한다.

이 말을 들은 나는 할머니를 모로 누이고 그 상처를 보았다. 그 자리는 손바닥 넓이만치나 빨갛게 단 쇠로 지진 듯이 시커멓게 벗겨졌는데 그 위에는 하얀 해가 징그럽게 끼었고 그 가장자리는 독기를 품고 아른아른히 부르터 올라 있다. 나는 차마 더 볼 수가 없었다!

이것이 무슨 일인가! 양조모, 양모가 부러워하던 늘은 듯한 자손은 다 무엇을 하고 우리 할머니를 이 지경이 되게 하였는가? 왜 자주 옷을 갈아 입혀 드리며 빨아 드리지 못하였는가? 나는 이 직접 책임인 계모가 더할 수 없이 괘씸하였다.

그러나 가만히 생각해 보면 그를 그르다고도 할 수 없다. 위에도 말하였거니와 할머니가 이리 된 지는 하루 이틀이 아니다. 벌써 몇 달이 되었다. 이긴 시일에 제 아무리 효부라 한들 하루도 몇 번을 흘리는 뒤를 그때 족족 빨아 낼 수 없으리라. 더구나 밤에 그런 것이야 일일이 알 수도 없으리라.

하물며 계모는 시집오던 첫날밤부터 골머리를 앓으리만큼 큰 병객이다.

병명은 의원을 따라 혹은 변두머리라고도 하고, 혹은 뇌진이라고도 하고, 혹은 선천부족(先天不足)이라고도 하였지마는 하나도 고쳐 주지는 못하였다. 삼십이 될락 말락 하건만 육십이나 칠십이 다 된 노인 모양으로 주야장천 자리보전하고 누워 있는 터이다. 제 몸이 괴로우니 모든 것이 싫은 것이다. 그리고 나까지 아우르면 아버지 슬하에 아들만 넷이나 되건마는 지금 육십 노경에 받드는 어느 아들 어느 며느리 하나 없다. 집안이 넉넉지 못한 탓으로, 사방에 흩어져서 제 입 풀칠하기에 눈코를 못 뜨는 까닭이다.

이 책임을 누구에게 돌릴까? 나는 알 수가 없었다. 쓴 물만 입안에 돌 뿐이었다.

그 후에 또 이런 일이 있었다. 어느 때 내가 할머니 곁에 갔을 적이었다.

할머니는 그 뼈만 남은 손으로 나의 손을 만지고 있었다.

"○○아, ○○아!"

할머니는 문득 나를 불렀다.

"인제는 다시 못 보겠다, 인제는 다시 못 보겠다."

"왜 그런 말씀을 하십니까?"

"인제 내가 안 죽니? 그런데 너 내 청 하나 들어주겠니?"

"네? 무슨 말씀입니까?"

"나, 날 좀 일으켜다고."

나는 눈물이 날 듯이 감동하였다. 어찌 차마 이 청을 떼칠 건가. 나는 다짜고짜로 두 손을 할머니 어깨 밑으로 넣으려 하였다. 이것을 본 중모는 깜짝놀라며 나를 말리었다.

"얘, 네가 왜 또 그러니? 일으켜 드리면 아파하신대도 그 애가 그러네."

"그때 약을 사다 드렸으니 그 자리가 인제는 아물었겠지요."

나는 데었단 말을 듣는 그날, 약 사다 드린 것을 생각하고 이런 말을 하였다.

"아니야, 아즉 다 낫지 않았어. 오늘 아침에도 일으켜 드렸더니 몹시 아파하시더라."

나는 주춤하였다. 할머니의 앓는 것이 애처로웠음이다.

"어머니! 어머니! 가만히 누워 계셔요. 네? 일어나시면 아프십니다."

중모는 또 잔상히 타이르듯 말하였다. 할머니는 물끄러미 나와 중모를 번갈아 보시더니 단념한 듯이 눈을 감았다. 한참 앉아 있다가 나는 몸을 일으켰다. 이때에 할머니가 눈을 번쩍 뜨며 문득,

"어데를 가?"

라고 물었다. 나는 주춤 발길을 멈추었다.

할머니는 퀭한 눈으로 이윽히 나를 쳐다보더니 무엇을 잡을 듯이 손을 내어 저으며 우는 듯한 소리로,

"서방님! 제발 나를 좀 일으켜 주십시오. 서방님! 제발 나를 좀 일으켜 주십시오."

라고 부르짖었다.

"에그머니! 그게 무슨 말씀입니까? 그 애가 ○○이 아닙니까? 서방님이 무엇이야요?"

중모는 바싹 할머니에게 다가들며 애처롭게 알려 드렸다. 이때 마침 할머니의 잡수실 배(梨)즙을 가지고 들어오던 둘째 형수가 무슨 구경거리나 생긴 듯이 안방을 향하고 외쳤다.

"에그 할머니 좀 보아요. 서울 아지버님더러 서방님! 서방님! 하십니다."

이 외침을 듣고 자부와 손부들은 모여들었다. 그들의 눈은 호기심에 번쩍이고 있었다.

나는 또 할머니의 청을 물리칠 수는 없었다. 그것이 어떠한 나쁜 영향을 초치(招致)할지라도 아니 일으켜 드릴 수가 없었다.

그러나 할머니는 욧바닥 위로 반 자를 떠나지 못하여,

"아야야……."

라고 외마디 소리를 쳤다. 나는 얼른 들어 올리던 손을 빼는 수밖에 없었다.

다시금 눕기 싫어하던 요 위에 누운 뒤에도 할머니는 앓기를 마지않았다.

나는 적지 아니한 꾸중을 모시었다.

이윽고 조금 진정이 되더니만 또 팔을 내저으며 기를 쓰고 가슴을 덮은 이불자락을 자꾸자꾸 밀어 내리었다. 감기나 들까 염려하는 중모는 그것을 꾸준히 도루 집어 올리었다.

할머니는 또 손을 내밀더니 이번에는 내 조끼 단추를 붙잡아 당기었다.

"왜 이리 하십니까? 단추를 빼란 말씀입니까?"

할머니는 고개를 끄덕이었다. 끄덕였다 하여도 끄덕이려는 의사를 보였을 뿐이었다. 나는 단추 한 개를 뺐다. 그래도 할머니는 자꾸 조끼의 단추와 씨름을 마지아니하였다. 나는 단추를 낱낱이 빼는 수밖에 없었다. 그러고 나니 그는 또 옷고름과 실랑이를 시작하였다.

"옷고름을 끄를까요?"

"응."

나는 또 옷고름을 끌렀다. 끄른 뒤엔 할머니는 또 소매를 잡아 당기었다.

"왜 이리 하셔요?"

"버 벗어라……. 답답지 않니?"

여기저기서 물어 멈추려고 애쓰는 웃음이 키키 하였다.

나는 경멸과 모욕의 시선을 그들에게 던지었다. 자기가 얼마나 답답하고 갑갑하기에 나의 단추 끼운 것과 옷고름 맨 것과 저고리 입은 것조차 답답해 보일 것이랴! 여기는 쓰디쓴 눈물과 살을 저미는 슬픔이 있어야 하겠거늘 이 기막힌 광경을 조소로 맞아야 옳을까?

나는 곧 그들에게 침이라도 뱉고 싶었다. 하되 나의 마음을 냉정하게 살펴본즉 슬프다! 나에게는 그들을 모욕할 권리가 없었다. 형수들 앞에서 앞가슴을 풀어 젖히려는 할머니가 민망스럽기도 하고 딱하기도 하였다. 환자를 가엾다 생각하면서도 나의 속 어디인지 웃음이 움직인 것은 부정할 수 없는 사실이었다. 더구나 내가 젊은이 패가 모인 이웃집 방에 들어갔을 때 무슨 재미스러운 일이나 보고 온 사람 모양으로 득의양양히 이 이야기를 하고서 허리를 분질렀다…….

거기에서는 할머니의 병세에 대하여 의론이 분분하였다. 그들은 하나도 한가한 이가 없었다. 혹은 변호사, 혹은 은행원, 혹은 회사원으로 다 무한년하고 있을 수 없는 형편이었다.

"나는 암만해도 내일은 좀 가보아야 되겠는데…… 나는 그 전보를 보고 벌써 돌아가신 줄 알았어. 올 때에 친구들이 북포(北布)니 뭐니 부의(賻儀)를 주길래, 아즉 돌아가시지도 않았는데 이게 웬일이냐 하니까, 그 사람들 말이 돌아가셔도 자손들에겐 그렇게 전보를 놓느니, 하데그려. 그래 모두 받아왔는데…… 허허허……."

그중에 제일 연장자로, 쾌활하고 말 잘하는 백형은 웃음 섞어 이런 말을 하고 있었다.

"……암만해도 오늘내일 돌아가실 것 같지는 않은데…… 이거 큰일 났는걸. 가는 수도 없고……."

"딴은 곧 돌아가실 것 같지는 않아……."

은행원으로 있는 육촌은 이렇게 맞방망이를 쳤다.

"의사를 불러서 진단을 해보는 것이 어떨까요?"

부산 방직회사에 다니는 사촌이 이런 제의를 하였다.

"옳지. 참 그래 보아야 되겠군."

아버지께 이 사연을 아뢰었다.

"시방 그물그물하시지 않나? 그러면 하여간 의원을 좀 불러올까?"

의원은 아버지와 절친한 김 주부를 청해 오기로 하였다.

갓을 쓴 그 의원은 얼마 아니 되어 미륵 같은 몸뚱아리를 환자 방에 나타내었다. 매우 정신을 모으는 듯이 눈을 나리 감고 한나절이나 집맥을 하더니 고개를 절레절레 흔들며 물러앉는다.

"매우 말씀하기 안되었소마는 아마 오늘 밤 아니면 내일은 못 넘길 것 같소."

매우 말하기 어려운 듯이, 기실 조금도 말하기 어렵지 않는 듯이 그 의원은 최후의 판결을 언도하였다.

"글쎄 그래. 워낙 노쇠하셔서 오래 부지를 하실 수 없지……."

그러면 그렇지 하는 얼굴로 아버지는 맞방망이를 쳤다.

가려던 자손은 또 붙잡히었다. 그러나 할머니는 그날 저녁부터 한결 돌리었다. 가끔 잡수실 것을 찾기도 하였다. 잡숫는 건

쭉하여야 배즙, 국물에 만 한술도 안 되는 진지였다. 죽과 미음은 입에 대기도 싫어하였다. 그리고 전일에 발라 드린 양약이 효험이 나서 상처가 아물었던지 자부와 손부에게 부축되어 꽤 오래 일어나 앉아 있게도 되었다.

그 이튿날이 무사히 지나가자 한의의 무지를 비소(誹笑)하고, 다른 것은 몰라도 환자의 수명이 어느 때까지 계속될 시간 아는 데 들어서는 양의가 나으리란 우리 젊은 패의 주장에 의하여 ○○의원 원장으로 있는 천엽(千葉) 의학사(醫學士)를 불러오게 되었다.

그는 진찰한 결과에 다른 증세만 겹치지 않으면 이삼 주일은 무려(無慮)하리라 하였다.

"그래, 그저 그럴 거야. 아즉 괜찮으신데 백주에 서둘고 야단을 하였지."

하고 일이 바쁜 백형은 그날 밤으로 떠나갔다.

그 이튿날 아침이었다.

우리가 집에 돌아오니까 할머니 곁을 떠난 적 없던 중모가 마당에서 한가롭게 할머니의 뒤 흘린 바지를 빨고 있다가 웃는 낯으로 우리를 맞으며,

"할머님이 오늘 아침에는 혼자 일어나셨다. 시방 진지를 잡수시고 계시다. 어서 들어가 보아라."

나는 뛰어 들어갔다. 자부와 손부의 신기해 여기는 시선을 받으면서 할머니는 정말 진지를 잡숫고 있었다.

나는 빙글빙글 웃으며,

"할머니, 어떻게 일어나셨습니까?"

할머니는 합죽한 입을 오물오물하여, 막 떠 넣은 밥 알맹이를 삼키고,

"내가 혼자 일어났지, 어떻게 일어나긴. 흉악한 놈들! 암만 일으켜 달라니 어데 일으켜 주어야지. 인제 나 혼자라도 일어난다."

하며 자랑스럽게 대답하였다.

"어제 의원이 왔지요. 인제 할머니가 곧 나으신대요."

"정말 낫겠다고 하던? 응?"

하고, 검버섯 핀 주름을 밀며, 흔연한 웃음의 그림자가 오래간만에 그의 볼을 스치었다.

나의 눈엔 어쩐지 눈물이 핑 돌았다.

그날 밤차로 모였던 자손들은 제각기 흩어졌다. 나도 그날 밤에 서울로 올라왔다.

어느 아름다운 봄날이었다. ……말갛게 갠 하늘은 구름 한 점도 없고 아른아른한 아지랑이가 그 하늘거리는 깁 올로 봄 비단을 짜내는 어느 아름다운 봄날이었다. 나는 깨끗하게 춘복을 차리고 친구 몇몇과 우이동 앵화(櫻花) 구경을 막 나가려던 때이었다. 이때에 뜻 아니 한 전보 한 장이 닥치었다.

'오전 삼 시 조모주 별세.'

•끝•

현진건문학상

2009년 매일신문과 현진건문학상운영위원회의 공동 주최로 '현진건문학상'이 제정되었다. 현진건의 문학 정신을 기리고 지역 소설가들의 창작 의욕을 고취하기 위해 제정된 이 상은 대구경북에서 활동하고 있는 경력 10년 이상 소설가들의 최근 2년 동안 작품을 대상으로 한다. 1회 수상작은 이수남의 「심포리」이다. 심사위원들은 "여로형 자아성찰 소설로 신비감을 조성하는 공간적 배경, 정치한 묘사, 치밀한 구성, 생동감 있는 인물형으로 높은 평가를 받았다"고 말했다.

현진건

1900. 8. 3. 대구에서 출생.
1912. 일본으로 건너가 세이조중학교 입학.
1918. 독립운동 하는 형이 있던 중국 상하이로 가 후장대학에 입학.
1919. 후장대학 중퇴 후 귀국.
1920. 《개벽》에 첫 단편 「희생화(犧牲花)」 발표.
1921. 《개벽》에 「빈처」, 「술 권하는 사회」 발표.
나도향 · 박종화 등과 함께 《백조》의 동인으로 활동.
1923. 《백조》에 「할머니의 죽음」 발표.
1924. 단편 「운수 좋은 날」, 「B사감과 러브레터」, 「새빨간 웃음」 발표.
동아일보사에 입사하여 사회부장으로 재임.
1933. 〈동아일보〉에 장편 『적도(赤道)』 연재 시작.
1936. 베를린 올림픽 손기정 선수의 마라톤 우승 사진에서 일장기를 말소하고 보도한 사건으로 투옥됨.
1937. 출옥 후 양계(養鷄)로 생계를 도모함.
1941. 『현진건 단편선』, 『무영탑』 출간.
1943. 4. 25. 장결핵으로 타계.

현진건(玄鎭健)은 1920년 《개벽》에 단편 「희생화」를 발표하면서 등단했으나, 이듬해 발표한 「빈처」부터 문단의 주목을 받기 시작했다. 《백조》의 동인으로 활동하였으며 김동인, 염상섭과 더불어 한국 근대문학 초기에 단편소설 양식을 개척하고 사실주의 문학의 기틀을 마련한 것으로 평가된다. 대표적인 단편으로는 「술 권하는 사회」(1921), 「타락자」(1922), 「할머니의 죽음」(1923), 「운수 좋은 날」(1924), 「불」(1925), 「B사감과 러브레터」(1925), 「사립정신병원장」(1926), 「고향」(1926) 등이 있고, 『타락자』(1922), 『지새는 안개』(1925), 『조선의 얼골』(1926), 『현진건 단편선』(1941) 등의 단편집과 『적도』(1939), 『무영탑』(1941) 등의 장편소설이 있다.

독 짓는 늙은이

황순원

이년! 이 백번 죽에두 쌀 년! 앓는 남편두 남편이디만, 어린 자식을 놔두구 그래 도망을 가? 것두 아들놈 같은 조수놈하구서…… 그래 지금 한창 나이란 말이디? 그렇다구 이년, 내가 아무리 늙구 병들었기루서니 거랑질이야 할 줄 아니? 이녀언! 하는데, 옆에 누웠던 어린 아들이, 아바지, 아바지이! 하였으나 송영감은 꿈속에서 자기 품에 안은 아들이, 아바지, 아바지이! 하고 부르는 것으로 알며, 오냐 데건 네 에미가 아니다! 하고 꼭 품에 껴안는 것을, 옆에 누운 어린 아들이 그냥 울먹울먹한 목소리로 아버지를 불러, 잠꼬대에서 송영감을 깨워 놓았다.

송영감은 잠들기 전보다 더 머리가 무겁고 언짢았다. 애가 종내 훌쩍훌쩍 울기 시작했다. 오, 오, 하며 송영감은 잠꼬대 속에서처럼 애를 끌어안았다. 자기의 더운 몸에 별나게 애의 몸이 찼다. 벌써부터 이렇게 얼리어서 될 말이냐고, 송영감은 더 바싹 애를 껴안았다. 그리고 훌쩍이는 이제 일곱 살 난 애를 그렇게 안고 있는 동안 송영감은 다시 이 어린것을 두고 도망간 아내가 새롭게 괘씸했다. 아내와 함께 여드름 많던 조수가 떠올랐다. 그러자 그 아들 같은 조수에게 동년배의 사내가 느끼는 어떤 적수감이 불길처럼 송영감의 괴로운 몸을 휩쌌다.

송영감 자신이 집증 잡히지 않는 병으로 앓아누웠기 때문에 조수가 이 가을로 마지막 가마에 넣으려고 거의 혼자서 지어 놓다시피 한 중옹 통옹 반옹 머쎄기 같은 크고 작은 독들이 구월 보름 가까운 달빛에 마치 하나하나 도망간 조수의 그림자같이 느껴졌을 때, 송영감은 벌떡 일어나 부채방망이를 들어 모조리 깨부수고 싶은 충동을 받았으나, 다음 순간 내일부터라도 자기가 독을 지어 한 가마 채워 가지고 구워 내야 당장 자기네 부자가 살아갈 것이라는 생각에 미치면서는, 정말 그러는 수밖에 다른 도리가 없다고 지그시 무거운 눈을 감아 버렸다.

날이 밝자 송영감은 열에 뜬 머리를 수건으로 동이고 일어나 앉아, 애더러는 흙 이길 왱손이를 부르러 보내 놓고, 왱손이 올 새가 바빠서 자기 손으로 흙을 이겨 틀 위에 올려놓았다. 송영감의 손은 자꾸 떨리었다. 그러나 반쯤 독을 지어 올려, 안은 조마구 밖은 부채마치로 맞두드리며 일변 발로는 틀을 돌리는 익은 솜씨만은 앓아눕기 전과 다를 바 없는 듯했다.

왱손이가 와 흙을 이겨 주는 대로 중옹 몇 개를 지어 냈다.

그러나 차차 송영감의 솜씨에는 틈이 생기기 시작했다. 더구나 조마구와 부채마치로 두드려 올릴 때, 퍼뜩 눈앞에 아내와 조수의 환영이 떠오르면 짓던 독을 때리는지 아내와 조수를 때리는지 분간 못 하는 새, 독이 그만 얇게 못나게 지어지곤 했다. 그리고 전을 잡는 손이 떨려, 가뜩이나 제일 힘든 마무리의 전이 잘 잡히지를 않았다. 열 때문도 있었다. 송영감은 쓰러지듯이 짓던 독 옆에 눕고 말았다.

송영감이 정신이 들었을 때는 저녁때가 기울어서였다. 왱손이도 흙 몇 덩이를 이겨 놓고 가고 없었다. 언제부터인가 바깥 저녁 그늘 속에 애가 남쪽 장길을 향해 쪼그리고 앉아 있었다. 어머니를 기다리는 거리라. 언제나처럼 장 보러 간 어머니가 언제나처럼 저녁때면 조수에게 장감을 지워 가지고 돌아올 줄로만 아직 아는가 보다.

밖을 내다보던 송영감은 제 힘만이 아닌 어떤 힘으로 벌떡 일어나 다시 독 짓기를 시작하는 것이었으나, 이번에는 겨우 한 개를 짓고는 다시 쓰러지듯이 눕고 말았다.

다음에 송영감이 정신이 든 것은 아주 어두운 속에서 애가 흔들어 깨워서였다. 울먹이던 애가 깨나는 아버지를 보고 그제야 안심된 듯이 저쪽에서 밥그릇을 가져다 아버지 앞에 놓았다. 웬 거냐고 하니까 애가, 앵두나뭇집 할머니가 주더라고 한다. 송영감은 확 분노가 치밀어, 누가 거랑질해 오라더냐고 밥그릇을 밀쳐놓자 애가 훌쩍훌쩍 울기 시작했다. 송영감은 아침에 어제의 저녁밥 남은 것을 조금 뜨는 것처럼 하고는 하루 종일 아무것도 입에 대지 않은 것을 생각하고는, 애도 아직 저녁을 못 먹었을지 모른다고 밥그릇을 도로 끌어다 한술 입에 떠 넣으며 이번에는 애보고, 맛있으니 너도 먹으라는 것이었으나, 자신은 입맛을 잃은 탓만도 아닌 무엇이 밥 넘기려는 목을 치밀어 올라오곤 해, 좀처럼 밥을 넘길 수가 없었다.

다음 날 아침에는 송영감이 죽인지 밥인지 모를 것을 끓였다. 여전히 입맛은 없었으나 어젯저녁처럼 목이 메어오르는 것은 없었다.

오늘은 또 지어 올리는 독을 말리느라고 처음에는 독 밖에 피워 놓았다가 독이 한 반쯤 지어지면 독 안에 매달아 놓은 숯불의 숯내까지가 머리를 더 무겁게 했다. 사십 년래 없이 숯내를 다 먹는 듯했다.

송영감은 어제보다 더 쓰러져 넘어지는 도수가 많았다. 흙 이기던 왱손이가 이래서는 도무지 한 가마 채우지 못하리라고 송영감에게 내년에 마저 지어 첫 가마에 넣도록 하는 게 어떠냐고 몇 번이고 권해 보았으나 송영감은 일어났다가는 쓰러지고, 일어났다가는 쓰러지고 하면서도 독 짓기를 그만두려고 하지는 않았다.

송영감이 한번 쓰러져 있는데 방물장수 앵두나뭇집 할머니가 와서, 앓는 몸을 돌봐야 하지 않느냐고 하며, 조미음 사발을 송영감 입 가까이 내려놓았다. 송영감은 어제 어린 아들에게 거랑질해 왔다고 소리를 쳤던 일을 생각하며, 이 아무에게나 상냥한 앵두나뭇집 할머니에게 미안한 생각이 들어, 어제만 해도 애한테 밥이랑 그렇게 많이 줘 보내서 잘 먹었는데 또 이렇게 미음까지 쑤어 오면 어떡하느냐고 했다. 앵두나뭇집 할머니는 그저, 어서 식기 전에 한 모금 마셔 보라고만 했다. 그리고 송영감이 미음을 몇 모금 못 마시고 사발에서 힘없이 입을 떼는 것을 보고 앵두나뭇집 할머니는, 정말 이 영감이 이번 병으로 죽으려는가

보다는 생각이라도 든 듯, 당손이를 어디 좋은 자리가 있으면 주어 버리는 게 어떠냐고 했다. 송영감은 쓰러져 있던 사람 같지 않게 눈을 흡떠 앵두나뭇집 할머니를 쏘아보았다. 그리고 어느새 송영감의 손은 앞에 놓인 미음사발을 앵두나뭇집 할머니에게로 떼밀치고 있었다. 그런 말 하러 이런 것을 가져왔느냐고, 썩썩 눈앞에서 없어지라고, 송영감은 또 쓰러져 있던 사람 같지 않게 고함쳤다. 앵두나뭇집 할머니는 송영감의 고집을 아는 터라 더 무슨 말을 하지 않았다.

앵두나뭇집 할머니가 가자, 송영감은 지금 밖에서 자기의 어린 아들이 어디로 업혀 가기나 하는 듯이 밖을 향해 목청껏, 당손아! 하고 애를 불러 대기 시작했다. 그러다가 애가 뜸막 문에 나타나는 것을 이번에는 애의 얼굴을 잊지나 않으려는 듯이 한참 쳐다보다가 그만 기운이 지쳐 눈을 감아 버리고 말았다. 애는 또 전에 없이 자기를 쳐다보는 아버지가 무서워 아버지에게 더 가까이 가지 못하고 섰다가, 아버지가 눈을 감자 더럭 더 겁이 나 훌쩍이기 시작했다.

날이 갈수록 송영감은 독 짓기보다 자리에 쓰러져 있는 때가 많았다. 백 개가 못 차니 아직 이십여 개를 더 지어야 한 가마 충수가 되는 것이다. 한 가마를 채우게 짓자 하고 마음만은 급해지는 것이었으나, 몸을 일으키다가 도로 쓰러지며 흰 털 섞인 노랑수염의 입을 벌리고 어깨숨을 쉬곤 했다.

그러한 어느 날, 물감이며 바늘을 가지고 한돌림 돌고 온 앵두나뭇집 할머니가 찾아와서는 마침 좋은 자리가 있으니 당손이를 주어 버리고 말자는 말로, 말이 난 자리는 재물도 넉넉하지만 무엇보다도 사람들 마음씨가 무던하다는 말이며, 그 집에서 전에 어떤 젊은 내외가 살림을 엎어치우고 내버린 애를 하나 얻어다 길렀는데 얼마 전에 그 친아버지 되는 사람이 여남은 살이나 된 그 애를 찾아갔다는 말이며, 그때 한 재물 주어 보내고서는 영감 내외가 마주 앉아 얼마 동안을 친자식 잃은 듯이 울었는지 모른다는 말이며, 그래 이번에는 아버지 없는 애를 하나 얻어다 기르겠다더라는 말을 하면서, 꼭 그 자리에 당손이를 주어 버리고 말자고 했다. 송영감은 앵두나뭇집 할머니와 일전의 일이 있은 뒤에도 앵두나뭇집 할머니가 애를 통해서 먹을 것 같은 것을 보내는 것이, 흔히 이런 노파에게 있기 쉬운 이런 주선이라도 해주면 나중에 자기에게 돌아오는 것이 있어 그걸 탐내서 그러는 건 아니라고, 그저 인정 많은 늙은이라 이편을 위해 주는 마음에서 그런다는 것만은 아는 터이지만, 송영감은 오늘도 저도 모를 힘으로, 그런 소리 하려거든 아예 다시는 오지도 말라고, 자기 눈에 흙 들기 전에는 내놓지 못한다고 했다. 앵두나뭇집 할머니는, 그렇게 고집만 부리지 말고 영감이 살아서 좋은 자리로 가는 걸 보아야 마음이 놓이지 않겠느냐는 말로, 사실 말이지 성한 사람도 언제 무슨 변을 당할는지 모르는데 앓는 사람의 일을 내일 어떻게 될는지 누가 아느냐고 하며, 더구나 겨울도 닥쳐오고 하니 잘 생각해 보라고 했다. 송영감은 그저 자기가 거랑질을 해서라도 애를 굶기지는 않을 테니 염려 말라고 했다.

앵두나뭇집 할머니가 돌아간 뒤, 송영감은 지금 자기가 거랑질을 해서라도 애를 굶기지는 않겠다고 했지만, 그리고 사실 아내가 무엇보다도 자기와 같이 살다가는 거랑질을 할 게 무서워 도망갔음에 틀림없지만, 자기가 병만 나아 일어나는 날이면 아직 일등 호주라는 칭호 아래 얼마든지 독을 지을 수 있다는 생각과 함께, 이제 한 가마 독만 채워 전처럼 잘만 구워 내면 거기서 겨울 양식과 내년에 할 밑천까지도 나올 수 있다는 희망으로, 어서 한 가마를 채우자고 다시 마음이 조급해지는 것이었다.

하루는 송영감이 날씨를 가려 종시 한 가마가 차지 못하는 독들을 왱손이의 도움을 받아 밖으로 내고야 말았다. 지어진 독만으로라도 한 가마 구워 내리라는 생각이었다.

독 말리기. 말리기라기보다도 바람 쐬기다. 햇볕도 있어야 하지만 바람이 있어야 한다. 안개 같은 것이 낀 날은 좋지 못하다. 안개가 걷히며 바람 한 점 없이 해가 갑자기 쨍쨍 내리쬐면 그야말로 건잡을 새 없이 독들이 세로 가로 터져 나간다. 그런데 오늘은 바람이 좀 치는 게 독 말리기에 아주 알맞은 날씨였다.

독들을 마당에 내이자 독가마 속에서 거지들이, 무슨 독을 지금 굽느냐고 중얼거리며 제가끔의 넝마 살림들을 안고 나왔다. 이 거지들은 가을철이 되면 이렇게 독가마를 찾아들어 초가을에는 가마 초입에서 살다, 겨울이 되면서 차차 가마가 식어감에 따라 온기를 찾아 가마 속 깊이로 들어가며 한겨울을 나는 것이다.

송영감은 거지들에게, 지금 뜸막이 비었으니 독 구워 내는 동안 거기에들 가 있으라고 하려다가 그만두었다. 전에 없이 거지들을 자기 있는 집에 들인다는 것이 마치 자기가 거지나 되는 것처럼 느껴졌던 것이다.

가마에서 나온 거지들은 혹 더러는 인가를 찾아 동냥을 하고, 혹 한 패는 양지바른 데를 골라 드러누웠고, 몇이는 아무 데고 앉아서 이 사냥 같은 것을 하기 시작했다.

송영감도 양지에 앉아서 독이 하얗게 마르는 정도를 지키고 있었다.

독들을 가마에 넣을 때가 되었다. 송영감 자신이 가마 속까지 들어가, 전에는 되도록 독이 여러 개 들어가도록만 힘쓰던 것을 이번에는 도망간 조수와 자기의 크기 같은 독이 되도록 아궁이에서 같은 거리에 나란히 놓이게만 힘썼다. 마치 누구의 독이 잘 지어졌나 내기라도 해보려는 듯이.

늦저녁때쯤 해서 불질이 시작됐다. 불질. 결국은 이 불질이 독을 쓰게도 못 쓰게도 만드는 것이다. 지은 독에 따라서 세게 때야 할 때 약하게 때도, 약하게 때야 할 때 지나치게 세게 때도, 또는 불을 더 때도 덜 때도 안 된다.

처음에 슬슬 때다가 점점 세게 때기 시작하여 서너 시간 지나면 하얗던 독들이 흑색으로 변한다. 거기서 또 너더댓 시간 때면 독들은 다시 처음의 하얗던 대로 되고, 다음에 적색으로 됐다가 이번에는 아주 새말갛게 되는데, 그것은 마치 쇠가 녹는 듯, 하늘의 햇빛을 쳐다보는 듯이 된다. 정말 다음 날 하늘에는 맑은 햇빛이 빛나고 있었다.

곁불놓기를 시작했다. 독가마 양옆으로 뚫은 곁창 구멍으로 나무를 넣는 것이다.

이제는 소나무를 단으로 넣기 시작했다. 아궁이와 곁창의 불길이 길을 잃고 확확 내쏟다. 이 불길이 그대로 어제 늦저녁부터 아궁이에서 좀 떨어진 한곳에 일어나 앉았다 누웠다 하며 한결같이 불질하는 것을 지키고 있는 송영감의 두 눈 속에서도 타고 있었다.

이렇게 이날 해도 다 저물었다. 그러는데 한편 곁창에서 불질하던 왱손이가 곁창 속을 들여다보는 듯하더니 분주히 이리로 달려오는 것이었다. 송영감은 벌써 왱손이가 불질하던 곁창의 위치로써 그것이 자기의 독이 들어 있는 자리라는 것을 알고 왱손이가 뭐라기 전에 먼저, 무너앉았느냐고 했다. 왱손이는 그렇다고 하면서, 이젠 독이 좀 덜 익더라도 곁불질을 그만두고 아궁이를 막아 버리자고 했다. 그러나 송영감은 그저, 그만두라고 할 때까지 그냥 불질을 하라고 했다.

거지들이 날이 저물었다고 독가마 부근으로 모여들었다.

송영감이, 이제 조금만 더, 하고 속을 죄고 있을 때였다. 가마 속에서 갑자기 뚜왕! 뚜왕! 하고 독 튀는 소리가 울려 나왔다. 송영감은 처음에 벌떡 반쯤 일어나다가 도로 주저앉으며 이상스레 빛나는 눈을 한곳에 머물린 채 귀를 기울였다. 송영감은 가마에 넣은 독의 위치로, 지금 것은 자기가 지은 독, 지금 것도 자기가 지은 독, 하고 있었다. 이렇게 튀는 것은 거의 송영감의 것뿐이었다. 그리고 송영감은 또 그 튀는 소리로 해서 그것이 자기가 앓다가 일어나 처음에 지은 몇 개의 독만이 튀지 않고 남은 것을 알며, 왱손이의 거치적거린다고 거지들을 꾸짖는 소리를 멀리 들으면서 어둠 속에 그만 쓰러지고 말았다.

다음 날 송영감이 정신이 들었을 때에는 자기네 뜸막 안에 뉘어 있었다. 옆에서 작은 몸을 오그리고 훌쩍거리던 애가 아버지가 정신 든 것을 보고 더 크게 훌쩍거리기 시작하였다. 송영감이 저도 모르게 애보고, 안 죽는다, 안 죽는다, 했다. 그러나 송영감은 또 속으로는, 지금 자기는 죽어 가고 있다고 부르짖고 있었다.

이튿날 송영감은 애를 시켜 앵두나뭇집 할머니를 오게 했다. 앵두나뭇집 할머니가 오자 송영감은 애더러 놀러 나가라고 하며 유심히 애의 얼굴을 쳐다보는 것이었다. 마치 애의 얼굴을 잊지 않으려는 듯이.

앵두나뭇집 할머니와 단둘이 되자 송영감은 눈을 감으며, 요전에 말하던 자리에 아직 애를 보낼 수 있겠느냐고 물었다. 앵두나뭇집 할머니는 된다고 했다. 얼마나 먼 곳이냐고 했다. 여기서 한 이삼십 리 잘 된다는 대답이었다. 그러면 지금이라도 보낼 수 있느냐고 했다. 당장이라도 데려가기만 하면 된다고 하면서 앵두나뭇집 할머니는 치마 속에서 지전 몇 장을 꺼내어 그냥 눈을 감고 있는 송영감의 손에 쥐어 주며, 아무 때나 애를 데려오게 되면 주라고 해서 맡아 두었던 것이라고 했다.

송영감이 갑자기 눈을 뜨면서 앵두나뭇집 할머니에게 돈을 도로 내밀었다. 자기에게는 아무 소용 없으니 애 업고 가는 사람에게나 주어 달라는 것이었다. 그러고는 다시 눈을 감았다. 앵두나뭇집 할머니는 애 업고 가는 사람 줄 것은 따로 있다고 했다. 송영감은 그래도 그 사람을 주어 애를 잘 업어다 주게 해달라고 하면서, 어서 애나 불러다 자기가 죽었다고 하라고 했다. 앵두나뭇집 할머니가 무슨 말을 하려는 듯하다가 저고릿고름으로 눈을 닦으며 밖으로 나갔다.

송영감은 눈을 감은 채 가쁜 숨을 죽이고 있었다. 그리고 무슨 일이 있더라도 눈물일랑 흘리지 않으리라 했다.

그러나 앵두나뭇집 할머니가 애를 데리고 와, 저렇게 너의 아버지가 죽었다고 했을 때, 송영감은 절로 눈물이 흘러내림을 어찌할 수 없었다. 앵두나뭇집 할머니는 억해 오는 목소리를 겨우 참고, 저것 보라고 벌써 눈에서 썩은 물이 나온다고 하고는, 그러지 않아도 앵두나뭇집 할머니의 손을 잡은 채 더 아버지에게 가까이 갈 생각을 않는 애의 손을 끌고 그곳을 나왔다.

그냥 감은 송영감의 눈에서 다시 썩은 물 같은, 그러나 뜨거운 새 눈물 줄기가 흘러내렸다. 그러는데 어디선가 애의 훌쩍훌쩍 우는 소리가 들리는 듯했다. 눈을 떴다. 아무도 있을 리 없었다. 지어 놓은 독이라도 한 개 있었으면 싶었다. 순간 뜸막 속 전체만 한 공허가 송영감의 파리한 가슴을 억눌렀다. 온몸이 오므라들고 차옴을 송영감은 느꼈다.

그러는 송영감의 눈앞에 독가마가 떠올랐다. 그러자 송영감은 그리로 가리라는 생각이 불현듯 일었다. 거기에만 가면 몸이 녹여지리라. 송영감은 기는 걸음으로 뜸막을 나섰다.

거지들이 초입에 누워 있다가 지금 기어들어오는 게 누구이라는 것도 알려 하지 않고, 구무럭거려 자리를 내주었다. 송영감은 한옆에 몸을 쓰러뜨렸다. 우선 몸이 녹는 듯해 좋았다.

그러나 송영감은 다시 일어나 가마 안쪽으로 기기 시작했다. 무언가 지금의 온기로써는 부족이라도 한 듯이. 곧 예삿사람으로는 더 견딜 수 없는 뜨거운 데까지 이르렀다. 그런데도 송영감은 기기를 멈추지 않았다. 그렇다고 그냥 덮어놓고 기는 것은 아니었다. 지금 마지막으로 남은 생명이 발산하는 듯 어둑한 속에서도 이상스레 빛나는 송영감의 눈은 무엇을 찾고 있는 것이었다. 그러다가 열어젖힌 곁창으로 새어 들어오는 늦가을 맑은 햇빛 속에서 송영감은 기던 걸음을 멈추었다. 자기가 찾던 것이 예 있다는 듯이. 거기에는 터져 나간 송영감 자신의 독 조각들이 흩어져 있었다.

송영감은 조용히 몸을 일으켜 단정히, 아주 단정히 무릎을 꿇고 앉았다. 이렇게 해서 그 자신이 터져 나간 자기의 독 대신이라도 하려는 것처럼.

•끝•

별

황순원

동네 애들과 노는 아이를 한동네 과수 노파가 보고, 같이 저자에라도 다녀오는 듯한 젊은 여인에게 무심코, 쟈 동복 누이가 꼭 죽은 쟈 오마니 닮았디 왜, 한 말을 얼김에 듣자 아이는 동무들과 놀던 것도 잊어버리고 일어섰다. 아이는 얼핏 누이의 얼굴을 생각해 내려 하였으나 암만해도 떠오르지 않았다. 집으로 뛰면서 아이는 저도 모르게, 오마니 오마니, 수없이 외웠다. 집뜰에서 이복동생을 업고 있는 누이를 발견하고 달려가 얼굴부터 들여다보았다. 너무나 엷은 입술이 지나치게 큰 데 비겨 눈은 짭짭하니 작고, 그 눈이 또 늘 몽롱히 흐려 있는 누이의 얼굴. 아홉 살 난 아이의 눈은 벌써 누이의 그런 얼굴 속에서 기억에는 없으나 마음속으로 그렇게 그려 오던 돌아간 어머니의 모습을 더듬으며 떨리는 속으로 찬찬히 누이를 바라보았다. 참으로 오마니는 이 누이의 얼굴과 같았을까. 그러자 제법 어른처럼 갓난 이복동생을 업고 있던 열한 살잡이 누이는 전에 없이 별나게 자기를 자세히 들여다보는 동복 남동생에게 마치 어머니다운 애정이 끓어오르기나 한 듯이 미소를 지어 보였을 때, 아이는 누이의 지나치게 큰 입 새로 드러난 검은 잇몸을 바라보며 누이에게서 돌아간 어머니의 그림자를 찾던 마음은 온전히 사라지고, 어머니가 누이처럼 미워서는 안 된다고 머리를 옆으로 저었다. 우리 오마니는 지금 눈앞에 있는 누이로서는 흉내도 못 내게스레 무척 이뻤으리라. 그냥 남동생이 귀엽다는 듯이 미소를 짓고 있는 누이에게 아이는 처음으로 눈을 흘기며 무서운 상을 해 보였다. 미운 누이의 얼굴이 놀라 한층 밉게 찌그러질 만큼. 생각다 못해 종내 아이는 누이가 꼭 어머니 같다고 한 동네 과수 노파를 찾아 자기 집에서 왼편 쪽으로 마주 난 골목 막다른 집으로 갔다. 마침 노파는 새로 지은 저고리 동정에 인두질을 하고 있었다. 늘 남에게 삯바느질을 시켜 말쑥한 옷만 입고 다녀 동네에서 이름난 과수 노파가 제 손으로 인두질을 하다니 웬일일까. 그러나 아이를 보자 과수 노파는 아이보다도 더 의아스러운 듯한 눈치를 하면서 인두를 화로에 꽂는다. 아이는 곧 노파에게, 아니 우리 오마니하구 우리 뉘하구 같이 생겠단 말은 거짓말이디요? 했다. 노파는 더욱 수상하다는 듯이 아이를 바라보다가 그러나 남의 일에는 흥미 없다는 얼굴로, 왜 닮았디, 했다. 아이는 떨리는 입술로 다시, 아니 우리 오마니 입하구 뉘 입하구 다르게 생기디 않았이요? 하고 열심히 물었다. 노파는 이번에는 화로에 꽂았던 인두를 뽑아 자기 입술 가까이 갖다 대어 보고 나서, 반만큼 세운 왼쪽 무릎 치마에 문대고는 일감을 잡으며 그저, 그러구 보믄 다르든 것 같기두 하군, 했다. 아이는 인두질하는 과수 노파의 손 가까이로 다가서며 퍼뜩 과수 노파의 손이 나이보다는 젊고 고와 보인다는 생각을 하면서, 우리 오마니 닛몸은 우리 뉘 닛몸터럼 검디 않구 이뻤디요? 했다. 과수 노파는 아이가 가까이 다가와 어둡다는 듯이 갑자기 인두 든 손으로 아이를 물러나라고 손짓하고 나서 한결같이 흥 없이, 그래앤, 했다. 그러나 아이만은 여기서 만족하여 과수 노파의 집을 나서 그 달음으로 자기 집까지 뛰어오면서, 그러면 그렇지 우리 오마니가 뉘처럼 미워서야 될 말이냐고 속으로 수없이 되뇌었다. 안뜰에 들어서자 누이가 안 보임을 다행으로 여기며 방 안으로 들어갔다. 그리고 책상 앞으로 가 란도셀* 속에서 산수책을 꺼내다가 그 속에 인형을 발견하고 주춤 손을 거두었다. 누이가 비단 색헝겊을 모아 만들어 준 낭자를 튼 예쁜 각시인형이었다. 그리고 아이가 언제나 란도셀 속에 넣어 가지고 다니는 인형이었다. 과목은 요일을 따라 바뀌었으나 항상 란도셀 속에 이 인형만은 변함없이 들어 있었다. 아이는 인형을 꺼내 들었다. 그러자 지금 아이는 이 인형의 여태까지 그렇게 예쁘던 얼굴이 누이의 얼굴이나처럼 미워짐을 어쩔 수 없었다. 곧 아이는 인형을 내다 버려야 한다는 걸 느꼈다. 그걸 품에 품고 밖으로 나섰다. 저녁 그늘이 내린 과수 노파가 사는 골목을 얼마 들어가다 아이는 주위에 사람 없는 것을 살피고 나서 주머니에서 칼을 꺼냈다. 칼끝으로 땅을 파가지고 거기에다 품속의 인형을 묻었다. 그러고는 그곳을 떠났다. 인형인가 누이인가 분간 못 할 서로 얽힌 손들이 매달리는 것 같음을 아이는 느꼈다. 그러나 아이는 어머니와 다른 그 손들을 쉽사리 뿌리칠 수 있었다. 골목을 다 나온 곳에서 달구지를 벗은 당나귀가

* 초등학교 학생들의 책가방을 뜻하는 일본어. '배낭'을 뜻하는 네덜란드어 '란셀(ransel)'에서 비롯됐다.

아이의 아랫도리를 찼다. 아이는 굴러 나가동그라졌다. 분하다. 일어난 아이는 당나귀 고삐를 쥐고 달구지채로 해서 당나귀 등에 올라탔다. 당나귀가 제 꼬리를 물려는 듯이 돌다가 날뛰기 시작했다. 아이는, 그럼 우리 오마니가 뉘터럼 생겠단 말이가? 뉘터럼 생겠단 말이가? 하고 당나귀가 알아나 듣는 것처럼 소리를 질렀다. 당나귀가 더 날뛰었다. 아이의, 뉘터럼 생겠단 말이가? 하는 소리가 더 커갔다. 그러다가 별안간 뒤에서 누이의, 데런! 하는 부르짖음 소리를 듣고 아이는 그만 당나귀 등에서 떨어지고 말았다. 땅에 떨어진 아이는 다리 하나를 약간 삔 채로 나자빠져 있었다. 누이가 분주히 달려왔다. 그러나 아이는 누이가 위에서 굽어보며 붙들어 일으키려는 것을 무지스럽게 손으로 뿌리치고는 혼자 벌떡 일어나, 삔 다리를 예사롭게 놀려 집으로 돌아갔다.

갓난 이복동생을 업어 주는 것이 학교 다녀온 뒤의 나날의 일과가 되어 있는 누이가, 하루는 아이의 거동에서 자기를 꺼리고 있다는 것을 눈치채고는 그런 동생을 기쁘게 해주려는 듯이, 업은 애의 볼기짝을 돌려 대더니 꼬집기 시작했다. 물론 누이의 손은 힘껏 꼬집는 시늉만 했고, 그럴 적마다 그 작은 눈을 힘주는 듯이 끔쩍끔쩍하였지만, 결국은 애가 울지 않을 정도로 조심하면서 꼬집어 대는 것이었다. 사실 줄곧 누이에게만 애를 업히는 의붓어머니에게 슬그머니 불평 같은 것이 가고 누이에게는 동정이 가던 아이였다. 그러나 이날 아이는 자기를 기껍게나 해주려는 듯이 이복동생의 볼기짝을 힘껏 꼬집는 시늉을 하는 누이에게 재미있다는 생각이 일기는커녕 도리어 밉고, 실눈을 끔쩍일 적마다 흉하게만 여겨졌다. 아이는 문득 누이를 혼내어 줄 계교가 생각났다. 그는 날렵하게 달려가 이복동생의 볼기짝을 진짜로 꼬집어 댔다. 그리고 업힌 애가 울음을 터뜨리는 걸 보고야 꼬집기를 멈추고 골목으로 뛰어가 숨었다. 이제 턱이 밭은 의붓어머니가 달려 나와, 왜 애를 그렇게 갑자기 울리느냐고 누이를 꾸짖으리라. 아이는 골목에서 몰래 의붓어머니가 나오기만 기다렸다. 사실 곧 의붓어머니는 나왔다. 그리고 또 어김없이 누이를 내려다보면서, 앨 왜 그렇게 갑자기 울리니, 했다. 아이는 재미나하는 장난스러운 미소를 떠올렸다. 그러나 다음 순간 아이는 누이의 대답이 어떨까 하는 생각이 들면서, 이번에는 저도 모르게 미소가 걷히고 귀가 기울여졌다. 그렇게 자기들에게 몹쓸게 굴지는 않는다고 생각되면서도 어딘가 어렵고 두렵게만 여겨지는 의붓어머니에게 겁난 누이가 그만 자기가 꼬집어서 운다고 바로 이르기나 하면 어쩌나. 그러나 누이는 의붓어머니가 어렵고 힘들고 두렵게 생각되지도 않는지 대담스레 고개를 들고, 아마 내 등을 빨다가 울 젠 배가 고파 그런가 봐요, 하지 않는가. 아, 기묘한 거짓말을 잘 돌려 댄다. 그러나 지금 대담하게 의붓어머니에게 거짓말을 하여 자기를 감싸 주는 누이에게서 어머니의 애정 같은 것이 풍기어 오는 듯함을 느끼자 아이는, 우리 오마니가 뉘 같지는 않았다고 속으로 부르짖으며 숨었던 골목에서 나와 의붓어머니에게로 걸어갔다. 그러고는, 난 또 애 업구 어디 넘어디디나 않았나 했군, 하면서 누이의 등에서 어린애를 풀어내고 있는 의붓어머니에게 아이도 이번에는 겁내지 않고, 이자 내가 애 엉뎅일 꼬집었이요, 했다.

아이는 옥수수를 좋아했다. 옥수수를 줄줄이 다음다음 뜯어 먹는 게 참 재미있었다. 알이 배고 줄이 곧은 자루면 엄지손가락 쪽의 손바닥으로 되도록 여러 알을 한꺼번에 눌러 밀어 얼마나 많이 붙은 쌍동이를 떼낼 수 있나 누이와 내기하기도 했었다. 물론 아이는 이 내기에서 누이한테 늘 졌다. 누이는 줄이 곧지 않은 옥수수를 가지고도 꽤는 잘 여러 알 붙은 쌍동이를 떼내곤 했다. 그렇게 떼낸 쌍동이를 누이가 손바닥에 놓아 내밀어 아이는 맛있게 그걸 집어 먹기도 했었다. 그러나 이날 아이는 누이가, 우리 누가 많이 쌍동이를 만드나 내기할까? 하는 것을 단박에, 싫어! 해버렸다. 누이는 혼자 아이로서는 엄두도 못 낼 긴 쌍동이를 떼냈다. 아이는 일부러 줄이 곧게 생긴 옥수수자루인데도 쌍동이를 떼내지 않고 알알이 뜯어 먹고만 있었다. 누이는 금방 뜯어 낸 쌍동이를 아이에게 내주었다. 그러나 아이는 거칠게, 싫어! 하고 머리를 도리질하고 말았다. 누이가 새로 더 긴 쌍동이를 뜯어내서는 다시 아이에게 내밀었다. 그러나 누이가 마치 어머니나처럼 굴 적마다 도리어 돌아간 어머니가 누이와 같지 않다는 생각으로 해서 더 누이에게 냉정할 수 있는 아이는, 내민 누이의 손을 쳐 쌍동이를 떨궈 버리고 말았다. 그러던 어떤 날 저녁, 어둑어둑한 속에서 아이가 하늘의 별을 세며 별은 흡사 땅 위의 이슬과 같다고 생각하고 있는데, 누이가 조심스레 걸어오더니 어둑한 속에서도 분명한 옥수수 한 자루를 치마폭 밑에서 꺼내어 아이에게 쥐어 주었다. 그러나 아이는 그것을 먹어 볼 생각도 않고 그냥 뜨물 항아리 있는 데로 가 그 속에 떨구듯 넣어 버렸다.

아이는 또 땅바닥에 갖가지 지도 같은 금을 그으며 놀기를 잘했다. 바다를 모르는 아이는 바다 아닌 대동강을 여러 개 그리고, 산으로는 모란봉을 몇 개고 그리곤 했다. 그러다가 동무가 있으면 땅따먹기도 했다. 상대편의 말을 맞히고 뼘을 재어 구름이 피어오르는 듯한 땅과 무성한 나무 같은 땅을 만드는 게 재미있었다. 그날도 아이는 옆집 애와 길가에서 땅따먹기를 하고 있었다. 옆집 애의 땅한테 아이의 땅이 거의 잠식당하고 있었다. 한쪽 금에 붙어 꼭 반달처럼 생긴 땅과 거기에 붙은 한 뼘 남짓한 땅이 남았을 뿐이었다. 그것마저 옆집 애가 새로 말을 맞히고 한 뼘 재먹은 뒤에는 반달에 붙은 땅이 또 줄었다. 이번에는 아이가 칠 차례였다. 옆집 애가 말을 놓았다. 그것은 아이의 반달 땅 끝에서 한껏 먼 곳이었다. 그러나 아이는 기어코 반달 끝에다 자기의 말을 놓았다. 옆집 애는 아이의 반달 땅에 달린 다른 나머지 땅에서가 자기의 말이 제일 가까운데 왜 하필 반달 끝에서 치려는지 이상히 여기는 눈치였다. 사실 아이의 어디까지나 반달 끝에다 한 뼘 맘껏 둘러 재어 동그라미를 그어 놓았으면 얼마나 아름다울지 모르겠다는 계획을 옆집 애는 알 턱 없었다. 아이는 반달 끝에서 옆집 애의 말까지의 길을 닦았다. 이번에는 꼭 맞혀 이 반달 위에 무지개 같은 동그라미를 그어 놓으리라. 아이의 입은 꼭 다물어지고 눈은 빛났다. 뒤이어 아이는 옆집 애의 말을 겨누어 엄지손가락에 버텼던 장가락을 퉁기었다. 그러나 아이의 장가락 손톱에 맞은 말은 옆집 애의 말에서 꽤 먼 거리를 두고 빗지나갔다. 옆집 애가 됐다는 듯이 곧 자기의 말을 집어 들며 아이가 아무리 먼 곳에 말을 놓더라도 대번에 맞혀 버리겠다는 득의의 미소를 떠올렸다. 그러면서 아이의 말 놓기를 기다리다가 흐려지지도 않은 경계선을 사금파리 말을 세워 그었다. 아이의 반달 끝이 이지러지게 그어졌다. 아이가, 이건 왜 이르캐? 하고 고함쳤다. 옆집 애는 곧 다시 고쳐 금을 그었다. 옆집 애는 아이가 자기의 땅을 줄게 그어서 그러는 줄로 알았는지, 이번에는 반달의 등이 약간 살찌게 그어 놓았다. 아이는 그래도, 것두 아냐! 했다. 그러는데 어느새 왔었는지 누이가 등 뒤에서 옆집 애의 말을 빼앗아서는 동생을 도와 반달의 배가 부르게 긋기 시작했다. 그러나 아이는 누이가 채 다 긋기도 전에 손바닥으로 막 지워 버리면서, 이건 더 아냐! 이건 더 아냐! 하고 소리 질렀다.

하루는 아이가 뜰 안에서 혼자 땅바닥에다 지도 같은 금을 그으며 놀고 있는데, 바깥에서 누이가 뒷집 계집애와 싸우는 소리가 들려, 마침 안의 어른들이 듣지 못하고 있는 것을 다행으로 열린 대문 새로 내다보았다. 아이가 늘 이쁘다고 생각해 오던 뒷집 계집애의 내민 역시 이쁜 얼굴에서, 그래 안 맞았단 말이가? 하는 말소리가 빠른 속도로 계속되는 대로, 또 누이의 내민 밉게 찌그러진 얼굴에서는, 안 맞디 않구, 하는 소리가 같은 속도로 계속되고 있었다. 땅따먹기하다가 말이 맞았거니 안 맞았거니 해서 난 싸움이 분명했다. 어느 편이 하나 물러나는 법 없이 점점 더 다가들면서 내민 입으로 자기의 말소리를 좀더 이악스레 빠르게들 하고 있는데, 저쪽에서 뒷집 계집애의 남동생이 달려오더니 다짜고짜로 누이에게 흙을 움켜 뿌리는 것이 아닌가. 그러자 뒷집 계집애의 이쁜 얼굴이 더 내밀어지며, 그래 안 맞았단 말이가? 하는 소리가 더 날카롭게 빠르게 계속되는 한편, 누이는 먼저 한걸음 물러나며, 안 맞디 않구, 하는 소리도 떠져 갔다. 뒷집 계집애의 남동생이 또 흙을 움켜 뿌렸다. 뒷집 계집애의 남동생이 흙을 움켜 뿌릴 적마다 이쪽 누이는 흠칫흠칫 물러나며 말소리가 줄고, 뒷집 계집애의 말소리는 더욱 잦아 갔다. 그러자 아이는 저도 깨닫지 못하고 대문을 나서 그리로 걸어갔다. 아이를 보자 뒷집 계집애의 남동생이 우선 흙 뿌리기를 멈추고, 다음에 뒷집 계집애가 다가오기를 멈추고, 다음에 계집애의 말소리가 늦추어지고, 다음에 누이가 뒷걸음치던 걸음을 멈추었다. 그리고 누이는 뒷집 계집애의 남동생처럼 자기의 남동생도 역성을 들러 오는 것으로만 안 모양이어서 차차 기운을 내어다가 나가며, 안 맞디 않구, 안 맞디 않구, 하는 소리를 점점 빠르게 회복하고 있었다. 거기 따라 뒷집 계집애는 도로 물러나며 점차, 그래 안 맞았단 말이가? 하는 소리를 늦추고 있고, 뒷집 계집애의 남동생도 한옆으로 아이를 피하고 있었다. 그러나 아이는 싸움터로 가까이 가자 누이의 흥분된 얼굴이 전에 없이 더 흉하게 느껴지면서, 어디 어머니가 저래서야 될 말이냐는 생각에, 냉연하게 그곳을 지나쳐 버리고 말았다. 그리고 등 뒤로 도로 빨라 가는 뒷집 계집애의 말소리와 급작스레 떠가는 누이의 말소리를 들으면서도 아이는 누이보다 이쁜 뒷집 계집애가 싸움에 이기는 게 옳다고 생각하며 저만큼 골목 어귀에서 여물을 먹고 있는 당나귀에게로 걸어갔다.

열네 살의 소년이 된 아이는 뒷집 계집애보다 더 이쁜 소녀와 알게 되었다. 검고 맑고 깊은 눈하며, 깨끗하고 건강한 볼, 그리고 약간 노란 듯한 머리카락에서 풍기는 숫한 향기. 아이는 소녀와 함께 있으면서 그 맑은 눈과 건강한 볼과 머리카락 향기에 온전히 홀린 마음으로 그네를 바라보기만 하면 그만이었다. 그러나 소녀 편에서는 차차 말없이 자기를 쳐다보기만 하는 아이에게 마음 한구석으로 어떤 부족감을 느끼는 듯했다. 하루는 아이와 소녀는 모란봉 뒤 한 언덕에 대동강을 등지고 나란히 앉아 있었다. 언덕 앞 연보랏빛 하늘에는 희고 산뜻한 구름이 빛나며 떠가고 있었다. 아이가 구름에 주었던 눈을 소녀에게로 돌렸다. 그러고는 소녀의 얼굴을 언제까지나 들여다보기 시작했다. 소녀의 맑은 눈에도 연보랏빛 하늘이 가득 차 있었다. 이제 구름도 피어나리라. 그러나 이때 소녀는 또 자기만 말끄러미 바라보고 있는 아이에게 느껴지는 어떤 부족감을 못 참겠다는 듯한 기색을 떠올렸는가 하면, 아이의 어깨를 끌어당기면서 어느새 자기의 입술을 아이의 입에다 갖다 대고 비비었다. 아이는 저도 모르게 피하는 자세를 취하였으나 서로 입술을 비비고 난 뒤에야 소녀에게서 물러났다. 벌떡 일어났다. 그리고 아이는 거친 숨을 쉬면서 상기돼 있는 소녀를 내려다보았다. 이미 소녀는 아이에게 결코 아름다운 소녀는 아니었다. 얼마나 추잡스러운 눈인가. 이 소녀도 어머니가 아니라는 생각이 불현듯 떠올랐다. 아이는 소녀에게서 돌아섰다. 소녀는 실망과 멸시로 찬 아이의 기색을 느끼며 아이를 붙들려 했으나 아이는 쉽게 그네를 뿌리치고 무성한 여름의 언덕길을 뛰어내릴 수 있었다.

하늘에 별이 별나게 많은 첫가을 밤이었다. 아이는 전에 땅 위의 이슬같이만 느껴지던 별이 오늘 밤엔 그 어느 하나가 꼭 어머니일 것 같은 생각이 들어, 수많은 별을 뒤지고 있었다. 그러나 아이는 곧 안에서 누구를 꾸짖는 듯한 아버지의 음성에 정신을 깨치고 말았다. 아이는 다시 하늘로 눈을 부었으나 다시는 어느 별 하나가 어머니라는 환상을 붙들 수는 없었다. 아쉬웠다. 다시 아버지의 누구를 꾸짖는 듯한 음성이 들려 나왔다. 아이는 아쉬운 마음으로 아버지의 음성이 들려오는 창 가까이로 갔다. 안에서는 아버지가, 두 번 다시 그런 눈치만 뵀단 봐라, 죽여 없애구 말 테니, 꼭대기 피두 안 마른 년이 누굴 망신시킬려구 하는 품이 누이 때문에 여간 노한 게 아닌 것 같았다. 좀한 일에는 노하는 일이 없는 아버지가 이렇도록 노함에는 심상치 않은 일이 일어났음에 틀림없었다. 의붓어머니의 조심스러운 음성으로, 좌우간 그편 집안을 알아보시구레, 하는 말이 들려 나왔다. 이어서 여전히 아버지의, 알아보긴 쥐뿔을 알아봐! 하는 노기 찬 음성이 뒤따랐다. 이번엔 누이의 나직이 떨리는 음성이 한 번, 동무의 오래비야요, 했다. 이젠 학교두 고만둬라, 하는 아버지의 고함에, 누이 아닌 아이가 등골이 서늘해짐을 느꼈다. 그러면서 얼마 전에 누이가 호리호리한 키에 흰 얼굴을 한 청년과 과수 노파가 살고 있는 골목 안에 마주 서 있는 것을 본 일이 생각났다. 그때 누이는 청년이 한 반 동무의 오빠인데 심부름을 왔었다고 변명하듯 말했고, 아이는 아이대로 그저 모른 체하고 있었으나, 속으로는 누이 같은 여자와 좋아하는 청년의 마음을 정말 모르겠다고 생각했었다. 그 청년과 누이가 만나는 것을 집안에서도 알았음이 틀림없었다. 지금 안에서 의붓어머니의 낮으나 힘이 든 음성으로, 얘 넌 또 웬 성냥 장난이가! 하는 것만은 이제는 유치원에 다니게 된 이복동생을 꾸짖는 소리리라. 요사이 차차 의붓어머니가 어렵고 두렵기만 한 게 아니고 진정으로 자기네를 골고루 위해 주고 있다는 것을 깨닫게 된 아이는, 동복인 누이의 일로 의붓어머니를 걱정시키는 것이 아버지에게보다 더 안됐다고 생각됐다. 다시 의붓어머니의 조심성 있고 은근한 음성으로, 넌두 생각이 있갔디만 이제 네게 잘못이라두 생기믄 땅속에 있는 너의 어머니한테 어떻게 내가 낯을 들겠니, 자 이젠 네 방으루 건너가그라, 함에 아이는 이번에는 의붓어머니의 애정에 얼굴이 달아오르면서, 정말 누이가 돌아간 어머니까지 들추어내게 하는 일을 저질렀다가는 용서 않는다고 절로 주먹이 쥐어졌다. 어디서 스며 오듯 누이의 흐느끼는 소리가 들려왔다. 두 번 다시 그런 일만 있었단 봐라, 초매*루 묶어서 강물에 집어넣구 말디 않나, 하는 아버지의 약간 노염은 풀렸으나 아직 엄한 음성에, 아이는 이번에는 또 밤바람과 함께 온몸을 한번 부르르 떨었다.

꽤 쌀쌀한 어떤 날 밤이었다. 의붓어머니가 아버지에게 애걸하다시피 하여 학교만은 그냥 다니게 된 누이보고 아이가, 우리 산보 가, 했다. 누이는 먼저 뜻하지 않았던 일에 놀란 듯 흐린 눈을 크게 떠 보이고 나서 곧 아이를 따라나섰다. 밖은 조각달이 달려 있었다. 그리고 수많은 별들이 빛나고 있었다. 싸늘한 바람이 불어왔다. 바람이 불어올 적마다 별들은 빛난다기보다 떨고 있는 것만 같았다. 아이는 앞서 대동강 쪽으로 난 길을 접어들었다. 누이는 그저 아이를 따랐다. 어둑한 속에서도 이제 누이를 놀래어 주리라는 계교 때문에 아이의 얼굴은 미소가 떠올라 있었다. 강둑을 거슬러 오르니까 더 써느러웠다. 전에 없이 남동생이 자기를 밖으로 이끌어 낸 것을 의아하게 여기는 눈치로, 그러나 즐거운 듯이 누이가 아이에게, 춥디 않니? 했다. 아이는 거칠게 머리를 옆으로 저었다. 젓고 나서 어둠으로 해서 누이가 자기의 머리 저음을 분간치 못했으리라고 깨달았으나 아이는 그냥 잠자코 말았다. 누이가 돌연 혼자말처럼, 사실 나 혼자였다

* '치마'의 방언.

믄 벌써 죽구 말았어, 죽구 말디 않구, 살믄 멀 하노…… 그래두 네가 있어 그렇디, 둘이 있다 하나가 죽으믄 남는 게 더 불쌍할 것 같애서…… 난 정말 그래, 하며 바람 때문인지 약간 느끼는 듯했다. 아이는 혹시 집에서 누이의 연애사건을 알게 된 것이 자기가 아버지나 의붓어머니에게 고자질한 것으로 잘못 알고 있지나 않나 하는 생각이 들자, 누이를 쓸어안고 변명이나 할 듯이 홱 돌아섰다. 누이도 섰다. 그러나 아이는 계획해 온 일을 실현할 좋은 계기를 바로 붙잡았음을 기뻐하며 누이에게, 초매 벗어라! 하고 고함을 치고 말았다. 뜻밖에 당하는 일로 잠시 어쩔 줄 모르고 섰다가 겨우 깨달은 듯이 누이는 어둠 속에서 조용히 저고리를 벗고 어깨치마를 머리 위로 벗어 냈다. 아이가 치마를 빼앗아 땅에 길게 폈다. 그리고 아이는 아버지처럼 엄하게, 가루눠라! 했다. 누이는 또 곧 순순히 하라는 대로 했다. 그러나 아이는 치마로 누이를 묶어 강물에 집어넣는 차례에 이르러서는 자기의 하는 일이면 누이가 죽는 한이 있더라도 아무 항거 없이 도리어 어머니다운 애정으로 따라 할 것만 같은 생각이 들며, 누이가 돌아간 어머니와 같은 애정을 베풀어서는 안 된다고 치마 위에 이미 죽은 듯이 누워 있는 누이를 그대로 남겨 둔 채 돌아서 그곳을 떠나고 말았다.

누이는 시내 어떤 실업가의 막내아들이라는 작달막한 키에 얼굴이 검푸른, 누이의 한 반 동무의 오빠라는 청년과는 비슷도 안 한 남자와 아무 불평 없이 혼약을 맺었다. 그러고 나서 얼마 안 되어 결혼하는 날, 누이는 가마 앞에서 의붓어머니의 팔을 붙잡고는 무던히나 슬프게 울었다. 아이는 골목에 몸을 숨기고 있었다. 누이는 동네 아낙네들이 떼어 놓는 대로 가마에 오르기 전에 젖은 얼굴을 들었다. 자기를 찾고 있음에 틀림없다고 생각하면서도, 아이는 그냥 몸을 숨기고 있었다. 그리고 누이가 시집간 지 또 얼마 안 되는 어느 날, 별나게 빨간 놀이 진 늦저녁때 아이네는 누이의 부고를 받았다. 아이는 언뜻 누이의 얼굴을 생각해 내려 하였으나 도무지 떠오르지가 않았다. 슬프지도 않았다. 그러다가 아이는 지난날 누이가 자기에게 만들어 주었던, 뒤에 과수 노파가 사는 골목 안에 묻어 버린 인형의 얼굴이 떠오를 듯함을 느꼈다. 아이는 골목으로 뛰어갔다. 거기서 아이는 인형 묻었던 자리라고 생각되는 곳을 손으로 팠다. 흙이 단단했다. 손가락을 세워 힘껏힘껏 파냈다. 없었다. 짐작되는 곳을 또 파보았으나 없었다. 벌써 썩어 흙과 분간치 못하게 된 지가 오래리라. 도로 골목을 나오는데 전처럼 당나귀가 매어 있는 게 눈에 띄었다. 그러나 전처럼 당나귀가 아이를 차지는 않았다. 아이는 달구지채에 올라서지도 않고 전보다 쉽사리 당나귀 등에 올라탔다. 당나귀가 전처럼 제 꼬리를 물려는 듯이 돌다가 날뛰기 시작했다. 그리고 아이는 당나귀에게나처럼, 우리 뉠 왜 쥑엔! 왜 쥑엔! 하고 소리 질렀다. 당나귀가 더 날뛰었다. 당나귀가 더 날뛸수록 아이의, 왜 쥑엔! 왜 쥑엔! 하는 지름 소리가 더 커갔다. 그러다가 아이는 문득 골목 밖에서 누이의, 데런! 하는 부르짖음을 들은 거로 착각하면서, 부러 당나귀 등에서 떨어져 굴렀다. 이번에는 어느 쪽 다리도 삐지 않았다. 그러나 아이의 눈에는 그제야 눈물이 괴었다. 어느새 어두워지는 하늘에 별이 돋아났다가 눈물 괸 아이의 눈에 내려왔다. 아이는 지금 자기의 오른쪽 눈에 내려온 별이 돌아간 어머니라고 느끼면서, 그럼 왼쪽 눈에 내려온 별은 죽은 누이가 아니냐는 생각에 미치자 아무래도 누이는 어머니와 같은 아름다운 별이 되어서는 안 된다고 머리를 옆으로 저으며 눈을 감아 눈 속의 별을 내몰았다.

• 끝 •

황순원문학상

2000년 9월 황순원이 세상을 떠난 뒤, '세기가 바뀌고 삶의 양식이 달라진다 해도 결코 변해서는 안 될 인간성과 한국인의 정체성 그리고 우리말의 아름다움을 황순원의 문학을 계승하면서 확대 · 심화시켜 나간다'는 취지 아래 중앙일보의 주관으로 2001년 '황순원문학상'이 제정되었다. 제1회 수상작은 박완서의 『그리움을 위하여』이다. 수상작을 포함해 최종 예심에 오른 작품을 문예중앙에서 단행본으로 묶어 발간하고 있다.

황순원

1915. 3. 26. 평안남도 대동군에서 출생.
1929. 평양 숭덕소학교 졸업. 정주 오산중학교 입학.
1930. 시를 쓰기 시작함.
1934. 일본으로 건너가 도쿄 와세다 제2고등학원 진학.
1936. 와세다대학 영문과 입학.
1939. 대학 졸업 후 귀국. 창작 활동.
1941. 《인문평론》에 「별」 발표.
1946. 월남하여 서울중고등학교 교사로 취임.
1950. 한국전쟁 발발 후 경기도 광주로 피난.
《문예》에 「독 짓는 늙은이」 발표.
1953. 《신문학》에 「소나기」 발표.
1955. 『카인의 후예』로 아시아자유문학상 수상.
1957. 경희대 문리대 국어국문학과 교수 취임.
1961. 장편 『나무들 비탈에 서다』로 예술원상 수상.
1980. 경희대학교 정년퇴임. 명예 교수로 취임.
1996. 정부에서 은관문화훈장을 추서했으나 수여 거부.
2000. 9. 14. 서울 자택에서 작고.

황순원(黃順元)은 1931년 시 「나의 꿈」을 《동광》에 발표하며 먼저 시인으로 등단했다. 소설을 쓰기 시작한 것은 1937년경으로 1940년 첫 단편집 『늪』을 출간했다. 그 후 『목넘이마을의 개』(1948), 『기러기』(1951), 『학』(1956), 『잃어버린 사람들』(1958), 『너와 나만의 시간』(1964), 『탈』(1976) 등의 단편집과 『별과 같이 살다』(1950), 『카인의 후예』(1954), 『인간접목』(1957), 『나무들 비탈에 서다』(1960), 『일월』(1964), 『움직이는 성』(1973), 『신들의 주사위』(1982) 등의 장편을 발표했다. 그의 작품에는 한국인의 전통적 삶에 대한 따뜻한 시선과 인간에 대한 애정이 담겨 있다. 특히 한 편의 시 같은 단편 「소나기」는 그 서정적 아름다움의 극치를 보여주는 대표작으로 평가받는다. 경기도 양평군에 황순원문학촌 소나기마을이 만들어졌다.